길

옮긴이 / 김옥수

1958년 서울에서 태어나 한국외국어대학교 영어과를 졸업했다.
도서출판 포도원 이사, 임프리마 코리아 영미권 부장, 도서출판 사람과책 편집부장 등을 역임하고
현재 전문 번역가로 활동하고 있다. 옮긴 책으로는 《아시모프의 파운데이션 시리즈》
《파워 어브 원》《천상의 예언》《배심원》《가시고기》《돼지가 한 마리도 죽지 않던 날》
《다리 건너 저편에》《춤추는 노예들》《빛의 역사》등 50여 권이 있다.

길

1판 1쇄 발행일 · 1999년 1월 20일
1판 5쇄 발행일 · 2000년 10월 21일

지은이 말콤 보세
옮긴이 김옥수
펴낸이 박재환
편집기획 김현주 서영주
관리팀 이인규 전매화
인쇄소 상지사   제본소 상지사
펴낸곳 이글리오
주소 서울 마포구 서교동 464-41 미진빌딩 4층 (121-210)
전화번호 322-9977   팩시밀리 336-2151
E-mail cliobook@cliobook.co.kr
출판등록 1998년 4월 23일 제16-1646호
값 7,800원
ISBN 89-88295-17-X 03890

길

말콤 보세 지음 / 김옥수 옮김

이룸리오

지금 우리는 아주 어려운 삶을 강요당하고 있습니다. 어차피, 인간의 삶은 고해일 수밖에 없습니다. 하루하루를 살아가는 게 '고통의 바다'에서 허우적대는 셈이지요. 이 같은 고통에도 불구하고 우리 인간이 생명을 유지하기 위해 몸부림치는 이유가 있습니다. 그것은 행복입니다.

부처는 '윤회설'을 주장해, 중생으로 하여금 현재의 삶에 최선을 다해 전생의 업을 풀어야 내세에서 행복하게 살 수 있다고 했으며, 예수는 사랑을 최고의 선이라고 하면서 현재의 삶에 최선을 다하도록 가르쳤습니다. 이처럼 현재의 삶에 최선을 다하도록 가르친다는 점에서 동양과 서양의 종교는 일치합니다. 그리고 우리 인간 역시 현재의 삶에 최선을 다할 때 가장 행복할 수 있습니다.

이 책의 원제는 *Tusk and Stone* 곧, '상아와 돌'입니다. 상류 계층 출신인 주인공은 성장기에 온갖 고통을 겪게 됩니다. 여행길에 나섰다가 강도 떼를 만나 여동생을 잃게 되고, 군인으로 팔려 갑니다. 하지만 코끼리를 타고 전쟁터에 나가 용맹을 떨치는 영광과 명예를 누리게 됩니다. 그러나 코끼리는 아군의 활에 맞아 죽고, 주인공은 아군의 공격을 받아 얼굴이 뭉개지는 치명적인 상처를 입습니다.

적국의 노예가 된 주인공은 화강암 조각가로 다시 태어납니다. 화강암 암벽에 조그만 인물을 새기기 위해 몇 년을 바위 벽에 붙어서 살아야 합니다. 하지만 상상할 수도 없는 고통 속에서 수천 년에 빛나는 예술품이 태어납니다.

여기에서 코끼리 상아가 순간적인 부귀 영화와 뼈저린 공허감을 상징한다면, 화강암은 몇 년에 걸친 고통과 인내, 그리고 영원한 영광을 상징합니다.

하지만 좀더 커다란 안목에서 본다면, 이것은 인간의 삶 일반을 나타냅니다. 주인공이 조각하던 화강암은 바로 자신의 내면 세계이며, 바로 이곳에 우주의 중심이 들어 있습니다. 이것을 느끼기 위해 주인공은 다양한 고통을 강요당해야 했습니다. 아니, 뼈아픈 고통을 수없이 겪었기 때문에 이것을 느낄 수 있었습니다. 바로 이 점에서 고통은 축복일 수 있습니다.

자신의 내면 세계를 선한 우주의 중심으로 만들 것인가, 아니면 악한 우주의 중심으로 만들 것인가, 아니면 그 사실조차 느끼지 못한 채 이 삶을 마감할 것인가? 그것은 자신의 고통을 이웃에게 전가하고 그 대가로 순간적인 부귀 영화와 쾌락을 누릴 것인가, 아니면 순간의 고통을 인내하며 이웃 사랑을 실천하는 속에서 영원히 빛날 명예와 행복을 가꾸어 나갈 것인가에 달려 있습니다.

인간이 이 세상을 살아가는 이유는 행복하기 위해서입니다. 그리고 가장 행복한 삶은 이웃을 사랑하는 삶입니다. IMF를 통해 우리가 배워야 할 교훈은 바로 이것이어야 합니다.

인도 철학을 배경에 담고 있는 이 책은 우리에게 다양한 삶의 교훈을 주고 있습니다. 수많은 사람이 매일 굶주린 채 죽어가는 고통과 그것을 인내하는 축복이 함께 하는 나라 인도. 이곳의 삶이 가슴 아픈 고통이 가득한 한국인에게 잔잔한 감동과 지혜를 건네줍니다.

1999년 1월 마석에서

김 옥 수

차례

삼천 년 이상 지속되어온 인도의 신분 제도는 이방인을 혼란스럽게 만든다. 고대 인도는 네 개의 계급 혹은 '바르나(산스크리트어로 '색色'이라는 뜻)'로 구성된다. 사제와 학자 계급인 브라만, 군인 계급인 크샤트리아, 상점 주인과 지주로 구성되는 바이샤가 있는데, 이들은 일정한 의식을 통해 다시 태어나 신성한 의상을 입을 수 있다. 네번째로 최하층 바르나를 구성하는 수드라는 농사꾼들로서, 다시 태어날 수 없는 신분이다. 그리고 다섯번째 집단으로 판차마가 있다. 이들은 정통 종교 바깥에서 생활하는 '불가촉 천민'으로 간주된다. 이들은 사원에 들어갈 수도, 공중 우물에서 물을 퍼올릴 수도, 다른 사람에게 음식을 만들어줄 수도 없었다.

중세에는 사람들을 구분짓는 또 다른 제도가 생겨나 바르나와 조화를 이루었다. 자티 혹은 카스트 제도가 바로 그것인데, 특정 직업과 사회 전통이 신분을 가르는 기준이었다. 현대에는 카스트 제도가 바르나보다 더 중요하게 작용한다. 인도에는 지금 거의 이천 개에 달하는 자티가 있으며, 이들 각자는 독특한 내부 규율과 전통을 가지고 있다. 이 같은 신분 제도는 매우 복잡해보인다. 또 실제로 복잡하며 현실 속에서는 더욱 복잡하게 나타난다.

내가 마말라푸람으로 표현한 번잡한 항구는 지금 현재 마하발리푸람이라는 아주 초라한 마을로 변했다. 근처 언덕에는 돌로 만든 세계적으로 유명한 조각품들이 있는데, 모두 천 년 이상의 역사를 가지고 있다.

지구 전체가 자신을 털어내려는 듯 몸부림쳤다

이 세상의 모든 나무와 동물들이 몸서리를 쳤으며

바다도 두려움에 떨었다.

소름을 돋게 만드는 신음 소리가 들렸다.

알주나는 간디바 활을 꼭 잡고 땅 위에 우뚝 섰다.

〈마하바라타〉

1

알준은 길이 없는 숲 속으로 들어서면서 빈터를 바라보았다. 지친 표정으로 나뭇등걸에 기댄 채 축 늘어진 짐꾼들과 그들이 풀어놓은 등짐들이 보였다. 나무 바퀴가 달린 우마차에서 해방된 황소들은 고개를 늘어뜨린 채 풀을 뜯어먹고 있었으며, 상인들과 캐러밴 마차꾼들은 뜨거운 날씨를 저주하며 천막 주변을 돌아다녔다. 근처 개울가로 갔던 여인네 두세 명이 머리에 물동이를 인 채 돌아오는 모습도 보였다.

알준은 고개를 돌려 재빨리 숲 속으로 들어갔다. 우마차 삐걱이는 소리, 신음 소리, 싸우는 소리에서 잠시라도 벗어나고 싶었다. 숲길로 들어서기 전까지, 알준은 캐러밴과 함께 내리꽂는 햇볕을 맞으며 언덕을 넘고 또 넘고 그래도 나타나는 언덕을 넘으면서 하루 종일 울퉁불퉁한 도로를 따라와야 했다. 온몸이 땀으로 젖었다. 눈물이 날 지경이었다.

도중에 우마차 한 대가 고장나 그 주인은 뒤에 남을 수밖에 없었다. 어떤 나이가 지긋한 상인은 상한 음식을 먹었는지, 당나귀 머리에다 계속 토하며 따라오기도 했다. 마차꾼 두 명은 반나절 동안이나 서로 욕설을 퍼붓고 싸우면서 마차를 끌었다. 캐러밴 대장은 카일라스 산에서 초라한 인간들을 굽어보는 시바 신이라도 된 듯한 어투로 명령했다.

"꾸물대지 마! 사소한 일 때문에 멈추지 말라구!"

하지만 사람들은 그 말에 신경쓰지 않았다. 목을 축이기 위해, 쉬기 위해, 짐을 다시 꾸리기 위해, 걸음을 멈추었다. 꼬리에 꼬리를 문 우마차 대열이 도로를 따라 기다란 점처럼 이어졌는데, 그 간격이 점차 멀어져, 마침내 후미에서는 선두에 선 대장의 목소리가 들리지도 보이지도 않을 정도가 되었다.

대열 중간 즈음에 자리잡은 알준은 혼자 빠르게 걸어갈 수 있는 자유가 그리울 뿐이었다. 졸린 암소처럼 느릿느릿 걷는 편보다는 하루에 가야 할 거리를 빨리 걸은 후에 편히 쉬고 싶었다. 불현듯, 자신이 캐러밴에 합류한 게 단지 보름밖에 안 된다는 사실이 도무지 믿어지지 않았다. 훨씬 오래된 것 같았다.

알준은 이런 생각을 하며 등을 돌린 채 순식간에 숲 속으로 들어갔다. 이윽고 시끄러운 야영장 소리가 귓가에서 사라졌다. 알준은 끔찍한 하루에 대한 기억을 털어버렸다.

오늘 아침, 삼촌은 모든 게 잘 된다면 한 달 안에 카시에 도착할 수 있을 거라고 했다. 그렇다면 모든 게 잘 되지 않을 경우에는? 알준의 질문에 대해 삼촌이 빙그레 웃으며 대답했다. 우기가 이제 막 끝나서 아직 홍수 문제가 남아 있다는 것이다. 몬순 기간에 퍼부은 빗물이 끊임없이 산기슭 아래로 넘쳐흘러 진흙을 강 속으로 밀어 넣어 강바닥이 높아졌다. 그래서 여행 도중에 강물이 범람해 배들이 움직이지 못할 가능성도 많다. 이것은 며칠 동안 강을 건너지 못한다는 걸 의미한다. 며칠 동안이나? 삼촌은 입을 꽉 다물었다. 일주일이나 이주일, 또는 삼주일.

날짜가 연기될 수 있는 또 다른 요인은 군대였다. 군인들은 어느 곳에서나 늘 이동한다. 만일 이들이 갑자기 나타나면 캐러밴은 전투용 코끼리 대열과 군마와 궁사들이 먼저 지나가도록 길을 비켜주어야 한다. 삼촌이 깊은 생각에 빠져 손가락으로 뺨을 톡톡 치며 덧붙였다.

"군인들과 마주할 때는 용기가 있어야 해."

그 다음에는 강도 떼가 있는데, 이들은 아주 위험한 존재였다. 삼촌은 용기를 주려는 듯, 알준의 팔을 잡으며 말했다.

"두려워할 필요는 없어. 우리는 무장하고 있으니까. 강도 떼는 겁쟁이라서, 확실한 승산이 없는 한 덤벼들지 않아."

삼촌은 이 주장을 확신할 수 없는 듯, 우울한 한숨을 내쉬며 중얼거렸다.

"하지만, 아무도 모르지. 그놈들이 밤에 야영장으로 기어들어 와서 물건 보따리를 훔쳐 달아날 수도 있으니까. 시바 신이 우리를 보호하실 게다."

삼촌이 불안감을 털어버리려는 듯 목청을 가다듬었다.

"대체적으로 판단할 때 우리가 걱정할 건 별로 없을 거야. 내가 예상하는 최악의 사태는 이 여행이 생각보다 오래 걸리지나 않을까 하는 건데……."

사실, 알준은 이 여행이 삼촌 생각보다 더 오래 걸리길 희망하고 있었다. 비록 캐러밴 속에 끼여 여행하는 건 싫지만 카시에 도착하는 시간이 연장되는 건 마음에 들었다. 일단 그곳에 도착하면 자신은 브라만 선생님에게 넘겨질 터였다. 그것이 의미하는 건 분명했다. 그건 매일 몇 시간씩 기도를 하고 산스크리트 문법과 천문학을 배우고 선생님을 신처럼 떠받드는 걸 의미했다.

언제나 뭔가 도움이 되려고 노력하지만 결국은 문제만 일으키는 삼촌은 아이가 카시의 유명한 선생님에게 공부를 배우면 좋을 거라고 아버지에게 제안하고 말았다. 삼촌은 마을에서 생산한 청동 주조물과 동상을 인도에서 최고로 발이 고운 옥양목과 바꾸려고 일 년에 한 번씩 카시에 갔다. 그 덕에 '빛의 도시' 카시에 사는 학자들을 잘 안다고 자랑하던 터였다.

어쩌면 아버지는 당신의 하나밖에 없는 딸을 보낼 수밖에 없어 큰아들을 함께 보내기로 결정했는지도 모른다. 가우리는 아홉 살로 알준보다 다섯 살 아래였다. 아버지는 카시에 사는 성자 가운데 한 분이 하나밖에 없는 가련한 딸자식의 병을 고쳐주기 기원했다.

그래서 알준은 신성한 시바 신(파괴의 신이며, 동시에 재생의 신)의 도시이며 수많은 성자들이 살고 자신 같은 어린 학생들을 가두어두는 카시를 향해 떠나게 되었다. 그는 이 여행이 영원히 계속되어도 좋을 것 같았다. 하지만 게으른 황소들과 베텔(인도 사람들이 습관적으로 씹는 열매)을 씹어 먹는 짐꾼들 사이에 파묻혀 뜨거운 뙤약볕을 거닐며 일생을 보내고 싶은 마음은 없었다.

알준이 진정으로 원하는 건 시원하게 펼쳐진 바다를 보는 것이었다. 카시 옆을 흐르는 갠지스 강이 아니라, 넓고 큰 바다, 사방에 펼쳐진 물, 끝이 보이지 않는 바다! 언젠가부터 사내가 열네 살 나이라면 바다를 보아야 한다는 생각을 해왔다.

알준이 살던 곳은 몬순이 지나고 먼지만 펄펄 날리는 건기가 시작되었다. 마을 담 너머에는 논과 콩밭만 펼쳐질 뿐, 그 밖에는 아무것도 없었다. 사람들은 닭과 젖소를 길렀으며, 밭을 가꾸었다. 매일 눈만 뜨면 온종일 하는 일은 그것밖에 없었다.

그래서 알준은 마을을 떠나는 게 기뻤다. 하지만 가족과 헤어져야 하는 건 슬펐다. 알준이 떠날 때 어머니는 구슬픈 눈물을 흘렸다. 남동생 두 명은 두렵고 걱정스런 표정으로 형을 쳐다보았다. 아버지는 온갖 종류의 충고를 해주었다. 알준아, 이것은 이렇게 하거라, 알준아, 저것은 절대 하지 말거라…….

알준의 아버지는 인도에서 최고로 높은 브라만 계급의 일원이었지만 인생에 성공한 적은 단 한번도 없었다. 많은 땅을 유산으로 물려받았지만, 한평생 속병을 비롯한 병마와 싸워야 했기 때문에 땅을 경작하는 문제에 적극적으로 개입할 수 없었다. 아버지는 수시로 거짓말하는 집사들과 곡식을 훔칠 때만 열심히 일하는 일꾼들에게 의존할 수밖에 없었다. 그럼에도 불구하고, 아버지는 마을에서 가장 중요한 가문의 장손으로 존경을 받았다. 모든 결정은 삼촌이 아닌 아버지가 내렸으며, 알준은 그것이 자랑스러웠다.

알준을 더욱 자랑스럽게 만든 건 아버지가 자신에게 가우리를 맡겼다는 점이었다. 아버지는 손가락을 치켜세워 경고하면서 이렇게 말씀하셨다.

"너는 맏아들이다. 그러니 네 여동생을 늘 보살펴줘야 한다. 물론 삼촌이 도와주겠지만, 여행하는 동안에는 물론 카시에 있을 때도 알준 네가 여동생을 보호하고 돌봐줘야 한다."

무거운 책임이었지만, 알준은 마을을 떠나 새로운 세계로 나갈 수만 있다면 그 책임을 충분히 받아들일 준비가 되어 있었다. 몬순이 계속되는 동안, 알준은 매일 아침잠에서 깨어날 때마다 빨리 우기가 멈추기만 기원했다. 우기에 여행길을 나서는 사람은 아무도 없었다. 몬순이 서쪽에서 동쪽으로 인도 전역을 휩쓸고 지나가는 동안에는 심지어 성자들조차 사원이나 동굴 밖으로 나오는 모험을 하지 않았다.

우기에는 모든 사람이 고통에 시달렸다. 아버지는 특히 심했다. 습기 찬 날씨가 기침과 두통을 심하게 불러왔기 때문이었다. 빗줄기는 삼개월 내내 모든 담을 때렸으며 방바닥을 진흙 더미로 만들었고 옷가지마다 곰팡이가 슬게 했다. 다섯 살밖에 안 된 알준의 막내동생은 기름을 온몸에 칠해도 피부병이 가라앉지 않아, 줄기차게 퍼붓는 빗줄기에 지친 재칼이 들판에서 울어대는 밤마다 잠을 이루지 못한 채 두려움에 떨며 훌쩍거렸다.

마침내 몬순 바람이 북쪽으로 꺾어진 길을 지나 마을 너머로 휘익 사라지면서, 대지를 말리는 뜨거운 건기가 시작되었다. 구름 한 점 없는 날에 캐러밴이 도착하자, 아버지는 알준과 가우리가 삼촌과 함께 카시를 향해 떠나도록 허락했다.

캐러밴과 함께 떠날 때 본 가족의 마지막 모습이 떠올랐다. 큰 키에 근심 어린 표정의 아버지, 숄 끝으로 눈물을 닦아내던 어머니, 막대기를 장검처럼 치켜든 남동생, 엄지손가락을 열심히 빨아대던 막내동생.

알준의 마음속에 네 명의 모습이 생생하게 그려졌다. 알준에게는 한 번 본 것을 잊어버리지 않는 뛰어난 능력이 있었다. 비록 낯선 숲속을 오래도록 지나왔지만, 고향의 숲보다 훨씬 빽빽하게 들어찬 나무를 헤치며 걸어왔지만, 길 잃을 걱정은 없었다. 맘속으로 가족 생각을 하는 동안에도 두 눈은 나무와 덤불의 특징 하나하나를 찬찬히 담아두었다.

알준은 걸음을 멈추고 작은 주머니에서 백단향 반죽을 조금 꺼내 목 언저리에 발랐다. 그 반죽이 모기를 쫓아줄 터였다. 게다가 나무가 울울해 햇빛 한 조각 들어올 수 없는 숲 속의 축축한 열기에 지친 피부를 시원하게 만들어줄 것이다.

그는 순모로 짧은 치마처럼 만든 도티(남아시아 힌두교 문화권의 남자들이 전통적으로 입는 긴 허리감개옷)를 입고 있었다. 앞자락 끝을 잡아 엉덩이와 넓적다리 주위에 두른 후, 정강이 사이로 꺼내 허리띠에 말아 넣었다. 순모 실을 세 가닥으로 엮어 왼쪽 어깨에서 헐렁하게 내려와 오른쪽 엉덩이를 감싸고 돌아간 것은 브라만 계급을 상징하는 신성한 실이었다. 한가운데 길게 늘어진 상투를 제외하곤 머리칼 전체를 면도칼로 밀었는데, 지금까지 한번도 자른 적이 없는 상투와 밀어버린 머리도 브라만을 상징하는 표시였다.

피부에 바른 백단향 반죽이 온몸에 시원한 기분을 주자, 알준은 다시 발걸음을 옮겼다. 이제 야영장으로 돌아가야 하지 않을까? 하지만 식사 시간이 될 때까지 자신이 그곳에서 할 일은 없었다. 하루 종일 당나귀를 타느라 지친 가우리는 깊은 잠에 곯아떨어졌을 터이며, 삼촌은 마차꾼들과 담소를 나누며 향료와 송진, 벵갈고무나무 줄기를 섞어 만든 담배를 태울 터였다.

알준은 삼촌이 이 세 가지 재료를 갈아 반죽으로 만들어, 손가락 길이의 막대기 주변에 그것을 둥글게 입히는 장면을 자주 보았다. 그래서 반죽이 원통 모양으로 마르면, 막대기를 비틀어 빼낸 다음, 순수한 버터와 기름에 절인 향료 덩어리를 그 안에 집어 넣고 불을 붙였다. 삼촌은 이 담배가 이를 튼실하게 만들고 기침을 가라앉히며, 아픈 귀와 게으름증을 고쳐준다고 주장했다.

하지만 알준은 그 말을 믿지 않았다. 아버지가 담배는 기침을 더 심하게 만들 뿐이라고 주장했기 때문이었다. 아버지는 삼촌 주장의 대부분을 부정했다. 알준은 자신을 카시로 보내는 것에 대해 두 분이 의견 일치를 보았다는 사실이 기적처럼 느껴질 뿐이었다.

이제 야영장으로 돌아갈 시간이 되지 않았을까? 마침 개울이 흐르는 빈터를 발견해 캐러밴이 행진을 일찍 멈춘 날이긴 하지만, 이미 오후가 절반 정도 지난 후였다. 해가 떨어지고 어둠이 깔리면 자신이 걸어온 길을 되짚어가기 힘들지도 모른다. 더군다나 자신이 이곳에 있다는 사실을 누가 알겠는가? 알준은 개미들이 기다란 줄을 그리며 바삐 움직이는 모습을 가만히 내려다보았다. 흑곰은 개미를 별미로 간주한다는 생각이 뇌리를 스쳤다. 지금까지 흑곰을 한번도 본 적 없지만, 기다란 흰 줄이 난 가슴, 좋은 먹성, 흉폭한 성질, 사람을 공격할 때는 늘 얼굴을 목표로 한다는 말을 들은 적이 있었다.

알준은 흑곰에 대해 생각하며 습지로 들어갔다. 숲 냄새가 물씬 풍기는 습지에는 허리 높이까지 올라온 사초가 가득했다. 나뭇가지와 기다란 잎사귀가 얽히고설켜 똑바로 설 수 없었다. 알준은 등을 구부리며 덤불 속을 지나갔다.

돌아가기로 결정하자마자, 갈대 숲 너머에서 숨가쁜 비명 소리에 뒤이어 날카로운 소리가 들렸다. 정체불명의 동물이 몹시 숨차하는 소리였다. 알준은 걸음을 멈췄다. 생전 처음 듣는 소리였다. 다시 이어지는 소리. 그 짧은 소리가 깊고 그윽하게 숲 속에 퍼져나갔다. 한

숨을 내쉬는 소리 같기도 했다. 숨을 가쁘게 몰아 쉬는 소리가 뒤따라 일어났다. 사방이 절대적인 정적 상태에 빠져들었다. 새들이 지절대는 소리도, 벌레가 우는 소리도, 잎사귀가 하느작거리는 소리도 없었다. 죽음과 같은 고요만 그득했다. 마치 살아 있는 모든 생명체와 공기가 갑자기 딱딱한 돌덩이로 변한 것 같았다. 도대체 누가 저렇게 끔찍한 소리를 만들어낼 수 있을까?

궁금해 할 틈도 없었다. 사초 덤불 속에서 커다란 새가 검은 날개를 바지런히 퍼덕여 여인네들이 빨래 두드리는 소리를 내며 날아올랐다. 새가 날아오르며 내지른 비명 소리에, 알준은 즉시 움직이기 시작했다. 그는 한 손으로 덤불을 헤치며 앞으로 나아가, 앞에 있는 갈대 줄기를 한쪽으로 눕힌 채 조그만 빈터를 조용히 살펴보았다.

여섯 걸음도 안 되는 지점에서 시선이 얼어붙었다.

노란빛을 흩뿌리는 거대한 눈, 노란색이 감도는 갈색 머리.

알준은 한순간에 모든 걸 볼 수 있었다. 부러진 갈대 덤불 위에 웅크리고 앉아 있는 엷은 황갈색의 거대한 몸체와 검은색으로 길게 뻗은 줄무늬, 계속 씰룩거리는 커다란 두 귀, 넓고 커다란 이마 여기저기에 박힌 하얀 점, 축축하게 젖은 검은 코.

지금까지 호랑이를 본 적은 한번도 없었다. 호랑이를 보고 싶은 생각도 없었다. 특히 이렇게 가까운 거리에서는 더더욱 아니었다. 도망칠 기회가 없을 듯했다. 만일 몸을 돌려 도망치기 시작한다면, 저 거대한 야수가 단숨에 뛰어올라 자신을 한번에 잡을 터였다. 알준은 옆에 있는 갈대를 꼭 잡았다. 수록(동남아시아산 큰 사슴)을 열심히 뜯어먹던 야수가 식사를 방해한 자신에게 화를 낼까 두려워 숨도 쉴 수 없었다.

죽은 사슴의 몸통이 호랑이 발톱 사이에 누워 있었다. 뿔 두 개는 가지가 세 가닥으로 뻗은 조그만 나무처럼 보였으며, 목털은 갈기처럼 곤두선 상태였다. 하지만 황갈색 배 부분은 완전히 찢겨진 채 아직 먹히지 않은 내장을 그대로 드러냈다. 알준을 향한 수록의 머리는 짙은 갈색이었으며, 유리처럼 투명하고 동그란 두 눈은 가엾은 표정으로 알준을 바라보고 있는 듯했다. 알준은 고향의 숲 속에서 사슴을 본 적이 있었다. 사슴들은 코를 씨근거리며 진흙탕에서 뒹굴다가 강가에서 목욕하는 걸 좋아했다.

호랑이가 입을 크게 벌려 하품을 하자, 누런색의 날카로운 이빨에 묻어 있는 핏빛 살점이 빛났다. 거대한 야수의 두 눈에 졸음이 몰려왔다. 구름처럼 몰려드는 파리가 귀찮은 듯, 두 귀가 찡긋거렸다. 야수가 트림을 했다.

호랑이의 느긋한 모습을 보니 도망칠 기회는 아직 있다는 생각이 들었다. 식욕을 충분히 채운 게 분명했다. 다시 사냥에 나설 가능성은 적었다. 조금 있으면 덤불 속으로 어기적어기적 들어가 낮잠을 즐길지도 모른다.

알준은 휘어진 갈대를 살머시 놓았다. 숨을 깊게 들이마신 다음 몸을 돌려 한 발짝 앞으로 내딛었다. 심장이 쿵쿵 뛰기 시작했다. 또 한 발짝을 내딛었다. 아무 소리도 들리지 않았다. 알준은 다시 움직여 죽음의 문턱에서 한 발짝 더 도망쳤다. 슬금슬금 몇 걸음 더 걸었다. 포식한 야수가 숨을 씨근덕대는 소리가 뒤쪽에서 들렸다.

알준은 재빨리 걸음을 멈추고 신성한 실을 만지며 행운을 빌었다. 쿵쿵대는 심장 소리가 멈춘다면 뒤에서 일어나는 소리가 더 잘 들릴 거라는 생각이 들었다. 다시 한 발짝. 또 한 발짝. 한 발이 쓰러진 갈대를 밟았다. 움찔. 또 한 발짝, 또 한 발짝. 마침내 습지 끝이 나타났다.

사초와 갈대 숲을 벗어난 다음부터 알준은 정신없이 달렸다. 더 이상 숨을 쉴 수 없을 때까지 달리고 또 달렸다. 그러곤 땅 위에 풀썩 쓰러졌다. 나무 사이를 뚫고 내리비추는 햇살이 시원하게 보였다.

이윽고 숨이 진정되었으며, 마음도 안정되었다. 좀 전에 일어난 사건은 하나의 징후였다. 이런 사건은 우연히 일어나지 않는다. 어쩌면 신들이 아주 신비로운 방식으로 은혜를 베풀고 있는지 모른다. 죽음의 문턱에서 도망쳤다는 건 분명히 신들이 도왔기 때문이다.

알준은 신성한 실을 만졌다. 브라만 계급에 입문하기로 결정난 이래, 알준은 자신의 삶에 어떤 목적이 있다는 느낌을 가지고 있었다. 그것이 무엇인지 모르지만, 분명히 있다는 확신이 들었다. 어쩌면 이런 느낌을 가지게 된 이유는 어머니 때문일 가능성이 높았다. 어머니는 이렇게 말씀하셨다.

"알준아, 네 아버지께서 판다바 대전쟁의 영웅 이름을 따서 네 이름을 지은 이유가 무언지 아니? 그건 네가 알주나 왕자처럼 뛰어난 화살 솜씨를 갖출 거라 생각하셨기 때문이 아니야. 알주나 왕자는 뛰어난 전사 그 이상이었단다. 그분은 신들과 대화를 나누고, 사물의 본질을 바라보는 사람이었어. 네 아버지는 너에게서 그런 가능성을 보신 거야. 비록 네가 아직 장난이 심하고 학문에 관심이 없지만 말이야. 우리 두 사람은 네 운명을 믿는다."

알준은 일어나 앉았다. 바로 그 순간, 이 말을 하는 어머니의 얼굴이 눈앞에 나타났다. 어머니의 두 눈에서 번뜩이는 빛이 두렵게 느껴질 정도였다.

2

알준은 두 발을 딛고 일어나서 갈 길을 찾기 위해 사방을 둘러보았다. 야생 무화과나무 두 그루 사이에 자리잡은 덤불이 눈에 띄었다. 알준은 방향을 정확히 잡고 신속하게 앞으로 걸어가기 시작했다.

황혼이 드리우기 전에 야영장에 도착할 수 있을 것이다. 발걸음이 경쾌하고 자신만만했다. 호랑이와의 신비스러운 만남의 결과였다. 마을의 사제가 신성한 실을 하사하는 의식은 두번째 탄생을 의미하는 행사였다. 그런데 이제 막 세번째로 태어나는 행사를 치른 셈이었다.

삼촌에게 말할까? 아마 빙그레 웃으면서 그게 무엇을 의미하는지는 성자가 판단해야 한다고 말할 것이다. 그런 다음, 삼촌 자신이 〈베다〉(이란 지역에서 인도로 들어온 인도유럽어족 사이에서 유행한 성스러운 찬가 또는 시, BC 1500~1200)에 실린 글에 근거해 이러저러한 해석을 내릴지도 모른다. 하지만 그럴듯한 해석은 하나도 없을 게 분명했다. 어쩌면 위대한 신은 호랑이 가죽을 입고 있으니, 호랑이는 시바 신이 변장하고 나타난 거라고 말할지도 몰랐다. 삼촌은 시바 신의 열

럴한 추종자였다. 그리고 경쟁 집단인 비슈누파를 싫어했다. 따라서, 죽어서 누워 있는 사슴은 비슈누라고 말할 게 분명했다. 하지만 결국 엔 머리를 긁적이면서 이렇게 중얼거릴 것이다.

"으흠, 아무도 모르는 일이야."

아버지에게 말하고 싶었다. 아버지는 당신이 모르는 걸 결코 아는 척하지 않았다. 아버지는 어떤 반응을 보이실까? 아마 내용을 자세히 파악하기 위해 "덩치가 커다란 호랑이였니?" 하고 물어보실 것이다.

호랑이가 하품하면서 입을 커다랗게 벌린 모습이 떠올랐다. 두텁게 흐르는 침, 연한 핑크색 잇몸, 누런 이빨에 걸려 있는 핏빛 살점, 붉은 피가 잔뜩 묻은 널따란 혓바닥.

바로 그 순간, 땅바닥에 쓰러져 있는 어떤 물체가 눈앞에 나타났다. 한 사람이 얼굴을 땅에 박은 채 누워 있었다.

알준은 서둘러 앞으로 가서 그 사람 옆에 무릎을 꿇고 앉았다. 움직임이 전혀 없었다. 알준은 그 사람을 조심스럽게 돌려 눕혔다. 잔뜩 찌푸린 입과 크게 뜬 눈이 보였다. 사슴의 투명한 눈을 보는 듯했다. 알준은 죽은 사내를 알아볼 수 있었다. 캐러밴에서 우마차를 모는 마차꾼이었다.

두 손이 축축하게 젖는 느낌이 들었다. 사내의 복부에 생긴 커다란 상처에서 아직까지 피가 뿜어져 나오고 있었다. 알준은 나무 사이를 뚫고 간간이 흘러드는 붉은 빛 줄기를 통해, 마차꾼이 칼에 찔려 많은 피를 흘리다가 죽었다는 사실을 알 수 있었다.

알준은 자리에서 일어나 땅에 떨어진 핏자국을 조심스럽게 따라갔다. 갑자기 왁자지껄하는 소리가 들렸다. 멀지 않은 곳이었다. 이윽고 고통과 공포가 잔뜩 묻어난 비명 소리도 들리기 시작했다.

알준은 등을 구부린 채 소리가 나는 쪽을 향했다. 끔찍한 비명 소리가 공포심을 자아냈음에도 불구하고 계속 앞으로 나아가, 숲 속의 녹음 사이로 이리저리 뛰어다니는 사내들을 발견했다. 알준은 커다란 벵갈고무나무 뒤에 바싹 엎드려 몸을 숨긴 채 자신이 오후에 떠나온 야영장을 자세히 살펴보았다.

사람들과 물건들이 사방에 어지러이 널브러져 있었다. 머리에 터번을 동여매고 장검을 든 사내들이 캐러밴들을 뒤쫓으며 서로를 향해 흥겹게 외치는 모습도 보였다. 어떤 나이 많은 상인은 도망치려고 열심히 뛰어가고 있었다. 염소들은 울어대고 밧줄에 묶인 당나귀들은 안절부절못하고, 야영장 뒤에서는 한 여자의 날카로운 외마디소리가 줄곧 들려왔다.

알준은 나무 뒤로 물러나 하늘을 쳐다보았다.

강도 떼.

강도 떼! 삼촌이 내린 판단은 이번에도 틀렸다. 강도 떼는 그리 많지 않았다. 스무 명 남짓했다. 그럼에도, 캐러밴을 손쉽게 장악한 듯싶다.

나뭇등걸 주변을 다시 살펴보았다. 빈터에는 최소한 여남은 시신이 누워 있었다. 강도의 터번을 두른 시신은 한 구밖에 없었다. 캐러밴은 강도 떼의 공격에 무방비 상태였다. 마차꾼과 상인 대부분은 그냥 도망치려 했음이 분명했다.

가우리는 어디에 있지?

알준은 현장을 요모조모 살펴보았다. 죽거나 죽어가는 사람을 제외한 나머지는 모두 밧줄에 묶여 한곳에 있었다. 여자는 한 명도 보이지 않았다. 덤불 속에서 강도 둘이 상처로 인해 신음 소리를 내는 상인의 팔을 끌고 나왔다. 다른 강도 서너 명은 눈을 크게 뜬 채 코를 씨근거리는 황소들을 진정시키고 있었다. 허리를 구부린 채 시체를 살펴보며 돈주머니를 샅샅이 뒤지는 강도들도 있었다.

한 놈이 염소 한 마리를 조그만 나무로 끌고 가 염소 목에 걸린 밧줄을 나뭇가지에 걸고 힘껏 잡아당기자 다른 놈이 염소 꼬리를 걸어찼다. 염소가 다리를 쭉 뻗으며 펄쩍 뛰어올랐다. 세번째 놈이 구부러진 장검을 휘둘러 한칼에 목을 베어버렸다. 그러자 한 놈은 염소 가죽을 벗기기 시작했으며, 다른 한 놈은 꼬챙이를 만들려고 나뭇가지를 주워들었다.

가우리! 가우리는 어디에 있지?

빈터 뒤에서는 울부짖는 여인의 외마디소리가 여전했다. 반대편에서 다른 여인의 우짖는 소리도 들렸다.

내 누이동생은 어디에 있지? 가우리는 어디에 있지?

여인들의 비명 소리가 또 들렸다. 마차꾼 한 명이 빈터로 질질 끌려왔다. 놈은 살려달라고 빌어대는 마차꾼을 창으로 무자비하게 찔렀다. 알준은 고개를 돌렸다. 토악질이 났다. 놈들이 내 소리를 들은 건 아닌가? 그럼 어떻게 하지? 가우리는 어디에 있지? 자리에서 벌떡 일어나 밖으로 뛰쳐나가고 싶었다. 그래서 두 팔을 흔들면서 여동생 이름을 크게 부르고 싶었다. 하지만 몸뚱이는 오히려 풀썩 주저앉고 말았다.

마음이 갑자기 이상할 정도로 편해졌다. 아무 일도 일어나지 않은 성싶다. 자신은 고향에 있는 저수지에서 마을의 물소를 타고 놀다가 젖은 옷을 말리고 있었다. 놀고 있는 아이들과 물소를 지나 저수지 건너편을 바라보았다. 계속 움직이는 두레박이 수로에 있는 물을 퍼올려 논바닥에 들이붓는 모습이 보였다. 모든 게 제자리에 그대로였다. 이제 악몽에서 깨어나자. 나는 저수지 옆에서 깊은 잠에 빠져 악몽을 꾼 것이다. 이제 잠에서 깨어나자.

하지만 벵갈고무나무 뒤에서 나는 소리들이 악몽이 아닌 현실임을 깨우쳐주었다. 불현듯 공포심이 몰려들었다. 알준은 재빨리 덤불 속으로 기어들었다. 기어, 기어! 도망쳐! 집으로 도망쳐! 빨리 이곳에서 도망쳐!

알준은 동작을 멈추고 두 손에 말라붙은 핏자국을 살펴보았다. 빈터에 있는 강도놈들은 자신을 발견하자마자 목을 자를 게 분명했다. 도망쳐야 한다. 일주일 안에 집으로 갈 수 있을 것이다. 산딸기를 먹으면서 빨리 걸으면 된다.

집에 도착한 다음에는?

아, 집에 도착한 다음에는! 어머니의 두 눈을 바라보면서 하나밖에 없는 딸을, 하나밖에 없는 여동생을 그냥 내버려둔 채 도망쳐 왔다고 말할 수 있을까? 아버지의 얼굴을 바라보며 용서를 구할 수 있을까?

"네, 아버지. 저는 도망쳐서 제 목숨을 구했어요. 가우리는 보지 못했어요. 죽었는지 살았는지 모르겠어요."

알준은 몸을 돌려 나뭇등걸 뒤로 다시 기어가 야영장 주변을 둘러보았다. 상황이 많이 변했다. 가축들은 이미 진정된 상태였다. 염소들도 마찬가지였다. 포로들은 두 손과 두 발을 꽁꽁 묶인 채 마차 옆에 쓰러져 있었다. 땅바닥에 쓰러진 모습이 마치 시장에 내다 팔기 위해 눕혀놓은 양 떼 같았다.

삼촌은 거기에 없었다.

꼬챙이에 끼워진 염소 두 마리가 황혼의 어둠을 몰아내는 커다란 모닥불 위에서 돌아가고 있었다. 강도놈들은 대부분 그 주위에 둘러 앉아 술 동이를 입에 댄 채 술을 마시고, 빈랑나무 열매를 그 잎사귀에 감아 생석회를 발라 만든 환각제를 씹었다. 환각제는 금세 그 효과를 드러냈다. 놈들은 행복한 표정으로 웃으면서 꿀과 쇠뭉치가 가득 담긴 보따리, 청동 제품을 싣고 가는 캐러밴을 발견한 건 정말 행운이라며 떠들어댔다.

두 놈이 험상궂은 표정으로 마주앉아 있었다. 갑자기, 수염이 덥수룩한 나이 많은 한 놈이 모닥불 주변에 모여 있는 놈들에게 고함을 쳤다. 두목 같았다. 염소를 다 굽기 전에 아직 할 일이 많다는 소리였다. 그러자 부하들이 겁먹은 표정으로 입을 다물었다. 두목은 포로들을 한 명씩 데려오라고 명령했다.

빈터 뒤편에서 비명 소리가 났다.

"그리고 그 여자들 그만 건드려!"

두목이 덤불을 향해 소리쳤다. 그런 뒤 앞에 앉아 있는 강도에게 고개를 돌리며 말했다.

"저놈들이 저 짓을 당장 그만두지 않으면 팔만한 물건이 모두 없어질 거야."

두목이 다른 부하에게 소리쳤다.

"여자들을 이곳으로 데려와 저쪽에 묶어놔!"

두목이 근처의 마차를 가리키며 다시 소리쳤다.

"만일 저 여자들한테 무슨 일이 또 생기면, 네놈 목구멍을 도려내고 말 테다."

그때 강도놈 하나가 두목 옆으로 다가와 무릎을 꿇더니, 모깃소리만하게 뭐라고 말했다.

"어디에?"

두목이 사방을 둘러보며 물었다.

놈이 재빨리 일어나 뛰어가더니, 덤불 속에서 약해보이는 여자아이 한 명을 끄집어냈다. 파란색 사롱(허리 두르개)을 입은 여자아이였다. 어깨 주변에는 회색 숄을 둘렀으며, 머리칼은 뒤로 돌려 묶여 있었다.

가우리!

알준은 여자아이를 꼼꼼히 살펴보기 위해 상체를 위험할 정도로 앞으로 쭉 내밀었다. 두 팔에 꼈던 금팔찌는 보이지 않았다. 놈들이 빼앗은 게 분명했다. 하지만 가느다란 왼발에는 여전히 조그만 금발찌 하나가 있었다. 캐러밴과 함께 마을을 떠날 때 어머니가 걸어준 금발찌였다. 여자아이의 이마에 그려진 티라키 표시에는 더러운 게 묻었으며 두 손은 등뒤로 묶인 상태였으나, 특별히 다친 곳은 없는 듯했다.

가우리. '현명한 사람'이라는 뜻이었다. 어머니는 가우리 여신은 이 세상의 근원이라고 말하곤 했다. 가우리 여신은 이 세상에 모든 생물이 생겨나기 전의 우주 그 자체였다.

끌고 온 놈이 가우리를 살짝 밀었다. 살짝 밀었는데도 불구하고 가우리로 하여금 두목 앞으로 떠밀려 무릎을 꿇게 만들기엔 충분했다. 두목이 수염을 툭툭 치며 파랗게 질린 허약한 여자아이를 잠시 살펴보았다. 앞에 있는 놈이 입을 열었다.

"창녀촌에 팔기엔 너무 어린데요."

"요리할 수 있나?"

두목이 가우리에게 물었다. 하지만 여자아이는 커다란 두 눈을 동그렇게 뜬 채 두목을 가만히 쳐다보기만 했다.

알준은 이보다 더한 무력감을 느껴본 적이 없었다. 지금 당장 뛰쳐나가서 외치고 싶었다.

"내 여동생은 말할 수 없어요. 그래서 성인에게 보이기 위해 카시로 데려가는 중이었어요. 하지만 노래는 할 수 있어요!"

여동생이 가사 없는 노래를 부르면, 그 노래를 듣는 사람들이 가느다랗게 영혼을 울리는 맑은 소리에 사로잡혀 눈물을 글썽이던 모습이 뇌리를 스치고 지나갔다.

"바느질은 할 수 있는가? 청소는?"

두목이 계속 물었다.

가우리는 나무토막을 바라보는 듯한 표정으로 두목을 쳐다보았다.

두목은 꼬마 아이의 무관심한 표정이 어이가 없고 짜증스러운지, 어깨를 으쓱하며 입을 열었다.

"어디를 가든, 금방 일하는 법을 배울 수 있겠지."

두목이 가우리를 데려온 부하에게 시선을 돌리며 말했다.

"저 아이는 따로 떼어놓도록 해."

두목이 화가 난 어투로 금발찌를 가리키며 덧붙였다.

"그리고 저 발에 있는 건 당장 떼어내. 저 금발찌를 무시할 정도로 우리가 부잔가?"

두목이 구운 염소 고기를 기다리던 강도 떼를 경멸기 어린 시선으로 노려보았다.

강도놈은 가우리를 마차 바퀴 뒤로 밀어 넣은 다음 다른 놈들과 함께 남자 포로를 한 명씩 모닥불 옆으로 데려왔다. 두목은 한 명씩 살펴본 다음 그 사람의 운명을 결정했다. 일부는 오른편으로 끌려가 빈터를 지나가서 고통 어린 짧은 비명을 마지막으로 운명을 마쳤다. 다른 사람들은 마차 뒤로 끌려가 바닥에 던져졌다. 대부분이 상처를 입지 않아 계속 살아남을 수 있는 젊고 힘이 센 사람들이었다.

이윽고 여자들이 빈터로 끌려 나왔다. 알준은 그들을 볼 수 없었다. 하지만 그들이 흐느끼는 소리가 가슴을 도려내는 것 같았다.

알준은 벵갈고무나무에 등을 기댔다. 염소를 굽는 강렬한 냄새가 코 안에 싸했다. 이윽고 강도 떼가 환호성을 내지르며 음식을 먹기 시작했다. 으적으적 짭짭! 음식을 씹으며 터트리는 웃음소리가 귀에 가득했다. 마침내 향연을 끝내는 트림 소리도 들렸다. 호랑이 생각이 났다.

알준은 미동도 없이 웅크리고 있었다. 너무 슬프고 두려운데다 가우리에 대한 걱정이 앞선 나머지 배고픔조차 느낄 수 없었다.

달이 떠올랐다. 강도 떼의 왁자지껄한 소리와 여자들이 밧줄에 묶인 채 느껴 우는 소리가 점차 사그라들었다. 알준은 코고는 소리와 깊은 잠 속에서 기침을 해대는 소리가 빈터에 가득할 때까지 전혀 움직이지 않았다.

고향에서는 칠흙 같은 밤이면 개구리들이 사방에서 시끄럽게 울어댔다. 몬순 기간에는 언제나 이상한 일들이 일어났는데, 조그만 청개구리들이 여기저기서 나타나 사방으로 기어오르며 울어댔다. 그렇게 몇 주일 동안 지천으로 그득했다. 그러다 갑자기 사라져 단 한 마리도 눈에 띄지 않는다. 몬순이 끝나면, 가죽만 남은 청개구리의 시체들이 개울에 낙엽층을 이루었다. 지금까지 잊고 지내던 이 조그만 개구리들의 신비에 싸인 모습이 걷잡을 수 없이 떠올랐다. 그 밖에도 고향에 대한 많은 기억이 떠올랐다. 그렇다. 내가, 그리고 가우리와 삼촌이, 지금 있어야 할 곳은 고향이다. 우리 세 사람은 절대 고향을 떠나지 말아야 했다.

알준은 한숨을 내쉬면서 벵갈고무나무 앞으로 나와 환하게 빛나는 모닥불 주변에 앉아 있는 경비병 세 명을 살펴보았다. 만일 저들 뒤로 돌아서 가우리에게 갈 수 있다면, 그 다음에는 어떻게 해야 할까? 묶인 줄을 풀고 함께 도망쳐? 가우리가 쓰러져 있는 마차는 경계심을 늦추지 않는 경비병과 열 발자국 정도밖에 안 되는 거리에 있었다. 그들에게 안 들킬 정도로 조용히 움직일 가능성은 전혀 없었다. 그렇다면 기다릴 수밖에.

시간이 흘렀다. 하지만 신들은 어떻게 시간이 지나가도록 놔둘 수 있단 말인가? 시간은 여기서 멈춰야 하지 않는가? 신들이 시간을 뒤로 돌려 강도 떼가 습격하기 전으로 만든 다음, 다시 시간이 시작되도록 만들어야 하지 않는가? 바로 그것이 사제들이 말하는 신성한 자비가 아닌가?

알준 자신도 잠에 빠질 순 없었다. 아니, 잠잔다는 생각 자체가 불가능했다. 오늘의 악몽이 끝날 때까지 깨어 있어야 했다. 오늘 하루가 악몽이 아니라면, 이제 두 번 다시 잠들지 말아야 했다.

하지만 그는 잠들고 말았다.

다음날 아침, 갑자기 잠에서 깨어나 숨을 훅 몰아 쉰 알준은 물걸레가 훔치고 지나간 것처럼 물기가 추적추적한 두터운 안개 너머를 살펴보았다.

강도 떼는 이미 하루 일과를 시작한 다음이었다. 두목이 부하들에게 재촉하는 소리가 들렸다.

"밧줄을 꽉 매! 너, 저기 있는 보따리 잊지 말고 챙기고! 우리가 아무 소득도 없이 돌아가기 위해서 이 먼 곳까지 나와 열심히 일한 게 아니잖아! 청동과 쇠뭉치도 빼놓지 말고! 저놈들을 시켜서 모두 실어! 그것 때문에 저놈들을 아직까지 살려놓은 거라고!"

벵갈고무나무 뒤에서 살펴본 알준은 두목이 캐러밴 생존자들을 말하고 있다는 사실을 알 수 있었다. 그들이 마차에 가득 실린 보따리와 물건들을 운반하기 시작했다. 강도놈들은 사방을 돌아다니며 황소와 당나귀의 목을 베어버렸다. 그런 다음 마차들을 빈터 한가운데로 몰아놓고 불을 질렀다. 강도 떼는 전리품을 가져가야 했지만, 두목이 덩치가 너무 커 운반하기 힘든 물건들을 그냥 버리라고 명령한 게 분명했다. 두목은 포로들이 짐을 운반하다가 도중에 지쳐 쓰러지면 그냥 죽이고 갈 터였다. 강도놈들은 터번을 다시 꽉 맨 다음 장검을 허리춤에 꽂고 대열을 형성하기 시작했다. 가우리와 여인네들은 염소 몇 마리와 함께 대열 중간에 놓여졌다. 그 다음에 짐꾼들이 섰으며, 그 뒤에서 강도놈들이 창으로 쿡쿡 찌르며 갈 길을 재촉했다.

알준은 대열이 떠나는 모습을 지켜보았다. 사라지는 그들의 다리와 팔 주변에서 안개가 일렁거렸다. 그 모습을 보니, 몬순의 폭풍이 몰아쳐 뿌리째 뽑히던 덤불이 떠올랐다.

이제 가우리도 사라졌다는 생각이 들었다.

침묵이 감돌았다. 절대적인 고요가 알준을 휘감았다. 하루 전부터 죽은 채 쓰러져 있던 시체들이 안개 사이로 보였다. 어둠에 싸인 돌덩어리 같았다.

지난밤에 살펴본 포로들 사이에서도, 오늘 아침에 떠난 대열에서도, 삼촌이 보이지 않았다. 강도놈들이 도망치는 사람을 무참히 살해

한 빈터나 그 뒤편 어딘가에 있을 터였다.

　알준은 강도놈들이 잊은 물건을 찾기 위해 돌아오지 않을 거란 확신이 들 때까지 가만히 기다린 다음, 빈터를 향해 걸음을 옮겼다. 시체를 한 구씩 뒤집었다. 이윽고 지난밤의 모닥불이 재로 변한 곳에서 걸음을 멈추었다. 고깃점이 붙은 뼈다귀가 눈에 들어왔다. 그 순간 허기가 온몸을 채웠다. 알준은 뼈다귀를 집어들고 그 살코기를 뜯어 구역질을 하면서 먹어댔다.

　이윽고 배고픔이 가라앉았다. 알준은 안개가 걷히는 주변을 둘러보았다. 이제 어떻게 해야 하는가? 우선, 삼촌을 찾자.

　삼촌은 금세 찾을 수 있었다. 몸을 숨겼던 벵갈고무나무 맞은편 빈터 바로 뒤에 주검이 되어 있었다.

　삼촌의 손에는 한쪽 끝이 까맣게 탄 담배 하나가 들려 있었다. 담배를 태우던 도중에 강도 떼가 습격하자, 미처 담뱃불을 끄는 것도 잊은 채 급히 도망치다가 죽음을 맞이한 게 분명했다. 삼촌은 이렇게 말하곤 했다.

　"화가 날 때는 담배를 태우면 안 돼. 마음이 편안할 때 바로 앉아서 한 번에 세 모금씩 빨아 입 안으로 들이마신 다음 코로 내뿜어야 하지. 신들은 이런 방식을 좋아하시기 때문에 이렇게 하면 영혼 세계에 들어가는 데 도움이 되거든. 〈리그베다〉(인도에서 가장 오래된 찬가 본집으로 제사장들은 여기에서 찬가를 뽑아 암송했다)에 아주 교훈적인 구절이 있는데, 그 구절에 의하면……. 지금 당장은 정확한 구절이 생각나지 않는데……."

　알준은 무릎을 구부린 채 숨죽여 울었다. 마침내 고개 들어 하늘을 쳐다보니, 안개가 말끔히 걷혀 있었다.

시신들은 땅바닥에 비참하게 널려 있었다. 이들을 한데 화장을 하기에는 힘이 너무 부족했다. 공동 무덤을 만드는 것도 땅을 파는 데만 이틀 이상이 걸릴 터였다. 그러면 강도 떼를 따라잡을 수 없을 게 분명했다. 두목은 근처의 노예 시장에서 가우리를 팔 것이다. 그 뒤를 쫓아야 했다.

죽은 자를 손으로 만지는 문제도 있었다. 브라만은 시체를 만져 자신을 더럽히는 일이 없어야 했다. 하지만 이번은 특별한 상황이었다. 신들도 자신을 충분히 용서할 터였다. 아버지라면 뭐라고 말씀하실까?

"어떤 조치를 취하거라, 애야. 어떤 식으로든 명예를 지켜주거라."

그렇다. 아버지라면 이렇게 말씀하실 거다. 하지만 시간이 계속 흘러가고 있었다. 강도 떼는 자신들의 목적지를 향해 신속하게 움직일 것이다. 알준은 야영장과 그 주변을 샅샅이 보았다. 죽은 시체만 서른두 구였다. 너무 많은 시신이 알준을 오히려 차분하게 해주었다. 일부를 골라 명예를 지켜주면 충분할 듯싶다.

알준은 시신 네 구를 골라 재만 남은 모닥불 옆으로 끌고 왔다. 그런 다음 야자수 잎을 뜯어 시신을 덮어주었다. 하나는 나이 많은 여인이었는데, 눈에 띄는 유일한 여인의 시신이었다. 또 다른 하나는 자신의 남동생 나쿠라 정도의 나이로 보이는 소년이었다. 얼굴을 숨기면 등뒤를 쫓아오는 창을 피할 수 있다는 듯, 소년은 커다란 구멍이 난 나뭇등걸 속으로 머리를 집어 넣은 채 죽어 있었다. 알준은 죽은 소년을 살펴보았다. 가족과 헤어질 때 나쿠라는 막대기 하나를 칼처럼 치켜들고 있었다. 나쿠라라면 강도 떼와 싸웠을지 모른다는 생각이 들었다. 하지만 결국에는 이 소년과 똑같은 결과를 맞을 수밖에 없었을 것이다.

세번째 시신은 캐러밴에서 다른 사람과 별로 대화를 나누지 않던 중년의 남성이었다. 하지만 그가 차루키아 왕자의 비밀 요원이라는 걸 모르는 사람은 없었다. 이 비밀 요원은 다가오는 왕자의 결혼식에 쓸 선물을 구하러 카시로 가는 중이었다. 인도 서부 지역 대부분을 장악한 차루키아 왕국이라면 이 비밀 요원이 도중에 살해되었다는 사실을 듣고 가만히 있지 않을 터였다.

알준은 마지막으로 삼촌의 시신을 빈터로 끌고 와서 다른 세 구의 시신 옆에 놓았다. 야자수 잎으로 시신을 덮은 후 한 발짝 뒤로 물러나 두 손을 모아 죽은 자 모두를 추모하는 기도를 생각해내려고 했다.

바로 그때, 알준이 미처 첫마디를 뱉기도 전에 흥겨운 소리가 들렸다.

"잎으로 시체를 덮는 건, 너도 잘 알겠지만, 시간 낭비에 불과해! 내일 해가 뜨기도 전에 숲 속에 사는 독수리들과 들개, 그리고 개미들이 뼈까지 깨끗이 씹어 먹을 테니 말이야!"

3

깡마른 체구의 조그만 사내가 빈터 모퉁이에 서 있었다. 허리에는 도티를 둘렀는데, 더러운 숄이 좁은 어깨를 감싸고 있었다. 가슴을 가로지르는 신성한 실은 없었다. 그렇다면 사내는 두 번 태어나는 계급에 속하지 않는 것이다. 가장 낮은 수드라 계급이거나 버림받은 판차마일 가능성이 높았다. 하지만 판차마 특유의 노예 근성은 보이지 않았다. 사내는 살인 현장이 재미있다는 표정으로 빙그레 웃으며 서 있었다.

알준은 조그만 사내가 계속 말하기를 기다리면서 살펴보았다.

사내는 야자수 잎에 덮인 시신을 가리키곤 짐짓 두려운 척하면서 소리쳤다.

"설마, 네가 저런 끔찍한 일을 저지른 건 아니지?"

알준이 퉁명스럽게 대답했다.

"우리 캐러밴이 습격을 당했어요."

조그만 사내는 고개를 끄덕이며 한 걸음 앞으로 나왔다.

"요새는 강도들이 통나무에 기어다니는 지네들만큼이나 많아. 아니, 더 많은가?"

사내가 두 팔을 활짝 펼치며 계속 입을 열었다.

"캐러밴이 이곳을 잘 지나다니기 때문에 강도놈들이 이 근방으로 잔뜩 몰려들고 있다니까. 그놈들은 너처럼 무고한 사람들한테 물건을 훔쳐 먹고 살지."

사내가 다가오면서 진지한 표정으로 사위를 둘러보며 다시 말했다.

"이곳에 남은 건 하나도 없는 것 같군."

사내는 몸을 구부려 시신을 검사하기 위해 한 손을 내밀었다가 다시 팔을 거두며 중얼거렸다.

"험한 세상이야, 험한 세상. 눈이 한쪽밖에 없는 여자를 길가에서 본 게 바로 어제거든. 나쁜 징조지. 그건 그렇고, 하던 일이나 계속 하렴."

알준은 죽은 자들을 위해 성급히 기도하며, 이들이 내세에 태어나 행복하게 살도록 해달라고 시바 신에게 간청했다. 두 눈을 뜨고 정신을 차려보니, 조그만 사내는 그늘 밑에 웅크리고 앉아 있었다. 햇볕이 뜨거웠다.

사내가 윙크를 하며 말했다.

"잘했어. 착한 아이군. 책임감도 있고 신앙심도 있고."

핏발이 선 사내의 두 눈을 보니, 사과술을 너무 많이 마시곤 하던 마을 대장장이가 생각 났다.

"그래, 이제 어떻게 할 생각이니?"

"놈들을 쫓아가야죠."

알준이 망설임 없이 대답했다. 샘솟듯 솟구치는 자부심이 느껴졌다.

사내가 폭소를 터트렸다.

"강도놈을 쫓아간다구?"

"그놈들이 내 여동생을 잡아갔어요."

"아, 그래? 정말 안됐군. 몇 살이나 됐는데?"

"아홉 살."

사내가 어깨를 으쓱했다.

"그 정도 나이면 시장에서 하녀로 팔리겠는걸. 그나마 다행이야."

"내가 쫓아갈 거예요."

사내가 알준을 향해 손가락을 흔들었다. 장난치지 말라고 꾸짖는 듯했다.

"너희 브라만 아이들. 자신에게 아주 엄격하지! 그래, 나는 네가 목숨 걸고 모험하는 이유를 알고 있어."

사내가 잠시 말을 멈추었다. 하지만 알준은 그 이유가 무엇인지 묻지 않았다.

"여동생이 어떻게 되었는지 알아보지도 않은 채 그냥 도망쳤다는 말을 가족에게 하기가 두려운 거야."

사내의 날카로운 말에 깜짝 놀란 알준이 무뚝뚝하게 대답했다.

"그런 두려움은 나쁘지 않아요."

"나쁠 건 없지. 바보스러울 뿐. 네 인생은 네 거야. 그렇지 않니? 신들에게 돌려줄 때까지는."

"아까 내 동생을 시장에 팔 거라고 했는데, 어느 시장이죠? 어디에 있어요?"

조그만 사내가 입술을 꼭 다물었다. 며칠 동안 수염을 깎지 않아 턱과 두 뺨이 지저분했다. 사내의 손에는 단단한 지팡이 하나가 들려 있었다.

"그건 그들이 어느 길로 가느냐에 달려 있지. 그런 부류는 자기네 종족이나 카스트가 운영하는 시장을 좋아하는 법이거든. 하지만 나는 그들이 어느 길로 갈지 모르겠어."

사내가 빙그레 웃으며 덧붙였다.

알준은 사내에게서 시선을 돌려 앞으로 걸으며 단호하게 말했다.

"이제 가야 해요. 안녕히 가세요."

알준은 강도 떼의 흔적을 살펴보기 위해 빈터를 가로질렀다. 조그만 사내가 바로 뒤로 다가왔다는 느낌이 들었다. 불안한 마음이 들었지만 두렵진 않았다. 비록 열네 살에 불과하지만 체구가 건장하고 나이에 비해 키가 크기 때문에 웬만한 어른 두세 명은 너끈히 상대할 수 있었다.

조그만 사내도 알준의 불안감을 눈치챈 것 같았다.

"걱정하지 마. 널 해치진 않을 테니까. 하지만 한동안 너랑 함께 가야겠는걸."

"이 길이 아저씨가 갈 길이에요?"

"그럴 수도 있지, 그럴 수 있어. 이 세상 전체가 내가 갈 길이니까. 그래, 이 길이 내 길이야."

두 사람은 함께 덤불 사이를 지나갔다. 이윽고 북쪽으로 향하는 널따란 길이 나타났다. 발자국이 많이 나 있었다. 이제 규칙적으로 편안하게 걸을 수 있었다.

조그만 사내가 말을 계속 이어나가겠다는 어투로 입을 열었다.

"그래, 사실이야. 눈이 한쪽밖에 없는 여자는 나쁜 징조야. 그 다음에는 마을에서 북 치는 소리를 들었지. 그곳으로 가보니까 한 여자가 수티(여인을 죽은 남편과 함께 화장시키는 의식)를 치르려 하는 거야.
나이가 두 배나 많은 남편을 위해서 말이야. 그런 의식을 본 적 있
니? 수티?”

알준이 고개를 내저었다. 고향에서는 여인을 죽은 남편과 함께 화
장시키는 의식을 행하지 않았다.

“여자가 아무렇지 않은 표정으로 장작더미 위에 앉아 있더군. 마
치 목욕을 하기 위해 가만히 앉아 있듯이 말야.”

바로 그때 조그만 사슴 한 마리가 불쑥 길을 건너가 두 사람을 놀
라게 했다. 뿔이 알준의 팔만한 길이였는데, 황금색 허리에는 하얀
반점이 박혀 있었다. 모양새는 수록과 비슷했지만 크기는 훨씬 작았
다. 언뜻 살펴본 사슴의 왼쪽 눈이 동그랗고 투명했다.

“사람들이 장작더미에 불을 붙이니까, 여자는 한 손을 죽은 남편
의 어깨 위에 올려놓더군. 마치 남편을 위로라도 하듯이. 지금 내가
하는 말 듣고 있니? 마치 남편을 위로한다는 표정으로 말이야. 그러
고는 몸을 조금도 움직이지 않는 거야. 불길이 서서히 몸을 휘감을
때조차. 한 손은 여전히 남편의 어깨 위에 가만히 놓여 있었지. 두
사람이 불에 타 하나의 검은 숯덩어리로 변할 때까지.”

조그만 사내가 가엾다는 듯 낄낄 웃으며 덧붙였다.

“어느 남편도 그런 용기를 보여줄 수 없을 거야. 부인들만 남편들
을 위해 목숨을 바친다는 게 정말 다행스러울 뿐이라니까. 거꾸로 되
는 일은 결코 없을 거야. 배고프니?”

“네.”

조그만 사내가 걸음을 멈춘 채 알준을 진지하게 쳐다보았다.

“지금 네 느낌이 어떤지 알겠다. 그놈들이 모든 걸 빼앗아갔지,

그렇지? 농가에 도착하면 내가 음식을 사주마."

알준이 옆구리를 손으로 툭툭 치며 대답했다. 조그만 돈주머니를 숨겨놓은 곳이었다.

"고맙지만 그럴 필요 없어요. 내가 먹을 음식은 내가 지불할 수 있어요."

조그만 사내가 어깨를 으쓱했다.

"좋을 대로 하렴. 하지만 난 너를 도와줄 마음의 준비가 되어 있단다. 내가 부자라서 그런 건 아니야. 나는 가난한 베다일 뿐이니까."

알준은 사내를 잠시 살펴보았다. 베다라면 사냥꾼 카스트에 속했다. 그러나 사내의 몸에는 사냥 도구가 없었다. 그럼에도 사내는 사냥에 대해 수다를 늘어놓기 시작했다.

"사냥을 나갈 때는 새를 잡기 위해 사슴 가죽으로 만든 올가미와 그물, 좋은 개, 그리고 양쪽 끝에 고리가 달려서 몸에 맞으면 절대 빼낼 수 없는 화살을 가지고 다니지."

"사냥하다가 온 거예요?"

알준이 물었지만, 사내는 대답하지 않았다. 다른 데 정신팔고 있는 듯싶었다. 사내는 두 눈을 가늘게 뜬 채 길을 살폈다.

"강도놈들은 북쪽에서 온 것 같아. 위대한 하르샤(북부 인도에 있던 광활한 제국의 통치자, 590~647경) 대왕이 통치하는 곳이지. 대왕이 길을 나서면 길가에 사람들이 길게 몰려들어 은총을 구한다고 하더군. 그러면 대왕은 그들에게 사탕처럼 만든 설탕을 선물로 준다는 거야."

알준은 반달 모양의 염소 발자국과 깊이 찍힌 캐러밴 짐꾼들의 발자국을 살폈다. 짐꾼들은 무거운 등짐에 눌려 등을 숙인 게 분명했다.

"강도 떼가 하르샤 대왕의 나라로 갈까요? 그런 위대한 대왕을 두려워하지 않나요?"

"물론, 두려워하겠지. 하지만 강도놈들은 겁이 없어."

그 말에 강도 떼를 겁쟁이라고 한 삼촌이 생각났다. 불쌍한 삼촌.

"하르샤 대왕은 길을 나설 때 특별히 만든 아주 커다란 천막을 가지고 다닌다고 들었어. 대왕 자신이 쓸 게 아니라 대왕이 좋아하는 코끼리 다파샤타가 사용할 천막이지."

조그만 사내가 정말 놀랍지 않냐는 표정으로 휘파람을 불었다.

"다파샤타는 세 발로 춤을 출 수 있다던데……."

조그만 사내가 갑자기 주제를 바꿔 전쟁터의 시체를 먹고 사는 악마와 인간을 괴롭히려고 땅에 내려와 방황하는 악령에 대해 말하기 시작했다. 사내는 카파리카를 개인적으로 안다고 주장했다. 이들은 시바 신의 열렬한 추종자로 무덤가에 살면서 시체의 머리칼로 돗자리를 만들고 해골에 담긴 물을 마시고 인간의 뼈를 실에 꿰서 허리춤에 매고 다닌다는 것이었다. 그리고 신들에게 마술의 힘을 전달받기 위해 끔찍한 금욕 생활을 하는 수행자들에 대해서도 얘기했다. 이들은 꼬챙이가 빼곡히 박힌 널빤지 위에 누워 있거나 나뭇가지에 며칠 동안 거꾸로 매달려 있거나 두 팔을 앞으로 벌린 채 덩굴처럼 시들 때까지 움직이지 않고 가만있는다고 주장했다.

알준에게는 이 모든 이야기가 단편적으로만 들렸다. 마음은 눈에 띄는 것에 가 있었다. 그 눈에 띄는 것은 발자국이었고, 그 가운데 일부는 부드러운 땅속 깊숙이 박혀 있었다. 이들은 여동생을 미지의 세계로 끌어가고 있었다.

숲이 끝나면서 평야가 죽 펼쳐졌다. 잘 정돈된 논들이 멀리서 보였다. 알준은 한 손으로 햇빛가리개를 한 채 강도 떼와 포로들이 깊이 파놓은 발자국을 관찰했다.

"이쪽으로 가자구."

조그만 사내가 재촉하면서 서쪽 방향으로 난 발자국을 가리켰다.

"하지만 보세요. 강도 떼는 앞으로 곧장 갔어요."

"그건 나도 알아. 나도 장님은 아니라구. 그들이 지나간 자국이 코끼리 발자국처럼 뚜렷하니까 말이야. 하지만 이 길로 가자구. 여기서 멀리 않은 곳에 내가 잘 아는 농가가 있으니까, 싼 가격에 음식을 먹을 수 있을 거야."

알준은 유혹을 느꼈다. 사실 엄청나게 배가 고팠다.

조그만 사내가 알준을 조심스럽게 살폈다.

"브라만이라서 낮은 사람들이 요리한 음식을 먹는 게 창피하니?"

"우리 아버지께서는 엄격한 계율을 싫어하세요. 우리는 아무하고나 음식을 먹죠. 마을 사제는 그런 모습을 신들이 불쾌하게 여기실 거라고 말하지만, 아버지는 오히려 신들은 우리가 너무 거만하게 구는 걸 불쾌하게 여긴다고 말씀하시죠."

조그만 사내가 그렇다는 듯이 고개를 끄덕였다.

"브라만이 만드는 요리가 최고의 요리라고 들었어. 그래서 모든 사람이 브라만의 음식을 먹을 수 있지. 브라만이 손댄 음식은 순결해서 가장 높은 사람과 가장 낮은 사람 모두가 먹을 수 있다구. 그러니까 나랑 가서 뭘 좀 먹자."

알준이 잠시 망설였다.

"먼저 음식을 먹고 나서 발걸음을 재촉하자고."

"아저씨 말은 강도 떼를 쫓아간다는 거예요?"

알준이 묻자, 사내가 함박웃음을 지으며 대답했다.

“그래, 그들을 뒤쫓아가는 거야. 나도 너랑 가기로 결정했어.”
알준이 미소로 응했다. 정말 이상한 사람이었다.
“왜 나랑 함께 가는데요?”
“너를 도와주면 신들이 나에게 축복을 베푸시는지 어떤지 보려고.”

알준과 조그만 사내는 작은 오두막 여섯 채 정도가 옹기종기 모여서 사는 마을에 금방 도착할 수 있었다. 진흙과 윗가지로 만든 오두막이었다. 덩굴풀이 초가 지붕을 덮으며 길게 자라나, 초가집 전체가 마치 땅에서 싹터 오른 거대한 야채처럼 보였다. 초가집 앞에는 한 노인네가 책상다리를 하고 조그만 아이의 머릿결을 다듬어주고 있었다. 한 여인이 문가에 구부리고 앉아 소똥을 사방에 뿌리며 먼지를 가라앉히는 모습도 보였다. 그 뒤의 오두막 옆에서는 모닥불이 피어올랐다. 한 소녀가 버터 기름을 만들려고 버터를 끓여 그 위에 뜬 유지를 걷어내고 있었다. 그 소녀 옆에서는 여인 세 명이 향료가 뿌려진 바닥 위에 둥글고 커다란 돌멩이를 힘껏 굴려 가루로 만들고 있었다.

여인들이 곁눈질로 알준과 함께 온 조그만 사내에게 희미한 미소를 보냈다. 서로 알고 있는 사이 같았다. 농부 몇몇이 논에서 돌아오는데, 뜨거운 햇빛으로 눈 주위가 발갛게 익은 모습이었다. 개중에는 콧수염을 기다랗게 기른 사람도 있었다. 하지만 대부분 베텔을 씹어서 이가 검고 입술이 불그스레했다. 그들 가운데 한 이가 다른 이에게 뭐라고 속삭였다. 그러자 모두 알준을 보며 빙그레 웃었다. 왠지 기분 나쁜 웃음이었다.
“저 사람들이 왜 나를 보며 웃는 거예요?”
알준이 물었다. 하지만 조그만 사내는 대답하지 않았다.

"바로 이곳이야."

조그만 사내가 외떨어진 오두막을 가리키며 말했다. 오두막 안에서 대나무 피리로 부는 애처로운 음률이 흘러나왔다. 흐느끼는 듯 떨리는 음률이 가사 없이 부르는 여동생의 노랫소리를 연상시켰다.

알준이 가우리를 한참 생각하고 있을 때, 조그만 사내가 입구에 처진 더러운 천 조각을 들어올리고 어두운 실내를 향해 고개를 끄덕여 들어오라는 신호를 보냈다. 모퉁이에 앉아 있던 젊은 사내는 불던 대나무 피리를 내려놓았다. 다른 쪽 모퉁이에서 곱사등이 여인이 조그만 베틀 앞에 앉아 열심히 빨간색과 파란색 실로 숄을 짜고 있었다. 실내에 있던 두 사람이 조그만 사내에게 고개를 끄덕여 가볍게 인사했다. 하지만 그게 전부였다. 미소짓는 흔적조차 없었다.

그러나 두 사람의 냉랭한 인사는 조그만 사내에게 아무런 영향도 미치지 않았다. 사내는 마치 주인이라도 되듯 자리에 털썩 주저앉아 수다를 떨기 시작했다. 팔을 이리저리 흔들고 인상을 바꿔가며 허풍을 섞어 이 가련한 브라만 소년이 굶주리고 있다는 걸, 그래서 브라만을 특별히 좋아하는 신들이 화를 낼 거라고, 그러니 비슈누 신과 시바 신을 비롯한 모든 여신을 즐겁게 하기 위해, 그들의 분노를 피하고 축복을 받기 위해 배고픈 소년을 찾아서 신성한 영혼의 자비가 가득하고 커드와 도수가 강한 야자술이 많은 이 자비로운 집으로 데려왔다고, 음식을 주면 돈을 치르겠다고, 하지만 자신은 가난한 베다이며 사원에서 거지에게 적선을 했기 때문에 돈이 별로 없어 많은 돈은 못 준다며 떠들어댔다. 하지만 실내에 있던 두 사람은 아무 관심도 보이지 않았다. 조그만 사내는 허풍을 잔뜩 편 다음 편히 앉아 곱사등이 여인이 야자술을 두 잔 떠 오는 모습을 지켜보았다.

알준은 야자술을 거절했다. 아버지가 술을 절대 못 마시게 했기 때문이었다. 그러자 여인이 뒷문을 열어제친 다음 두 걸음 정도 떨어진 조그만 오두막으로 들어갔다. 부엌인 듯했다. 초가 지붕인데도 밧줄로 높이를 조절할 수 있었다. 여인이 지붕을 낮추어 실내를 어둡게 만들었다.

조그만 사내는 강도 떼에 대해 한참 동안 수다를 떨더니, 만족스러운 듯 야자술 잔을 내려놓으며 커다란 소리로 주문했다.

"이 아이에게 제일 좋은 커드를 갖다 주라고. 나한테 주던 거 말고!"

곱사등이 여인이 사발 두 개와 절인 오이를 들고 돌아왔다.

알준은 오른손으로 커드를 집어들고 분유맛이 나는 덩어리를 입 안에 집어 넣었다. 물소 젖으로 만든 커드는 달콤하거나 약간 시큼한 맛이 나는 게 보통이었다. 하지만 지금 입 안에 넣은 커드는 쓴맛이 났다. 알준이 이상해한다는 사실을 알아차렸는지 조그만 사내가 웃으며 알준의 팔을 잡아 안심을 시켰다. 사내는 자기 앞에 놓인 사발 안에 손을 집어 넣으며 말했다.

"이 지역에서 만든 커드를 잘 모를 거야. 이곳 사람들은 이곳에서만 생산되는 아주 특별한 향료를 집어 넣거든. 아무거나 연주해봐."

조그만 사내가 젊은 사내에게 말하자, 젊은 사내가 거역할 수 없는 명령에 반응을 보이듯, 피리를 집어들었다.

조그만 사내는 야자술을 요란하게 마신 다음, 만족스런 표정으로 숨을 깊이 내쉬며 말했다.

"이곳 사람들은 모두 음악가야. 향료를 생산하고 음악을 연주하지. 이 사람들에겐 나쁜 점이 하나도 없어. 하지만 강도 떼는? 그들에겐 좋은 점이 하나도 없지. 그들은 다른 사람의 비극을 먹고 살아. 네 동생을 잡아간 놈들은 아마 길가는 도중에 악령을 만나 혼쭐날 거다. 이 근처에는 강도들이 들끓어. 야자나무 꼭대기에도 숨어 있고, 공중을 날아다닐 때도 있지. 개중에는 자기들을 눈에 띄지 않게 만들기도 한단다. 커드 더 먹거라, 애야. 아주 특별한 맛에 금방 익숙해질 거야. 그래, 이것들은 기도와 꽃들과 코코넛을 필요로 하지. 그게 없으면 톡 쏘거든.”

그게 없으면……. 알준은 조그만 사내의 말을 따라할 수 없었다. 그게 없으면…… 코코넛…… 톡 쏜단다…… 이것은 특별한 맛이 있지……. 정말 특별한 맛이었다. 쓴맛. 그렇지 않으면 쓴맛이 톡 쏜다. 졸음이 몰려왔다.

자신이 커드 사발을 무릎 위에 떨어뜨리며 옆으로 쓰러지고 있다는 걸 느꼈다. 마지막 기억이었다.

가만히 눈을 뜨니, 긴 터번에 콧수염 꼬리가 기다란 건장한 사내의 모습이 어렴풋이 눈에 들어왔다. 알준이 깨어나는 걸 발견하곤, 건장한 사내가 껄껄 웃으며 알준의 머리를 흔들었다.

“약을 상당히 주었는가 보군. 끌려 온 지 벌써 하루가 지났는데 말이야.”

알준이 일어나 앉아 주변을 둘러보았다. 마구간처럼 짚풀이 수북이 쌓인 커다란 방이었다. 판자 틈으로 들어오는 햇살을 받으며 방석 위에서 늘어지게 낮잠을 즐기는 사내들이 보였다. 알준이 졸린 어투로 물었다.

“여기가 어디죠?”

"군대, 여긴 군대야."

터번을 두른 사내가 말했다. 사내는 책상다리를 하고 앉아 있었다. 알준은 사내가 가죽으로 만든 칼집과 장검을 맸다는 사실을 알아차렸다. 사내가 콧수염 한쪽을 말아 올리며 부드럽게 말했다.

"이곳은 차루키아 군대다. 너는 군대에 팔렸어. 이렇게 되리라곤 상상도 못했겠지."

사내는 낮잠을 즐기는 동료들을 깨우지 않으려고 들릴락말락한 목소리로, 조그만 사내와 곱사등이 여인이 알준을 마차에 태워 이곳까지 데려왔다고 말해주었다. 최면제를 먹였는데, 그건 이 근방에서 누구나 먹는 최면제였다. 주변의 마을 사람들이 재배하는 것으로, 조금만 먹어도 오랫동안 깊은 잠에 빠질 수 있었다. 그런데 도중에 잠에서 깨어나는 것 같으면 대나무 대롱을 입 안에 넣어 최면제를 또 다시 흘려 넣을 수 있었다. 그러면 며칠 동안이라도 잠을 자게 할 수 있다는 것이었다.

"두 사람은 너를 그런 방식으로 이곳까지 끌고 와서 군대에 팔았어."

알준은 허리춤을 힘없이 만져보고는 돈주머니가 없어졌다는 걸 알았다. 조그만 사내가 돈을 훔친 후 자신을 팔아넘긴 것이다. 하지만 자신이 잠든 동안 돈보다 더 중요한 걸 잃어버렸다는 느낌이 강하게 들었다. 두 손으로 머리를 훑어보았다. 상투가 깨끗하게 없어졌다. 브라만 상투가 사라진 것이다! 황급히 가슴과 어깨와 엉덩이를 만져보니, 신성한 실도 없었다.

브라만 입문식을 거행할 때 사제는 알준에게 신성한 실을 절대 잃어버리지 말라고 신신당부했었다. 순면 흰 줄 세가닥을 엮어 만든 신성한 실은 브라만 신분을 상징했으며, 빨간 대마 실을 동일한 방식으로 꼬아 만든 신성한 실은 크샤트리아를, 파란색 양털 한 가닥으로 만든 건 바이샤를 상징하는 표식이었다. 신성한 실이 없다면 자신은 이제 어떻게 되는 건가? 아무것도 아니다! 수드라도 아니다. 알준의 본질이 사라진 것이다. 이제 신분이 가장 낮은 판차마만큼이나 낮은 신분으로 전락한 것이다!

"내 실……. 내 실…….."

터번을 두른 군인이 알준을 냉정하게 내려다보며 말했다.

"돔은 널 지금 이 모습으로 이곳까지 데려왔어. 만일 네가 실을 진짜 지니고 있었다면, 돔이 그걸 잘라버렸을 거야. 군대는 실을 걸친 강도는 사지 않으니까."

"강도?"

군인이 또다시 껄껄 웃었다.

"정말 순진하군. 물론 넌 강도야. 그래서 군대가 널 산 거고."

"돔이 나를 이곳으로 데려왔다구요?"

돔은 무덤을 파는 카스트에 속한 신분이었다.

"깡마른 조그만 사내."

"항상 수다를 떠는?"

군인이 고개를 끄덕였다.

"그놈은 돔일 수도 있고 더 나쁜 놈일 수도 있지. 어쩌면 흡혈귀일지도 모르고. 이 근방에서 강도한테 최면제를 먹여 팔아먹는 유명한 놈이야. 마을 사람들도 돈을 조금 받기 때문에 그놈한테 협조를 하지. 그놈 직업은 너 같은 사람을 잡아서 파는 거야."

터번을 두른 군인이 코를 크게 고는 사람을 쳐다보더니, 다시 알준에게 시선을 돌리곤 희미하게 웃었다.

"다행히도 넌 젊고 강해. 그렇지 않으면 군대가 죄를 저지른 널 처형했을 거야. 너 같은 강도놈이 이곳으로 팔려 와서 처형당하는 모습을 예전에 보았거든. 그래도 그 조그만 사내는 돈을 똑같이 지불받지."

"나는 강도가 아니에요!"

군인이 의기양양한 표정으로 콧수염을 비틀어 올렸다.

"지금은 아니지. 앞으로는 차루키아의 영광을 위해 싸워야 하니까."

"강도들이 내 여동생을 데리고 갔어요."

군인이 눈살을 찌푸려 약간의 동정심을 내비쳤다. 알준은 용기를 얻어 계속 말했다.

"그 조그만 사내는 그놈들이 내 여동생을 어디서 파는지 알고 있어요."

"어쩌면 네 말이 사실일 수도 있어."

군인이 인정했다.

"그 사람은 지금 어디에 있죠?"

"아마 너 같은 사람을 또 잡으려고 사냥하러 나갔겠지."

알준이 갑자기 일어서며 말했다.

"저는 그 사람을 찾아야 해요. 강도들이 여동생을 어디로 데려갔는지 알아야 해요."

군인이 눈살을 찌푸리며 물끄러미 바라보았다.

"놈들을 쫓아가고 싶나?"

"꼭 쫓아가야 해요."

"아, 하지만 그럴 수 없어. 이곳은 문이 한 곳밖에 없고, 경비병들이 문을 지키고 있는 요새니까. 담을 타고 올라가면 미처 다섯 걸음을 옮기기도 전에 화살이 날아와 등을 꿰뚫고 말걸."

알준이 짧은 비명을 내지르며 털버덕 주저앉았다. 왼발에 뭔가가 걸리적거렸다. 쇠로 만든 발찌가 발목을 두르고 있는데, 단단히 박혀 있는 구리 힘줄이 양쪽 끝을 조였다. 알준은 겁에 질린 표정으로 물었다.

"이게 뭐죠?"

"군대에서 널 산 다음, 군인들이 그곳에 쇠발찌를 두르고 해머로 두드렸지. 그건 네가 차루키아 군대의 보병이라는 표식이야. 네 운명이 네 왼발에 묶여 있는 셈이지."

"나는 강도가 아니에요. 군인도 아니고……. 나는 브라만이에요."

알준이 중얼거렸다.

"넌 군인이야. 돈에 팔린 군인."

"내 바르나는 브라만이에요."

군인이 재미있다는 표정으로 머리를 저으면서 대답했다.

"네 바르나 같은 건 잊어버려. 장교들은 명령하고, 졸병은 복종한다. 이곳에서는 그게 전부야. 그 밖에는 아무것도 없어. 하지만 우리 고귀한 친구가 굳이 바르나 차원에서 평가하길 원한다면, 자신을 크샤트리아라고 생각하는 게 좋겠지."

사내가 콧수염을 툭툭 치면서 덧붙였다.

"군대 막사에서는 기도하고 책 읽고 음악에 귀기울이는 브라만이 필요치 않아. 그런 건 잊어버리고 크샤트리아처럼 칼이나 사용하는 방법을 익혀두는 게 훨씬 바람직할걸."

"전사가 되는 놀이요?"

"아마 전쟁터에서 하는 놀이 그 이상일걸. 하지만 그래, 전사가 되는 놀이."

"리라."

소년이 중얼거렸다.

"그게 뭐지?"

"신들의 놀이."

알준이 대답했다. 마을 사제는 리라가 이 세상을 창조한 근원이라고 말하곤 했다. 신들이 이 세상을 창조한 이유는 뭔가를 만드는 게 재미있었기 때문이다. 놀이는 모든 것의 근원이었다. 신비롭고 초연하고 예측 불가능한 놀이.

알준은 그게 사실인지 궁금했다. 몸이 떨리는 게 느껴졌다. 건장한 군인은 무슨 말인지 이해한 표정으로 팔을 뻗어 알준의 어깨를 강하게 다잡았다.

"나는 신들에 대해 그리고 신들이 노는 방식에 대해 잘 몰라. 내가 아는 건 너와 나 같은 사람이 인생을 게임 그 이상도 이하도 아닌 것으로 생각하는 게 좋다는 사실이야."

"왜요?"

"그러면 모든 게 쉬워지거든. 두고 보면 곧 알게 될 거야."

군인은 손을 놓고 낮잠 자는 사람들을 응시하면서 말했다.

4

그후 하루하루가 지나가는 동안, 신적인 측면이나 인간적인 측면에서, 알준이 놀이라고 부를 수 있는 건 하나도 없었다. 건장한 군인의 설명에도 불구하고, 군대에는 졸병이 장교들에게 복종하는 그 이상이 있었다. 신참을 괴롭히는 고참이 많았다. 크샤트리아 장교가 아닌 고참들은 알준에게 다양한 명령을 내렸다. 알준은 고참들의 명령을 받고 매일 막사를 청소하거나 화장실을 닦아야 했다. 판차마에게 그런 일을 시키는 데 익숙한 브라만으로선 정말 견디기 힘든 모욕이었다. 고참들은 상상할 수 있는 모든 비천한 작업을 알준에게 떠맡겼다. 이것을 가져와. 저곳으로 가. 서둘러. 그곳이 아니야. 이 바보 자식! 너무 빠르게 하지 마. 빨리. 멈춰. 가.

잔인하게 밀어버려 바닥에 쓰러진 알준을 보고 짓궂게 웃는 고참도 있었다. 건장한 군인은 업무 때문에 금방 북쪽으로 떠났다. 그나마 알준을 도와주려고 노력하던 사람이 없어진 것이다. 알준은 마흔 명으로 구성된 단위 부대의 책임자인 하사관 파라파티의 도움도 요청할 수 없었다. 노예처럼 돈에 팔려 온 신병은 상관에게 호소할 수 없었다.

장교들은 모두 크샤트리아였다. 그들은 대마로 만든 붉은 실을 꼬아서 무사 계급을 상징하는 실을 걸치고 다녔다. 그들 가운데 브라만이나 바이샤나 수드라는 단 한 사람도 없었다. 알준의 평화로운 마을에는 크샤트리아가 단 한 사람도 없어서 알준은 그들에 대해 아는 게 별로 없었다. 그가 아는 건 국왕이 이 계급에서 뽑힌다는 사실 하나였다. 직업 군인인 이들은 침실에서 평화롭게 죽어가는 걸 최대의 치욕으로 여겼다. 오로지 싸우기 위해 사는 사람들이었다.

으스대며 걷기 좋아하는 차루키아 장교들은 밝게 빛나는 빨간 망토를 걸쳤으며 주먹을 꼭 쥔 채 오른팔을 가슴 부위까지 들어올려 자기들끼리 경례를 주고받았다. 병졸들은 머리를 숙이고 허리를 구부려 인사하는 게 경례였다. 장교들은 병졸들과 떨어져서 자기네들끼리 지냈으며, 명령은 파라파티를 통해 전달했다.

장교들은 장교 전용 훈련장에서 매일 무예를 수련했다. 나무 기둥을 향해 철퇴나 전투용 도끼 또는 두 손으로 잡는 카드라 장검을 휘둘렀다. 짚풀을 엮어 만든 목표물을 향해 챠크라스를 던지는 장교도 있었다. 챠크라스는 원반처럼 둥그런 모양으로 그 테두리에는 톱니 같은 게 여러 개 달린 무기였다. 앞으로 던지면 커다란 소리를 내며 날아가 목표물에 깊숙이 박혀 반달 같은 모양으로 번뜩거렸다. 장교들이 무예 시합을 할 때는 팔미라나무로 특별히 만든 기다란 활을 사용했는데, 사방에 꽃과 잎사귀를 그려넣은 게 멋드러졌다. 시합에 참가한 선수는 가죽 힘줄로 만든 줄을 손가락으로 길게 잡아당겨 약 백미터 전방의 목표물을 향해 화살을 날렸다. 그러면 화살대 절반 정도가 안 보일 정도로 목표물을 꿰뚫고 깊숙이 박혔다.

장교들 대부분은 시합을 하는 도중에 술을 많이 마셨다. 알준은 여남은 병졸들과 함께 무도장 주변에서 할 일을 기다려야 했다. 일이 없을 때는 구경도 할 수 있었다. 병졸들은 침묵을 유지한 채 가만 있어야 했는데, 장교들이 무용담을 늘어놓을 때는 귀기울이기도 했다.

알준도 구경하긴 했지만 마음은 늘 다른 곳에 가 있었다. 언제나 마음을 맴도는 끔찍한 질문 때문이었다. 여동생은 어떻게 되었을까? 가우리가 살아 있을까? 팔렸을까? 지금 어디에 있을까? 동생을 놔두고 캐러밴에서 혼자 나올 생각을 어떻게 할 수 있었을까?

알준은 지금 이렇게 고생하는 건 신들이 자신에게 벌을 내렸기 때문이라고 생각하기 시작했다. 주의력과 판단력의 부재로 인해, 현생과 다음 생을 통해 갚아야 할 커다란 업을 지게 되었다고. 정말 끔찍한 생각이었다. 하지만 이 생각은 알준으로 하여금 아무런 불평 없이 일상 업무를 수행하도록 해주었다. 다르마의 법은 현생을 살아가면서 행한 나쁜 행동과 좋은 행동을 모두 합해서 영혼 각각의 운명을 결정한다. 자신의 비참한 운명에 순응하면 자신의 영혼이 다음 생으로 가지고 갈 업이 많이 줄어들 터였다. 그래서 건장한 군인과 달리, 알준은 자신에게 주어진 현재의 삶을 절대로 놀이라고 생각할 수 없었다. 알준은 현재의 삶을 속죄의 일부라고 생각했다. 우울하면서도 강한 힘을 발휘한 이 생각은 알준이 온갖 고통을 감내하며 충성스런 노예로 살아가도록 만드는 원동력이 되었다.

알준이 보여준 순종과 겸손은 마침내 하사관의 주목을 받았다. 세상 풍파를 다 겪은 하사관은 신병의 과거에 대해선 아무런 관심도 없었다. 가끔 신병 가운데 하나가 좋은 대우를 받기 위해 자신이 브라만이라거나 바이샤라고 주장하는 일이 있었다. 그들은 자신의 신분에 어울리는 대우를 해달라고 훌쩍거리며 불평을 늘어놓았다. 하지만 하사관은 그런 모습 속에서 두 번 태어난 신분이 가지고 있음직한 고상한 자태를 발견할 수 없었다. 그러나 알준은 달랐다. 게다가 캐러밴을 약탈하는 걸 직업으로 하는 놈들 가운데 한 놈이 데려와 군대에 팔아먹지 않았는가? 여러 가지 정황을 살펴볼 때, 알준은 두 번 태어난 신분일 가능성이 많았다.

하사관은 자신의 호기심을 충족시키기 위해 알준에게 어떤 신분이냐고 물었다. 그러자 알준은 이렇게 대답했다.

"저는 돈에 팔려온 군인 신분입니다."

자신의 운명을 기꺼이 받아들이는 자세에 하사관은 감동했다. 그래서 이 어린 신병에게 잔인한 고참들의 손아귀와 고된 일에서 벗어날 수 있는 기회를 주기로 했다. 어린 신병을 진정한 군인으로 만들기로 결심한 것이다.

그래서 알준은 다른 정규병들과 함께 훈련장에 배속되어 무술을 배우게 되었다. 장검을 다루는 기초와 끝이 세 갈래로 갈라진 삼지창 사용법을 배우게 된 것이다.

하사관은 알준이 길이가 약 삼 미터에 달하는 무거운 삼지창을 힘들게 휘두르는 모습을 보곤, 그냥 내려놓으라고 했다.

"이런 무거운 삼지창을 사용하기엔 아직 힘이 약해. 그리고 삼지창 부대는 코끼리 부대 뒤쪽에서 행진한단 말이야. 활 부대로 가서 한동안 활 쏘는 법을 배우는 게 좋겠다."

일주일이 지난 후, 하사관이 와서 알준이 대나무 활 다루는 모습을 지켜보더니, 잘 한다는 표정으로 고개를 주억거렸다.

"이렇게 일 년만 지나면 활 쏘는 솜씨가 좋아질 거야. 눈 좋고 자세도 올바르고 배운 그대로 활을 당기고 놓을 뿐 아니라 날아가는 화살을 끝까지 바라보는 그 자세도 좋아. 궁사가 되고 싶은가?"

"명령에 따르겠습니다."

"그렇다면 창병보다는 궁사가 되는 게 더 좋아. 코끼리 부대 앞에서 행진하거든. 이건 코끼리들이 두려움에 떨며 난동을 부리는 경우에 아주 중요하지. 그럴 때는 코끼리들이 뒤로 우르르 돌아서 도망치거든. 내 말이 무슨 뜻인지 알겠냐? 뒤로 돈단 말이야. 앞에 있는 궁사를 덮치는 경우는 거의 없어. 뒤에 있는 창병을 밟으면서 도망치지."

하사관은 자제력도 있고 열심히 배우려고 노력하는 이 금욕적인 소년이 좋았다. 화살을 손에서 놓을 때 부상당할 가능성을 막기 위해 하사관은 왼팔과 오른손 엄지와 검지를 보호하는 가죽 보호대를 알준에게 주었다. 그는 가끔 알준을 불러내 군인 생활을 설명해주기도 했다.

"옛날에는 전차 모는 자리를 제일 좋아했지. 공격할 때 제일 선두에서 달려가거든. 하지만 바퀴가 부서지거나 쉽게 뒤집히기 때문에 지금은 장군들만 대열 한가운데서 보호받으며 전차를 타지. 진짜 군인이 할 만한 일이 아니야. 그 가운데는 머하우트(코끼리 부리는 사람)가 되어 코끼리에 올라타 다른 모든 사람보다 위에 있는 걸 뽐내려고 군대에 들어오는 아이들도 있어. 하지만, 내 말 잘 들어, 코끼리도 전차와 비슷한 신세가 될 거야. 코끼리는 겁이 너무 많아서 다루기가 힘들거든."

하사관이 잠시 깊은 생각을 하다가 다시 입을 열었다.

"그리고 기병도 부럽지 않아. 이들도 결국 동물한테 의지할 수밖에 없으니까. 전투 중에는 자기 자신한테만 의지하는 게 제일 좋아. 그래서 지금은 장군들도 보병을 더 좋아한다고. 보병은 믿음직하거든. 그리고 궁사도 좋아하지. 어느 전쟁터에서나 항상 긴요한 역할을 하니까 말이야. 먼 거리에서 적군을 사살하는 데는 궁사가 최고야. 너는 궁사가 되도록 해."

알준은 면을 두텁게 누벼 만든 패드를 복부와 샅에 감아 칼에 찔려도 다치지 않는 방법을 배웠다. 고참들은 가죽으로 삼각 치마를 만들어 허리 주변에 감기도 했다. 이들은 "전쟁터에서는 조금이라도 준비를 더 하는 편이 유리해" 하고 알준에게 설명했다. 하사관이 알준을 귀여워하자, 고참들도 예전처럼 지독하게 나오지 않았다. 점차 알준에게 도움을 주려는 고참도 생겼다. 단검을 던지는 법과 장검 손잡이를 제대로 잡는 법, 무거운 창을 다루는 법을 가르쳐주는 고참도 있었다. 그들은 깃발 신호와 다양한 북소리, 고동 소리가 의미하는 내용도 가르쳐주었다. 그리고 함성을 내지르는 법도 가르쳐주었다. 이백 명으로 구성되는 연대는 나름대로 독특한 함성 소리를 가지고 있는데, 전쟁이 한참 진행 중일 때 이 함성 소리를 들으면 동료들의 위치를 쉽게 파악할 수 있었다. 알준은 자신이 속한 연대의 함성 소리를 연습해서, 마침내 날카로운 소리를 짧게 네 번 내지른 다음에 두 손을 트럼펫처럼 만들어 커다란 새소리를 길게 낼 수 있었다. 이 소리를 들은 고참들이 빙그레 웃으며 칭찬해주었다.

그 다음에는 고참 한 명이 땅바닥에 쭈그리고 앉아 군대가 전쟁터에서 활용하는 전투 대형을 흙 위에 그렸다. 뱀 대형과 악어 대형, 곤봉 대형, 그리고 원 대형이 있었다. 대형이 바뀔 때마다 보병과 기병과 코끼리 부대의 위치가 변했다. 고참은 흙 위에 엑스 자를 그렸다. 사륜 전차를 몰며 보병 이만 명과 기병 이천 명, 코끼리 부대 이백 마리를 지휘하는 세나파티의 약자였다. 고참이 설명했다.

"이 모두가 세나파티 한 명이 지휘하는 하나의 군대야. 물론 세나파티 두 명이나 심지어 세 명까지 전쟁터에 나갈 때가 있지. 나는 코끼리 천 마리가 동원된 전투에 참가한 적도 있는데……."

고참이 두 눈을 굴리며 계속 입을 열었다.

"그들이 발을 내딛을 때마다 들판 전체가 뒤흔들렸지. 화살이 하늘을 뒤덮어 태양이 보이지 않을 정도였다니까."

그는 옆에 앉아서 터무니없는 소리라며 코방귀를 뀌는 다른 고참을 노려보며 다시 말을 이었다.

"내 말이 거짓말 같아? 네가 뭘 안다고 그래? 넌 거기 없었잖아."

고참이 다시 알준을 바라보며 한 손으로 자기 가슴을 쿵 쳤다.

"푸라케신 왕이 너보다 나이가 많지 않을 때였어. 하지만 그분은 전차에 올라탄 채 전체 공격을 지휘하셨지. 내 눈으로 똑똑히 보았어. 그분과 십 미터도 안 되는 거리에 있었거든. 그날 오후, 그분은 반역군을 모조리 물리치고 도끼로 단번에 삼촌을 죽인 다음에 서부 수로의 군주가 되셨지. 신들이 그분에게 위대한 승리를 선사하셨어."

다른 고참 한 명이 반발했다.

"왜 저 아이가 진짜 알아야 할 내용은 말하지 않는 거야? 그날 하루에 수천 명이 죽어갔다는 거, 구슬픈 목소리로 어머니를 부르면서……. 왜 이런 말은 하지 않아?"

그러자 고참이 폭소를 터트리며 알준을 향해 한쪽 눈을 찡긋 감았다.

"그래, 사실이야. 정말 그랬어. 많은 사람들이 우는 목소리로 어머니를 부르며 죽어갔지."

　머리칼이 자라났다. 집에서는 한가운데 있는 상투만 남겨놓은 채 머리 전체를 면도로 말끔하게 깎았다. 그런데 지금 그릇에 담긴 물에 자신을 비춰보니, 두터운 흑발이 생전 처음으로 귀 근처는 물론 앞이마까지 덮고 있었다. 브라만이 머리칼을 기르면 두 번 태어난 자격을 상실하게 된다는 걸 충분히 알면서도, 알준은 머리칼을 자르지 않기로 결정했다. 어떤 일이 생기지 않는 한, 가우리를 찾아 노예의 삶에서 구출하지 않는 한, 자를 수 없었다. 그때까지는 자신의 신분을 잊어야 했다. 신들이 자신에게 부여한 모든 운명에 아무 불평 없이 순종해야 했다. 그는 아무 말없이 열심히 일하고 무술을 배우며 변화의 징후가 나타나기를 기다렸다.

　그 징후는 고참들끼리 하는 얘기를 알준이 우연히 귀동냥하면서 찾아왔다. 장교 한 명이 코끼리 부대에 지원할 병사를 뽑기 위해 이곳까지 방문할 예정이라고 했다. 물론 고참들 가운데 관심을 보이는 사람은 단 한 명도 없었다. 하사관과 마찬가지로, 그들 역시 코끼리와 말을 싫어했다. 그들은 강력한 팔뚝과 강인한 다리를 가진 보병이었다. 그래서 동그랗게 둘러앉아 수북이 담은 쌀밥과 우유를 넣고 끓인 콩국을 먹으면서 머하우트와 기병의 화려한 모습을 놀려대길 좋아했다. 그들은 코끼리나 말 위에 올라타는 걸 창피스럽게 여겼다. 미친 코끼리에 올라타는 경우에는 특히 더했다.

　하지만 알준은 관심이 있었다. 코끼리 부대원으로 선발된 병사는 훈련을 받기 위해 북쪽으로 이동하게 된다는 말을 들었다. 그것은 이 보병 부대를 떠난다는 걸 의미했다. 자신이 판단하기에, 보병 천 명으로 구성된 이 부대는 전면전이 발생하기 전까진 다른 곳으로 이동하지 않고 계속 이곳에 주둔해 있을 터였다. 자신이 이곳에서 기약 없는 세월을 보내는 동안 가우리는 노예 생활에 찌들대로 찌들고 말 것이다.

어쩌면 이것은 신들이 보내준 기회일지도 모른다는 생각이 들었다. 알준은 군대에 들어온 후 처음으로 자신의 의지에 따라 행동하기로 결심했다. 그는 선발하는 곳을 찾아갔다. 보통 때는 병사들이 들어갈 수 없는 장교 막사였다. 열 명 이상의 병사들이 줄지어 있었는데, 대부분 젊은 병사로, 알준에 비해 그리 나이가 많아 보이지 않았다.

마침내 차례가 되어 막사 안으로 들어갔다. 뜨거운 태양빛을 오랫동안 쬔 다음이라 그런지, 막사 내부가 침침하게 보였다. 이윽고 장교의 붉은 망토를 걸친 사내 한 명이 조그만 책상 뒤에 책상다리를 한 채 앉아 있는 모습이 어렴풋이 눈에 들어왔다. 고수머리가 장교의 어깨까지 내려왔으며 앞머리칼이 하얗고 부드러운 앞이마를 커튼처럼 덮었다. 귀에는 은으로 만든 커다란 귀고리가 반짝였다.

공식적인 선발 시험인지라 알준은 무릎을 꿇고 엎드린 채 머리를 땅에 댔다. 장교가 책상 위에 놓인 야자술을 마셨다. 장교 옆에는 서기가 한 명 앉아 있었는데, 그 앞의 작은 책상 위에는 갈대 펜, 석탄 잉크, 그리고 탈리폿야자 잎을 말린 조각이 있었다. 그러나 서기는 졸린 눈으로 지원병을 가만히 쳐다볼 뿐 펜을 집어들지 않았다. 이 지원병에 대해 기록할 내용이 전혀 없을 거라 생각하는 듯했다.

장교가 야자술을 한 입 더 마신 다음 알준을 잠시 살펴보았다.

"왜 이곳에 왔는가?"

장교가 묵직한 소리로 물었다.

"저는 군인입니다, 파티 님."

장교가 피곤한 표정으로 머리를 흔들면서 다시 입을 열었다.

"그래, 그건 나도 알아. 코끼리 부대에 들어오고 싶은 이유가 무언가?"

알준은 적당한 이유를 생각하다가 하사관이 한 말을 떠올렸다.

"높은 곳에 올라가는 게 좋기 때문입니다."

하지만 그 말을 듣고 장교가 눈살을 찌푸리자, 재빨리 덧붙였다.

"그리고 저는 동물을 좋아합니다, 파티 님. 예전에는 물소들과 많은 시간을 함께 보냈습니다. 그 위에 올라타서 두 발로 서기도 했습니다."

장교가 눈썹을 가볍게 치켜 올렸다.

"두 발로 올라섰다고? 균형 감각이 그렇게 좋은가?"

알준이 고개를 끄덕였다. 사실이었다. 물소가 빠른 걸음으로 움직일 때도 두 발로 물소 등 위에서 설 수 있었다. 마을의 소년들은 물론 나이 많은 어른보다 더 오랫동안 서 있곤 했다.

"그럼 자네의 균형 감각을 시험해봐야겠군."

장교가 쓴웃음을 지으며 한쪽 구석을 가리켰다. 구멍을 판 커다란 통나무와 그 안에 박아놓은 기다란 대나무가 보였다. 바닥에서 약 사십 센티미터 정도의 높이였다.

"저곳으로 가서 대나무 위에 서봐."

알준은 조금도 망설이지 않고 구석으로 가서 대나무 위에 발을 올려놓았다. 커다란 엄지발가락 정도의 굵기였다. 알준의 체중을 실은 대나무가 휘청거리며 이리저리 흔들렸다. 하지만 알준은 떨어지지 않고 계속 그 위에 서 있었다.

"이름?"

장교가 짤막하게 물었다.

"알준 마드바, 파티 님."

알준이 밑으로 떨어졌다.

장교가 상체를 옆으로 기울여서 서기에게 무엇인가 말하자, 서기는 야자 잎 위에 글씨를 적기 시작했다.

"코끼리에 대해서 무엇을 알고 있는가?"

장교가 물었다.

"아무것도 없습니다, 파티 님."

"나를 파티 님이라고 부르는데, 이곳에서는 장교를 제대로 호칭하는 법을 가르쳐주지 않는가? 나는 바히니파티다."

장교가 엄한 어조로 말했다. 알준은 그게 코끼리 부대 백 마리를 이끄는 부대장을 의미한다는 걸 알고 있었다.

"자, 대답하라. 코끼리 다루는 법을 알고 있는가?"

"전혀 모릅니다, 바히니파티 님."

"우리는 최고만 원한다. 그게 우리의 자랑이다. 칼을 휘두르고 활을 쏘는 법은 누구나 배울 수 있다. 하지만 코끼리를 다룰 수 있는 사람은 적다."

장교가 알준을 살펴보더니, 다시 입을 열었다.

"자네는 아주 젊다. 좋은 일이지. 우리는 코끼리와 함께 형제처럼 커나갈 머하우트를 원한다. 그리고 자네는 우리가 원하는 장점을 최소한 한 가지 더 가지고 있다. 좋은 균형 감각. 전투용 코끼리에 올라탄 머하우트가 꼭 갖추어야 할 것은 균형 감각이다. 지금 지원한 병사 가운데 그 막대기 위에 올라선 사람은 너를 포함해서 두 명밖에 안 된다. 일단 너를 포함시키겠다. 하지만 훈련에 참가할 열 명 가운데 최종적으로 합격할 사람은 한 명밖에 안 될 것이다. 다른 사람은 보병으로 돌아가게 된다.”

장교가 오른손을 들어 손바닥을 내보이며 경고했다.

“이곳처럼 조용한 부대가 아니다. 국경선이 가까운 북쪽 부대이다. 그곳에서는 항상 전투가 발생한다. 어떤가, 병사? 질문 사항은?”

“없습니다, 바히니파티 님.”

“멍청해보이진 않는군. 하지만 머하우트 기술을 배울 만한 사람 같지도 않아.”

장교는 알준에 대한 또 다른 평가를 내리기 위해 잠시 말을 멈추고 야자술을 한 입 마셨다.

“그런데 군대에 들어온 이유는 무언가?”

알준은 캐러밴이 당한 습격과 자신이 군대에 팔려 오게 된 경위를 짤막하게 설명했다. 장교는 그 대답에 만족한 듯싶었다. 하지만 알준의 출신 배경에 대해 더 이상 묻지는 않았다. 그는 자신의 고수머리를 배배 꼬면서 이렇게 물었다.

“우리가 지원병을 조심스럽게 선별하는 이유가 뭐라고 생각하나? 차루키아 군대의 부대장이 자네들에게 이렇게 많은 시간을 소비하는 이유가 뭐라고 생각하나? 돈을 주고 보병을 사는 경우는 많아. 보병은 전쟁터의 빈 공간을 채우는 몸덩어리에 불과해. 보병은 코끼리가 겁도 많고 주의력도 산만하다고 생각하지. 그리고 머하우트는 코끼리를 타고 돌아다니는 것밖에 모른다고 말이야. 자네 생각도 그런가?”

알준은 대답하지 않았다.

"코끼리 부대원은 평범하게 살지 않아. 흥미진진하고, 힘들고, 할 일도 많지. 게다가 위험한 일도 만만찮아. 보병에 비해서……."

장교가 보병은 아무것도 아니라는 표정으로 손을 흔들며 계속 말을 이어나갔다.

"그래도 우리 부대에 들어오고 싶은가? 만일 그렇지 않다면 더 이상 시간을 낭비하고 싶지 않군. 어떤가? 들어오고 싶은 게 확실한가?"

"확실합니다, 바히니파티 님. 마음의 준비가 다 되었습니다."

서기가 글씨를 썼다.

다음날, 하사관이 알준을 부르더니, 못마땅한 표정으로 나무랐다.

"지금 네가 무슨 일을 저지른 줄 알아? 코끼리에 대해 충분히 말했잖아. 전쟁터에서 머하우트가 화살에 맞아 죽는 모습을 본 게 한두 번이 아니라고. 셀 수도 없어. 왜 그렇게 많이 죽는 줄 알아? 높은 데 있어서 눈에 잘 띄기 때문이야. 게다가 그들이 죽으면 코끼리가 미쳐 날뛴다는 사실을 적군이 잘 알고 있기 때문이라고."

하사관이 알준의 팔을 세게 움켜잡으며 크게 꾸짖었다.

"미쳤어. 그런 괴물과 함께 살고 싶어? 그놈들은 자기를 몇 년 동안 씻어주고 먹여준 사람을 한순간에 밟아 뭉개버린단 말이야. 이곳에 남아. 궁수가 되는 편이 더 좋아. 내 아들 같은 기분이 들어서 하는 말이다."

하지만 알준은 설득당할 수 없었다. 신들이 이 길을 제시했으니, 자신은 이 길로 갈 수밖에 없었다. 신들이 어느 길을 제시하든, 알준으로선 조금도 망설임 없이 그 길을 걸어가야 했다. 잃어버린 여동생을 찾을 때까지는.

5

사십여 명으로 구성된 차루키아 소부대를 이끌고 온 바히니파티는 남부의 바타피 수도에서 코끼리 부대 지원병 열 명을 선발해서 데려 왔다. 그리고 와디에 있는 부대에서 알준을 포함한 지원병 다섯 명을 더 뽑았다.

이들은 파이탄 근처의 훈련장을 향해 북서쪽으로 행군해 나갔다. 데칸 고원을 가로지르는 이번 행군은 보름쯤 걸릴 예정이었다. 바히니파티와 젊은 크샤트리아 부관은 건장한 군마를 탄 반면, 병사들은 먼지가 풀풀 나는 시골길을 걸어가야 했다. 하늘엔 구름 한 점 없었다. 북동쪽에서 끊임없이 불어온 차가운 바람이 구름을 모두 날려보냈다. 군수품을 실은 조그만 우마차 세 대가 후미에서 움직이고 있었다.

어깨까지 길게 늘어진 고수머리에 은 귀고리를 한 바히니파티는 고참 보병들이 비난하던 전형적인 장교의 모습이었지만, 그는 훌륭한 솜씨로 말 위에 앉아서 명령을 내렸으며, 그 속에는 진정한 무사의 자부심이 담겨 있었다. 알준은 만일 이런 사람이 그 운명적인 날에 캐러밴을 이끌었다면 강도 떼는 결코 성공할 수 없었을 거라 확신했다. 이런 훌륭한 지휘관이라면 경비병을 사방에 세워놓았을 것이며, 부하들도 용감히 싸웠을 게 분명했다.

알준은 행군하는 동안 여동생을 끌고 간 강도놈들에게 복수하는 백일몽을 꾸곤 했다. 바로 그 무자비한 강도놈들이 이 차루키아 부대를 힘없는 캐러밴으로 착각하고 습격하는 장면이었다. 그들은 용감하게 반격하는 군인들의 모습에 당황하고 좌절감에 휩싸이다가 마침내 공포감에 떨기 시작한다. 칼에 맞아 죽는 놈도 있고 목숨을 구하려고 도망치는 놈도 있고 자비를 구걸하는 놈도 보였다. 생각만 해도 온몸이 부르르 떨리는 장면이었다.

하지만 이런 복수의 장면은 알준을 조금도 만족시키지 못했다. 오히려 불안감만 더해갔다. 강도 떼가 습격하는 동안 나무 뒤에 숨어 있을 때 느꼈던 바로 그 무력감이 몰려들었다. 매일 밤마다, 부대원들이 들판에 담요를 펼치고 누울 때마다, 알준은 오랫동안 잠을 못 이룬 채 별들을 바라보았다. 두 손이 등뒤로 묶인 채 떠밀려서 두목의 발 밑에 쓰러지는 가우리의 모습이 밤 하늘 저편에 떠올랐다. 그 모습은 별자리의 최면술에 말려 깊은 잠에 빠져들 때까지 사라지지 않았다.

처음 며칠 동안 부대는 수확기가 거의 다 된 논 사이를 지나갔다. 우기에 씨를 뿌리고 겨울에 알갱이를 수확하는 '사리'라는 쌀이었다. 알준의 고향 농부들은 사리는 물론 그보다 늦게 수확하는 '카라마' 쌀도 경작했다. 이곳 역시 고향 마을처럼 물소 해골을 말뚝 위에 얹어놓아 새들이 낱알이 꽉 찬 벼에 접근 못하도록 만들었다. 농부들이 바삭바삭 소리를 내며 수풀 사이를 가로질러 집으로 돌아가는 모습도 보였다. 목에 걸친 줄 끝에는 나뭇잎으로 입구를 틀어막은 물병이 달려 있었다. 오후 늦은 시간이 되어 황혼이 서서히 깔릴 때는 아늑한 풍경이 펼쳐졌다. 낮게 깔린 햇살이 먼 곳에 있는 마을에서 음식을 만들며 내뿜는 연기와 어우러졌으며, 늙은 황소들이 어기적어기적 길을 걸어갔다. 그런 모습을 볼 때마다 고향 생각이 났다. 시간이 멈춘 것 같은 황혼의 적막감이 가득할 때마다 가우리가, 상냥하고 차분한 가우리가, 갑자기 가사 없는 노래를 불러 듣는 사람의 눈에 눈물이 고이게 만드는 가우리가 떠올랐다.

차고 건조한 겨울바람이 데칸의 메마른 평야를 휩쓸고 지나갈 때는 풍경 전체가 짙은 갈색으로 변했다. 밤이 되면 꺼칠꺼칠한 풀 위에 누운 부대원들은 담요 안에서 덜덜 떨며 잠을 청했다. 강도 떼가 이렇게 먼 북쪽까지 왔을까? 가우리도 지금 어디에선가 얇은 담요 밑에 웅크린 채 바람이 잠자기만 기다리고 있을까? 밥은 충분히 먹었을까? 매를 맞는 건 아닐까? 구름이 하늘을 가득 덮듯이 끔찍한 생각이 알준의 마음에 가득 들어찼다.

훈련장에 도착하기 며칠 전, 알준은 이 지역 사람들이 다른 모습을 하고 있다는 사실을 깨달았다. 사내들은 무릎까지 내려오는 면으로 만든 기다란 도티를 입고, 밑으로 길게 콧수염을 길렀으며, 베텔잎을 씹어 이빨이 검었다. 군인들을 쳐다보는 표정이 무뚝뚝했으나, 그들이 비켜준 길을 바히니파티가 말 타고 지나갈 때는 머리를 허리까지 숙여 정중히 인사했다. 데칸 고원에 속한 이 지역은 현재의 푸라케신 국왕이 조상 대대로 통치해왔기 때문에, 아이들부터 농장의 일꾼까지 바히니파티의 부관이 들고 가는 깃발에 새겨진 멧돼지 형상의 차루키아 기장을 잘 알고 있었다. 알준은 자신이 그렇게 존경받는 집단의 일원이라는 사실에 커다란 자부심을 느꼈다. 자신이 속했던 계급의 신성한 실을 되찾은 듯한 느낌이 들 정도였다.

코끼리 부대 훈련장은 거대한 고다바리 강 남쪽 둑으로 이어지는 평야에서 약간 올라간 나무 많은 언덕에 자리잡고 있었다. 코끼리는 물 가까운 곳에 있어야 한다는 게 그곳에 훈련장을 세운 가장 중요한 이유였다. 또한 언덕에 있어서 우기에 모기가 많이 들끓지 않아 코끼리의 고통을 덜 수 있었다. 알준은 이 모든 내용을 지원병 한 명에게 들었다. 지원병들은 서로 말을 아끼면서 열심히 행군했다. 상대편에게 유리한 정보를 주지 않으려고 서로 조심하는 듯했다. 코끼리 부대원으로 뽑힐 사람은 극히 일부로 한정되기 때문이었다. 지원병 가운데 세 명이 코끼리에 대해 알고 있다고 했다. 하지만 그 내용에 대해 말하는 사람은 아무도 없었다. 한 젊은 지원병이 코끼리를 타본 적이 있다고 고백하자, 지원병들이 그 주변으로 구름같이 모여들어 경험담을 들으려고 했다. 하지만 그는 "조금 지나면 당신들도 알게 될 거야. 그리 어렵지 않아. 나도 어렵지 않았으니까" 하고 말할 뿐이었다.

마침내 훈련 부대에 도착하자, 지원병들은 좁고 기다랗게 생긴 막사에 배치되었다. 풍파에 시달린 널빤지 벽 여기저기에 빈틈이 생겨나 바람이 들락대는 막사였다. 머하우트와 '카바다이'라는 조수들은 부대 한가운데 집단 주택에 거주하고 있었다. 고참 머하우트 일부는 강을 바라보는 절벽 위에 돌과 윗가지를 엮어 만든 오두막에서 가족과 함께 살았으며, 바히니파티를 비롯한 장교들은 파이탄에 있는 숙소에서 묵었다. 코끼리들은 밤이 되면 앞발 두 개를 두꺼운 밧줄에 묶인 채 숲 속을 어슬렁거릴 수 있었다. 그래서 아침이 되면 카바다이들이 밖으로 나가 그들을 모아야 했다. 알준은 그곳에 도착한 첫날 밤에 코끼리에 대한 사실 한 가지를 배울 수 있었다. 그들이 습기가 가득한 뜨거운 날씨보다는 차갑고 건조한 날씨를 좋아한다는 것이었다.

알준을 비롯한 지원병들에 대한 훈련은 다음날 아침에 열린 강의로 시작되었다. 강사는 이제 코끼리를 다루지 않는 연로한 머하우트였다. 지원병들은 거대한 나무 그늘에 모여 앉아 열심히 귀기울였다. 하지만 코끼리들은 먼 거리에서 나뭇잎 사이를 거니는 모습만 언뜻 보일 뿐이었다.

나이 많은 머하우트는 코끼리를 조련사들이 '가자'라고 부르기도 하며 예전에는 '마탄가'라고 불렀는데, 그것은 마음대로 돌아다닌다는 뜻이라고 설명했다. 코끼리들은 신들이 인간과 결합시켜 서로 돕도록 만들기 전까지는 마음대로 돌아다녔다. 신 중에는 코끼리 머리와 몸통을 한 신도 있었다. 이 신의 이름은 가나파티(가네샤라고도 함)로 시바와 파르바티의 지혜로운 아들이었다. 이 신은 커다란 덩치에도 불구하고 쥐를 타고 다녔다. 쥐가 방해물을 이빨로 갉아서 뚫고 지나간다고 했다. 가나파티는 상아가 하나밖에 없는데, 그건 상아 하나를 부러뜨려서 펜으로 사용했기 때문이다. 이 신은 이 펜으로 〈비아사〉라는 위대한 시 구절을 써내려갔다. 오래된 전설에 의하면, 코끼리는 예전에 상아빛의 날개를 펴고 하늘을 날아다녔다고도 했다. 구름이 있는 곳에 코끼리도 있는데, 이 둘이 비를 내린다는 것이다. 머하우트는 개중에 부처가 전생에서 코끼리였다고 믿는 사람도 있다고 하면서 이렇게 덧붙였다.

"하지만 이곳에서는 부처를 믿는 사람이 없겠지. 만일 부처를 믿는 사람이 있다면 우리 코끼리를 만지지 말도록. 코끼리들이 오염될 테니 말이야."

머하우트가 아랫입술과 잇몸 사이로 베텔 한 입을 집어 넣은 다음 다시 말을 이었다.

"가자는 시력이 안 좋다. 하지만 냄새로 모든 걸 알아차릴 수 있다. 그리고 거대한 두 발은 쥐의 수염과 같다. 코끼리는 이 발을 통해 아주 먼 거리에서 호랑이가 걸어오는 것도 알아차릴 수 있다. 어떤 사람은 코끼리를 '하스틴' 곧, 손이 하나인 동물이라고 부르는데, 그건 코끼리의 기다란 코가 굉장히 민감한 손 역할을 하기 때문이다. 코가 얼마나 훌륭한지는 나중에 알게 될 것이다. 어떤 여신도 코끼리의 코만큼 민감할 수는 없다. 그리고 여러분이 손으로 땅바닥에서 집을 수 있는 건 코끼리 코도 집을 수 있다. 코끼리는 엄청난 양의 과일과 야자수 잎, 풀, 뿌리, 나무 껍질을 먹어대는데, 단 하루 동안에 먹는 양이 여러분 여섯 명을 합친 무게와 같다. 하지만 피부는 보기보다 얇기 때문에 쉽게 찢어질 뿐 아니라 태양열이 뜨거울 때에는 쉽게 화상을 입는다. 그리고 벌레들이 물면 아기처럼 꽥꽥 소리를 내며 울기도 한다. 뜀박질은 여러분보다 빠르지만 높이뛰기는 여러분 허리 높이밖에 안 된다. 가자는 낙타처럼 발을 질질 끌면서 어기적어기적 걷지만 아주 민첩해서 산을 거뜬히 올라갈 수 있다. 상아는 통나무 담을 꿰뚫을 수 있으며, 이빨과 턱은 더 무서운 괴력을 발휘한다. 가자는 우리보다 더 용서를 잘 한다. 하지만 자신에게 가한 욕설이나 나쁜 대우는 잊어버리지 않는다. 만일 여러분이 진정한 주인이 되지 못한다면, 나중에 가자가 갑자기 몸을 돌려 여러분을 밟아 죽일 것이다. 하지만 성심 성의껏 돌본다면, 가자는 여러분이 알고 있는 그 누구보다 더한 충성을 여러분에게 바칠 것이다.”

말을 마친 머하우트는 지원병들을 시험하기 시작했다. 높다란 나무에 올라가 처음에는 두 손으로, 그 다음에는 한 손으로 나뭇가지를 잡고 몸을 흔드는 시험이었다. 지원병 두 명이 높은 나무에 올라야 한다는 사실 그 자체에 나가떨어졌다. 한 명은 높이 오르던 도중에 밑을 내려다보라는 명령에 아래를 쳐다보곤 현기증을 느끼며 떨어졌다. 지원병 가운데 최소한 절반 정도가 더듬거리거나 나뭇가지 위에 오르지 못했다.

알준은 민첩하게 기어올라갔다. 고향에 있을 때도 알준은 인근에서 가장 높은 나무에 쉽게 오르곤 했다. 높은 나뭇가지 위에서 책상다리를 하고 앉아 있으면, 조그만 아이들이 밑에서 부러운 눈길로 올려다보았다.

알준은 아주 가느다란 나뭇가지 위로 올라갔다. 체중이 실린 가지가 흔들렸다. 하지만 알준은 머하우트가 내려오라고 할 때까지 그곳에 있었다.

비록 지원병이 모인 건 코끼리 다루는 훈련을 받기 위해서지만, 이들 역시 군인이었다. 그래서 무술 실력도 있어야 했다. 열 명 정도의 머하우트 시선 속에서, 지원병들은 창술과 검술, 그리고 궁술 실력을 과시했다. 한 지원병이 코끼리 등에서 사용하기 위해 특별히 제작한 토마라 창으로 알준을 쓰러뜨렸다. 지원병들은 알준이 패한 걸 좋아했다. 나무타기에서 알준이 일등한 게 분명했기 때문이다. 하지만 장검을 다루는 솜씨는 알준이 제일 뛰어났으며, 궁술에서는 네번째 실력을 발휘할 수 있었다.

지원병들은 막사로 돌아오자마자 녹초가 되어 바닥에 쓰러졌다. 한 지원병이 분노를 터트렸다.

"코끼리는 도대체 어디에 있는 거야? 우리가 이곳까지 온 이유는 코끼리 때문이잖아. 그런데 내 눈에 띈 건 숲 속을 거니는 코끼리 궁둥이밖에 없으니……."

지원병들은 다음날에도 코끼리를 보지 못한 채, 아침나절은 군사 훈련으로 보냈으며, 오후에는 강에서 보냈다. 한 머하우트는 코끼리가 강에 다리 놓는 걸 도울 때가 있다고 설명했다. 때로는 물길이 급한 강에서 목욕도 시켜줘야 하는데, 코끼리는 물을 아주 좋아하기 때문에 조련사 역시 물을 좋아해야 했다. 그래서 머하우트는 지원병들에게 수영으로 고다바리 강을 건너가라고 명령했다. 지원 면담을 할 때는 모두 수영을 할 수 있다고 주장했지만, 지원병 가운데 세 명이 허리춤 깊이 이상 들어가길 거부했다. 이 세 명은 그날 밤 막사로 돌아오지 않았다. 나중에 들은 바에 의하면 바히니파티가 벼락 같은 화를 내며 이 세 명을 보병 부대로 돌려보냈다고 했다.

그날 밤에도 어제 불평했던 지원병이 하루 종일 코끼리 한 마리 못 보았다며, 강둑에 있는 동안 먼 곳에서 나팔 같은 소리를 질러대는 코끼리 소리를 들은 게 전부였다고 불만을 늘어놓았다.

"수영하고 나무에 오르고 과녁을 향해 화살을 쏘기만 했지, 가자 위에 오른 사람은 아무도 없잖아."

다음날에도 코끼리 위로 올라가지 않았다. 하지만 지척에서 한 마리를 보았다. 지원병은 한 명씩 조그만 빈터가 있는 숲 속으로 인도되었는데, 빈터에는 거대한 수컷 한 마리가 왼쪽 뒷다리를 사슬에 묶인 채 두꺼운 기둥에 묶여 있었다.

드디어 알준 차례가 되었다. 알준은 빈터 주변으로 걸어가서 한가운데 묶여 있는 거대한 동물을 주시했다. 코끼리가 기다란 코로 땅바닥을 부드럽게 훑더니, 멋있게 구부려서 마른풀 더미를 탐색했다.

"가자 옆으로 가봐."

머하우트가 알준의 귀에 대고 속삭이면서 팔꿈치로 밀었다.

"얼마나 가까이요?"

"가고 싶은 만큼."

알준은 뒷다리가 묶여 있으니 가자가 기둥에서 최소한 이 미터 이상 벗어나지 못할 거라 판단하곤 머하우트에게 또 물었다.

"그런 다음에는 어떻게 하죠?"

"하고 싶은 대로."

그래서 알준은 빈터 안으로 발을 내밀어 자신을 쳐다보는 갈색 눈동자를 바라보며 천천히 앞으로 나아갔다. 갈색 눈동자는 기다란 속눈썹에 점잖은 표정을 하고 있었지만 바라보는 초점이 분명했다. 코는 에스 자 형상으로 들어올리고, 머리칼은 곤두서 있었다. 거대한 야수가 바람을 내뿜자 머리칼이 미풍을 맞은 듯이 흔들렸다.

알준은 육 톤에 달하는 살아 있는 생명체가 온몸을 굽어보는 가운데 열 걸음도 안 되는 거리까지 다가섰다. 걸음을 멈추고 제자리에 서서 가자의 거대한 머리를 계속 올려다보았다. 이처럼 가까운 거리에서 보니, 코끼리의 두 눈이 아주 맑아 보였다. 커다란 판자처럼 생긴 빨간 혓바닥이 브이 자 형상의 입 안에서 나풀거렸으며, 다리 하나가 오만한 자세로 들렸다. 거대한 귀는 마치 해오라기 떼가 연못에서 한꺼번에 날아오르는 듯한 소리를 내며 풀럭거리기 시작했다. 그다음에는 거대한 몸통 안 어디에선가 펌프질을 하는 듯한 소리가 홀

러나왔다. 마치 지구의 심장부에서 흘러나오는 육중한 맥박 소리 같
았다.

알준은 코끼리가 자신을 위협하고 있다는 생각이 들자마자 즉시
몸을 돌려 도망칠 뻔했다. 하지만 움직이지 않고 가만히 서서 기다렸
다. 알준은 자신에게 가만히 서 있으라고 명령했다. 그리고 야수의
두 눈을 피하지 말도록 자신의 두 눈에게 명령했다. 야수가 알준을
향해 커다란 코를 공중에 날렸다. 더 가까이 가야 할까? 만일 너무
가까이 가면 밧줄처럼 생긴 저 주름진 근육질이 뻗어 나와 허리를 감
아버릴지도 몰라. 하지만 야수는 덤비려 하지 않고 가만히 서서 소년
의 시선을 쳐다보기만 했다.

두려움이 몰려왔다. 하지만 자신이 들어가야 할 곳을 가로막는 장
막이라도 되는 듯, 알준은 그 두려움을 옆으로 밀쳐냈다. 그러자 또
다른 알준이 있는 새로운 세계가 열렸다. 예전의 알준 전부가 갑자기
사라지고 좀더 성숙하고 좀더 강하고 좀더 용감한 새로운 알준 마드
바가 등장한 것 같았다. 이 이상한 내면 세계에서 알준의 두 눈은 자
신의 몸 위를 맴도는 거대한 야수의 시선과 마주쳤다. 알준과 코끼리
는 그 시선을 통해 하나가 되었다. 다른 것은 존재하지 않았다. 이제
알준은 침착하게 뒷걸음질치며 빈터 입구로 움직였다. 하지만 시선
은 여전히 코끼리의 두 눈에서 떼지 않았다.

그곳에 서 있던 머하우트가 속삭였다.

"그만."

알준은 고개를 돌려 숲 사이로 난 오솔길로 들어섰다. 혼자가 되
자마자 바닥에 풀썩 쓰러져 무릎을 꿇은 채 숨을 깊게 몰아 쉬었다.
두려움이 마음 바깥으로 빠져나가는 듯했다. 자신의 일부가 여전히

이상한 내면 세계 안에 남아 있다는 느낌도 들었다. 더 성숙하고 더 강한 자신이 느껴지는 세계였다. 코끼리와 만나던 순간을 하나하나 떠올리다 보니, 환희의 느낌과 미소가 저절로 피어올랐다. 알준은 다시 일어나 강가에서 기다리던 동료들을 찾았다. 그러고는 마치 아무 일도 없었다는 듯, 그들을 향해 걸어갔다.

지원병들은 그날 오후 늦은 시간에 막사 화장실을 청소하기 시작했다. 지원병 일부가 수놈 코끼리와 마주친 경험담을 떠들어댔다. 세 명은 빈터 입구에서 더 나가지 않았다고 했다. 반면에 두 팔을 펼친 채 코끼리의 코를 만지기 위해 계속 앞으로 걸어갔는데, 코끼리가 코를 강하게 휘둘러 아슬아슬하게 피했다며 용기를 뽐내는 지원병도 있었다. 또 다른 지원병은 늙은 수놈이 움직일 수 있는 반경 바깥에서 욕설을 퍼부었다며 자랑했다. 하지만 코끼리를 갑작스럽게 만나 모두 당황한 것 같았다.

후에 카바다이 한 명이 막사로 찾아와 여섯 명의 명단을 불렀다. 호명된 지원병들은 조용히 자신의 짐을 꾸려 카바다이 뒤를 따라갔다. 남아 있는 지원병들은 아무 말을 듣지 않아도 그들이 보병 부대로 돌아간다는 걸 직감할 수 있었다.

그 다음에는 또 다른 카바다이가 문을 열고 나타나 크게 소리쳤다.

"알준 마드바!"

알준은 몸을 부르르 떨며 일어나서 그를 따라 중앙에 위치한 오두막 가운데 하나로 갔다. 알준이 한동안 밖에서 기다리자, 문가에 서 있던 카바다이가 들어오라고 손짓했다. 그는 알준에 비해 서너 살 많아 보이는 카바다이로 너부데데한 얼굴에 심술궂은 눈을 지녔다.

"안으로 들어가."

그가 중얼거리며 떠났다.

움막 안으로 들어가니, 석탄 화로 옆에 머하우트 한 명이 앉아 있었다. 알준보다 조그만 키에 깡마른 사내로 아버지보다 더 늙어 보였다. 처음 도착한 날에 본 기억이 났다. 이 머하우트는 아무 말 없이 멀찌감치 떨어져서 늘어난 주름살에 파묻힌 작은 눈으로 지원병을 가만히 살펴보기만 할 뿐이었다. 바히니파티가 예전에 그랬듯이, 머하우트 역시 여러 가지 질문을 했다. 알아듣기 힘든 목소리였다.

"가자에 대해선 무엇을 알고 있는가?"

"거의 모릅니다, 머하우트 님."

"하지만 올바로 대처하더군. 두려움 없이 가만히 서 있었어. 자네는 가자를 고문하거나 친구로 만들려고 하지 않았어. 자네 자신을 가만히 알려주기만 했어. 그게 전부였지. 그래, 그게 전부였나?"

"네, 머하우트 님. 저는 코끼리에게 내가 그곳에 있다는 사실을 알려주고 싶었습니다."

"가자가 자네에게 겁을 주려고 할 때, 자네는 전혀 움직이지 않던데, 그때 겁이 났었나?"

"네, 머하우트 님. 아주 두려웠습니다."

"하지만 자네는 계속 시선을 마주쳤어."

머하우트가 웃었다. 마른풀에 바람이 부는 듯한 끄르륵 소리가 났다.

"정말 잘 했어. 그 늙은 허풍선이는 그런 식으로 다루는 게 좋아. 그래, 이곳에 온 이유가 뭔가?"

여동생을 찾기 위한 우회적인 방법이라고 설명하는 건 말도 안 되는 소리였다. 하사관이 말한 대로 '다른 사람보다 높은 곳에 앉아 있는 게 좋아서' 라는 내용을 써먹는 게 좋을 듯했다. 알준은 잠시 망설이다가 대답했다.

"제가 이곳에 온 이유는 극히 일부만 선택되기 때문입니다. 코끼리와 함께 살 수 있는 사람은 극소수에 불과하죠."

머하우트가 희미하게 웃었다.

"다른 사람과 다르게 되길 원한다? 아이들 대부분은 집단 속에서 태어나 그 집단 속에서 편안히 살아가길 원하지."

"저는 제가 하고 싶은 일을 하고 싶습니다."

알준이 단호하게 말했다. 사실은 지금 이 순간까지 다른 사람과 다르게 된다는 것에 대해 생각해본 적은 없었다. 자신은 브라만 계급에 속했으며 항상 그것을 원했다. 하지만 브라만이 숭배하는 공부하는 삶에 대해서는 관심이 없었다. 그리고 부모님을 존경했지만 마을에 사는 다른 아이들에 비해 말을 그리 잘 듣는 편은 아니었다. 어쩌면 그 모든 행위의 이면에는 금방 머하우트에게 말했듯이, 뭔가 특별한 걸 해보고 싶은 강한 충동이 숨어 있었는지도 모를 터였다. 알준이 머하우트에게 말했다.

"가자를 다시 만나보고 싶습니다. 일 대 일로."

"단지 그렇게 하고 싶기 때문에?"

머하우트가 말하면서, 옆에 있는 천 조각 속의 정향과 빈랑나무 열매와 베텔을 섞어 잎사귀로 쌌다.

"네, 머하우트 님."

머하우트가 잎사귀에 소석회를 뿌리더니, 능숙하게 말기 시작했다.

"코끼리를 타고 싶기 때문에 코끼리를 타겠다, 그런가?"

“네, 머하우트 님. 머하우트 님께서 그걸 원하신다면.”

“네, 머하우트 님. 네, 머하우트 님. 정말 정중한 표현이군.”

머하우트가 냉소 어린 미소를 머금으며 쳐다보았다.

“자네가 브라만이라 해도 그리 놀랄 일은 아닌 것 같아.”

“예전에는 그랬습니다.”

“예전에는?”

“예전에는 브라만이었습니다.”

“만일 ‘예전’이란 표현 대신 ‘지금’이란 표현을 썼다면 나는 자네를 그 즉시 쫓아버렸을 거야.”

머하우트가 다 만든 베텔을 입 안에 넣었다.

“저는 지금 군인입니다. 돈에 팔려 온…….”

머하우트가 껄껄 웃었다.

“하지만 그냥 걷는 편보다는 코끼리를 타는 편이 낫겠다……. 나도 자네만한 나이일 때는 그랬지. 내 말을 잘 듣게. 이제부터는 절대로 나를 머하우트 님이라고 부르지 말게. 내 이름은 라마야.”

알준은 지금까지 나이 많은 사람의 이름을 직접 부른 적이 단 한 번도 없었다. 하지만 머하우트의 표정은 그걸 강력하게 요구하고 있었다. 알준은 잠시 망설이다가 입을 열었다.

“알겠습니다, 라마.”

“코끼리에게 자네는 브라만이 아니고 나 역시 머하우트 님이 아니야. 나는 늙었고, 그들은 나를 알아. 자네는 젊고, 그들은 자네를 몰라. 처음엔 이 정도로도 충분해.”

“알겠습니다.”

“아니야, 자네는 아직 몰라. 하지만 나와 지내다 보면 알게 되겠지. 코끼리를 통해 정직한 게 무엇인지, 그리고 거짓을 어떻게 알아차리는지 배우게 될 거야. 나는 코끼리를 믿어. 어떤 사람들은 코끼리가 겁쟁이에다 바보 멍청이라고 욕하지. 하지만 내가 감히 말하건대, 그들은 신들의 은총을 받았어. 그들은 우리만큼 생각하고 어떨 때는 우리보다 더 많은 걸 느끼지. 그래, 자네는 그들과 함께 일하길 원하나?"

"네, 그렇습니다……. 라마."

"그들과 함께 살겠다? 언젠가는 자네 역시 가자 한 마리를 배당받겠지. 그러면 자네 체중보다 육칠십 배나 더 무거운 코끼리와 함께 나이를 먹고, 그 거구를 꿈속에서도 보게 될 거야. 그래, 코끼리와 함께 살고 싶은가?"

갈대 사이로 쳐다본 호랑이의 누런 이빨이 뇌리를 스쳤다. 자비로운 신들은 어떤 목적이 있어 자신을 그 이빨에서 구한 게 분명했다. 어떤 목적을 위해서? 늙은 수놈 코끼리의 차분한 시선은 알준에게 무언가를 하도록 촉구했다. 그게 뭐지? 이상한 내면 세계의 용기가 여전히 알준에게 남아 있었다. 마침내 알준이 입을 열었다.

"저는 그들과 함께 살고 싶습니다. 저는……."

알준은 자신의 머리 속에 떠오른 생각에 깜짝 놀라 잠시 입을 다물었다가 덧붙여 말했다.

"저는 제가 그들과 함께 살고 싶은 이유가 무언지 알고 싶습니다."

머하우트는 피처럼 새빨간 베텔 즙을 구리 사발에 뱉은 다음 입을 열었다.

"그렇다면 좋아. 자네는 이제부터 내 카바다이야. 내일부터 함께 일하러 가도록 해."

6

다음날, 놀랍게도 라마는 알준에게 보병 부대에서 하던 일을 시켰
다. 라마가 몇 살 많은 카바다이와 함께 쓰는 오두막을 청소하는 일
이었다. 비록 판차마 청소부와 똑같은 일이었지만, 최소한 이번에는
코끼리를 매일 접할 수 있었다. 머하우트는 신임 카바다이가 코끼리
의 성질에 익숙해질 때까지 풀을 뜯어먹거나 조련사에게 훈련받는
장면을 지켜보도록 허락했다.

코끼리들은 서로 만날 때마다 코를 길게 내밀어 코끝을 비비며 콧
김을 내뿜었으며, 코를 상대편의 입 속에 집어 넣을 때도 이따금 있
었다. 그들은 끙끙거리는 소리와 포효하는 소리, 짖는 소리, 천둥 치
는 소리 등 다양한 소리로 자신의 의사를 밝히는 시끄러운 동물이었
다. 어떤 늙은 암컷은 기다란 코를 땅바닥에 대고 그 위에 발을 올려
놓은 다음 콧김을 힘껏 불어 아주 날카로운 휘파람 소리를 내기도 했
다. 코끼리는 대체적으로 화날 때면 코로 나무를 세차게 때리며 끙끙
콧김을 내뿜었고, 아플 때는 목구멍 깊숙한 곳에서 끙끙거리는 소리

를 냈으며, 깜짝 놀라면 어린아이처럼 끽끽거렸다. 그리고 흥겹게 끽끽거리는 소리는 기쁘다는 표시였으며, 푸푸 하는 소리는 만족스럽다는 표시였다. 트럼펫을 부는 듯한 소리는 다른 동물에게 겁을 주어 쫓아버릴 때 내는 소리였다.

다른 조련사들이 없을 때, 코끼리들은 풀을 뜯어먹으며 시간을 보냈다. 알준은 밤 열두시를 전후로 가끔 바깥에 나가 코끼리들이 잠자는 숲 속으로 걸어갔다. 그러고는 배를 땅에 대고 엎드려 가서 코끼리들이 달빛 아래 암흑에 휩싸인 채 거대한 바위 같은 모습으로 자는 것을 지켜보곤 했다.

알준은 늙은 수놈 코끼리와 마주친 이래, 이 거대한 야수에 대해 많은 관심을 가지게 되었다. 물론 이들의 엄청난 크기와 힘 그리고 이상한 모습은 모든 사람의 관심을 불러일으킬 만했다. 하지만 알준이 그들에게 끌린 이유는 복잡미묘한 호기심 때문이었다. 그 거대한 머리와 몸통 속에 알준이 알아야 할 어떤 내용이 숨어 있는 듯했다.

알준은 젊은 카바다이가 막대기로 반쯤 자란 코끼리의 귀 뒤편을 심하게 간질이다가 푹 찌르는 장면을 가만히 지켜보았다. 그러자 코끼리는 네 발을 놀랄 정도로 신속하게 움직이며 빙글 돌아서 기다란 코로 장난을 건 카바다이의 몸을 감아버릴 듯한 자세를 취했다. 하지만 널따란 귀를 퍽퍽 부닥치며 성가시게 굴지 말라는 표시를 할 뿐 구체적인 공격을 가하지 않았다. 알준은 그 사건을 통해 코끼리의 엄청난 힘에는 과격하게 행동하고 싶은 충동을 억누르는 능력까지 담겨 있다는 사실을 깨달을 수 있었다. 그것은 코끼리는 기본적으로 순한 동물이라는 느낌이 뇌리에 강하게 박히는 계기로 작용했다.

알준은 자신이 직접 눈으로 보면서 배울 수 없는 내용은 저녁에 머하우트들이 난로 주변에 모여 앉아 얘기를 나눌 때 귀동냥으로 배울 수 있었다. 예를 들어, 코끼리가 머리를 높이 쳐든다는 건 그만큼 흥분했다는 걸 의미하며, 다 자란 수놈의 상아 두 개는 길이가 항상 다른데, 그것은 기다란 상아는 잘 사용하지 않는 반면 뭉툭한 상아를 주로 사용해서 많은 일을 하기 때문이었다.

한번은 머하우트들이 코끼리의 약점에 대해 토론하는 얘기를 엿들었는데, 인간은 자기 덩치에 해당하는 무게를 운반할 수 있는 반면 가자는 말이 운반할 수 있는 정도에도 못 미친다는 얘기를 듣고, 소스라치게 놀랐다. 이 거대한 동물은 뱀과 벌레에 물릴 때는 물론 햇볕이 강할 때도 화상을 입어 꽤 고통스러워하기 때문에 등에 나뭇가지를 덮어준다는 얘기도 들을 수 있었다. 뾰루지도 나고 눈에 염증도 나고 상아에서 통증을 느낀다는 얘기도 있었다.

조련사들은 무료한 시간을 보내기 위해 코끼리들에 대한 이야기를 나눌 때가 많았다. 수줍음을 특히 많이 타는 코끼리들은 '흔들이'라는 별명을 가지고 있는데, 이들은 앞발 하나를 다른 발과 교차시켜가며 몸을 양 옆으로 흔들흔들거리곤 했기 때문이었다. 한 흔들이는 시바 신이 신성한 춤을 출 때의 이름을 따서 '나타라자'라는 재미난 이름을 가지고 있었다. 그리고 한 젊은 코끼리는 부끄러움을 너무 많이 탄 나머지 암컷이 가까이 오기만 하면 재빨리 다른 곳으로 도망쳤기 때문에 '연인'이라는 이름을 붙여주었다. 한 나이 많은 암컷은 거만한 수컷이 다른 곳을 쳐다볼 때 몰래 뒤로 가서 키다란 코로 몸통 뒷부분을 감아버리곤 했기 때문에, 사람들은 이 코끼리를 '늙은 장난꾸러기'라고 불렀다.

알준은 난로 뒤편의 그늘진 곳에 앉아서 귀기울였다. 라마는 보병 부대에서 고참들이 그랬듯이 가끔 '이것을 청소해라, 저것을 해라, 저리 가라'고 소리를 지를 뿐 자세히 설명해주지 않았다.

그렇게 서너 주일이 흐른 후, 알준은 지원병 막사에서 나와 라마의 오두막 한쪽 구석을 배정받았다. 그는 이곳에서 잠을 자고 음식을 먹었다. 그리고 코끼리들을 지켜보지 않을 때는 근처의 숲을 거닐거나 오두막에 머물렀다. 다른 일을 할 생각은 거의 포기하게 되었다. 나이가 몇 살 많은 카바다이인 스칸다는 가끔 쿵쿵거리며 들어와서 알준을 생전 처음 보는 듯한 시선으로 쳐다보았다. 머하우트가 그에게 알준의 출신 성분을 말한 게 분명했다. 스칸다가 "재수 없는 브라만 자식들" 하고 중얼거리며 고개를 절래절래 흔들곤 했기 때문이었다.

하루는 동트자마자 머하우트가 알준을 심하게 흔들어 깨우더니, 상체를 앞으로 쭉 내밀며 다짜고짜 물었다.

"재미있는 구경하러 가지 않겠나?"

알준이 잠시 어리둥절한 표정으로 깡마른 사내를 쳐다보았다. 라마는 이미 베텔을 입 안에 넣은 채 오물오물 씹고 있었다.

"네, 가겠습니다."

알준이 대답했다. 그러자 라마는 입을 더 열지 않고 등을 돌려 오두막을 떠났다. 알준은 서둘러 그 뒤를 따라갔다. 스칸다는 여전히 깊은 잠에 빠져 있었다.

숲을 지나는 동안 라마가 말했다.

"자네는 청소를 열심히 하더군. 좋은 청소부는 겸손하고 인내심이 많은 법이지. 좋은 청소부는 좋은 머하우트가 될 수 있어."

알준은 라마의 오른편 팔꿈치 바로 뒤를 열심히 쫓아갈 뿐 아무 대답도 하지 않았다.

라마는 고다바리 강의 둑을 향해 걸어갔다. 코끼리 열 마리 정도와 조련사들이 그곳에 모여 있었다. 코끼리 몇 마리는 이미 자신의 머하우트와 함께 물 속에 들어가 있었다. 라마가 말했다.

"겁내지 말고 이리 와. 저들은 물 속에 있을 때 항상 우호적이니까. 자네 훈련을 여기서 시작하는 거야."

아침이 눈 깜짝할 사이에 지나갔다. 알준이 라마와 함께 강둑을 떠날 때는 이미 해가 중천에 뜬 다음이었다. 우선, 코끼리들이 강물에서 재미있게 노는 모습을 바라보는 것으로 시작했다. 그들이 코로 물을 빨아들여 그 물을 입 안으로 집어 넣는 모습도 보았다. 그걸 알준이 궁금해하자 라마가 폭소를 터트리며 대답했다.

"그래서 사람들이 가자를 '물을 두 번 마시는 동물'이라고 부르는 거야."

코끼리들 가운데 일부가 기다란 코만 에스 자 모양의 대롱처럼 밖으로 내놓은 채 수면 밑으로 몸을 푹 담그는 모습도 보였다.

"저들은 수영 솜씨가 훌륭해. 배를 타고 저들을 따라가려면 노를 아주 열심히 저어야 한다고. 자, 그럼 내가 코끼리 목욕시키는 장면을 지켜보도록."

라마가 얕은 물 속에 누워 있는 코끼리를 가리키며 말했다.

라마의 어깨에는 가는 가지로 엮어 만든 뜰망 하나가 줄에 길게 매달려 있었는데, 그가 뜰망을 열어 그 안에서 판다누스나무의 솔방울 하나를 꺼내 들었다. 그러더니 강물 속으로 들어가 회색 먼지가 덕지덕지 앉은 피부가 분홍색으로 변할 때까지 코끼리의 옆구리와 궁둥이를 솔방울로 긁어대기 시작했다. 그 다음에는 널따란 등 옆으로 기어가서 솔방울을 세게 누르며 동그라미를 그렸다. 솔방울이 부서지면 뜰망에서 다른 솔방울을 꺼내 들고 닦았다. 그 다음에는 나이 많은 코끼리의 귀를 세게 두드려 반대편으로 몸을 눕히도록 만들었다. 그러고는 다시 열심히 닦아주었다. 반쯤 끝나자, 라마가 잠시 동작을 멈추고, 강둑에 서 있는 알준을 바라보며 명령했다.

"이리 와."

알준은 망설임 없이 강물 속으로 들어가 코끼리 옆으로 저벅저벅 걸어갔다.

라마가 뜰망을 열어 솔방울 하나를 꺼내주면서 말했다.

"이거 받아, 열심히 닦아봐."

그래서 알준은 앞으로 걸어가서 솔방울을 받아 들고 거대한 복부를 향해 상체를 기울였다. 코끼리를 이렇게 가까운 곳에서 보는 건 생전 처음이었다. 흑토 냄새가 콧속에 가득 찼다. 아주 커다란 나무가 땅속 깊숙이 뿌리내린 곳에서 나는 냄새 같았다. 알준은 머뭇거리며 솔방울을 가볍게 움직여 주름진 피부를 닦았다.

"더 세게."

라마가 명령했다. 지금 라마는 가자의 발을 닦고 있었다. 다섯 개 달린 발톱 하나하나가 라마의 손만한 크기의 뿔처럼 보였다.

두 사람이 함께 일하는 동안, 라마는 코끼리를 자주 목욕시키면 진드기와 거머리를 없앨 수 있다고 설명했다.

"가자는 자네가 자기한테 좋은 일을 하고 있다는 걸 알고 있어."

알준은 자신에게 고정된 코끼리의 갈색 눈을 바라보았다. 그 말을 믿을 수 있었다.

"코를 만져봐."

라마가 명령하면서 기다란 코 위에 난 짧은 털을 쓰다듬었다.

"이제 코끝에 대고 입김을 강하게 불어봐."

라마가 만면에 미소를 머금으며 다시 명령했다.

알준은 코끝을 잡고 얼굴을 낮추어 입김을 힘껏 불었다. 가죽 피부가 약간 떨리는 게 느껴졌다. 알준은 끔뻑거리는 갈색 눈동자를 바라보았다.

"알겠어? 이놈은 그걸 좋아한다고."

라마가 폭소를 터트렸다.

목욕을 끝낸 코끼리 무리가 해변가 진흙탕에서 몸을 뒹군 후 강둑 너머의 모래땅으로 가서 흙과 자갈을 등과 옆구리에 뿌렸다. 알준은 깨끗하게 목욕을 시킨 후 다시 더러운 걸 몸에 묻히도록 놔두는 이유가 무언지 물었다. 나무와 자갈, 흰개미 언덕에다 몸을 문지르면 오래된 피부를 새 피부로 바꾸는 데 도움이 되기 때문이라고 했다.

코끼리들이 거친 자갈로 몸을 다 문지르자, 조련사들이 자신의 코끼리를 찾아서 끌고 갔다.

하지만 자신들이 목욕시킨 코끼리를 다른 사람이 끌고 가자, 알준이 이상하다는 표정으로 라마를 쳐다보며 물었다.

"저게 우리 가자가 아닌가요?"

"다른 머하우트가 아파서 내가 대신 목욕을 시켜준 거야. 나에게는 가자가 없어."

라마가 강둑 뒤편의 나무 밑에서 그늘진 곳을 찾아갔다. 알준은 베텔을 만드는 라마 옆에 조용히 앉았다. 라마는 바다조개를 대나무 불로 태운 다음 그것을 물 속에 넣고 물이 졸아들 때까지 끓이면 소석회가 만들어진다고, 빈랑나무 열매는 껍질을 벗겨 말린 다음 한참 끓여서 씨앗이 떨어지면 그 씨앗을 갈아서 만든다고 설명했다.

"나는 내 비티카에 아니스 열매와 정향을 섞는 걸 좋아해."

라마가 베텔 잎을 능숙하게 만 후 그것을 입 한쪽에 집어 넣으며 덧붙였다.

"비티카는 잇몸을 강하게 만들어주고 복통을 치료해주지."

베텔을 씹는 것에 대한 허풍 섞인 주장은 담배를 피우는 것에 대한 삼촌의 허풍을 연상시켰다. 갑자기 떠오른 삼촌 생각이 알준을 놀라게 했다. 아니, 이제 비로소 삼촌을 떠올렸다는 사실 자체가 불쾌했다. 이처럼 가까운 친척을, 그토록 잔혹하게 살해당한 삼촌을, 매일 떠올리지 않았다는 사실이 창피했다. 사실, 고향은 물론 캐러밴에게 습격당한 사건 자체가 최근 몇 주 동안 알준의 뇌리에 별로 떠오르지 않았다. 더 안타까운 건, 가끔 가우리의 얼굴을 떠올리려고 할 때마다 희미한 영상만 떠오른다는 사실이었다.

라마는 향료가 섞인 베텔을 맛있게 씹으면서 계속 말했다. 자신이 부리던 가자는 몇 년 전 전투에서 사망했다는 내용이었다. 라마는 허리춤에 걸친 도티 끝자락을 들어올려, 오른쪽 엉덩이에서 복부로 기다랗게 이어진 울퉁불퉁한 상처를 보여주었다.

"그 전투에서 입은 상처지. 물론 다른 가자를 가질 수 있었지만, 나는 훈련시키는 쪽을 선택했어."

라마가 어깨를 으쓱였다. 두 눈에 갑자기 물기가 어렸다.

"그를 제외한 그 어떤 가자도 나를 만족시킬 수 없거든."

다음날 아침, 알준이 오두막을 청소하고 있을 때 스칸다가 들어왔다. 스칸다에 의하면 라마는 지금 막 엘로라 근처의 전쟁터로 불려 나갔기 때문에 앞으로 자신이 이곳의 책임자라고 했다. 그는 골치덩이

브라만이 자신에게 복종해야 한다는 것을 분명히 밝히면서 말했다.

"코끼리를 진짜로 다루는 방법이 어떤 건지 지금부터 너한테 보여주겠어."

스칸다는 알준을 데리고 조련사들이 물건을 놓아두는 저장고 오두막으로 갔다. 그는 그곳에서 길이가 손가락만한 쇳덩이 고리가 끝에 박힌 짧은 막대기를 집어 들었다. 코끼리를 다룰 때 가장 많이 사용하는 안쿠스였다. 스칸다는 그것으로 찌르는 법을 보여주었다. 사정없이 찌르는 동작이었다. 땅에서는 이 고리를 다리의 주름진 피부에 걸어 가자를 앞으로 가게 하거나 뒤로 가게 만든다. 올라탔을 때는 이것을 귓속에 집어 넣거나 눈 근처에 대고 비튼다.

"그러면 이놈들이 말을 안 들을 수 없지."

스칸다가 낄낄 웃으며 말한 다음, 발리아 코올을 사용하는 방법도 보여주었다. 이 기다란 막대기는 가자의 관절을 찌를 때 사용한다. 스칸다는 그 다음에 육중한 쇠뭉치가 끝에 꽂혀 있는 짧은 막대기 하나를 집어 들었다. 이것은 체르야 코올인데, 코끼리의 머리나 목, 콧잔등 혹은 궁둥이를 때릴 때 사용한다.

"그놈을 아주 세게 때리기에 제일 좋은 곳은 등이야. 가자는 그걸 제일 싫어하지. 그리고 그가 제일 싫어하는 게 하나 더 있는데, 단검을 머리에 찔러넣고 비틀어버리는 거야. 그러면 아주 고통스럽거든."

스칸다가 한 손으로 비트는 흉내를 내며 계속 말을 이어갔다.

"상처는 별로 걱정하지 않아도 돼."

스칸다는 재미있는지 다른 말도 많이 했다. 예를 들어, 코끼리는 야자술을 아주 좋아하는데, 만일 그걸 많이 주면, 이 바보 같은 짐승이 술에 취해 비틀거리며 걷다가 도끼 맞은 나무처럼 옆으로 쓰러진다는 것이었다. 스칸다는 이렇게 결론을 내렸다.

"이제 어떻게 하는지 알겠지? 우리 늙은이가 네놈에게 가자를 주면?"

"언제 주나요?"

스칸다가 알준의 말투를 그대로 흉내내며 말했다.

"언제 주나요? 그게 정말 궁금해? 네놈이 원한 건 보병 부대에서 벗어나는 게 전부잖아. 브라만은 걷는 걸 싫어하니까."

스칸다는 신입 카바다이가 수행할 작업 내용을 길게 암송한 다음, 하나도 빠짐없이 명심해서 모두 제대로 하지 않으면 혼난다고 경고했다.

며칠이 지나자 라마가 돌아왔다. 알준의 생활이 훨씬 편해졌다. 라마는 전혀 예상치 못한 좋은 소식도 함께 가지고 왔다. 훈련 과정을 모두 마친 스칸다가 다른 군사 교육을 받기 위해 엘로라 근처 전투 부대로 배속되었다는 것이다. 스칸다는 새로 배속받은 부대로 떠나기 직전에 알준에게 이렇게 말했다.

"내 말을 명심해. 만일 저 약해빠진 늙은이 말을 들으면 절대로 좋은 머하우트가 될 수 없을 거야."

고참 카바다이가 떠나자, 라마는 모든 관심을 신참 카바다이에게 쏟기 시작했다. 그는 머하우트가 코끼리를 다루기 위해 사용하는 명령 스무 가지를 알준에게 가르쳐주었다. 다 배운 뒤 나이 많은 유순한 코끼리 한 마리에게 입으로 명령해보았다. 코끼리가 무릎을 구부리고 엎드렸다. 라마는 조수와 함께 그 위로 올라가 등 위에 앉았다. 앞에 앉은 라마는 코끼리가 꼭 복종해야 할 신호를 손과 발이나 목소리로 전달하는 방법 하나하나를 설명했다. 꼭 복종해야 할 신호를……. 라마가 신신당부하며 말했다.

"가자가 다른 데 한눈 팔도록 하면 절대 안 돼. 한번 명령을 알아들은 다음에는 그 명령에 꼭 복종하도록 만들어야 해. 무슨 일이 있더라도 꼭."

코끼리를 다른 곳으로 보낸 다음, 라마는 조수를 데리고 바로 그 저장고 오두막으로 갔다. 그래서 스칸다가 했던 그대로 안쿠스를 비롯한 몇 가지 도구의 사용법을 시범보였다. 그러고는 경멸스러운 표정으로 제자리에 던져 넣으며 말했다.

"가자를 다루는 기본 방식은 발가락을 통해서 하는 거야. 귀밑 부분을 누르면서 명령을 내리는 거지."

조수가 이해할 수 없다는 표정으로 바라보자, 라마가 이해 안 가는 게 뭐냐고 물었다. 알준은 막대기로 찌르고 칼로 비틀어야 한다는 스칸다의 주장에 대해 말했다. 라마가 잠시 침묵을 지키더니, 입을 열었다.

"스칸다가 이곳에서 그렇게 한 적은 한번도 없어. 만일 그렇게 했다면 내가 당장 내쫓아버렸을 거야. 그가 그렇게 말한 건 자네를 바보로 만들기 위한 거야. 하지만 머하우트가 그렇게 하는 모습을 본 적은 있어. 그렇게 하면 안 된다는 사실을 알면서……. 심지어 칼로 상처를 깊이 내고 귀에 구멍을 내는 머하우트를 본 적도 있지. 안쿠스로 가자의 머리에 구멍을 내는 장면도 보았구. 뾰족한 못이 다닥다닥 박힌 쇠고랑으로 가자를 묶어버린 머하우트도 있었고, 궁둥이뼈를 세게 때려서 다 자란 수컷이 다리를 쩔뚝거리게 만든 머하우트도 있었지."

라마가 슬픈 표정으로 고개를 저으며 말을 이었다.

"나쁜 머하우트는 나쁜 코끼리를 만들고, 게으른 머하우트는 게으른 코끼리를 만들고, 좋은 머하우트는 좋은 코끼리를 만들지. 좋은 머하우트는 안쿠스를 가지고 다니긴 하지만 거의 사용하지 않아. 하지만 발가락에 못이 박히지. 자네는 아주 특별난 걸 배우게 될 거야, 알준."

"훈련과 관계가 있나요?"

라마가 고개를 끄덕였다.

"우선 야수를 압도해서 진정한 주인이 되어야 해. 가자의 완벽한 존경을 받지 않으면 골치 아픈 일이 발생한다고. 자네는 항상 진정한 주인이 되어야 해. 하지만 잔인한 고통을 가하는 방식으로 다루면 가자는 그걸 절대 잊지 않아. 그래서 언젠가는 아무 경고도 없이 기다란 코로 주인을 집어들어 나뭇등걸을 향해 내던져버리게 될 거야."

7

알준은 얼마 안 돼 다른 사람의 도움 없이 혼자 코끼리의 등 위로 오를 수 있었다. 그는 나이 많은 코끼리가 앞발 두 개를 길게 내뻗으며 무릎을 구부리는 동안 옆구리를 타고 기어올랐다. 뚱뚱한 살이 축축하고 불안정해, 다리 받침대를 올리다가 균형을 잃어버리고 밑으로 미끄러지기도 했다. 그러면 구경꾼들은 폭소를 터뜨렸다. 그럴 때마다 알준은 높은 나무에 잘 오르는 실력을 요구한 것도 무리가 아니라는 생각을 했다.

알준은 일단 그 위에 올라간 다음에는 코끼리 머리 바로 뒤에 앉아 두 발을 양쪽 귀밑에 집어 넣었다. 그러고는 두 손과 두 발을 열심히 사용해 코끼리를 조종하는 연습에 매달렸다. 오른쪽으로 돌아, 왼쪽으로 돌아, 앞으로 가, 빨리, 더 빨리, 느리게, 뒤로 가, 멈춰, 무릎을 구부려. 그는 코끼리를 탄 채 근처 숲까지 다녀오기도 했다. 알준이 놀란 건, 숲 속에서 코끼리가 스스로 판단해 탑승자의 머리에 충분한 공간을 만들어준다는 사실이었다. 나이 많은 코끼리는 눈앞에 기다란 나뭇가지가 있어 알준의 터번에 걸릴 듯할 때마다 미리 그것을 치워주었던 것이다.

어린 카바다이는 자신의 권위를 인정받을 수 있을 정도의 강도로 고리를 지그시 눌러주며 안쿠스 사용법을 신중하게 익혔다. 알준에게는 얼마 정도까지 눌러야 하는지를 파악하는 천재적인 감각이 있었다. 라마도 그 사실을 발견하고 이렇게 말했다.

"자네는 좋은 머하우트가 될 거야. 자네가 들면 그 고리가 무기가 아니라 가자에게 어떻게 할지를 가르쳐주는 좋은 도구가 돼. 안쿠스를 자네 몸에 대는 것처럼 신중하게 가자에게 대고 있어. 그래, 정말 좋은 자세야."

그렇게 몇 개월이 지났다. 알준은 잠을 자다가 낮보다 훨씬 생생한 가우리의 모습을 발견하곤 흠칫 놀라며 한밤중에 깨어날 때가 많았다. 여동생은 노래말 없는 노래를 부르고 있었으며, 두 눈이 밝게 빛났다. 여동생은 알준을 향해 손을 흔들다가 고개를 돌려 나무가 무성한 숲 속으로 사라졌다. 나타라자가 강 속 무릎 깊이까지 들어가 몸을 앞뒤로, 계속 흔드는 모습을 자신은 강둑에 서서 가만히 지켜보는 꿈도 꾸었다.

그렇게 계절이 바뀌어갔다. 사월과 오월의 뜨겁고 건조한 시기가 지나고 여름의 몬순이 시작되었다. 사방에서 수풀이 코끼리의 배만큼 높이 자라났다. 그 가운데는 열매가 콩같이 생긴 레줌도 있는데, 후텁지근한 우기에는 훈련이 별로 없어 코끼리 무리들이 그걸 찾아서 맛있게 먹었다.

알준은 날씨가 허락하는 한 나이 많은 코끼리와 함께 열심히 훈련했다. 코끼리들을 훈련에 동원할 수 없고 비가 잠시 그쳤을 때는 숲 속으로 산책을 나갔다. 뻐꾸기가 산딸기를 맛있게 먹는 모습도, 나비들이 기다란 줄기에 가시가 많이 달린 란타나 사이를 재빠르게 날아다니는 모습도 보았다. 황혼녘에는 강가로 내려가서 새들이 물고기를 잡아먹는 장면을 바라보았다.

가우리의 영상이 새로운 모습으로 생생하게 떠오른 건 바로 그곳에 혼자 있을 때였다. 물론 실제 모습과 다를 수 있지만, 아직은 알아볼 수 있는 얼굴이었다. 열 달 정도의 간격을 사이에 둔 과거와 현재가 갑자기 하나로 연결되었다. 코끼리에 대한 열정이 갑자기 사라지면서 여동생을 찾아야 한다는 열망이 새롭게 솟아났다.

장마철이 계속되는 동안, 라마는 알준과 함께 오두막 안에서 많은 시간을 보냈다. 그는 차루키아의 통치자가 경쟁국 국왕과 오랜 세월에 걸쳐 싸워온 드넓은 데칸 지방의 다양한 전쟁에 대해 설명했으며, 코끼리와 함께 보내야 할 힘든 생활에 대해서도 알려주었다. 그리고 야생 코끼리 무리들이 계절의 변화에 따라 움직이는 형태를 설명하기도 했다. 그들은 우기가 끝나자마자 고원 지대에서 내려와 몬순 구름을 따라 동쪽으로 움직인다. 가을 바람이 불기 시작해 풀들이 말라서 거칠어지면, 이 무리는 또다시 이동해 가시덤불과 빵나무 열매가 많은 계곡에 도달한다. 비가 전혀 내리지 않는 겨울 동안, 이들은 습기를 머금은 식물을 찾아 저지대의 강변까지 내려와 어린 잎까지 먹어댄다. 이 기간에는 나무 껍질을 벗겨 먹기도 하는데, 그래도 배가 고프면 땅을 파고 뿌리까지 꺼내 먹는다. 뜨거운 봄이 끝날 즈음엔 커다란 무리를 이루어 다시 고원 지대로 돌아가는데, 몬순의 장마철이 막 시작된 그곳에서는 신선한 풀이 사방에서 싹터 오른다. 야생 코끼리는 기억할 수도 없을 정도로 오랜 세월에 걸쳐 계절이 변화할 때마다 이렇게 동쪽에서 서쪽으로 이동했다가 다시 서쪽에서 동쪽으로 이동하며 살아가고 있었다.

알준이 지리에 대해 잘 몰라서 라마는 그것도 가르쳐주었다. 그는 축축한 땅 위에다 지도를 그렸다. 인도 서부 지역은 나르마다 강을 경계로 북부와 남부로 나뉘어졌다. 강 밑에는 푸라케신 이세 대왕이 통치하는 차루키아 제국이 펼쳐졌는데, 라마는 자신이 푸라케신 이세를 위해 온 생애를 바친 걸 자랑스러워했다. 그리고 나르마다 강 위쪽에는 위대한 전사 하르샤가 통치하는 방대한 영토가 있었다. 라마가 손으로 베텔을 만들면서 계속 설명했다.

"지난번에 전투 부대에 갔을 때, 사방에서 하르샤에 대한 얘기만 하더군. 첩보원들이 말하길, 그가 나르마다 강 아래 지역을 정복할 꿈을 가지고 있다는 거야. 만일 하르샤가 강을 건너 우리를 침략한다면 커다란 전투가 일어날 거고, 그러면 우리에게는 자네 같은 젊은 머하우트와 코끼리가 더 많이 필요하게 될 거야."

우기가 거의 끝날 즈음, 바히니파티가 다사르나카 숲으로 사냥 여행을 떠날 준비에 착수하기 위해 부대로 찾아왔다. 다사르나카 숲은 이 시기에 야생 코끼리들이 많이 찾아오는 곳으로 유명한 지역이었다. 숲에는 원주민들이 살았는데, 그들은 전쟁의 여신 두르가를 숭배했다. 원주민들은 그 지역이 전세계에서 가장 아름다운 곳이기에 두르가 여신 역시 그곳에서 산다고 생각했다. 그들은 차루키아 군대를 위해 코끼리를 사냥해서 공급하는 걸 생업으로 삼고 있었다.

유능한 카바다이로 알려진 알준도 훈련 과정을 완성시키기 위해 사냥 여행에 따라갔다. 군인 사십여 명과 코끼리 여섯 마리가 고원 지대를 향해 출발했다. 부대를 떠나는 날에도 이슬비가 내렸다. 이들이 동쪽으로 이동해 다사르나카 숲 경계선에 도착했을 때, 지독한 먹구름에서 뻗어나온 안개가 덤불과 나무에 가득했다. 검은 피부에 알몸을 그대로 드러낸 원주민 열 명 정도가 이 짙은 안개를 뚫고 갑자기 나타나자, 부대원들은 깜짝 놀라며 무기를 움켜쥐기도 했다. 바히니파티(이번에는 말을 타지 않고 도보로 행진하고 있었다)는 오후 반나절 동안 원주민 추장과 협상을 벌였다. 양쪽 다 베텔을 수없이 씹어댔다. 바히니파티와 경비병들은 베텔을 씹다가 뱉어냈으나, 피부가 검고 체구가 작은 원주민들은 연기가 풀풀 나는 불 주변에 웅크리고 앉아서(털썩 앉지도 않았다) 쓰디쓴 베텔 즙을 그냥 삼켜버렸다. 마침내 원주민들이 작업의 대가로 소금과 옷감, 철검을 받는 데 합의했다.

부대원들은 천막을 치고 난 후, 원주민 수백 명이 코끼리들을 사로잡아 몰아넣을 우리를 만드는 장면을 구경했다. 우리는 튼튼한 통나무를 세워놓고 등나무 줄기로 단단히 엮어서 만들었다. 야생 코끼리 오십 마리 정도를 충분히 가둬둘 수 있는 크기였다. 이 우리 안에는 열 개도 더 되는 나무들이 있었는데, 나무 아래 부분의 가지들을 모두 잘라내 코끼리들을 묶을 수 있도록 해놓았다. 입구에서 우리 속으로 이어지는 경사로를 제외하곤, 우리 안쪽에다 깊은 해자를 동그랗게 파놓았다. 코끼리들이 몸으로 담을 무너뜨리려는 시도를 못 하게 만들기에 충분한 깊이와 넓이였다. 입구 양쪽의 가느다란 나무에는 팽팽한 밧줄을 달아놓아 문을 들어올린 상태였다. 우리를 다 세운 원주민들은 그 바깥에다 발판을 세워 사람들이 그 위에서 우리 내부를 들여다볼 수 있도록 했다. 알준은 발판 위에서 우리 내부를 내려다보며, 라마가 "처음 잡힌 야생 코끼리 대부분은 광분해 날뛰기 때문에, 횃불을 던지거나 장대로 찔러 그들이 문에서 떨어지도록 만들어야 해. 자네는 그들의 무서운 힘을 아직까지 못 보았지"라고 한 말을 머리 속에 떠올렸다.

사실, 맞는 말이었다. 알준은 코끼리의 자제력과 지력을 이해하는 훈련을 받았을 뿐, 그들을 두려워할 만한 내용을 배우진 못했다.

일주일 후 라마를 비롯한 부대원들과 근처에서 풀을 뜯어먹는 코끼리 무리를 구경하러 갔을 때도 그들을 두려운 존재로 생각하지 않았다. 알준은 어미 코끼리가 아기 코끼리와 함께 있는 모습을 바라보았다. 갑자기 까마귀가 까악까악 울어대자, 겁에 질린 아기 코끼리가 어미의 앞발 사이로 달려들어가 어미의 배 밑에서 고개를 살짝 내밀고 살펴보았다. 나이 많은 암컷 한 마리가 무리를 이끌고 풀밭 여기저기를 옮겨 다녔는데, 균형잡힌 골격과 멈춰 서는 동작에 충분한 권위가 담겨 있었다. 그 코끼리가 다른 곳으로 가면, 다른 무리도 그 뒤를 쫓아갔다. 키는 알준보다 약간 크고 양쪽 어깨에 빨간 털이 기다랗게 난 어린 코끼리 한 마리는 덤불 사이에서 껑충껑충 뛰어다니다가 우두머리 암컷이 한번 쳐다보자, 즉시 동작을 멈추었다. 무리 전체는 그렇게 조용히 풀을 뜯어먹었다.

그러나 다음날, 그들은 시끄러운 소리에서 탈출하기 위해 우두머리 뒤를 쫓아 열심히 앞으로 뛰어갔다. 원주민들이 기다란 호를 그리면서 쇠그릇을 때리고 소리를 내질러 코끼리들을 우리가 있는 방향으로 몰았다. 소리가 클수록 코끼리 무리는 더 빨리 뛰었다. 알준은 우리 발판 위에서 코끼리 무리가 숲을 가로지르며 접근하는 모습을 지켜보았다. 라마가 예전에 말한 내용이 뇌리에 떠올랐다. 라마는 코끼리가 한눈을 팔고 이리저리 움직이도록 하면 안 된다고 했다. 코끼리들은 달리는 속도가 사람보다 훨씬 빠르며 방향을 돌리는 속도도 아주 빨랐다. 화가 머리끝까지 난 코끼리를 피하는 제일 좋은 방법은 언덕 밑으로 도망치는 것이다. 코끼리는 언덕을 내려갈 때 조심하기 위해 속도를 낮춘다. 하지만 이곳에는 언덕이 없었다. 습한 계곡과 무성한 수풀과 짙은 나무만 가득할 뿐이었다.

대나무 발판이 떨리는 게 발 밑에서 조금씩 느껴지더니, 이윽고 우두머리가 무리를 이끈 채 우리로 이어지는 대나무 통로를 향해 달려들었다. 발판이 심하게 떨리기 시작했다. 원주민들이 내질러대는 엄청나게 시끄러운 소리가 앞뒤쪽에서 계속되자, 우두머리는 사십여 마리의 무리를 이끌고 익벽 사이를 통해 방책 안으로 들어왔다. 바로 그때, 원주민 한 명이 가느다란 나무 한쪽에 걸쳐놓은 사다리 위로 재빨리 올라가 문을 들어올리고 있는 밧줄을 단검으로 자르자, 문이 쾅 내려오며 닫혔다.

코끼리들은 그 안에 갇힌 채 얕은 물가의 물고기처럼 요동치기 시작했다.

발판에 선 알준은 커다란 코끼리가 기다란 코끝을 땅에 대고 콧김을 강하게 불어 날카로운 소리를 내지르는 모습을 바라보았다. 마치 수많은 동전을 보따리 안에 넣고 열심히 흔드는 듯한 금속성 소리였다.

그러자 다른 수컷들도 똑같이 하기 시작했다. 그들 가운데 일부는 꼬리를 비틀고 머리를 뒤로 젖혔다. 공격할 준비를 하는 뱀처럼 기다란 코를 들어올린 채 발을 몇 차례 질질 끌다가 앞으로 돌진하는 코끼리도 있었다. 하지만 해자가 나타나자 걸음을 멈춘 채 트럼펫 소리를 내지르며 뒤로 물러났다. 알준은 자신도 모르게 뒷걸음질을 쳐서 하마터면 발판 밑으로 떨어질 뻔했다. 라마가 껄껄 웃으며 소리쳤다.

"이제 비로소 저들의 무서운 힘을 보았군!"

수컷들이 몇 차례 더 공격할 채비를 차리며 뒷다리를 양 옆으로 열심히 움직였다. 두 귀는 활짝 치켜올려 자신의 몸이 더 커다랗게 보이도록 만든 채 위압적인 소리를 내뿜고 동전들이 부딪는 듯한 소리를 만들어냈다. 마침내 그들이 문을 향해 돌진했다. 하지만 횃불과 날카로운 장대 때문에 뒤로 물러날 수밖에 없었다. 대혼란 속에서 수컷 한 마리가 반쯤 자란 수컷 한 마리를 해자 밑으로 밀었다. 밑으로 떨어진 수컷은 콧김을 내뿜고 꽥꽥 소리를 지르면서 허둥댔으나, 밖으로 빠져나올 순 없었다. 수컷은 해자를 빙글 돌다가 경사진 입구로 이어진 절벽과 맞닥뜨리자, 겁에 질려 몸을 움츠렸다. 어미의 다리 사이에서 고개를 살짝 내밀고 밖을 살펴보던 아기 코끼리가 생각났다.

코끼리와 원주민들(이들은 여전히 금속성 그릇을 두드리면서 크게 외쳤다)이 내는 소음이 한동안 계속되었다. 그러다가, 해자 근방을 오가며 탈출구를 모색하던 우두머리가 갑자기 한가운데로 가서 나무 밑에서 멈추어 섰다. 그러고는 양쪽 귀를 머리 밑으로 축 늘어뜨리고 기다란 코를 펴서 땅바닥에 댄 채 가만히 섰다. 전혀 움직이지 않았다. 그것이 원주민들에게 시끄러운 소리를 멈추라는 신호라도 되는 듯, 원주민들이 소음을 멈춘 채 울타리에서 물러났다.

그러자 코끼리 무리 역시 점차 조용해지기 시작했다.

"왜 저런가요?"

알준이 라마에게 물었다.

"무리 전체가 우두머리의 행동을 그대로 따르는 거야."

가장 공격적이던 코끼리조차 조용해지더니, 한가운데 있는 우두머리 주변에 촘촘히 몰려들기 시작했다. 라마가 그 모습을 보고 입을 열었다.

"이제 며칠만 지나면 저놈들이 배고파 힘이 빠지겠지. 그러면 우리가 필요한 놈을 하나씩 골라낸 다음, 나머지는 들판으로 돌려보내게 될 거야."

알준은 해자 속에 빠져 이러지도 저러지도 못한 채 가만히 웅크리고 있는 젊은 수컷을 바라보면서 물었다.

"저 코끼리는 어떻게 되죠?"

"으흠. 저놈은 자기 힘으로 밖으로 나올 수 없어. 그리고 우리는 필요한 놈을 충분히 손에 넣게 될 거고."

"그러면 저 가자는 해자 안에 계속 머물게 되는 건가요?"

"우리가 작업을 모두 마칠 때까진."

"그 다음에는요?"

"저놈을 밖으로 끌어내는 건 아주 힘들 뿐 아니라 엄청난 시간이 걸리지. 우리로선 원주민들이 저놈을 차지하도록 놔둘 수밖에 없어."

"그게 무슨 뜻인가요?"

라마가 근처에 웅크리고 앉아 있는 원주민들을 가리키며 대답했다.

"저들이 저놈을 죽여서 커다란 잔치를 벌이겠지. 이런 비슷한 일이 생기면 그 코끼리는 항상 저들 몫이 되거든. 지금까지 항상 그렇게 했어."

8

며칠 후, 머하우트들의 작업이 시작됐다. 부대에 필요한 코끼리를 선별해 한 마리씩 올가미를 씌우는 일이었다. 그들은 부대에서 데려온 훈련이 잘 된 암컷을 탄 채 우리 안으로 들어갔다. 이 암컷의 역할은 사로잡힌 코끼리를 제압해 양쪽 측면을 지키면서 밖으로 유도해내는 것이었다. 이 암컷들을 '쿰키'라고 불렀는데, 이들은 야생 코끼리들을 분류하고 길들이는 데 가장 중요한 역할을 담당했다.

사로잡은 야수 하나하나를 굴복시키고 훈련시키기 위해, 바히니파티는 머하우트나 숙련된 카바다이 각자에게 한 마리씩 배정시켰다. 어깨까지 길게 늘어뜨린 고수머리와 양쪽 귀에 달린 은 귀고리는 바히니파티의 권위를 조금도 손상시키지 않았다. 그는 많은 나이에도 불구하고 무리를 이끌던 우두머리 암컷을 연상시키는 인물이었다.

게다가, 바히니파티는 울타리 발판에 올라서서 커다랗게 외쳐대며 한 마리씩 배정하는 걸 즐기는 듯했다. 알준은 조련사들이 각자의 능력에 따라 배정받는다는 걸 알아차릴 수 있었다. 기술이 떨어지는 사

람이 먼저 나온 코끼리를 배정받는데, 먼저 나온 코끼리일수록 덩치
가 조그맣고 힘이 약해 그만큼 쉽게 항복하기 때문이었다. 이들은 양
쪽에서 쿰키의 압박을 받으며 천천히 무리에서 떨어져 나왔다. 그러
면 조련사는 밧줄을 땅에 떨어뜨려 그것으로 뒷다리 하나를 감아 나
무에 묶었다. 어떨 때는 다른 쿰키의 등에 올라탄 조수의 도움을 받
아 밧줄로 코끼리의 몸을 돌려 단단히 묶기도 했다. 이 작업이 하루
종일 진행되었다. 그래서 해질녘엔 코끼리 열 마리 정도가 울타리 안
에 있는 나무에 묶였다.

식사 시간이 되어 숲 속 야영장으로 돌아가면서 라마가 알준에게
말했다.

"바로 이게 가자의 장점이야. 자신이 사로잡혔다는 걸 실감한 다
음에는 차선책을 찾거든. 그래서 자신에게 요구되는 내용을 신속하
게 배우기 시작하지."

하지만 다음날, 한 까다로운 수컷이 다른 머하우트 대원을 위협하
기 시작했다. 그러자 쿰키 다섯 마리가 재빨리 달려들어 그놈을 문밖
으로 인도해 우리 밖으로 내보냈다. 너무 위험해서 다룰 수 없었기 때
문이었다. 이윽고 바히니파티의 호령 아래, 머하우트들이 쿰키를 타
고 아주 늙은 것과 아주 어린 것, 임신한 암컷과 상아가 없는 수컷 등
을 우리 밖으로 인도했다. 우리를 벗어난 무리는 새로 찾은 자유가 기
쁜 듯 끽끽 소리를 내지르며 숲을 향해 최대한 빠른 속도로 달려갔다.

그래서 우리 안에는 약 서른 마리 정도만 남게 되었다. 밤새도록
나무에 묶여 있던 코끼리 가운데 절반 이상이 우리에서 나와 '조그만
울타리'로 인도될 준비를 하고 있었다. 원주민들이 만들어놓은 조그
만 울타리란 커다랗고 단단한 나무 하나를 중심으로 통나무 네 개를

수직으로 세우고 세 개를 수평으로 세워 빗장처럼 만든 장치로, 코끼리 한 마리를 붙잡아 가둘 정도의 크기였다. 일단 코끼리가 그 안으로 들어가면, 가슴과 살 밑에 다른 빗장을 집어 넣어서 받쳐주기 때문에 그대로 잠을 잘 수도 있었다.

한편, 다른 야수들은 여전히 우리 안에 있는 무리 밖으로 인도되어 적당한 나무에 묶였다. 알준은 바히니파티가 라마를 언제 호명할까 궁금해하며 그를 살펴보았다. 다른 머하우트와 카바다이는 거의 다 배정받은 상태였다. 하지만 라마는 관심을 기울이는 것 같지 않았다. 하기야 애지중지하던 코끼리가 죽은 이후에는 다른 코끼리를 가지고 싶어한 적이 없다지 않은가! 그러나 알준은 아니었다. 다른 카바다이 대부분은 머하우트의 도움을 받아 훈련시킬 야수 한 마리씩 배정받은 상태였다. 알준은 그들이 부러웠다. 가우리를 찾는 걸 제외하곤 이처럼 중요하게 여겨진 일이 없었다. 지금까지 받은 모든 훈련이 내 코끼리를 타고, 훈련시키고, 함께 지내고 싶은 욕구로 모아졌다. 그렇다, 고향에서 친구들과 함께 지낼 때처럼, 연못이나 들판을 향해 앞서거니 뒤서거니 달려가면서 고함을 질러대고 웃음을 터트리며 행복해하던 친구들처럼, 함께 지내고 싶었다.

그로부터 이틀 후, 우리 안에는 코끼리 다섯 마리가 남았다. 다른 코끼리들은 조그만 울타리에 묶여 있든지 아니면 나무에 가볍게 묶어놓아도 될 정도로 유순해졌다. 반쯤 자란 수컷은 해자 안에서 무릎을 구부린 채 시간을 보냈다. 그 코끼리는 원주민들이 잔치에 쓰려고 풀을 많이 갖다 먹여 살이 통통했다.

오늘 아침에도 보통 때와 마찬가지로 바히니파티가 와서 남아 있는 야수들을 살펴보았다. 코끼리 하나하나가 덩치가 크고 힘이 강했다. 머하우트 네 명이 바히니파티 옆에서 그가 결정내리기만 기다렸다. 그 안에는 라마도 있었다.

알준을 포함한 카바다이 다섯 명은 멀찌감치 떨어져서 기다렸다. 그들은 장교가 말하는 내용을 들을 수 없었다.

바히니파티가 마침내 다른 곳으로 걸음을 옮기자, 라마가 신호를 보냈다. 알준은 그 뒤를 따라 다른 사람이 들을 수 없는 곳으로 갔다. 라마가 고개를 돌리더니, 눈살을 찌푸리며 말했다.

"저 조그만 쿰키에 올라타거라. 나는 다른 쿰키를 탈 테니."

알준은 라마의 우울한 표정에 동조하려고 노력했으나 너무 기쁜 나머지 입가에 감도는 미소를 막을 수 없었다. 마침내 라마가 가자를 받아들여 자신의 도움을 받아 훈련시키기로 결심한 것 같았기 때문이었다. 이윽고 두 사람은 쿰키에 올라타 우리 안으로 들어갔다. 알준은 "어느 코끼리요, 라마? 어느 게 우리 가자예요?" 하고 크게 외치고 싶은 욕구를 간신히 억눌렀다.

남아 있는 코끼리 옆에 도착하자, 라마는 제일 커다란 코끼리를 가리켰다. 일주일 동안 아무것도 먹지 못했는데도, 그 젊은 수컷은 상아를 높이 치켜들고 기다란 코를 들어올린 채 위압적인 눈초리로 쳐다보고 있었다.

라마가 멈추자, 알준이 그 옆으로 다가갔다. 라마가 입을 열었다.

"저놈은 네 나이 또래야. 잘 쳐다봐. 이곳에 함께 온 부대원이 모두 사십 명인데 몸무게를 모두 더해 둘로 곱해도 저놈의 체중에 미치지 못할 게다. 정말 젊고 강한 코끼리야. 이놈이 암컷의 유혹에 쉽게 넘어갈 정도로 순진하기만 바랄 뿐인데……. 준비됐나?"

"네, 준비됐습니다."

"어떻게 하는지 알고 있지?"

"지금까지 자세히 관찰했습니다."

알준이 대답하자, 라마가 고개를 끄덕이며 말했다.

"그래, 그러는 것 같더군."

라마가 쿰키를 타고 코끼리 주변을 한바퀴 돌았다. 알준도 반대편에서 똑같이 움직였다. 두 사람이 젊은 수컷의 양쪽 옆으로 접근해, 쿰키로 하여금 기다란 코를 가볍게 들어올려 불안에 떨고 있는 수컷의 등뼈와 두 귀, 머리를 부드럽게 쓰다듬도록 해주었다. 수컷의 가쁜 숨소리가 알준의 귀까지 들렸다. 라마의 희망 사항은 응답을 받았다. 암컷 두 마리의 애무를 받은 수컷이 점차 흥분을 가라앉힌 것이다. 조련사의 명령을 받은 쿰키 두 마리가 수컷을 살짝 밀었다. 힘이 강한 수컷이 앞으로 조금 발을 끌어, 단단한 나무 옆으로 갔다.

그러자 라마가 쿰키 밑으로 미끄러져 내려와 재빠른 솜씨로 기다란 밧줄을 가자의 한쪽 뒷다리에 걸어 매듭지은 다음 나뭇등걸에 단단하게 묶었다. 그는 밧줄을 몸통에 돌리려 하지 않고, 또 하나의 밧줄을 다른 쪽 뒷다리에 돌려 먼저 묶은 밧줄 바로 밑에다 다시 묶었다. 다행히 쿰키 두 마리가 수컷을 안정시켰기 때문에 라마는 그 일을 별다른 어려움 없이 수행할 수 있었다. 일을 마친 라마가 뒤로 물러나 쿰키를 불러 무릎을 꿇게 한 후 다시 올라탔다. 얼굴에서 땀방울이 번뜩거렸다. 라마가 묶여 있는 수컷을 가리키며 말했다.

"저놈은 네 것이다, 알준."

알준은 벼락을 맞은 듯 깜짝 놀랐다.

라마가 환하게 웃었다.

"그래. 바히니파티도 내 의견에 동의했다. 우리는 자네가 이 가자를 충분히 다룰 수 있다고 생각해. 내일, 만일 저놈이 진정하면 조그만 울타리 안에 집어 넣자구. 그런 다음에는 자네가, 오직 자네만이, 저놈에게 물을 갖다 줘야 해. 양동이 스무 통 정도. 그리고 풀도 끊임없이 대줘야 하고."

라마가 마지막으로 단단히 경고하는 말을 덧붙였다.

"저놈을 훌륭하게 만들어, 알준."

다음날, 두 사람은 수컷을 움직이려고 시도했다. 하지만 수컷은 밧줄에 묶여 너무 화가 났기 때문에 하루 더, 그리고 또 하루 더 기다려야 했다. 그러자 눈에 띄게 약해진 수컷은 마침내 굴복해 쿰키 두 마리를 따라 조그만 울타리로 걸어갔다.

훌륭하게 만들어라. 알준은 근처 개울가에서 양동이에 물을 퍼담으며 이 말을 생각했다. 훌륭하게 만들어라. 알준은 풀을 갖다 주었을 뿐 아니라, 코끼리들이 제일 좋아하는 레줌도 뽑아다 주었다. 그리고 가시 많은 란타나의 달콤한 향기가 감도는 노란 꽃송이를 뽑아 특별 선물로 주었다.

코끼리에게 물과 음식을 마련해주는 일은 알준을 녹초로 만들었다. 그날 밤, 알준은 불가에 앉아 꾸벅꾸벅 졸았다. 그 모습을 가만히 살펴보던 라마가 느닷없이 입을 열었다.

"저 커다란 가자가 두려운가?"

알준은 그 질문에 흠칫 놀랐다. 졸음이 한꺼번에 달아나는 듯했다. 고개를 돌려 라마의 매섭게 빛나는 실눈을 쳐다보며 대답했다.

"저 가자는 아주 크고 힘도 세요."

"저놈을 두려워하는군."

"네."

알준은 인정했다. 그러자 라마가 고개를 가로저었다.

"코끼리들은 두려움을 금방 냄새맡지. 그들 옆에 있을 때는 두려움조차 생각하면 안 돼. 만일 두려움을 이겨낼 수 없다면 저놈을 포기해야 돼. 나한테 약속해라. 나는 너를 죽게 만들었다는 소리를 듣고 싶지 않아."

라마는 계속해서 이런저런 얘기를 했다. 버릇이 잘못 든 코끼리는 아주 교활해서 애먹일 뿐 아니라 갑작스레 분노를 폭발시키기 때문에 코끼리에게 너무 빨리 그리고 너무 많이 상을 주는 건 현명하지 않은 처사이다. 코끼리는 조련사가 내린 모든 명령에 복종해야 한다. 필요하다면 때려야 한다. 하지만 상처를 주기 위해 때리는 게 아니라 말을 듣게 하기 위해서 때리는 것이다. 이 말은 아주 아프게 때리는 편보다는 많이 때리는 편이 더 좋다는 걸 의미한다. 일단 매질을 시작하면, 코끼리로 하여금 무슨 일이 있더라도 명령에 따라야 한다는 결론을 내리도록 만들어야 한다. 만일 조련사가 측은하다고 사정을 봐주면서 매질을 하면, 이 매질은 코끼리의 가슴속에 끔찍한 원한으로 쌓일 뿐이다. 그러다 보면 어느 날 갑자기, 조련사가 전혀 예상 못하고 있을 때, 코끼리가 고개를 돌려 조련사를 상아로 받아버리거나 코로 집어 들어 바위에 내동댕이쳐버린다.

라마가 손으로 베텔을 만들면서 계속 말했다.

"가자가 모든 명령에 복종하도록 만들어. 그러다 보면, 가자가 옆으로 누워서 커다란 한숨을 내쉬는 날이 올 거야. 이렇게."

라마가 최대한 크고 깊은 한숨을 내쉬어 시범을 보인 다음, 계속 설명했다.

"이건 가자가 자네에게 굴복한다는 걸 의미하지."

라마가 다 만든 베텔을 접어서 잇몸 안으로 집어 넣었다.

"이런 현상이 일어나기 전까진 가자를 위험한 동물로 간주하도록. 하지만 한번 이렇게 하면, 그때부터 자네는 가자의 진정한 주인이자 친구가 되는 거야. 그러면 가자 옆으로 가서 바닥에 앉아 부드러운 말로 달래주면서 기다란 코로 자네 몸을 쿵쿵 핥도록 놔둬. 내 말을 믿어. 한번 이런 일이 일어나면, 가자는 자네의 영원한 동지가 되는 거야. 그 다음부터 자네가 해야 할 건 단 한 가지. 가자를 위해 자네의 일생을 바치는 거지!"

라마가 알준에게 요구한 것 곧, 두려움을 느끼지 않은 것은 이 세상에서 가장 힘든 일이었다. 두려워하지 않는 척하는 거로는 충분하지 않다는 걸 알준도 잘 알고 있었다. 어떻게 해서든 두려움을 벗어던져야 했다. 지금까지 코끼리를 살펴본 바에 의하면, 코끼리는 인간의 마음 상태를 속속들이 파악하고 있었다. 만일 자신이 두려움을 느낀다면, 코끼리도 그 사실을 금방 알아차릴 게 분명했다. 그날 밤, 알준은 잠자리에 누워도 잠을 이룰 수 없었다. 과연 자신이 내일 두려움 없이 젊은 코끼리를 마주할 수 있을까 궁금했다. 어떻게 해야 두려움을 없앨 수 있단 말인가? 마음속으로 두려워 할 게 없다고 생각한다 해서 과연 두려움이 없어지겠는가?

동녘이 터올 즈음, 알준은 한 가지 사실을 깨닫고 짧지만 깊은 잠에 빠져들 수 있었다. 비록 마음속 생각으로 두려움을 없앨 순 없지만, 다른 것으로 대체할 순 있다. 그렇다, 코끼리에게 내릴 명령을 생각하는 동안에는 그 두려움을 느끼지 않았다는 사실이 알준의 뇌리에 떠올랐다. 내일, 만일 자신이 훈련시킬 방법 하나만 계속 생각한다면 두려움이 들어올 자리가 없을 것이다. 한 가지 감정에 몰두해 다른 감정을 몰아낸다는 것이 과연 가능할까? 시도해보면 알 수 있겠지. 나름대로 확신이 생기자, 알준은 깊은 잠에 빠져들 수 있었다.

그런 방식으로 두려움을 물리치는 방법은 다음날 그리고 그 다음날에도 성공적이었다. 알준은 손앞에 떨어진 작업에 모든 정신을 몰두시켜, 다른 감정이 들어찰 공간을 완전히 없앴다. 우선, 무거운 통나무 빗장을 코끼리의 등까지 내려놓아, 코끼리로 하여금 등 위에 물체가 올려져 있는 느낌을 갖게 했다. 하루 동안 이렇게 해놓자, 라마는 그 위에 올라타라고 명령했다. 알준은 망설임 없이 작은 울타리에 세워놓은 통나무를 올라가서 코끼리의 등 위에 올라탔다. 넓적다리에 와 닿는 코끼리의 피부가 너무 따뜻해 깜짝 놀랐다. 순간적으로 공포감이 몰려왔다. 그러자 코끼리의 기다란 코가 그 끝을 들어올려 이리저리 움직이며 자신의 등 위에 있는 물체의 냄새를 맡으려고 하는 듯했다. 알준은 그 코에서 시선을 뗄 수 없었다. 우선 안전을 확보한 후 주도권을 잡아야 한다고 생각했다. 그는 앞으로 가서 야수의 양 어깨뼈 사이에 솟아오른 융기 위에 앉았다. 그러고는 왼발로 꼭 누르면서 단호히 명령했다.

"왼쪽으로 돌아!"

코끼리가 기다란 코를 앞으로 내뻗어 흔들더니 축 내려뜨리고 가만히 있었다. 뭔가를 하려고 그러는 것 같았다. 알준은 똑같은 신호를 수없이 보내며 명령했다. 하지만 코끼리는 그게 무슨 뜻인지 알아차리지 못했다. 라마의 충고를 받은 알준은 오른쪽으로 돌라는 신호를 보내기 시작했다. 그렇게 반나절이 지나갔다.

　　점심 식사를 하는 동안, 라마가 알준의 어깨를 손으로 잡으며 말했다.

　　"잘 되고 있어."

　　"아무 일도 없었는데요, 뭘."

　　알준이 힘없는 목소리로 중얼거렸다.

　　"아, 아니야. 중요한 일이 일어났어. 가자가 귀를 기울였거든. 그는 자네가 누군지 알고 있는 거야. 그리고 자네가 자신에게 뭔가 말하고 있다는 사실도 알고 있어."

　　라마가 알준을 잠시 살펴보더니, 다시 입을 열었다.

　　"자네의 영혼은 가자의 영혼과 하나가 되어야 해. 만일 두 개의 영혼이 하나가 되지 않는다면, 전쟁터에서 끔찍한 사태가 벌어질 수 있어. 물론, 가자는 처음에 두려워할 거야. 그들은 처음에 늘 두려워하거든. 시끄러운 소리와 움직임……. 하지만 그가 공포심을 느끼지 않을 정도로 자네를 신뢰하도록 만들어야 돼. 자네의 위대함과 가자의 위대함이 하나로 합쳐져야 한다고. 전쟁터에서 그 어떤 일이 일어나더라도, 머하우트와 가자는 서로에게 의지할 수 있어야 돼."

　　라마가 오른손으로 쌀밥을 한 움큼 집으며 계속 말했다.

　　"오늘 오후에도 계속 똑같은 명령을 내리도록 해. 다음 며칠 동안 계속 똑같이 하는 거야. 가자가 자네의 압력과 소리에 익숙해지도록 만들라고. 그러다 보면 자네가 하는 말을 가자가 알아듣는다는 느낌이 들 때가 올 거야. 그러면 발 대신 안쿠스로 충격을 가하면 돼."

　　알준이 놀란 표정으로 쳐다보자, 라마가 고개를 끄덕이며 설명했다.

　　"그래, 안쿠스. 이제는 가끔 고통을 느낄 수 있다는 사실을 가자에게 알려줘야 해. 그래서 가자가 딴전을 부리면 불복종할 때마다 고통을 느끼게 된다는 걸 깨닫도록 해야 해. 안쿠스를 처음 소개할 때, 그래서 생전 처음으로 갈고리의 고통을 알게 될 때, 아마도 가자가 저항할 거야. 특히 자네의 가자는. 미리 마음의 준비를 단단히 하도록. 만일 뛰어내려야겠다는 느낌이 들면, 괜찮아, 뛰어내려. 그건 창피한 게 아니니까."

다 이해할 수는 없었다. 하지만 라마에게 질문하지 않는 게 좋다는 정도는 알고 있었다. 라마가 원하는 게 자신이 스스로 알아서 하는 거라면, 자신은 그렇게 해야 했다.

사나흘 후, 코끼리 등 위에 올라탄 알준이 안쿠스의 고리를 반대로 들어 굽은 부분으로 코끼리의 머리를 툭툭 치면서 외쳤다.

"멈춰!"

"더 세게!"

라마가 작은 울타리 꼭대기에 있는 통나무에서 상체를 구부린 채 내려다보며 명령했다. 알준이 코끼리의 머리를 강하게 내리치며 소리쳤다.

"멈춰!"

"이번에는 명령을 내리면서 갈고리 끝으로 내리쳐!"

알준은 안쿠스를 돌려 갈고리 끝으로 피가 조금 새어 나올 만큼 강하게 내리치며 외쳤다.

"멈춰!"

코끼리가 몸을 부르르 떨었다. 마치 땅덩어리 전체가 흔들리는 듯했다. 그리고 일이 벌어졌다. 코끼리가 갑자기 온몸을 흔들어대기 시작한 것이다.

가자가 앞발을 번갈아 빠른 속도로 굽혔다 폈다 하며 온몸을 이리저리 흔들어댔다. 매섭게 요동치는 몸 위에서 이리저리 심하게 흔들렸지만, 알준은 목에 달린 밧줄을 단단히 움켜쥐고 놓지 않았다. 작은 울타리의 단단한 통나무 하나가 느슨하게 풀렸다. 구경꾼들이 고함쳤다.

"뛰어내려! 뛰어내려!"

하지만 알준은 밧줄을 꼭 움켜쥐었다. 밑에서 거대한 몸통이 일어나, 관절과 근육과 등이 점차 커지는 것 같았다. 폭풍을 만난 배가 파도에 휩쓸려 이리저리 요동치는 느낌이 들었다. 하지만 알준은 뛰어내릴 생각을 하지 않았다. 밧줄을 절대 놓으면 안 된다는, 이 야수가 조그만 울타리에 밧줄로 매여 있다면 자신은 이 야수에 밧줄로 매여 있다는 생각이 들었다. 폭풍과 같은 요동이 얼마나 계속 되었는지 모르겠지만, 마침내 흔들리는 속도가 잦아들더니 거대한 몸통이 예전 크기로 줄어든 것 같았다. 드디어 코끼리가 동작을 멈춘 채 가느다랗게 떨리는 코를 통해 가빠진 숨을 내뿜었다.

알준은 엄청난 흔들림이 시작된 이후 처음으로 회색 머리에서 고개를 들어 빙그레 웃고 있는 라마를 쳐다보았다. 라마가 통나무를 강하게 내리치며 말했다.

"정말 잘 했어, 알준. 자네가 훈련 시간을 많이 단축시킨 거야."

한밤이 되었을 때, 라마가 모닥불 옆에 앉아서 조수를 은밀히 바라보며 물었다.

"나한테 말하고 싶은 게 있나?"

알준이 오랫동안 입을 다물고 있다가 대답했다.

"두려웠어요."

라마가 어깨를 으쓱했다.

"그야 물론이지. 하지만 가자도 두려워했어. 너무 두려운 나머지 자네가 두려워하는 걸 알아챌 수도 없었지. 그래서 자네가 두려워한 건 문제가 안 돼. 아까 가자가 요동친 걸 우리는 '위대한 요동'이라고 부르지. 그 나이나 그보다 나이가 어린 코끼리들은 가끔 그런 요동을 쳐. 하지만 네 가자는 이제 두 번 다시 요동치지 않을 거야. 자네가 계속 등 위에 있었으니 말이야. 내 말을 이해하겠나? 그놈은 이제 두 번 다시 똑같은 두려움을 느끼지 않을 거라고. 하지만 만일 자네가 뛰어내렸다면, 그놈은 자신이 몸을 흔들어대는 게 아주 중요하다고 생각했을 거야. 그러면 다시 흔들어대겠지. 두려움이 몰려올 때마다 그렇게 하다 보면 어느덧 습관이 되고. 그러면 우리는 그놈을 내버릴 수밖에 없어. 하지만 자네는 안쿠스를 사용한 다음에 계속 버텼어."

라마가 폭소를 터트렸다.

"이제 그놈은 두려움을 중요하게 생각지 않을 거야. 가끔 약간의 고통을 겪게 된다는 것만 생각하겠지."

라마가 알준의 손을 툭툭 치며 말을 이어나갔다.

"내일부터는 그놈을 작은 울타리 밖에서 훈련시켜."

9

　등 위에 올라탄 알준은 코끼리에게 열 가지 정도의 명령을 금방 가르칠 수 있었다. 밤에는 밧줄에 묶인 코끼리에게 음식과 물을 먹인 다음, 그 옆에 앉아서 노래를 불렀다. 고향에서는 종교적인 노래만 배울 수 있어서 부를 수 있는 것도 종교적인 노래밖에 없었다. 그는 비슈누 신과 시바 신, 가네샤 신에 대한 노래를 불렀다. 인드라 신과 카르티케야 신에 대한 노래도 불렀다.

　그는 여러 신에게 바치는 노래를 고르지 못한 거친 목소리로 불렀다. 만일 가우리가 이곳에서 가사 없는 노래를 부를 수만 있다면, 젊은 코끼리는 그 노랫소리를 듣고 인간이 얼마나 부드럽고 다정한지를 알게 될 거란 생각이 들었다.

　가우리는 코끼리를 두려워하지 않을 것이다. 아니, 가우리는 그 무엇도 두려워하지 않았다. 우기에 파리들이 몰려들어 귀찮게 해도, 가우리는 다른 사람과 달리 파리를 죽이지 않았다. 개중에는 파리를 쫓아내지도 못하는 바보라고 말하는 사람도 있었다. 말 못하는 여자아이가 파리들을 꽁무니에 단 채 동네를 걸어다닐 때마다 사람들이 두 눈을 굴리며 쳐다보는 모습을 알준은 우울한 표정으로 바라보곤 했다. 사람들은 "저 파리들도 저 아이 옆에 있으면 안전하다는 걸 아나봐!"라면서 낄낄거렸다.

하지만 알준은 자기 여동생이 바보라고 생각한 적이 한번도 없었다. 카시에 사는 성자가 가우리를 치료해 말할 수 있도록 만들어줄 거라고 믿은 적도 없었다. 가우리에게는 치료가 필요하지 않다고 생각했다. 가우리는 단지 말하길 싫어할 뿐이다. 가우리가 말하고 싶으면 하게 될 거라는 자신의 주장에 대해 부모님조차 말도 안 되는 소리라며 무시했지만 알준은 계속 그렇게 생각했다.

그런데 지금 가우리는 도대체 어디에 있단 말인가? 알준은 가우리가 틀림없이 살아 있다는 걸 느꼈다. 만일 죽었다면, 자신이 알 수 있을 터였다. 하지만 어떻게? 그건 잘 모르겠지만, 어쨌든 알 수 있다는 확신이 들었다.

코끼리는 뒤로 가는 걸 싫어했다. 알준이 뒤로 가라는 신호를 보낼 때마다, 무슨 명령인지 모르겠다는 표정으로 망설이기만 했다. '가자가 딴청을 부리며 복종하지 않을 때 그대로 놔두면 절대 안 된다'는 라마의 경고가 알준의 뇌리에 떠올랐다. 그래서 하루는 코끼리가 뒤로 가길 거부한 채 가만있을 때, 알준은 두 귀 사이에 깊숙이 파인 부드러운 머리 부분에 갈고리를 힘껏 박아, 피가 흘러나올 때까지 갈고리를 내리누르며 명령을 반복했다. 다른 조련사들처럼 살 속에 박힌 안쿠스 고리를 비틀진 않았다. 하지만 피가 흘러나옴에도 불구하고 단호하게 움켜잡았다.

알준이 다시 명령을 반복했다. 인내심이 마지막에 도달한 듯한 느낌이 들었다. 두 뺨에서 눈물이 흘러내렸다. 자신이 이렇게까지 해야 한다는 게 싫었다. 하지만 라마조차도 자신이 이렇게 하는 걸 막을 수 없을 터였다. 이처럼 결정적인 순간에 알준은 자신의 운명과 코끼리의 운명이 자신의 강력한 의지에 달려 있다는 사실을 깨달았다. 알준은 다시 명령을 외쳤다. 크긴 하지만 떨리거나 날카로운 목소리는 아니었다. 바위처럼 단호한 명령이었다. 뒤로 가! 뒤로 가!

마침내 코끼리가 뒤로 움직였다. 알준은 다시 명령을 내렸다. 이번에는 코끼리가 곧 뒤로 움직였다. 한번 더 명령을 내리자, 이번에도 당장 복종했다. 알준은 새빨간 피가 흐르는 안쿠스를 허리춤에 찔러 넣은 다음, 무릎을 구부리라는 명령을 내렸다. 거대한 야수가 주저 없이 무릎을 구부렸다. 밑으로 내려온 알준은 부드러운 갈색 눈동자를 오랫동안 응시했다. 자신도 알지 못하는 사이 알준의 눈에서 눈물이 흘러내렸다. 하지만 시선은 조금도 흔들리지 않았다.

느닷없이 코끼리가 움직였다. 마치 높은 파도가 거꾸러지듯 넘어져서 옆으로 누웠다. 그러고는 연분홍색 입을 열어 그 안에 있는 커다란 혓바닥을 알준에게 보여주더니, 소리 하나를 내뱉었다. 코끼리가 굴복할 때 내는 소리라며 라마가 흉내내던 바로 그 소리였다.

코끼리가 마침내 알준을 진정한 주인으로 인정한 것이다.

알준은 가까이 걸어가서 무릎을 꿇은 채 코끼리의 머리 옆에 앉아서 한 손을 기다란 코 위에 올려놓고, 다른 한 손을 코끼리의 오른쪽 눈 밑 주름진 피부 위에 올려놓았다. 소년이 조그만 입술을 가죽처럼 단단한 귀에 대고 속삭였다.

"너는 내 친구야. 너처럼 좋은 친구는 처음이야. 우리는 앞으로 영원히 함께 살며, 함께 전쟁터에 나갈 거야. 신들이 그렇게 결정하셨어."

　멀리 서 있던 라마가 이 장면을 보았다. 이윽고 야영장에 있던 다른 모든 사람들이 알준 옆으로 와서 축하해주었다.

　그날 밤, 라마가 베텔 두 개를 말아서 하나를 알준에게 주었다. 그러고는 알준이 그걸 입 안에 집어 넣을 때까지(톡 쏘는 맛이 너무 강해서 움찔했다) 기다리더니, 입을 열었다.

　"건강한 코끼리는 뚱뚱하지 않아. 그러니 가자를 기쁘게 해주려고 너무 많은 음식을 주면 안 돼. 그리고 코를 반쯤 감은 채 머리를 높이 들고 걷도록 가르쳐야 해. 이런 식으로 하면 될 거야."

　라마가 끝을 뾰족하게 만든 대나무를 가슴과 턱에 씌우는 방법을 가르쳐주었다. 코끼리가 머리를 똑바로 들고 걷는 법을 배울 때까지 낮 동안에 씌워놓는 도구였다.

　"이제는 가자에게 이름을 정해줘야지."

　라마가 당혹스러워하는 알준을 보고 껄껄 웃으며 다정하게 말했다.

　"당연히 자네가 정해야 돼. 내가 할 수도 바히니파티가 할 수도 없어. 오직 자네만, 코끼리를 잘 알고 있는 자네만이 이름을 정할 수 있어."

　알준은 밤이 깊도록 골몰했지만 적절한 이름이 떠오르지 않았다. 다음날 훈련을 하는 동안에도 계속 수많은 이름을 중얼거렸지만 '바로 이거'라는 느낌이 드는 게 없었다. 저녁 식사 후, 알준은 코끼리가 묶여 있는 숲 속으로 갔다. 마치 자신이 하는 모든 말을 코끼리가 알아듣기라도 하는 듯, 알준은 최근에 코끼리와 말하는 습관을 가지게 되었다.

"내가 고향에 살 때, 나는 몸에 신성한 실을 지닌 브라만이었어. 그래서 머리는 상투만 남긴 채 빡빡 민 상태였지. 읽고 쓰는 법도 배웠지만 별로 관심을 기울이진 않았어. 기도를 하고 슬로카를 암송하는 것도 흥미가 없었어. 하지만 그때 더 열심히 공부하면 좋았을 거란 생각이 들어. 그러면 지금 너에게 좋은 이름을 찾아줄 수 있을 테니 말이야. 네가 자랑스러워 할 이름. 마을 사제라면 좋은 이름을 찾아낼 수 있었을 거야. 우리 아버지도 그러셨을 거고. 만일 삼촌이 아직까지 살아 있다면 틀림없이 열 개는 생각해냈을 거야."

알준은 코끼리 옆으로 걸어가 구부린 코를 한 손으로 쓰다듬다가 입술같이 부드러운 코끝을 손바닥으로 문질렀다. 바로 그 순간, 이름 하나가 뇌리를 스치고 지나갔다.

예전의 기억이 모두 되살아나 좋은 이름을 찾을 수 있도록 도와주는 듯했다. 마을 사제가 위대한 전쟁의 책 〈마하바라타〉('바라타 왕조의 대서사시'라는 뜻으로 인도의 이대 서사시의 하나, BC 1400~1000)를 암송하던 기억도 되살아났다. 그가 단조로운 어투로 묘사하던 쿠루쿠세트라 전쟁터의 다양한 장면이 알준의 마음을 사로잡았다.

간디바. 아, 그래, 간디바.

알준은 이 이름을 입술에 담으면서 그 의미를 떠올렸다. 간디바는 위대한 전사 알주나가 신에게 선물받은 마법의 활이었다. 바루나 신은 여러 가지 색깔로 빛나는 이 활과 함께 화살이 끊임없이 생겨나오는 화살통 두 개를 알주나에게 선물했는데, 이 활은 다른 활 수천 개를 합친 것보다 더 강력했다. 그리고 전쟁이 끝나자, 알주나는 이 세상에서 가장 위대한 활을 바다에 던져 원래의 소유자였던 바다의 왕에게 돌려주었다.

이 전설적인 궁사의 이름을 딴 알준 역시 앞으로 전사가 될 예정이었다. 그렇다면 자신의 무기는? 간디바!

알준이 이 이름을 라마에게 말하자, 그도 좋다고 끄덕였다.

"〈마하바라타〉에서 이름을 고르다니, 정말 잘했어. 내 가자의 이름이 무엇이었는지 말한 적이 있던가? 아이라바타. 자네는 좋은 브라만 소년이니까 이 이름에 무슨 뜻이 담겨 있는지 알고 있을 거야."

알준은 알고 있었다. 아이라바타는 인드라 신이 타고 다니던 하얀 코끼리로 상아가 네 개나 달려 있었다. 인드라 신은 이 코끼리를 타고 다니며 천둥 번개를 휘둘렀으며 날씨를 통제했다. 게다가 이 신은 전사 알주나의 아버지이기도 했다. 알준이 볼 때, 신들과 전사들의 이름이 자신과 라마 그리고 두 사람이 애지중지하는 코끼리 두 마리를 통해 이런 식으로 연결되는 그 이면에는 어떤 이유가 숨어 있는 듯했다. 하지만 이 생각은 라마가 입을 열자마자 사라지고 말았다.

"자네는 가자에게 그 어떤 이름도 붙일 수 있어. 신이나 위대한 전사 혹은 위대한 무기를 따서 이름을 지어도 돼. 하지만 그 이름이 자네나 자네 코끼리로 하여금 겁쟁이나 멍청이가 되지 않도록 만들어주는 건 아니야."

소년이 풀죽은 표정을 하자, 라마가 덧붙였다.

"간디바를 그 이름에 걸맞는 모양으로 가꾸어야지."

라마가 어떤 특별난 식물에서 즙을 진하게 짜내 그걸 코끼리 머리에 매일 발라주는 방법을, 그렇게 해서 회색 피부의 몸통 위에서 머리가 검은 왕관처럼 빛나도록 만드는 법을 알려주었다. 그런 다음에는 코끼리의 얼굴에 대칭 형태로 그림을 그려넣는 방법도 가르쳐주었다.

하지만 그날 늦은 시간에 야영장으로 돌아오던 알준은 라마가 다른 머하우트와 나누는 소리를 엿듣게 되었다.

"어쨌든, 그건 그 아이에게 선택권이 있어."

라마가 말하자, 다른 머하우트가 불만스런 어투로 따졌다.

"그건 너무 건방진 선택이야. 그 아이가 도대체 뭐야? 기껏해야 열
다섯 살이나 열여섯 살? 도대체 그런 아이가 코끼리에 대해 얼마나
알고 있다는 거야? 감히 어떻게 그런 훌륭한 이름을 사용할 수 있는
거냐구! 마치 브라만처럼 행동하잖아."

"그 아이는 자신이 한 일에 자부심을 가지는 사내처럼 행동해. 자
신의 가자를 신뢰하는 사람. 그리고 그 이름이 적절하다는 사실은 나
중에 증명될 거야. 둘 다 그 이름에 걸맞게 행동할 테니 말이야."

"자네가 그걸 어떻게 알 수 있어?"

머하우트가 코방귀를 뀌며 물었다.

"나는 지금까지 그 둘을 쭉 지켜봤어. 내가 지금까지 본 바에 의
하면, 그렇게 믿음직한 머하우트와 가자는 지금까지 단 한 팀밖에 없
었어."

"그게 누군데?"

머하우트가 묻자, 라마가 폭소를 터트리며 자신의 가슴을 가리켰다.

"바로 내가 그 머하우트야. 그리고 그 가자는 내 아이라바타이고.
우리가 바로 그랬어."

라마가 대답과 동시에 똑바로 서더니 두 손을 허리에 댄 채 물었다.

"내 말을 못 믿겠나?"

그러자, 다른 머하우트가 재빨리 고개를 끄덕이며 대답했다.

"아니야, 자네 말을 믿어."

어느 날 오후, 알준이 훈련을 끝낸 간디바를 밧줄에 매자, 그 옆

에서 기다리던 라마가 "잠시 걸을까?" 하고 말한 다음, 조수를 데리고 숲 속으로 산보를 나갔다. 라마는 예전과 전혀 다른 방식으로 말을 꺼내기 시작했다.

원주민들은 다른 차루키아 코끼리 부대와 계약을 맺고 코끼리들을 또다시 우리에 잡아넣을 준비에 몰두하고 있었다. 데칸 전역에 펼쳐진 숲은 군대에게 많은 코끼리를 공급해준다. 지금 하르샤가 북쪽에서 위협하고 있으니, 아마 최종 훈련을 받기 위해 코끼리가 총 사백에서 오백 마리 정도 전투 부대에 모이게 될 터이다. 라마는 이번 사냥 여행에 행운이 따랐다고 평가했다. 코끼리 무리를 우리 근처에서 발견해, 원주민들이 시끄러운 소리를 내지르며 우리 속으로 몰아넣는 데 반나절밖에 안 걸렸기 때문이다. 하지만 일반적으로 볼 때, 무리를 우리 안에 집어 넣기 위해서 일주일 내내 작전을 펴야 할 때가 많았다. 말을 마친 라마가 갑자기 침묵을 지켰다. 알준은 가만히 기다렸다.

라마가 갑자기 한숨을 내쉬며, 머하우트들과 코끼리들이 전투 훈련을 받기 위해 전투 부대로 갈 예정이며. 이 부대는 엘로라에 있는 사령부 근처에 주둔하고 있다고 했다.

물살이 빠른 숲 속의 개울이 나타나자, 라마가 다시 침묵했다. 알준은 라마가 이렇게 어렵게 말하는 이유가 분명히 있을 거란 생각이 들었다. 그는 라마를 그만큼 많이 알고 있었다. 라마가 다시 입을 열었다.

"전투가 시작되기 전에 군대 전체가 엘로라에 모이게 될 거야. 우리 바히니파티도 코끼리 백 마리를 이끌고 그곳으로 갈 거고. 세나한 분이 코끼리 두 개 부대와 보병 두 개 부대, 활 부대 하나를 거느리게 되지. 어쩌면 국왕은 전쟁을 수행하려고 세나를 두 분 혹은 세 분까지 파견할지도 몰라. 그러면 수만 명에 달하는 병력과 군마, 그리고 사백에서 육백 마리에 달하는 코끼리들이 한곳에 모여들게 되겠지. 정말 대단할 거야."

라마가 중얼거리며 고개를 저었다.

"그럼 라마는요?"

알준이 두려운 표정으로 물었다.

"무슨 뜻이지?"

"라마도 그곳으로 가게 되나요?"

라마가 당황한 표정으로 대답했다.

"으흠,…… 나는 파이탄에 있는 훈련 부대로 돌아갈 거야. 나에게는 내가 수행할 전쟁이 있거든."

라마가 진짜 하고 싶었던 말이 바로 이것이었다. 이제 두 사람은 헤어져야 한다.

라마는 개울에서 시선을 돌리더니 알준에게 따라오라는 신호를 보내며 말했다.

"바히니파티가 자넬 보고 싶어하셔. 하지만 먼저 해야 할 일이 있는데……."

사냥 부대에는 대장장이 한 명이 배치되어 있었다. 그래서 구경꾼들의 인정 아래, 대장장이가 알준의 발목에 걸려 있는 쇠고리를 잘라 주었다.

라마가 대장장이와 함께 도수가 강한 야자술을 잔에 따라 축배를 나누었다. 그런 다음 라마는 자신의 조수를 쳐다보았다. 알준은 상체를 구부린 채 쇠고리가 발목에 남겨놓은 자국을 내려다보고 있었다.

라마가 말했다.

"코끼리 부대에서는 충성심을 입증하기 위해 쇠고리를 차지 않아."

이윽고 라마가 따라오라는 신호와 함께 걸어가더니, 바히니파티의 천막 앞에서 걸음을 멈추었다.

"혼자 들어가."

"왜요?"

"혼자 들어가!"

알준이 천막 입구를 옆으로 젖혀 안으로 들어가니, 바히니파티는 베텔을 씹고 있었다. 그는 형형한 눈빛으로 소년을 쳐다보며 말했다.

"자네처럼 어린 소년을 우리 부대의 머하우트로 임명하는 건 내 생전 처음이야. 나를 실망시키지 않겠지?"

머하우트? 알준은 천막 모서리에 앉아서 빙그레 웃고 있는 하사관 두 명을 바라보았다.

바히니파티가 명령했다.

"내 말을 따라하도록. 나는 머하우트로서 차루키아의 푸라케신 국왕에게 충성을 바친다."

알준이 떠듬거리며 따라했다. 장교가 다시 입을 열었다.

"나는 내 가자에 속한다."

"나는 내 가자에 속한다."

"나는 내 가자를 위해서 살며 내 국왕에게 봉사한다."

"나는 내 가자를 위해서 살며 내 국왕에게 봉사한다."

바히니파티가 허리를 숙이더니, 옆에 놓여 있는 안쿠스 하나를 집어들어, 빙그레 웃는 얼굴로 알준에게 건네주었다.

"이것은 이제 자네 거야."

소년은 천막 밖으로 나오자마자 라마를 열심히 찾았다. 하지만 이 승리의 순간을 함께 나누기 싫은 듯, 라마는 알준의 눈앞에 나타나지 않았다. 그래서 소년은 숲 속으로 달려갔다. 밧줄에 묶여 있던 간디바가 환영해주었다. 알준은 그날 밤을 그곳에서 간디바와 함께 보냈다. 저녁 식사 시간에도 그리고 취침 시간에도 야영장으로 돌아가지 않았다.

다음날 아침, 야영장으로 돌아가니, 슬프게도 라마는 이미 짐을 모두 꾸려 떠날 채비를 끝낸 상태였다. 그 옆에는 파이탄으로 돌아갈 준비를 끝낸 여섯 명이 있었다.

알준은 라마를 바라보면서 허리춤에 꽂혀 있는 새 안쿠스를 만졌다. 라마가 말했다.

"그래, 자랑스럽겠지. 잘했어. 자네에겐 그럴 만한 자격이 있어. 그래, 신성한 실과 빡빡 깎은 머리가 그리운가?"

"나는 이제 머하우트입니다. 나는 하나만 생각할 겁니다. 간디바⋯⋯. 그리고⋯⋯."

알준이 망설이자, 라마가 물었다.

"그리고?"

"여동생."

"여동생 얘기를 언젠가 한 적이 있지, 그렇지? 강도놈들에게 잡혀갔다고 했던가?"

라마가 소년을 살펴보다가 덧붙여 말했다.

"그 일에 대해선 자네가 할 수 있는 게 없어. 괜히 쓸데없이 후회하면서 시간을 허비하지 말게. 자네 임무에나 충실해. 위대한 전쟁의 책을 보면 잘 나타나지. '바가바드 지타' 라는 부분에서. 기억나나,

브라만?"

라마가 머리를 뒤로 젖힌 채 두 눈을 감고 기억을 쫓아갔다.

"위대한 알주나는 싸우는 걸 싫어했지. 적이 대부분 친척들이었거든. 하지만 크리슈나 신은 그가 싸우도록, 그래서 사랑하는 사람들을 죽이도록 설득했어. 왜지? 그 이유는 그가 전사이며, 그게 그에게 주어진 임무이기 때문이야."

라마가 두 눈을 뜨고 희미한 미소를 머금었다.

"물론, 자네는 자네를 가르치려고 애쓰던 사제들에게 그 내용을 배웠겠지: 하지만 나는 내가 이 세상에 살아 있다는 사실도 모르는 사제들이 하는 얘기를 어둠 속에 숨어서 들으며 배웠어."

알준은 아무 말도 하지 않았다.

"이제 자네는 다른 백 명의 머하우트와 함께 가자를 데리고 전투 부대로 가게 돼. 그곳에 모여든 수많은 군대와 함께 푸라케신 국왕의 영광을 수호하기 위해 행진하는 날이 오게 될 거야. 바로 그게 자네의 운명이야, 알준. 오직 이것만 생각해. 자네의 국왕, 국왕의 영광, 자네의 운명."

라마가 말을 멈추더니, 소년을 형형한 눈빛으로 바라보면서 물었다.

"자네는 누구인가?"

"알준 마드바, 위대한 간디바의 조련사."

라마가 눈살을 찌푸리며 고개를 저었다.

"간디바는 아직 자신의 위대함을 증명하지 않았어. 하지만 젊은 머하우트가 자신의 가자를 그런 식으로 생각하는 건 좋은 일이지."

라마가 베틸 두 개를 만들어 하나를 알준에게 건네며 말했다.

"머하우트가 머하우트에게 주는 거야. 자네의 가자를 강인하고 행복하고 순종하며 확고부동한 존재로 만들게. 그거면 충분해.”

“보고 싶을 거예요, 라마 머하우트 님.”

작은 사내가 고개를 돌린 채 베텔을 입 안에 넣더니, 붉은색이 진하게 밴 침을 바닥에 뱉었다.

10

　전투 부대를 향한 삼주일에 걸친 여행 기간 동안, 바히니파티는 계속 코끼리를 탔다. 알준은 코끼리를 타고 가는 장교들을 많이 보게 되었다. 그들은 커다란 안장에 앉았는데, 안장에는 고리들이 달려 있어서 몸통을 돌린 띠로 단단하게 연결할 수 있었다. 목과 궁둥이에도 밧줄을 연결했기 때문에 안장이 한층 더 안전하게 보였다. 꼬리에 꼬리를 물며 행진을 계속하는 동안, 알준은 코끼리가 기우뚱대며 걸을 때마다 쟁그랑 소리가 나는 장교의 은 귀고리를 계속 올려다보았다.

　전초병 몇 명을 제외하곤, 부대원 전부가 도보로 장교 뒤를 좇아서 울퉁불퉁한 산길과 왕왕 맞닥뜨리는 개간하지 않은 평야를 지나갔다. 이때 조련사들 대부분은 코끼리의 왼쪽 귀 바로 뒤편에 서서 걸었다. 왜냐하면 코끼리는 기다란 코와 머리를 오른쪽으로 돌리는 경우가 많았기 때문이다. 하지만 알준은 간디바가 '왼손잡이'였기 때문에 오른쪽 귀 바로 뒤편에서 걸었다.

　바히니파티는 거대한 코끼리들이 충분히 쉬면서 체력을 회복할 수 있도록 자주 휴식을 명령했다. 그 거대한 덩치에도 불구하고, 아니 이 덩치 때문에, 코끼리들은 지구력이 떨어졌으며, 바히니파티는 그들이 녹초가 된 모습으로 전투 부대에 도착하길 바라지 않았다. 그래서 사흘에 하루씩 부대는 행진을 멈추고 코끼리들로 하여금 겨울의 메마른 잎사귀라도 마음껏 먹도록 해주었다. 부대가 마을을 지날 때에는 마을 사람들이 '장애물을 제거하는 신'으로 알려진 코끼리 머리의 가나파티 신에게 경의를 나타내며 조련사들에게 시주를 베풀기도 했다. 여행이 계속되는 동안, 알준은 친구 한 명도 없이 혼자 지내야 했다. 그는 조련사들 대부분이 어린 나이에 머하우트로 승진한 자신을 질투한다는 걸 알고 있었다. 라마와 헤어지기 전만 해도, 알준은 라마가 많은 사람에게 존경을 받았으며, 그 덕분에 자신도 편하게 지낼 수 있었다는 사실을 전혀 깨닫지 못했었다. 그랬다. 사냥 여행에 나선 부대원 대부분은 라마를 존경하기 때문에 그의 조수인 알준에게 잘 대해주었다. 하지만 라마와 헤어진 지금은 사정이 완전히 달랐다.

알준은 정중한 자세로, 그들의 냉담한 자세에 걸맞게 자신도 냉담하게 대했다. 브라만의 세계에서 성장한 그는 도도한 자제력을 행사할 준비가 충분히 되어 있었다. 물론 그걸 좋아한 적은 한번도 없었다. 도도한 자세는 인간의 영혼을 억누른다고 생각했기 때문이었다. 그래서 마을 사람들은 알준이 점잖지 못하다고 수군대면서 이렇게 말하곤 했다.

"알준은 좋은 브라만이 될 수 없을 거야. 무법자와 같은 야생적인 성향을 가지고 있거든."

하지만 지금은 자신을 보호하기 위해 어린 시절에 배운 것을 사용할 수밖에 없었다. 알준은 보병 부대와 달리 지금은 침묵과 비굴한 겸손을 통해 존경을 구할 수 없다는 걸 알고 있었다. 그 당시에는 그게 적절한 태도였지만 지금은 상황이 달랐다. 자신의 코끼리를 위해서라도 과시하면서 머하우트에 걸맞는 권위를 행사해야 했다. 그래서 그는 브라만의 냉정하면서도 엄숙한 권위의 힘을 기억 속에서 끌어냈다. 그건 얼굴 근육을 팽팽하게 당기고 시선을 차갑게, 입은 굳게 다문 표정이었다. 지금 이 자리에 없는 사람의 권위에 의해 저렇게 빨리 승진한 신참이라며 동료들이 거부할 때는 알준 마드바 역시 그 어느 때보다 더 브라만처럼 행동했다.

어느 날 밤, 알준은 담요에서 빠져나와 간디바가 있는 곳으로 기어갔다. 간디바는 잠도 자지 않은 채 조그만 나무 윗가지에 달려 있는 잎사귀들을 뜯어먹고 있었다. 알준이 그 옆으로 다가가자, 간디바는 고개를 돌려 기다란 코끝을 퍼덕거리며 소년의 얼굴과 가슴을 가볍게 어루만졌다. 알준은 자신의 머리를 거친 가자의 피부에 파묻은 채 눈물을 글썽였다.

"우리 둘밖에 없어, 간디바. 이 말을 꼭 하고 싶었어. 약한 자의 불평같이 들려도 괜찮아. 나는 약하지 않아. 나는 불평하지 않아. 단지…… 외로울 뿐이야."

알준이 중얼거리다가 기다란 침묵 끝에 덧붙였다.

"네가 없으면 더 외로웠을 거야. 네가 있기 때문에 나는 더 이상 외롭지 않아."

알준이 콧노래를 시작했다. 인간의 목소리가 가끔 커다란 위로가 될 수 있다는 사실을, 가우리의 목소리는 항상 많은 위안이 됐다는 사실을, 간디바에게 납득시키고 싶었다.

전투 부대에 많은 군사와 코끼리들이 몰려들 거라는 라마의 예상은 옳았다. 전투 부대는 밧줄 매는 공간도 엄청나고 기다란 막사가 사방에 자리잡고 있어 시끌벅적한 곳이었다. 장교들도 엄청났는데, 개중에는 바히니파티보다 더 화려한 귀고리를 한 장교도 있었다.

알준이 배우고 일해야 할 게 너무 많았기 때문에 소외감은 금방 수그러들었다. 알준과 간디바는 한 팀을 이루어 다른 조련사와 코끼리들로 구성된 아홉 팀과 함께 전쟁터에서 사용할 여러 가지 대형을 익히고 다른 이백 팀과 함께 동시에 방향을 바꾸어 행진하는 명령을 배우느라 정신이 없었다. 게다가 조련사들은 누구나 창술과 궁술, 검술 등의 무술을 배워 코끼리의 등 위에서 사용할 수 있도록 훈련받아야 했다. 이 같은 일상적인 훈련은 훈련 담당 하사관들이 감독했는데, 하사관은 한 명당 열 팀을 책임지고 있었다.

알준은 바수에게 배정되었다. 콧수염이 커다란 차루키아 하사관이었다. 알준은 처음 만나는 순간부터 이 하사관에게 문제가 있다는 걸 느낄 수 있었다. 바수는 처음 만나는 자리에서 아주 퉁명스런 어투로 말을 던졌다.

"네놈 이야기를 들었어. 스칸다를 기억하나? 보는 사람만 없으면 게으름 피우는 자식? 라마가 소중하게 키운 또 다른 제자!"

알준이 불안한 표정으로 고개를 끄덕였다.

"스칸다가 이곳에서 훈련을 받았지. 네가 이 부대로 올 거라고 말하더군. 그런데 지금 이렇게 오다니……."

하사관이 불쾌한 표정으로 배시시 웃으며 말을 이어나갔다.

"네놈은 걷는 것보다 타는 것을 좋아하는 브라만 꼬마라는데, 그 말이 맞나? 라마는 사람을 보는 눈이 없어. 물론 코끼리를 보는 눈은 좋아. 그건 인정해. 하지만 사람을 보는 눈은 정말 형편없어."

하사관은 이 말과 함께 쿵쿵 발을 내딛어 다른 곳으로 갔다.

훈련이 진행되는 동안, 바수는 신경질적인 표정으로 야단칠 것처럼 노려보거나 약간만 실수해도 냉소 어린 폭소를 터트렸다. 또 근처 강가에서 코끼리들을 목욕시킨 다음에는 거대한 몸통에서 더러운 주름을 조금이라도 찾을 때까지 간디바를 구석구석 검사했다. 그래서 다른 팀들이 부대로 돌아간 다음에도 알준은 강물 속에 남아 두 팔이 아플 때까지 간디바의 몸통을 닦아야 했다.

바수는 신경질적인 어투로 '정말 멍청한 바보에다 게으름뱅이 신병'이라는 표현을 자주 사용했는데, 그 말이 끝날 때마다 고개를 돌려서 알준을 노려보았다. 하루 일과가 다 끝난 다음에도, 하사관은 알준에게 검이나 창을 공중에 대고 수없이 휘두르도록 명령했는데, '무기 사용하는 방법을 너무 모르기 때문'이라고 했다.

하사관이 너무 심하게 나오자, 부대 안에서 알준을 동정하는 분위기가 조금씩 일어났다. 전투 부대에 도착한 지 삼주일이 지난 저녁, 훈련병 가운데 한 명이 모닥불 옆에 앉아 있는 알준 옆에 다가왔다. 데칸 지역의 어느 마을에서 왔다는 하리로서, 두 사람이 지금까지 나눈 대화는 단지 서너 마디에 불과했다.

오랜 침묵 끝에 하리가 먼저 입을 열었다.

"내 생각엔 네 코끼리 때문인 것 같아."

알준이 고개를 돌리고 쳐다보았다. 알준과 비슷한 덩치였지만 나이는 대여섯 살 정도 많아 보였다. 야위어서 기다랗고 가느다랗게 보이는 얼굴에 힘든 훈련을 받는 동안에도 자주 미소를 머금어 동료들이 좋아하는 사람이었다.

"어떤 사람들은 라마 때문이라고 생각해. 라마는 전성기에 위대한 전사였지. 바수보다 훨씬 위대한 전사. 모든 사람들이 그걸 알고 있어. 물론 그것도 이유가 될 수 있어. 하지만 내 생각에 바수는 네가 이곳으로 데려온 가자를 탐내는 것 같아."

하리가 빙그레 웃으며 덧붙였다.

"내 말이 맞을 거야. 네 가자는 이곳에서 제일 좋은 놈이거든. 모든 사람들이 그걸 알고 있지."

"고마워."

알준이 조심스럽게 대답하자, 하리가 단호하게 말했다.

"우리들 대부분은 바수가 질 거라고 생각해."

"바수가 진다고?"

"너하고 하는 전투에서. 네가 지금 바수하고 전투 중이라는 사실을 모르고 있는 건 아니지? 지금까지는 잘 버티고 있어. 우선, 너는 우리들 가운데 가자를 가장 잘 다룰 뿐 아니라 궁술도 뛰어나잖아."

"하지만 창술은 떨어지잖아."

사실, 알준은 보병 부대에 있을 때보다 창술이 많이 좋아진 상태였다.

"훈련이 다 끝난 다음에도 혼자 남아서 연습해야 할 정도는 아니야."

알준이 곁눈으로 하리를 바라보았다.

"동료들 대부분이 바수가 질 거로 생각한다고 했는데……, 그가 이길 거라고 생각하지 않아?"

"으흠, 물론 예전에는 그가 이겼다는 걸 인정해. 바수는 훈련병이 새로 들어올 때마다 한 사람을 골라서 박살내곤 했지. 그는 그렇게 하는 걸 좋아해. 그리고 그런 식의 사람 다루는 실력도 뛰어나지. 이번에는 너를 고른 것 같아."

하리가 잠시 말을 멈추고 모닥불을 바라보더니, 다시 입을 열었다.

"하지만 우리는 그가 이번엔 이기지 못할 거라고 생각해."

"바수는 질 거야."

알준이 단호하게 말하자, 하리가 웃으면서 한 손으로 다른 손을 때렸다.

"하! 바로 그거야! 정말 훌륭해!"

하리가 일어나면서 다시 말했다.

"바로 그거야, 알준. 이리 와. 나랑 야자술이나 한잔 먹으러 가자구. 어디에 있는지 알고 있으니까 말이야."

알준이 고개를 저었다.

"나는 야자술을 마시지 않아. 하지만 고마워. 그리고 간디바를 칭찬해준 것도 고마워."

알준이 머리를 들어 하리를 올려다보면서 덧붙였다.

"그리고 동료들이 진짜 생각하고 있는 내용을 말하지 않은 것도."

"내가 왜 거짓말을 하겠어?"

"나에게 용기를 북돋아주려고. 실제로 동료들은 바수가 나를 박살낼 거로 생각하고 있다는 걸 나도 알고 있어."

"나는 그렇게 생각하지 않아."

알준이 하리를 잠시 살펴보다가 대답했다.

"그 말을 믿어. 하지만 다른 동료들은 바수가 나를 박살낼 거라고 생각해."

하리가 어깨를 으쓱하더니 다른 곳으로 걸어갔다. 그러더니 홍겹

게 외쳤다.

"하지만 결국엔 그 생각이 틀렸다는 걸 알게 될 거야!"

바수가 형편없는 조교라고 말하는 사람은 아무도 없었다. 알준이 생각할 때, 이 하사관은 라마만큼이나 코끼리에 대해 잘 알고 있었다. 그래서 알준은 하사관이 두렵고 싫었지만, 교육할 때는 열심히 귀기울였다.

알준은 코끼리가 등 위에 올라탄 사람을 떨어뜨려 깔아뭉개는 일이 절대로 없다는 사실도 배웠다. 비록 명령을 받고 기다란 코로 안쿠스나 밧줄 혹은 바나나를 들어서 등 위에 올라탄 사람에게 주기는 하지만, 그 사람은 물론 다른 코끼리의 등 위에 올라탄 사람을 끌어내리는 경우는 결코 없다는 것이었다.

바수는 이외에도 코끼리에 대해 많은 내용을 알고 있었다. 가령, 코끼리의 앞발 둘레를 잰 다음, 그 길이를 두 배로 늘리면 코끼리의 어깨 높이가 된다는 사실도 말해주었다. 알준은 간디바를 대상으로 실험한 결과, 그게 사실임을 알 수 있었다. 코끼리의 발이 얼마나 큰가도 그때 비로소 실감할 수 있었다.

알준은 바수는 물론 코끼리들에게서도 많은 내용을 배웠다. 처음에는 군대에 팔려 온 자신이 주변 환경에 쉽게 순응했던 것처럼 코끼리 역시 주변 환경에 쉽게 순응하는 동물이라고 생각했다. 하지만 지금은 그 생각이 바뀌었다. 생각처럼 고분고분한 동물이 아니라는 사실을 알게 된 것이다. 코끼리들은 어떻게 해서든 자신의 삶을 최상의 상태로 끌어올리는 방법을 알고 있었다. 인간에게 얽매여서 살든 야생 상태로 살든, 그들은 자신에게 허용된 환경을 최대한 즐기며 살았다. 비록 겉으로는 포기한 것처럼 보일 때가 있었지만 실제로는 절대 포기하지 않았다. 그들은 하루하루를 맘껏 즐기며 사는 방법을 아는 동물이었다.

하지만 군대 생활은 그들에게 많은 고통을 안겨주었다. 코끼리 여섯 마리가 무거운 쇠미늘 갑옷을 등에 걸쳐야 하는 시간이 왔다. 몸에 꽉 끼는 갑옷을 걸친 그들은 처음에 두려워하거나 신경질을 부렸다. 그 다음에는 상아 양쪽에 기다란 칼을 묶자, 발을 질질 끌고 고개를 돌리고 발을 쿵쿵 구르며 트럼펫을 불었다. 조련사들이 진정시키려고 노력했지만 소용 없었다. 마침내 그들은 동작을 멈추고 불만스런 표정으로 콧김을 붕붕 날렸다. 하지만 한 젊은 코끼리는 계속 고개를 휘젓고 발을 쿵쿵 굴렀다. 그놈은 결국 끌려가 네 다리를 양쪽 나무에 단단히 묶일 수밖에 없었다. 이 코끼리는 불평 없이 익숙하게 입을 수 있을 때까지 쇠미늘 갑옷을 걸친 채 나무에 묶여 있어야만 했다.

알준과 하리를 비롯한 훈련병들은 이 광경을 뚫어지게 바라보았다. 얼마 후면 자신들이 관리하는 코끼리에게도 갑옷을 입혀야 할 게 분명했기 때문이었다. 하리가 알준에게 말했다.

"네 가자는 나무에 묶을 필요가 없을 거야, 알준. 네가 한번 말하면 그 즉시 쇠미늘 갑옷을 걸칠 테니 말이야. 하지만 내 가자는 나무에 묶어야 할 거야."

하리가 한숨을 내쉬었다.

나중에 그 말이 옳다는 게 증명되었다. 하지만 바수가 옆으로 와서 갑옷을 걸친 간디바의 등 위에 올라탄 알준을 무서운 얼굴로 노려보며 신경질을 부렸다.

"아무 문제 없어?"

알준이 고개를 저었다.

"그 가자에게 어떻게 한 거야? 네놈을 위해서 갑옷을 입어달라고 부탁이라도 했나?"

바수가 냉소 어린 어투로 물었다.

"자신을 위해서 입어달라고 말했습니다. 그래야 나무에 묶이지 않는다고."

"그래, 이놈이 그 말을 알아들었다고 생각하나?"

알준이 어깨를 으쓱하며 대답했다.

"어쨌든 갑옷을 입었으니까요."

하사관은 신경질을 부리며 쿵쿵 걸어와서 안쿠스로 간디바가 걸친 갑옷 왼쪽을 강하게 쳤다. 쇠붙이끼리 부닥치는 끔찍한 소리에 깜짝 놀란 간디바는 앞발을 펄쩍 들어올려 몸을 비틀다가 쿵! 소리를 내며 두 발을 땅에 떨어뜨렸다.

"하하!"

크게 폭소를 터트린 바수가 알준을 올려다보며 안쿠스를 흔들었다.

"이제 알겠어? 네놈이 틀렸다는 걸 알겠냐구? 저놈이 저항하잖아!"

하사관이 알준을 향해 또다시 안쿠스를 흔들었다.

"저 쇠미늘 갑옷을 입힌 채 해가 질 때까지 이 들판을 계속 행진 시키도록."

"하지만……. 날씨가 너무 뜨거워요!"

지금은 일 년 중에서 가장 더운 계절이며, 그중에서도 가장 뜨거운 오월이었다.

"저놈이 그만큼 많은 걸 깨닫게 되겠지."

"몸에 병이 날지도 몰라요……."

"지금 나한테 따지겠다는 건가? 명령에 따를 수 없다는 거야?"

하사관이 안쿠스 고리 뒷부분을 손바닥에 툭툭 치며 호통쳤다.

"이렇게 높이 뜬 해 밑에서 갑옷을 하루 종일 걸치고 이처럼 끔찍한 열기에 시달리며 행진하면 간디바가 죽을지도 몰라요."

"네놈이 코끼리에 대해 나보다 더 많이 알고 있다는 건가, 꼬마?"

"나는 이 코끼리를 잘 알아요."

알준이 단호한 어투로 대답한 다음, 간디바에게 무릎을 구부리라고 명령했다. 다른 머하우트 아홉 명이 겁에 질린 표정으로 당혹스러워하며 지켜보았다. 알준 역시 자신이 어떻게 행동하고 있는지 알 수 없었다. 물러서면 안 된다는 느낌만 강할 뿐이었다.

코끼리 등에서 내려온 알준은 하사관 정면에 마주섰다. 하사관이 안쿠스를 가슴 높이까지 들어올렸다. 키는 알준이 약간 컸지만 체중은 하사관이 더 무거웠다. 알준은 이놈이랑 싸워야 한다고 마음속으로 다짐했다. 송송 맺혀 흐르는 땀이 두 눈으로 흘러들어와 팔로 닦아냈다. 하지만 그 자리에서 움직이지 않은 채 두 발을 어깨 길이로 벌려 싸울 준비를 마쳤다. 상대편이 먼저 공격하기 시작하면 안쿠스를 꺼내들 작정이었다.

바수가 불안한 표정으로 간디바를 계속 살폈다. 간디바 역시 계속 바수를 바라보고 있었다.

바로 그때, 소년은 상황을 이해할 수 있었다. 만일 하사관이 알준을 때리거나 공격하면, 간디바가 하사관을 공격할 게 분명했다. 바수로서는 자신을 단숨에 집어 들어 공중에서 빙빙 돌리다가 땅바닥에 내팽개칠 수 있는 기다란 코가 두려울 수밖에 없을 것이다.

바수가 안쿠스를 내리더니, 어색하게 웃으며 말했다.

"나중에 후회하게 될 거야, 꼬마."

알준은 아무 대답도 하지 않고 간디바의 밧줄을 집어 들더니, 바수에게 눈길도 주지 않은 채 코끼리를 다른 곳으로 끌고 갔다.

나중에, 알준은 바히니파티의 오두막 바깥에 서서 들어오라는 명령만 기다렸다. 이윽고 보초병이 안으로 들어오라는 명령을 전달했다.

안으로 들어가니, 바수가 바히니파티의 오른편에 책상다리를 한 채 앉아 있었다. 장교는 베텔을 씹으면서 야자술을 마시고 있었다.

"그래, 자신을 위해 변호할 말이 있나?"

장교가 무뚝뚝하게 물었다.

알준은 자신의 코끼리에게 쇠미늘 갑옷을 입힌 채 뜨거운 태양 밑에 하루 종일 행진시킬 수 없었던 이유를 설명한 후 "코끼리가 걱정되었습니다" 하며 말을 마쳤다.

"코끼리가 걱정되었다고? 어린아이를 걱정하는 엄마처럼?"

바히니파티가 눈썹을 치켜올리며 물었다.

"바히니파티 님께서 저를 머하우트로 임명하실 때, 저는 바히니파티 님께서 하시는 말씀을 따라하며 맹세했습니다. 저는 그 맹세를 한번도 잊은 적이 없습니다. '나는 내 가자를 위해서 살며 내 국왕에게 봉사한다.' 저는 이 맹세를 지키기 위해 그렇게 할 수밖에 없었습니다."

장교가 한동안 베텔을 씹으며 깊이 생각하더니 입을 열었다.

"좋아, 알겠어. 네 말을 믿지."

장교가 고개를 돌려 하사관을 쳐다보며 말했다.

"자네 생각은 어떤가, 바수? 자네와 나도 똑같은 맹세를 하지 않았나? 가자의 건강을 해칠 수 있는 징벌은 가하지 말도록."

장교가 다시 알준을 바라보며 말했다.

"자네는 버릇없게 행동하는 일이 없도록 하고. 명령은 꼭 지켜야 돼. 최소한……."

장교가 입을 다물고 하사관을 쳐다보더니, 다시 입을 열었다.

"최소한 자네의 가자를 해치지 않는 선에서. 군대에서 죽은 코끼리가 무슨 소용이 있겠나?"

장교가 다시 하사관에게 시선을 돌렸다.

"그런 명령은 안 돼, 바수. 소모적인 징벌은 더 이상 내리지 말도록. 알겠나?"

"네, 알겠습니다, 바히니파티 님."

장교가 성가시다는 표정으로 말했다.

"나가봐, 둘 다. 우리에게 중요한 건 단 한 가지야. 하르샤가 강도 떼를 이끌고 나르마다 강을 쥐새끼처럼 넘어오는 것에 대비하는 것. 이 사실을 결코 잊지 마, 바수. 그렇지 않으면 자네의 국왕을 위해 보병으로 봉사할 준비를 해두는 게 좋을 거야."

오두막 밖으로 나가자, 바수가 소년의 팔을 움켜쥐고 걸음을 멈추었다.

"내 말 잘 들어. 네놈이 이 전투에서 이겼다는 걸 인정해. 앞으로 남은 훈련 기간에 문제를 겪는 일은 없을 거야. 네놈이 나에게 이겼다는 걸 모든 사람이 알게 될 테니까. 네놈이 존경을 받는 반면 나는 존경을 잃겠지. 한 평범한 꼬마가 전사 바수를 바보로 만들었다는 소문이 나돌 게 불을 보듯 훤해."

말을 끝마치자 하사관이 알준의 팔을 놓았다.

"하지만 네놈이 전혀 예상 못하고 있을 때, 모든 게 행복하게 느껴질 때, 그리고 모든 게 너무나 풍족하고 편안할 때, 네놈이 아주 강하다고 느낄 때가 오겠지."

바수가 빙그레 웃기 시작했다.

"바로 그때 네놈은 죽을 거야. 하지만 죽기 직전에 네놈을 죽인 사람의 얼굴을 보게 될 거야."

근육질 하사관이 주먹을 불끈 쥐고 가슴을 쳤다.

"바로 나를 보게 될 거야."

11

바수가 당한 굴욕과 알준의 승리, 그리고 두 사람 사이의 긴장 관계는 오래가지 않았다. 알준이 아잔타 마을 근처의 다른 부대로 배속되었기 때문이었다. 그곳에는 오십 팀밖에 없었는데, 모두 다른 커다란 부대에서 전출된 팀이었다. 머하우트들은 서로가 낯설었으며, 동료들은 알준을 있는 그대로 곧, 믿을 수 있는 젊은 머하우트로, 발끝으로 양쪽 귀밑을 가볍게 눌러서 코끼리를 쉽게 다룰 수 있는 아주 드문 능력의 소유자로 쉬이 받아들였다.

알준은 차루키아 북부 수도 나시크 출신으로 나이가 몇 살 많은 머하우트 카르나와 친구가 되었다. 카르나는 날카롭고 쉰 목소리의 소유자였는데, 그런 자신의 목소리가 좋은지, 한시도 입을 다물지 않았다. 깡마른 체구의 카르나는 화살처럼 똑바로 앉아서 두 눈을 반쯤 감은 채 깡마른 두 손을 깍지꼈다가 재빨리 풀곤 했다. 그는 이처럼 이상한 자세를 멈추지 않은 채, 산골 출신의 소년에게 온갖 유형의 이야기를 해주었다.

카르나는 모든 걸 자세히 떠올리는 뛰어난 기억력을 갖고 있었다. 그래서 이 뛰어난 기억력을 유감없이 발휘해 어린 머하우트에게 대도시의 시끌벅적한 삶을 생생하게 전달해주었다. 그는 손가락 깍지를 풀어, 손가락 하나하나를 가리키며 나시크의 이상한 사람들을 설명했다. 뱀 마술사, 방랑하는 음악가, 조개껍질 팔찌를 만드는 기술자, 꽃 장식과 향내나는 분과 나무 신발을 파는 거리 행상꾼 들 얘기였다. 그곳에서 벌어지는 위험한 사건에 대해서도 말했다. 어둠이 깔린 뒤에 밧줄 사다리를 타고 집 안으로 들어오거나 거리에서 칼을 휘두르는 도둑놈 등이 많다는 것이었다. 범죄를 저지른 혐의가 있는 사내는 코브라가 든 바구니 안에 손을 집어 넣어야 했다. 만일 살아나면 무죄로 풀려났다. 이렇게 된 행복한 사내 한 명을 카르나도 알고 있었는데, 바로 그의 형이었다.

카르나는 두 눈을 이리저리 굴리면서, 사원에서 기도하는 아름다운 여인네들에 대해서도 이야기했는데, 그들은 화려한 진주 목걸이에 검은 분을 아주 짙게 바른 눈, 그리고 방울 소리가 나는 발찌를 하고 있다고 했다. 나시크에서는 궁정의 고위 관리들을 매일처럼 볼 수 있었는데, 그들은 기다란 의상을 걸친 사제들과 구리로 광택이 번뜩이게 만든 반달을 머리에 걸친 점성술사들을 거느리고 다니곤 했다. 경비병들이 북을 두드려 길가에 있는 사람들이 비켜나게 만들었다. 그리고 왕의 후궁들을 관리하는 대장과 왕실 대표 그리고 총사령관을 자신의 두 눈으로 직접 보았다고 주장하기도 했다.

깜짝 놀란 표정으로 바라보는 알준이 재미있는지, 카르나는 계속 말했다.

"나는 '사자 옥좌'도 보았어. 푸라케신 국왕의 옥좌. 축제날이 되

면 군인 사십 명이 사자 옥좌를 들고 나시크 거리를 행진하거든. 그
옥좌는 금으로 만들어 사방에 보석을 박았는데, 네 다리가 마치 사자
다리 같은 모양새지. 한번은 국왕이 직접 그 의자에 앉아 있는 모습
도 보았는걸. 그분은 정말 통치자다운 모습을 하고 계시더군. 불타오
르는 듯한 두 눈에 굵다란 팔, 장정 두 명은 합쳐놓은 것처럼 널따란
가슴."

자신의 풍부한 경험과 지식이 자랑스러운 듯, 카르나가 만족스런
미소를 머금으며 덧붙였다.

"물론, 알준. 넌 그렇게 많은 걸 구경한 적이 없겠지."

"아직까지는."

소년이 고백했다.

"이 부대에 있으면 세상 전체를 보게 될 거야. 왜 이 세상 전체를
보게 되는지 알아?"

알준이 아무 대답도 안 하자, 카르나가 두 손을 강하게 깍지끼며
선언했다.

"왜냐하면 우리 국왕께서 이 세상을 정복할 것이니까!"

엄숙하게 선포한 카르나는 입술을 꼭 다물고 두 눈을 가늘게 뜬 채
두 손을 떨어뜨리더니, 브라만 선생처럼 무릎 위에 올려놓고 말했다.

"네가 현 상황을 얼마나 이해하고 있는지 맞춰볼까? 이곳에 데려
온 코끼리들에 대해서 뭔가 알아차린 거 없어?"

알준이 곰곰이 생각하다 대답했다.

"모두 덩치가 크고 힘이 세지, 아주 크고 강해."

카르나가 고개를 끄덕였다.

"다른 놈들보다 훨씬 크고 훨씬 강하고 훨씬 빨라. 데칸에서 가장

좋은 놈들이지. 자, 그게 무얼 의미할까? 단 오십 마리. 다른 여러 부대에서 골라 이곳에 배속시킨 이유가 뭘까? 자, 알준, 그 이유를 말해봐."

알준은 눈살을 찌푸리며 열심히 생각했지만 이유를 알 수 없었다.

"그렇다면 설명해주지. 장교들이 마음속에 어떤 계획을 품은 거야."

"그게 무슨 말이야?"

카르나가 머리를 흔들며 대답했다.

"그들이 구체적으로 어떤 계획을 품고 있는지는 정확히 모르겠어. 하지만 우리가 아주 특별한 계획 때문에 선발된 건 분명해."

일주일 후, 카르나의 추측은 가자디야크사 곧, 코끼리 총감독의 부대 방문으로 사실임이 입증되었다. 이 관리는 머하우트들을 한곳에 모아놓고 코끼리들은 전투에서 아주 중요하다고 말했다. 누구나 충분히 알고 있는 사실이었다. 작달막한 키에 멋진 의상을 입은 나이가 지긋한 이 가자디야크사는 코끼리 조련사 오십 명 앞에서 코끼리가 지닌 다양한 장점에 대한 강의를 늘어놓았다. 이것 또한 모두가 알고 있는 내용이었다. 그는 이렇게 선언했다.

"가자는 숨을 맹렬히 몰아 쉬고 트럼펫을 크게 불어야 된다. 피부에는 땀구멍이 많아야 하며, 귀는 기다랗고 두터우며 다리는 육중하고 가죽 색깔은 좋아야 하지. 이곳에는 이 모든 장점을 지니고 있는 우수한 코끼리들만 모였다. 그리고 여러분 또한 우리 군대에서 가장 훌륭한 머하우트들이다. 여러분은 아주 특별한 임무 때문에 선출되었다. 곧 여러분은 최초의 코끼리 전위 부대로 만들어질 것이다."

그는 자신의 선언이 효과를 더하도록 잠시 침묵을 지키다가 다시 입을 열었다.

"우리 국왕이 침략자와 맞서 싸울 때 이 코끼리 전위 부대가 제일 앞서 싸울 것이다!"

저녁이 되어 모닥불을 지폈을 때, 알준은 끔뻑이는 불빛 뒤에 혼자 앉아 있는 카르나를 발견했다. 알준은 그곳으로 가서 친구 옆에 웅크리고 앉았다. 카르나는 뾰로통한 표정으로 계속 저녁 하늘만 쳐다보았다. 알준이 무슨 일이 있냐고 묻자, 카르나가 안 좋은 표정으로 고개를 돌리며 말했다.

"넌 아무것도 몰라, 알준. 전투가 일어날 때마다 늘 궁사 부대가 전위 부대 역할을 맡았어. 항상 그들이 제일 먼저 나갔지. 그래서 화살을 몇 차례 일제히 발사한 다음, 안전한 곳으로 퇴각하는 거야. 지금까지 코끼리 부대는 그 뒤에 등장했거든. 내 말이 무슨 뜻인지 알겠어? 지금까지는 궁사들이 화살을 쏘아 적군의 기선을 제압한 다음에 비로소 우리 코끼리 부대가 앞으로 나섰다고."

카르나가 잠시 침묵했다가 다시 입을 열었다.

"그런데 지금은 우리가 제일 앞에 서게 됐어."

"그건 우리가 특별하다는 의미잖아."

카르나가 머리를 저었다.

"그건 오십 쌍의 코끼리 부대가 화살 부대의 지원 없이 하르샤의 전위 부대와 맞서 싸운다는 걸 말하는 거야. 그건 우리가 얼마 안 있으면 현생을 끝내고 내세로 들어가야 한다는 걸 의미한다고."

"하지만 장군들이 무엇 때문에 우리를 그렇게 희생시키겠어?"

"너는 잘 몰라. 하르샤는 자신의 코끼리 부대가 최강이라고 항상 떠들어댔거든. 그래서 우리 국왕도 강력한 코끼리 부대가 있다는 걸 자랑하고 싶은 거야. 국왕의 헛된 자부심을 위해 우리가 희생되는 거지.”

알준은 국왕에 대해 비판적으로 말하는 사람을 처음 보았다. 카르나는 비록 크샤트리아 계급은 아니었지만, 크샤트리아 특유의 용기 있는 솔직함을 보여주었다. 알준은 친구의 솔직한 표현을 존경했지만, 그가 그것 때문에 곤경에 처하는 일이 없기를 기원했다.

우기가 계속되는 동안, 장교들이 새로 구성한 부대의 전투 능력을 배양시키기 위해 열심히 노력했다. 다른 곳에서 훈련받은 궁사와 창병들이 새로 와서 각각의 코끼리 팀에 배속되었다. 코끼리 한 마리당 머하우트 한 명에 두 명의 궁사와 두 명의 창병이 딸렸다. 궁사와 창병은 코끼리 뒤에 육중한 밧줄로 매단 커다란 나무 상자처럼 생긴 호우다 안에 탔다. 코끼리가 자신의 육중한 체중에 다양한 장비를 매달고 달리는 것에 익숙해지도록 만들기 위해 오랜 훈련이 계속되었다. 알준은 평야를 질주하는 그들의 엄청난 속도에 놀랄 수밖에 없었다. 둥그렇고 두터운 판자처럼 생긴 발바닥이 이리저리 흔들리는 다리에서 떨어져 나오기라도 한 것처럼 혼란스런 모습으로 보기 흉하게 움직였다. 하지만 그들이 짧은 시간이 지나온 상당한 거리는 그들의 빠른 속도와 힘을 충분히 증명하고도 남았다.

일반적으로 코끼리 이백 마리를 지휘하는 카무파티가 코끼리 오십 마리의 전위 부대를 지휘하기 위해 부대에 도착했다. 머리에 터번을 맨 카무파티는 빨간 줄과 파란 줄이 길게 나도록 누빈 바지와 양쪽 어깨에 차루키아 군대의 기장인 금빛 야생 멧돼지를 수놓은 흰색 튜닉을 입고 있었다. 이 카무파티가 등장할 때는 소리가 먼저 들리는데, 두 팔과 두 다리에 끼고 있는 열 개 정도의 구리 고리에서 쨍그렁대는 소리가 시끄럽게 나기 때문이었다. 카르나가 파악한 바에 의

하면 그는 국왕의 사촌으로, 전쟁터에서 자신을 뽐내기 위해 정신없이 날뛰는 무모한 전사였다. 카르나는 정말 야단났다는 표정으로 머리를 절레절레 흔들며 말했다.

"이건 우리에게 정말 나쁜 징후야. 이 사람은 우리를 파멸로 몰고 갈 거야. 앞길이 아득해. 운명이 우리에게 장난을 치고 있는 거야."

알준은 카르나의 우울하고 비관적인 전망에 대해 좀더 생각해보았다. 라마라면 어떻게 말할까? 아, 그건 쉬웠다. 라마라면 이렇게 말할 거였다.

"자네는 부대 대장의 행위에 대해 책임질 필요가 없어. 자네 자신만 책임지면 돼. 자네는 운명에게 이래라저래라 말할 수 없어. 해답이 없는 것에 질문을 던져도 안 돼. 자네가 자신 있게 책임질 수 있는 건 단 한 가지밖에 없어. 자네의 의무. 그 의무에 충실하게. 그러면 평화를 얻을 수 있을 거야."

상상의 세계에 나타난 라마에게 조언을 구한 다음부터 알준은 마음속 깊숙한 곳에서 우러나오는 평온함을 느낄 수 있었다. 그는 카르나의 비관주의를 두 번 다시 심각하게 받아들이지 않았다. 불평과 불만은 군인의 의무와 명예 그리고 마음의 평화에 전혀 어울리지 않았다.

그럼에도 불구하고 두 사람의 우정은 계속되었다. 알준은 자신의 우월성을 뽐내길 좋아하는 친구의 성격을 인내할 수 있었다. 나시크 출신의 떠버리 머하우트에게는 다른 장점이 많아서였다. 비록 우울한 미래를 예상하곤 했지만 카르나는 동시에 알준에게 이야기보따리를 많이 풀었으며 어떤 물건을 구하면 함께 나누기도 했다.

비가 너무 많이 와서 훈련을 진행할 수 없게 된 어느 날 아침, 카르나가 아잔타 근처에 있는 협곡으로 가보자고 제안했다. 그곳에 위치한 말굽 모양의 절벽 내부에 수백 년에 걸쳐 불교 사원이 조각되고 있었다. 그곳은 도보로 한 시간 거리에 있었다. 막사의 양철 지붕을 끊임없이 때리는 빗방울 소리만 들으며 따분해하는 편보다는 그곳에 갔다 오는 편이 더 좋을 듯했다.

두 사람은 아잔타 석굴을 향해 발을 내딛기 시작했다. 절벽 위로 이어진 화강암 계단을 올라갈 때는 밑에서 하얀 포말을 이루며 세차게 흘러가는 개울물이 두렵게 느껴졌다. 카르나는 불교 신자여서 예전에도 이곳에 와보았다고 했다. 지금까지 알준은 불교 신자를 만난 적이 없었다. 고향 마을에서는 모두 힌두교를 믿었으며, 불교 신자는 단 한 명도 없었다. 그리고 마을 사제는 불교 신자를 엉터리 사기꾼이라고 했다. 그럼에도 불구하고, 몇 세기 전 아소카 대왕의 훌륭한 통치 기간에는 부처를 믿는 사람이 시바와 비슈누를 믿는 사람보다 훨씬 많았다. 오늘날에는 데칸 지역에서 극소수에 불과한 사람들만 불교 신자로 자처하고 있었다. 마을 사제가 주장한 바에 의하면, 어떤 지역에서는 불교를 금지시켜 그 사원을 불태웠으며 신자들을 처형시켰다.

알준은 그런 말을 전혀 하지 않은 채 긍정적인 침묵 속에서 떠버리 카르나가 설명하는 불교 스님의 삶에 귀를 기울였다. 스님은 바리때 하나와 물병 하나, 소박한 옷 세 벌, 바늘 하나, 실 조금, 그리고 단장 하나만 소유해야 했다. 그리고 하루에 한끼만 먹었는데, 구걸한 바리 안에 들어 있는 음식 찌꺼기를 정오 직전에 먹는 게 바로 그것이었다. 스님은 이익을 얻으려고 노동할 수 없으며 다른 생명체를 죽여 만든 음식을 먹을 수 없었다.

알준은 그처럼 가혹한 계율 때문에 지금 불교를 믿는 사람이 적은 건 아닌가 하고 생각했다. 카르나 역시 그렇게 생각하는 듯했다. 카르나는 자신도 부처의 가르침에 충실히 따르는 건 아니라고 고백하면서, 그 가르침을 그대로 실천하는 신자가 거의 없다며 안타까워했다. 카르나가 미끌미끌한 바위를 지나가는 동안 손바닥을 위로 흔들면서 말했다.

"그러나 아직도 절벽 안쪽으로 구멍을 파서 사원을 세우고 있고, 사람들이 그 안에서 불공을 드리고 있어."

그가 알준을 쳐다보며 씁쓸하게 말했다.

"시바와 비슈누를 비롯한 신들이 아무리 방해를 해도 우리가 부처님에게 불공 드리는 걸 막을 수는 없을 거야."

알준이 어깨를 으쓱댔다. 이런 유형의 토론은 관심 밖이었다. 그가 대답한 건 "어쩌면 그런 방해를 안 할지도 모르지"가 전부였다. 카르나가 언짢은 표정으로 노려보자, 알준이 덧붙였다.

"어쩌면 우리 신들은 부처에게 불공을 드리는 거나 자신들에게 기도를 드리는 거나 모두 똑같다고 생각할지도 몰라."

카르나는 그 가능성을 인정하지 않았다. 그는 떠버리답지 않은 깊은 침묵 속으로 빠져들었다. 얼마 안 가서 첫번째 동굴이 나타났다. 오랜 세월에 걸쳐 계속 구멍을 파 들어가 기둥이 길게 늘어선 널찍한 실내 같은 형태를 띠고 있었다. 이 사원을 만들기 위해 절벽에서 얼마나 많은 바위를 파내야 했을까? 도저히 상상할 수도 없었다. 하지만 돌이 가득 담긴 바구니를 인부들이 머리에 맨 채 길게 줄을 그리며 걸어가는 모습을 마음의 눈으로 볼 수 있었다.

샛노란 의상을 걸친 여윈 스님 한 분이 입구에 앉아 있었다. 그가 석굴 안에서 조그만 불을 켤 수 있도록 횃불 하나를 건네주었다. 두 사람은 횃불을 들고 바위를 깎아 만든 내부를 걸어가며 벽과 천장에 그려진 다양한 그림을 구경했다. 뒤편에는 사람 크기만한 화강암 부처상이 있었다. 두 사람이 그 앞에 엎드려 있었으며, 다른 한 사람은 두 손을 모아든 채 조용히 입술을 움직일 뿐이었다.

시선을 돌리자, 횃불을 받으며 벽에 그림을 그리는 허술한 차림새의 노인 한 명이 눈앞에 나타났다. 두 사람은 가만히 움츠리고 앉아서 구경했다. 잠시 후에 짜증이 났는지, 카르나가 이만 돌아가자고 제안했다. 그 의견에 알준은 동의했다. 하지만 내일 다시 오자는 친구의 약속을 받아낸 다음이었다.

그리고 두 사람은 사흘 동안 계속해서 그곳으로 가 작업에 몰두하는 화가 노인을 구경했다.

노인은 먼저 볏짚과 소똥을 잘 섞어 벽에 발랐다. 벽에 그걸 부드럽고 평평하게 펴바른 다음, 하얀 진흙을 입혔다. 다시 그 위에 진사에서 추출한 붉은색과 철매에서 추출한 검은색 등 이 지역에서 생산되는 다양한 빛깔의 물감을 칠해나갔다. 한 사내의 동그란 얼굴 윤곽이 드러나더니, 흰 광채가 빛나는 올리브색 피부와 활시위를 당긴 활처럼 부드럽게 구부러진 짙은 이마, 그리고 붉고 통통한 입술이 그려졌다. 이윽고 두 어깨가, 그 다음에는 두 팔이 나타났다. 마치 깊은 바다 속에서 서서히 떠오르는 것 같았다. 간단하게 스케치한 구름과 꽃들과 새들이 이제 막 생겨난 왕자의 주변에 차츰 자리잡아갔다.

카르나가 불평하는 소리가 들렸다.

"이제 구경하는 것도 지겨워. 안 그러니?"

알준이 머리를 저었다. 그러자 카르나가 물었다.

"이렇게 적막한 석굴 속에 가만히 앉아서 저 노인이 칼로 색깔을 섞어 그걸 벽 위에다 아주 천천히 아주 조심스럽게 칠하는 모습을, 그래 정말 천천히 지겨울 정도로 조심스럽게 칠하는 모습을 구경하고 있으려니, 졸려서 넘어갈 지경이야. 만일 네가 독실한 불교 신자라면 나도 그런 대로 이해하겠어. 하지만 넌 불교 신자도 아니잖아. 그런데 저걸 구경하는 게 뭐가 재미있어?"

"나도 모르겠어."

알준이 솔직하게 대답한 다음 잠시 침묵을 지키다가 덧붙였다.

"저곳에는 검은 벽밖에 없었어. 그런데 사람 얼굴을 비롯한 여러 가지 형상이 생겨났지. 예전에는 없던 게 지금은 있게 된 거야. 게다가 저곳에 있는 건 다른 것과는 달라. 저걸 보면 마치 이 세상이 바뀌고 있는 것 같아."

카르나가 신경질적으로 고개를 저으며 말했다.

"이제 나한테 이곳에 오자고 할 생각 말아."

"알았어, 혼자 오지 뭐."

알준은 이 대답에 충실하려고 했지만, 훈련할 수 없을 정도로 비가 많이 올 때만 그곳에 갈 수 있었다. 그리고 본격적인 훈련이 또다시 시작되었다. 다른 장교들이 파견 나와서 이것저것 검사하기 시작했으며, 전쟁이 일어날 거란 소문이 나돌았고, 출발 준비가 본격적으로 시작되었다. 알준은 아잔타 석굴을 두 번 다시 볼 수 없었다.

12

국왕의 명령이 하달되었다.

바로 그날, 코끼리 전위 부대는 부대를 떠나 하루 반나절 거리에 있는 합류 장소로 향했다. 한 줄로 기다란 대열을 형성해 목적지로 가는 동안, 알준은 스치고 지나가는 데칸의 풍경을 코끼리 등 위에서 찬찬히 살펴볼 수 있었다. 푸른 초원과 부드러운 언덕, 끝이 없을 정도로 드높고 드넓은 파란 하늘, 그리고 그 아래 졸졸 흐르는 개울. 길가의 나무 그늘 밑에는 늘 누군가가 마치 운명을 기다리는 듯한 자세로 웅크리고 앉아 있었다. 마을의 담에는 음식을 넣어둔 단지들이 죽 늘어서 있었으며, 쪽문이 난 오막살이 앞에는 둥글고 검은색 단지 하나가 놓여 있었다. 알준은 행군 첫날 밤 꿈에 그 단지를 보았다. 자신이 우물에서 물을 길어 그 단지 안에 한없이 퍼담는 꿈이었다. 마을에는 자신 혼자만 있었다. 혼자서 단지 안에 한없이 물을 퍼담고 있었다.

다음날 밤이 지난 다음부터는 혼자 있는 이 꿈을 두 번 다시 꾸지

않았다. 코끼리 전위 부대가 집결지에 도착한 다음부터였다. 세나 세
명 전부가 전투를 준비하기 위해 동원되어, 야영지에는 사람들이 붐
비고 활기가 넘쳐흘렀다. 그곳에는 이미 코끼리 오백 마리와 군마 사
천 마리, 그리고 오만 명의 보병 부대가 집결해 있었다. 커다랗게 외
치는 소리와 말의 울음소리, 트럼펫 소리와 바퀴가 끽끽거리며 굴러
가는 소리, 쇠붙이가 쨍그랑 하며 부딪치는 소리 등이 사방에 가득했
다. 사생활을 누릴 공간은 물론 혼자만의 꿈을 꿀 수 있는 공간도 없
었다.

카르나는 근처의 완만한 언덕 사처에 부처를 숭배하는 사원과 시
바를 숭배하는 사원이 널려 있다는 사실을 알준에게 알려주었다. 하
지만 그곳을 찾아갈 시간이 없었다. 매일 새 부대가 도착해 야영지를
찾느라 부산스러웠다. 보병은 집결지 한가운데에다 막사를 쳤으며,
기병은 서쪽으로 뻗은 평원에 군마를 모아두었고, 머하우트들은 동
쪽으로 나가는 숲 속에 코끼리들을 묶어두었다.

국왕과 대신들은 아직 도착하지 않았다. 하지만 집결지 한가운데
만들어놓은 커다란 축사는 국왕의 도착을 예고하고 있었다. 송진 연
기가 궁정 소유의 동물들에게 달려드는 모기들을 계속 쫓아냈다. 수
탉과 오리, 그리고 원숭이들을 축사 안에 집어 넣었다. 그들은 온갖
곤충을 잡아먹었다. 그렇지 않으면 왕실의 군마와 코끼리의 살갗 속
으로 파고들 곤충들이었다. 공작은 축사 이곳저곳에서 꽁지를 활짝
펼쳐 그 자태를 뽐내고 걸으며 뱀들을 쫓아냈다. 한편, 한 무리의 대
장장이들이 나무에 불을 지펴 숯을 굽기 시작하면서 사방에 검댕이
흩날리기도 했다.

군사들이 날마다 도착하면서, 집결지는 마을로, 읍내로, 소도시

로, 결국에는 카르나가 말하던 시끌벅적한 나시크 같은 대도시로 계속 바뀌어나갔다. 수도에서 온 여인네들이 야영지 외곽에 천막을 쳤으며, 행상들이 따분해하는 군인들에게 팔기 위해 온갖 물건을 가지고 등장해 걸핏하면 큰소리를 내며 싸웠고, 농부들은 군대에 팔기 위한 쌀과 콩을 마차에 가득 싣고 구름 떼처럼 몰려들었다.

한편, 병참부에서는 전면전에 대비해 군대를 완전 무장시킬 장비를 부지런히 만들었다. 그들은 커다란 도끼와 창과 장검을 수리함과 동시에 병사와 동물들에게 씌울 쇠그물과 쇠판을 만드느라 정신이 없었다. 다른 병기 기술자들은 귀족들이 사용할 화려한 헬멧과 창을 만들어 표면에다 차루키아의 멧돼지 기장을 새겨넣었다.

장군들은 마하세나파티의 지휘 아래 계속해서 전략 전술을 논의했다. 큰 북소리와 함께 군 총사령관 바타슈바파티도 도착했다. 카르나에 따르면, 이 전사는 국왕 다음으로 막강한 권한을 행사하는 왕족이었다.

비록 기병들은 코끼리 부대원을 경멸했지만, 일부는 알준에게 잘 대해주었다. 알준을 자기네 야영지로 초대해 훈련 장면을 보여주기도 했다. 기병은 회초리 하나를 든 채 아무것도 없는 말 등에 올라타서 고삐를 잡아당기며 말을 다루었는데, 고삐는 말의 입을 둥글게 감싼 쇠가죽에 매달린 아이보리 쇠스랑에 연결되어 있었다. 그들은 가슴판과 노란 터번을 걸쳤으며, 활 솜씨가 아주 뛰어나 말을 타고 전속력으로 달리면서 이백 걸음 정도 거리에 있는 목표물을 정확히 맞췄다. 그들은 알준에게 말에 대해 가르쳐주기도 했다. 이빨이 기다랗고 머리에 비해 눈이 너무 크며, 옆구리에 나선형 털이 없는 말은 별로 좋지 않았고, 목이 가늘고 입이 단단하며, 사나운 눈을 가진 놈이 좋은 말이라고 했다. 기병들은 알준에게 코끼리를 포기하고 기병으로 들어오라는 농담도 건넸다. 말은 코끼리보다 다루기가 쉬운데다, 쉽게 화를 내지 않고, 두렵거나 화가 났을 때 미친 듯 날뛰는 일이 훨씬 적다는 것이었다.

하지만 기병 한 명은 말이든 코끼리든 하나도 좋을 게 없다고 주장했다. 세상 풍파에 찌든 외모에 성미가 급한 안짱다리 사내였는데, 그는 전투에서 동물들을 전혀 사용하지 않을 때가 언젠가는 올 거라고 예언했다. 비록 다른 기병들이 코방귀를 뀌었지만, 그는 그 주장을 굽히지 않았다. 그가 주장한 바에 의하면, 사륜 마차가 아직까지 남아 있는 이유는 전투를 앞둔 왕이 밤에 무기를 내려놓은 채 누워서 잠잘 수 있다는 이유 하나뿐인데, 그것은 유사 이래 역대 차루키아 국왕이 계속 그렇게 해왔기 때문이라고 했다.

이 기병은 카르나와 마찬가지로 상급자에 대해 비판적이었다. 심지어 군마 총감독 아슈바드야크사를 가리키며 "지금까지 말에 올라탄 사람 가운데 말에 대해 가장 모르는 사람일걸. 설사 전투 중에 말에서 떨어진다 해도 나는 조금도 놀라지 않을 거야"라며 비아냥댈 정도였다. 코끼리를 모는 편보다는 궁사가 되는 게 더 좋다고 충고한 보병 부대 하사관을 연상시키는 기병이었다.

그런데 바로 그 하사관이 집결지에 나타났다. 줄지어 행군하는 보병 대열에서 알준을 향해 손을 흔들며 소리친 것이다.

"어이, 꼬마! 나 기억하겠어? 너는 궁사가 되는 편이 더 좋았어. 그래, 높은 데서 내려다보니까 다른 사람들보다 위에 있는 것 같아? 내가 듣기론 최전선에 설 코끼리 전위 부대원들에게 아주 특별난 게 기다리고 있다더군! 얼마 안 가 넌 땅바닥에 누워서 위를 올려다보게 될 거야."

그가 어깨 너머로 크게 외치자, 함께 행진하는 동료들이 폭소를 터트렸다.

그날 늦은 시간에 알준은 굵은 나뭇잎 한 줌으로 간디바의 가죽질 피부를 문질러주다가, 자신을 향해 걸어오는 예전의 부대장 바히니파티를 발견했다. 알준의 정중한 인사에 바히니파티는 은 귀고리가 흔들릴 정도로 고개를 열심히 끄덕여 답례하며 말했다.

"자네 부대장에게 얘기를 들었네. 자네는 나를 후회하게 만들지 않았더군."

바히니파티가 희미한 미소를 머금더니, 다시 입을 열었다.

"진격할 때 신들의 은총이 자네와 함께하길 바라겠네."

그 다음날, 물을 먹이려고 간디바를 강가로 데려가다가 전투 훈련 부대에서 함께 지내던 친구 하리를 만났다. 두 사람은 너무 기뻐 서로 얼싸안고 얘기를 나누었다. 그러던 하리가 얕은 물가에 들어서는 코끼리들을 갑자기 엄숙한 표정으로 바라보며 깊은 생각에 잠겨버렸다. 코끼리들은 기다란 코로 빨아들인 물을 몸통에 뿜어내 등이 번들거렸다. 하리가 알준을 바라보지 않은 채 말했다.

"네가 전위 부대에 선발되었다는 이야기를 들었을 때 정말 안타까웠어."

"그럴 필요 없어."

알준이 대답하자, 하리가 시선을 돌려 희미한 미소를 내비치며 다시 말했다.

"너처럼 좋은 친구를 잃고 싶지 않아……. 아, 넌 많은 영광을 누리게 될 거야. 네가 원하는 만큼."

"난 그런 걸 원하지 않아."

"그래도 누리게 될 거야. 전위 부대가 공포에 질려서 도망치지 않는 한."

"도망칠 거라고 생각해?"

"그렇게 될 거라고 생각하는 사람도 있어. 군대 전체가 지금 내기를 거느라 야단이야. 적군이 전위 부대를 깨버릴 거다. 아니다, 전위 부대가 적군을 깨버릴 거다. 물론, 코끼리들을 싫어하는 기병은 전위 부대가 깨지는 쪽에 내기를 걸었지."

"그럼 너는, 하리? 내기를 걸었어?"

"너한테 걸었어……. 당연한 거 아냐? 너한테 말이야, 알준. 너한테!"

하리가 폭소를 터트리며 대답했다. 하지만 두 눈에서는 눈물이 비쳤다.

알준에게는 전세계가 이곳으로 모여드는 것 같았다. 그날 늦은 시간에 야전 식당 주변에 몰려 있는 군인들 틈에서 자신을 향해 빙그레 웃는 스칸다도 보았기 때문이었다.

키가 큰 머하우트는 바나나 잎사귀에 담겨 있는 쌀밥을 먹고 있다가 "그래, 라마의 자부심과 영광이 여기에 나타나셨군!" 하고 알준을 향해 소리치더니, 가까이 오라는 신호를 보냈다.

알준은 라마의 근황이 궁금해, 잠시 망설이다가 다가갔다.

"라마는 어디에 계시죠? 지금 이곳에 계십니까?"

"라마는 아직도 파이탄에 있어. 편찮으시지. 사람들 말에 의하면 우기가 다시 오기 전에 이 세상을 뜨기 십상이라 하더군."

스칸다가 말하면서 손가락으로 쌀밥을 집어 들었다.

알준은 심한 좌절감에 휩싸였다. 그 좌절감이 얼굴 밖으로 드러났는지, 스칸다가 폭소를 터트리며 말했다.

"마치 아픈 사람 같은 얼굴을 하는군. 어찌 보면 당연한 일이야. 전위 부대에 뽑히면 나 역시 네놈처럼 아픈 얼굴을 할 수밖에 없겠지. 맞아, 사방에서 기다란 창이 달려들고 화살이 비처럼 쏟아지겠지, 꼬마."

스칸다가 손가락으로 바나나 잎사귀를 훔치며 말을 이었다.

"하지만 그렇게 멋진 코끼리를 잃어야 한다는 건 정말 아까워. 어제 네가 타고 가는 모습을 보았는데, 진짜 대단한 놈이더군."

스칸다가 마지막 남은 쌀알 몇 개를 입 안에 쓸어 넣었다.

일주일 후에 국왕이 수행원과 함께 도착했다. 그리고 북쪽으로 이동해 바르드하나에서 하르샤의 부대와 맞서기 위한 거대한 행군이 마침내 시작되었다.

알준은 여명이 트기 직전에 일어나서 간디바에게 갔다. 그래서 빨간 쿰쿰 가루로 간디바의 앞이마에 티라키 그림을 그렸다. 다른 머하우트들도 똑같이 했다. 그것이 지혜를 발견하는 세번째 눈이라 생각하는 사람들도 있었으며, 짙은 빨간색 원은 신이 내재한다는 상징이라고 생각하는 사람들도 있었다. 하지만 알준에게 그 빨간 원은 간디바를 한층 더 무서운 표정으로 만들어주는 장식일 뿐이었다. 알준은 빨간 가루를 칠하면서 간디바에게 몸을 기댄 채 속삭였다.

"지금까지 넌 나에게 많은 걸 가르쳐주었지. 이제부터는 용감하게 적군과 마주할 수 있는 용기를 가르쳐줘."

그는 간디바에게 음식과 물을 먹인 다음 아침 식사를 했다. 어디를 살펴보아도 들판에서는 음식을 준비하는 연기만 가득했다. 화로에서 뿜어댄 연기는 땅 안개가 되어 파란 줄기로 합쳐지며 근처 마을을 향해 서서히 흘러나갔다.

햇살이 나무 꼭대기를 비추기 직전에 출발을 알리는 커다란 북소리와 나팔 소리, 고동 소리가 울려 퍼졌다. 사방에서 병사들과 군마들과 코끼리들이 부산하게 떠날 채비를 하는 모습을 보니, 마치 대지 전체가 깨어나서 움직이는 듯했다.

천막 청소병 일부는 천막 기둥을 뽑아내고 다른 일부는 가죽 천막을 돌돌 말아서 가죽 가방에 넣었다. 취사병들은 요리 도구를 보따리에 챙겨 우마차에 실었다. 당나귀들은 한 줄로 길게 묶인 채 병사들이 먹을 음식을 운반했다. 보병들은 대대 단위로 모여 지휘관을 따라 출발했는데, 장교용 군마는 종이 매달린 마구를 걸쳤으며, 신호를 보낼 때 사용하는 호루라기가 고삐에 달려 있었다. 보병 일부는 왕궁 여인들이 올라탄 말들을 끌고 갔으며, 시종들은 그 여인들의 얼굴에다 커다란 부채를 드리워 살랑살랑 부치거나 기다란 양산으로 머리를 가려준 채 말 옆구리에서 총총걸음으로 따라갔다. 근처 마을에서 나온 구경꾼들은 북쪽으로 뻗은 길가에 모여들어 긴 먼지를 휘날리며 행군하는 군대를 지켜보았다.

맨 앞에는 기병이, 그 다음에는 야전 식당 마차들을 끄는 황소들이 지나갔다. 더러운 개들이 컹컹 짖으며 따라오다가 병사들이 던지는 돌멩이를 피해 깨갱거리며 피하는 모습도 보였다.

주력 부대를 이끄는 지휘관은 나야카라는 대장이었다. 그가 선발된 이유는 예전에 이곳을 통해 원정에 나선 경험이 있었기 때문이었다. 말 네 필이 그가 올라탄 사륜 마차를 끌었다. 나중에 적군이 나타날 가능성이 있는 지역으로 들어간 다음부터, 그는 주력 부대를 마카라(악어) 대형으로 만들었다. 기습 공격을 피하는 데 바람직한 행진 대형이었다. 하지만 처음에는 간단한 대형으로 행진했다. 선두에서는 보병 두 개 종대가 기병과 코끼리 부대 양 옆으로 행진하고, 후미에는 군수품을 실은 마차들이 기다란 행렬을 구성했으며, 왕과 궁정의 여인들, 그리고 대신들과 장군들은 가장 안전한 대열 한가운데 배치되었다. 짙은 회색의 수말 여섯 마리가 이끄는 국왕의 전차 안에는 큰 키에 엄숙한 표정의 국왕이 마부 뒤에 서 있었다. 국왕은 멧돼지 가죽으로 만든 망토를 걸쳤는데, 그 양어깨엔 공작 깃털이 밑으로 흘러내렸다. 그리고 머리칼은 하나로 길게 땋아서 잘록한 허리에 닿을 정도였다.

간디바에 올라탄 채 행군하는 알준은 전망이 좋은 관계로 국왕의 귀 양쪽에 걸려 있는 금 귀고리를 볼 수 있었다. 그 귀고리를 보니까 자신을 코끼리 부대원으로 선발해 운명을 바꿔놓은 바히니파티와 처음 만나던 장면이 떠올랐다.

차루키아 대부대는 계속 북쪽으로 행군했다. 그 끝에는 하르샤가 침략할 가능성이 짙은 나르마다 강이 흐르고 있었다. 하지만 대부대가 행군할 수 있는 거리는 하루에 십오 킬로미터 정도밖에 되지 않아 선두에 선 기병이 협곡을 끼고 구불구불 돌아가며 밝은 빛을 반사하는 나르마다 강을 보는 데 보름이란 시간이 걸렸다.

이틀이 지나서야 하르샤의 위치를 파악할 수 있었다. 정찰병에 의하면 하르샤의 주력 부대는 우자인 시 남쪽에 주둔해 있었다. 아름다운 고도 외각에서 침략 준비를 하고 있었던 것이다.

그 소문을 들은 카르나는 알준에게 이렇게 말했다.

"아, 나는 우자인을 꼭 한번 보고 싶었어. 위대한 시인 칼리다사가 우자인에 대해서 이렇게 노래했거든. 천국을 지상에서 실현하기 위해 천국에서 가져온 도시이며, 이 도시의 궁전은 산과 같고 주택들은 궁전과 같다고. 위대한 찬드라 굽타가 그곳을 통치했으며 아소카 황제도 마찬가지였지. 그곳에는 이 세상에서 견줄 데 없는 아름다운 정원과 연못들이 아직까지 남아 있어. 왜 하르샤 같은 잔인한 야만인이 그처럼 아름다운 고도를 지배해야 하지? 우리 국왕이 통치하면 더 좋잖아!"

그 순간, 카르나는 국왕이 이 유명한 고도를 빼앗으려고 하면 카르나 자신의 생명이 위험에 빠지게 된다는 사실 자체를 잊은 듯했다.

다음날 아침, 차루키아 군대는 나르마다 강 남쪽 둑으로 집결했다. 강을 건너는 데는 꼬박 이틀이 걸렸다. 지금은 일 년 중 물살이 가장 잔잔하고 수량이 적어 물이 얕은 시기였다. 나르마다 강을 건너기 위해 많은 코끼리들이 두터운 판자를 들고 둑 밑으로 내려가 가교를 만드는 곳에다 놓았다. 하지만 전위 부대는 이 작업에 참가하지 않았다. 카무파티는 자신의 소중한 코끼리 전위 부대를 남쪽 강둑에 주둔시켜 다른 병사들이 작업하는 장면을 구경하게 했다.

그런데 작업에 동원된 코끼리들 사이에서 누군가가 알준을 향해 손을 흔들었다. 자세히 살펴보니 바수였다. 바수가 마치 오랫동안 못 만난 친구라도 발견한 듯한 표정으로 싱긋 웃으며 손을 흔들고 있었다. 바수가 코끼리를 몰고 가까이 오더니, 외치는 소리가 들릴 만한 거리에서 멈춘 다음 안쿠스를 높이 쳐들며 소리쳤다.

"만일 네놈이 살아난다면, 내 말을 기억해, 꼬마야! 네놈이 전혀 예상 못하는 순간을!"

바수가 코끼리를 돌려 가교 작업 현장으로 돌아갔다.

나르마다 강 건너편에 도달한 푸라케신 대왕의 군대는 만드레시르라는 작은 마을 외각을 돌아 악어 대형으로 행군했다. 경 보병대가 앞에서 행진하고, 중앙에 위치한 국왕과 궁정의 여인들, 장군들을 중보병대가 에워쌌으며, 전위 부대를 포함한 코끼리 부대가 그 다음에 행군했다. 그리고 보급품을 실은 기다란 마차 대열은 후미에 있었고, 기병 종대가 양 옆에서 행진했다.

정찰병들이 말을 타고 바쁘게 오가며 하르샤의 움직임에 대한 최신 정보를 계속 보고했다. 그가 만드레시르 마을을 향해 느긋하게 접근하고 있다는 정보를 들은 푸라케신 대왕은 갑자기 북쪽으로 향하던 행군 대열을 돌려 서쪽으로 방향을 잡았다. 그날 밤, 젊은 머하우트 사이에서 불평 소리가 일어났다. 그들은 전투에 대한 정열을 자랑하면서 "적군을 피해 도망치려고 이 먼길을 왔단 말이야?" 하며 소리쳤다. 하지만 카르나는 한눈을 찡긋 감으며 국왕의 지혜를 칭찬했다.

"세 명의 세나파티는 물론 마하세나파티조차 우리 국왕보다 지혜롭진 않을 거야. 국왕이 인도하는 한, 우리에게는 기회가 있어……."

카르나가 갑자기 우울한 표정으로 덧붙였다.

"우리에게 주어진 유일한 기회……."

다음날, 행진 대열은 북쪽으로 수 킬로미터 나간 다음에 갑자기 동쪽 방면으로 선회해서 만드레시르가 있는 남쪽으로 방향을 돌렸다. 정찰병들은 적군이 공격 가능 거리에 있다고 보고했다. 푸라케신의 군대보다 병력이 훨씬 많은 하르샤의 군대는 강가에 자리한 마을 앞에다 막사를 설치했다. 그들은 주변 마을에서 양식과 말에게 먹일

꼴을 징발하고 음식을 먹으며 춤을 출 뿐, 강을 건너려고 서두르는 기색이 전혀 없었다.

푸라케신은 하르샤가 아무 저항 없이 강변에 도착할 수 있도록 해, 그들이 도망칠 퇴로를 차단한 것이다. 하르샤 부대 뒤에는 나르마다 강이 흐르는 반면, 푸라케신은 필요할 경우 산속으로 퇴각할 수 있었다.

그날 밤, 차루키아 병사들은 야자술을 마시며 즐겁게 노래를 불렀다. 자신들의 국왕이 임박한 전투에서 유리한 위치를 선점한 게 분명했다. 하지만 알준은 마음이 불편했다. 황혼이 질 무렵, 희미한 빛을 발산하며 새들이 자신의 머리 위로 날아갔기 때문이었다. 새가 이렇게 날아간 건 어떤 징후일까? 내일 자신의 영혼이 날아간다는 걸 의미하는 건가? 그런 식으로? 새처럼? 찰나의 순간에 위험이 닥쳐오고……. 자신은 그렇게 사라지게 될까? 그러면 가우리를 찾을 수 있을까? 두 사람의 영혼이 다시 만나게 될까?

코끼리 팀 전체가 함께 모여 그날 밤을 보냈다. 간디바 팀에 속한 궁사 한 명이 젊은 머하우트의 얼굴에서 뭔가 이상한 분위기를 발견했는지, 갑자기 뛰어와 알준 옆에 앉았다.

"옛날에는 전투를 앞두고 흰개미 언덕에서 가져온 흙으로 조그만 코끼리를 만들었지. 흰개미 언덕은 시바의 축복을 받았거든. 그러면 사제가 산꼭대기나 나무가 하나밖에 없는 들판에서 이 조그만 코끼리 상을 시바에게 바쳤어. 그렇게 하면 적군의 판단력이 마비된다고 믿었거든."

알준이 아무 말도 안 하자, 노인 궁사가 계속 말했다.

"우리 같은 평범한 병사들은 이곳에서 술을 마시지만, 저 건너편의 천막 안에서는 국왕과 고관들이 모여서 각자의 무기와 장검에 대고 기도하고 있을 거야. 높은 사람들은 그렇게 하거든. 심지어 국왕의 부인들 머리 위에 들고 있는 양산을 정화시키고 북을 정화시키는 등, 상상 가능한 모든 행위를 바보같이 하고 있을 거야. 하지만 내가 하는 말을 잘 들어, 젊은 머하우트. 나는 군대에서 이십 년이란 세월을 보냈기 때문에 잘 알고 있어. 자네 역시 꼭 알아두는 게 좋아."

노인 궁사가 비밀을 말하듯 손가락을 입술에 갖다 대며 말했다.

"쥐가 고양이한테 잡혀 죽는 장면을 본 적이 있나?"

알준이 고개를 저었다.

"쥐는 고양이한테 잡히면 벌레처럼 이리저리 꿈틀대며 탈출하려고 몸부림치지. 그러다가 불현듯 포기하는 거야. 여전히 살아 있지만, 죽음이 깊은 잠에 빠져드는 정도에 불과하다는 자세로 갑자기 죽음을 받아들이는 거야. 군인은 전쟁터에서 바로 이렇게 해야 돼. 이렇게 죽어가는 쥐처럼 인간도 포기해야 할 때가 있어. 그러면 모든 게 편안하지."

노인이 알준의 넓적다리를 툭툭 쳤다.

"만일 자신에게 죽음이 닥쳐오면 그걸 편안하게 받아들이게. 그러면 존엄성을 잃지 않고 죽을 수 있어."

그날 밤 늦은 시간에 알준은 별 아래 펼쳐진 담요 속에서 주변의 동료들이 기침을 하고 코를 골고 악몽을 꾸며 내지르는 소리를 들었다. 그는 자신의 팀 구성원과 말을 많이 한 적이 거의 없었다. 그들은 자신과 간디바와 동떨어진 단위를 형성하고 있었다. 하지만 노인 궁사는 죽어가는 쥐에 대한 생각을, 쥐가 간단한 지혜를 발휘하며 죽어가는 모습을, 자신의 마음속에 집어 넣었다.

옆에서 무슨 소리가 들려왔다. 카르나가 조그맣게 부르는 소리였다.

"알준, 자고 있니? 난 잠이 안 와. 두려운 건 아니야. 절대 두렵진 않아. 비록 장군들이 실수를 저지르더라도 왕은 우리가 이길 수 있도록 만들 게 분명하기 때문이야. 그리고 우리 카무파티가 너무 무모하게 공격하지 않을까 하는 걱정도 떨쳐버렸어. 하지만 전쟁터에서 자행될 살육 행위를 부처님이 어떻게 생각하실까? 음식으로 먹기 위해 살아 있는 생명체를 죽이면 안 된다고 하셨는데, 살아 있는 인간을 어떻게 죽일 수 있겠어? 이런 생각을 도저히 마음속에서 떨쳐버릴 수가 없어, 알준. 하지만 두렵지는 않아, 조금도. 두렵다는 생각 자체가 떠오르지 않으니까."

카르나가 몸을 돌리더니, 깊은 숨소리를 몰아 쉬기 시작했다. 잠에 빠져든 것이다.

하지만 알준은 쥐 생각을 하느라 잠을 이룰 수 없었다. 쥐는 코끼리 머리를 한 가나파티 신이 타고 다니는 동물이라는 생각이 떠올랐다. 시바는 황소를 타고 다녔으며, 비슈누는 새를, 바르나는 악어를 타고 다니는 등, 신들은 백조나 물소나 사슴, 염소 등을 타고 다녔다. 하지만 가나파티처럼 특이한 동물을 타고 다니는 신은 없었다. 배가 볼록 튀어나와 신 가운데 가장 뚱뚱한 신이 생쥐를 타고 다니는 것이다. 가나파티는 장애물의 제거자이며 시인이었으며 사색가였다. 이 신이 지혜로운 조그만 생쥐를 자신이 올라탈 동물로 선택한 건 어찌 보면 너무 당연하다는 생각이 들었다.

알준은 자신에게 물었다.

만일 내일 전투에서 상처를 입고 죽으면 어떻게 해야 할까? 만일 그런 일이 벌어지면 자신은 사로잡힌 쥐처럼 저항하다가 마지막 순간에 삶을 포기해야 하는 운명을 아무 불평 없이 받아들일 수 있을까?

아침에 장교들은 서로 폭소를 터트리며 농담을 나누었다. 전쟁터에서 죽고 싶어 환장한 사람들 같았다. 진정한 크샤트리아는 집에서 편안히 죽는 것을 불명예로 여겼다.

보병 막사에서는 전쟁터에서의 죽음의 의미를 병사들 나름대로 토론하는 소리도 들렸다. 한쪽에서는 전사가 전투에서 영광스럽게 죽으면 그 조상이 과거의 업에서 해방되어 신을 향해 나가게 된다는 주장도 나왔다. 또 글씨를 읽을 줄 안다는 한 병사는 전쟁터에서 사망하는 영웅은 천상의 요정에 의해 곧바로 천국으로 인도된다고 〈바마나푸라나〉('푸라나'는 힌두교 성전 문학에서 대중적인 신화·전설·계보 등을 백과사전식으로 모아놓은 작품을 일컫는 말)에 씌어 있다고 말했다.

알준은 한 팀에 속한 병사들과 함께 호우다를 간디바의 등에 묶으면서 쥐에 대한 생각을 계속했다. 알준이 계속 그 생각에 몰두해 있을 때, 손목과 발목에 치렁치렁 매달린 구리 고리들이 쨍그렁거리며 카무파티가 다가오고 있음을 알려주었다. 카무파티는 코끼리 전위부대를 모두 소집해 브라만 사제가 진행하는 마지막 기도를 올렸다. 그 모습을 보니, 고향의 사제와 브라만 가족들에 대한 기억이 새롭게 일어났다. 아버지, 삼촌, 사촌들, 머리에 상투를 틀고 가슴에 신성한 실을 늘어뜨려 자신의 계급을 나타내는 가족들이…….

그는 브라만이 진행하는 행사를 가만히 지켜보았다. 임시 제단에서 장뇌를 태워 그 재를 병사들 사이에 뿌린 다음, 그 머리 위에 물과 꽃을 뿌렸다. 제단 위에 올라선 사제는 코끼리에 대한 숭배 사상을 담은 신성한 책 〈아그니푸라나〉 269장 9절에서 18절까지 낭송하겠다고 선언했다.

"오, 위대한 힘이여! 그대는 비슈누를 태우고 다니는 신성한 동물이니라! 그대의 몸은 거대하고 달리는 속도는 바람처럼 빠르며, 지칠 줄 모르는 힘과 용맹을 갖추고 있다. 신들의 적을 죽이는 자여! 인드라 신이 그대를 보호해 다치지 않을 것이니라!"

사제가 두 손을 들고 시바 신에게 탄원하기 시작했다.

"오, 위대한 다스키나무르티! 오, 니라칸타! 오, 마하카라! 오, 바이라바! 항상 승리하는 신이시여! 적을 무찌르는 신이시여! 우리의 기도를 들어주소서, 오, 시바! 오, 시바! 오, 우리 주! 오, 시바!"

근처에서는 큰북을 세레시키고 노래를 부르고 기도를 올리는 행사가 진행되었다. 이 모든 행사는 알준에게 아무런 영향도 미치지 않았다. 그는 단지 두 가지만 생각하고 있었다. 의무를 다해야 한다는 라마의 끝없는 신념, 그리고 사로잡힌 생쥐의 지혜.

다른 곳에서는 코끼리들에게 쇠미늘 갑옷을 입히고 상아에다 기다란 칼을 달아 매는 작업이 한창 진행되었다. 하지만 전위 부대는 이런 갑옷과 무기를 코끼리에게 씌우지 않았다. 이들에게는 안전과 파괴력보다 신속한 공격이 더 중요했기 때문이었다. 이 원칙은 머하우트와 호우다에 올라탈 병사들에게도 적용되었기에, 이들은 다른 코끼리 부대원과 달리 무거운 갑옷을 걸치지 않았다. 카무파티는 경 보병대가 걸치는 면을 누벼 만든 옷과 가죽 보호대만 걸쳐야 한다고 명령하면서 이렇게 말했다.

"여러분은 쇠로 만든 갑옷을 걸쳐 가자에게 부담을 주면 안 된다. 최대한 가벼운 차림으로 공격을 감행해야 한다. 무거워 움직이지 못하는 바위덩이처럼 차려 입으면 안 된다."

머하우트 대부분이 야자술을 마시기 시작했다. 그리고 양동이에 가득 담아 코끼리에게 주기도 했다. 코끼리들은 도수가 강한 술을 코로 빨아들여 입 안으로 불어넣은 후, 커다란 딸꾹질을 토해냈다. 개중에는 술에 취해 비틀거리는 머하우트도 있었다. 장교들은 그들에게 야자술을 맘껏 먹도록 권했다.

알준은 간디바의 이마에 티라키 표시를 그려주면서 카르나를 쳐다보았다. 카르나는 야자술이 가득 담긴 염소 방광을 들어 입에 들이붓고 있었다.

"행운을 빌어, 친구."

"네 행운도 빌게."

알준의 기원에 대해, 카르나는 웃는 얼굴로 응답한 후 다시 술을 마시더니, 찡그린 얼굴로 덧붙였다.

"오늘은 술을 마시는 게 좋을 것 같아."

13

　몇 시간 후, 계곡에서 갑자기 등장한 차루키아 군대가 바위투성이 평원을 가로질러 눈앞의 만드레시르 마을을 향해 행진했다. 하르샤의 정찰병들이 이미 그 사실을 보고했는지, 하르샤 군대는 방어 태세를 취한 채 데칸의 경쟁자를 맞이했다.

　차루키아 군대는 군 총사령관 바타슈바파티가 고안한 바즈라(번개) 대형을 취했다. 새로 개발한 코끼리 전위 부대를 충분히 활용하려고 만든 전투 대형이었다. 전위 부대 뒤에서 나야카가 혼자 맨발로 뛰쳐 나와 미풍에 펄럭이는 차루키아 군기를 높이 치켜들었다. 용기를 과시하기 위한 전통이었다. 코끼리 부대가 본격적으로 공격하기 시작하면 나야카는 군기를 기수에게 건네준 다음, 장검을 꺼내들고 사륜 마차에 올라타 공격을 이끌 예정이었다. 이 장군의 뒤에는 궁사 부대가 두 줄로 섰으며 그 뒤에는 두 줄로 늘어선 코끼리 부대가 갑옷을 번뜩였다. 병사들이 가득 찬 호우다는 바람을 잔뜩 안은 배처럼 흔들렸다. 수만 명에 달하는 중 보병대는 전투가 진행되는 동안 국왕이 머무를 중앙을 효과적으로 에워싼 채 그 다음에서 움직였다. 그 어떤 희생을 치르더라도 푸라케신 이세만은 보호해야 했다. 국왕을 잃는다는 건 전투에서 패배했다는 걸 의미하며, 따라서 그 즉시 후퇴하는 게 관례였다. 그렇게 하지 않으면, 국왕의 이름에 먹칠하는 불명예스런 행위로 간주되었다. 이것은 중 보병대 가운데 절반 정도만 공격에 가담할 수 있다는 걸 의미했다. 행렬의 후미에는 신참과 용병으로 구성된 경보병대가 위치했으며, 본대 양 날개 부분에는 기병이 행군했다.

바즈라 대열이 위치를 정하는 동안, 알준은 최전선에 선 대열 양쪽을 바라보았다. 코끼리와 코끼리 사이에는 약 오십 걸음 정도의 공간이 있었으며, 그 사이마다 기병이 스무 명씩 자리잡았다. 이 기병들은 적군을 향해 전속력으로 진격하며 공격을 선도하는 척하다가 마지막 순간에 방향을 돌려 퇴각함으로써 적군의 시선을 흐리게 만들어 코끼리 부대로 하여금 효과적인 공격을 감행하도록 만드는 일종의 미끼였다.

간디바는 이미 머리를 높이 쳐들고 두 귀를 활짝 펼친 상태였다. 전투가 다가왔음을 알아차린 것이다. 코끼리들은 양 측면을 잘 볼 수 있지만 정면을 바라보는 시야는 좁기 때문에 머리를 숙이지 않는 한 앞에 있는 것을 제대로 파악할 수 없다. 그래서 공격이 진행되는 동안 머리를 높이 쳐들게 하면 이들은 정면을 거의 살펴볼 수 없다. 이것은 이들이 적군 진영에 도달하기 직전까지 적군을 선명하게 볼 수 없다는 걸 의미한다. 이처럼 빈약한 시력은 이들이 돌격을 하는 동안 정신을 집중하는 데 많은 도움이 된다. 장애물을 뛰어넘지 못하도록 적군이 찔러댈 삼 미터에 달하는 장창도 이들의 시선을 끌지 못할 터였다. 하지만 간디바를 비롯한 전위 부대 코끼리들은 이미 자신들의 상대를 냄새맡은 게 분명했다. 칼링가 숲에서 데려온 코끼리들을.

뒤에서 군악대가 큰북과 작은북을 치고 심벌즈를 울리고 뿔 피리와 나팔을 부는 소리가 들렸다. 알준은 고개를 돌려 마지막으로 어깨 너머를 살펴보았다. 각 보병 대대 앞머리에서 깃발을 펄럭이는 기수들이 보였다. 국왕의 사륜 마차에서는 하얀 멧돼지 그림이 휘날렸다. 왕실 기장을 보니까 자부심이 물밀듯이 솟구쳐올랐다. 그와 동시에 라마가 바로 옆에 있다는 기분이 들었다. 알준은 노인 궁사와 미소를 교환했다.

하지만 마치 사막을 하루 종일 걸어온 것처럼 입 안이 바싹 말랐다. 긴박하게 고동치는 거대한 동물의 따뜻한 살갗이 넓적다리 아래 느껴졌다. 간디바의 심장에서 뿜어대는 뜨거운 피가 벌써 온몸을 덥히는 것 같았다. 알준은 상체를 앞으로 숙여 가죽질 피부를 쓰다듬으며 평야 건너편에 있는 바르드하나 군대를 바라보았다. 맨 앞에는 궁사들이 자신의 키만큼 커다란 대나무 활을 들고 길게 늘어서 있었다. 그 뒤에 길게 늘어선 보병 부대도 보였다. 너무 멀어서 그 눈동자가 보이진 않았지만, 끝에 날카로운 쇠를 댄 창과 몽둥이에 매단 철퇴, 삼지창, 두 손으로 휘두르는 장검, 가죽과 철판 보호대, 쇠판을 댄 투구, 종려나무 방패 등의 무기와 갑옷은 알아볼 수 있었다.

갑자기 빽빽히 늘어선 병사들 한가운데서 코끼리 한 마리가 나타났다. 그 코끼리는 두 눈이 뚫린 멋진 모자를 머리에 쓰고 있었는데, 그 끝에는 각양각색의 술이 기다랗게 흘러내렸다. 코끼리 위에는 새하얀 의상을 눈부시게 걸친 커다란 사내 한 명이 머리에 흰 왕관을 쓰고 있었다.

알준은 그가 하르샤 왕이며 코끼리는 그가 유별나게 총애하는 유명한 다파샤타라는 사실을 알아챘다. 그가 보기에 다파샤타는 좋은 코끼리지만 간디바보다는 못한 것 같았다.

코끼리에 올라탄 하르샤 왕은 자신의 군대 앞으로 당당하게 걸어 나와 이리저리 움직이면서 청명한 아침 하늘에다 장검을 흔들어 병사들의 사기를 북돋워주었다. 그러더니 예고 없이 차루키아 대열을 향해 다파샤타의 머리를 돌렸다.

하르샤 왕은 외치는 소리가 들릴 만한 거리에서 발을 멈추고 두 손으로 나팔을 만들어 욕설을 퍼붓기 시작했다.

"만일 네놈들을 이 땅에서 깨끗이 쓸어버리지 못한다면 나는 내 영혼을 지옥의 뜨거운 기름불에 내던지고 말겠다!"

하르샤는 자기 부대로 돌아가 무성한 삼림처럼 펼쳐진 두터운 인간의 장막 속에 파묻혀 경비병이 에워싼 한가운데 자리를 잡았다. 다파샤타에서 내려온 그는 화려한 사륜 마차에 올라탔다. 루비와 사파이어로 눈부시게 장식한 양산이 마차 위에 펼쳐져 있었다. 양편의 군사들은 이 양산의 이름이 아브호가라는 사실을 알고 있었다. 하르샤가 인도 북부를 정복하기 위한 원정에 나설 때마다 대왕의 몸에 그늘을 드리워준 유명한 양산이었다.

뒤에 강이 펼쳐진 제한된 지리적 조건 때문에 하르샤는 공격을 감행하는 편보다는 수비에 의존하는 편을 선택할 수밖에 없었다. 이 같은 제약을 염두에 둔 하르샤는 자신의 군대에게 오래 전부터 애용하던 스치 대형을 취하도록 명령했다. 맨 앞에는 궁사가, 그 다음에는 코끼리와 보병이, 후미에는 기병이 서는 대형이었다. 차루키아 장군들이 볼 때, 그것은 하르샤의 거만한 맹세에 어울리지 않는 지극히 조심스런 배치였다.

알준은 자신의 국왕이 하르샤처럼 전군 앞에 나서서 훈계하지 않아
기뻤다. 그건 바로 푸라케신 국왕이 자신의 군대에 대해 마음 깊이 확
신한다는 걸 의미하기 때문이었다. 큰북에서 빠른 소리가 울려 퍼지
며 공격 신호를 보냈다. 알준은 가슴에 담긴 모든 울분을 털어내는 듯
한 고함을 미친 듯이 질러댔다. 앞으로 일어날 예상할 수 없는 어떤
사건에 대한 기대감과 분노와 기쁨을 하나로 합친 고함 소리였다.

코끼리 전위 부대 앞에서 사륜 마차에 올라탄 카무파티가 장검을
몇 차례 흔들며 앞으로 달려가자, 기병이 그 뒤를 따라 파도가 몰아치
듯 뛰어나갔다. 코끼리들도 그 뒤를 따라 점차 속도를 더하며 달렸다.

공격은 그렇게 시작되었다.

알준과 적군 궁사 사이에 펼쳐진 거리는 지금까지 거쳐온 훈련장
크기에 불과했다. 하지만 간디바가 아무리 열심히 달려도 그 거리가
좁혀지는 것 같지 않았다. 간디바가 빨리 달리는 만큼 들판이 계속
늘어나는 건 아닐까 하는 착각이 일어날 정도였다. 그래서 간디바가
결코 적진에 도달할 수 없을 듯한 느낌이 들었다. 알준은 고개를 돌
려 바로 뒤의 호우다에 탄 노인 궁사에게 물어보고 싶었다. 이런 느
낌이 두려움인가요?

하지만 바로 그때 앞에서 일어난 어떤 움직임이 알준의 몸을 얼어
붙게 했다. 궁사 대열이 앞으로 한 걸음 나오더니, 오른편 궁둥이에
묶여 있는 활통에 손을 갖다 대는 장면이었다. 간디바가 몸통을 이리
저리 흔들며 달려서 시선이 고정되지 않았지만, 알준은 자신이 수없
이 반복하던 동작을 궁사들이 실제로 하는 광경을 공포가 가득 담긴
눈으로 바라보았다. 그들은 머리를 숙여 화살을 활시위에 메운 다음

활을 잡아당기며 위로 들어올려 목표물을 겨냥한 채 일제 사격을 준비하고 있었다.

알준은 상체를 코끼리의 목 뒤로 길게 펼쳐 거대한 머리 바로 뒤로 몸을 숨긴 채 휭 하고 날아가는 소리가 들리기만 기다렸다. 이 소리는 불과 일초 뒤에 일어났다. 뒤에서 누군가가 내지르는 비명 소리가 들렸다. 하지만 알준은 고개를 돌리지 않았다. 오히려 고개를 들고 앞을 바라보았다. 궁사들이 또다시 머리를 숙이고 있었다. 그래서 또다시 간디바 머리 뒤로 상체를 바짝 갖다 댔다. 또 다른 비명 소리가 뒤쪽에서 들려왔다. 알준은 얼굴 한쪽을 코끼리의 몸에 바싹 댄 채 머리 바로 위로 빠르게 지나가는 일단의 화살을 한쪽 눈으로 바라보았다. 금세라도 손을 뻗으면 잡을 수 있을 것 같았다. 맨 앞에서 돌진하던 기병들이 발을 돌려 코끼리 뒤편으로 신속하게 퇴각하기 시작했다. 카무파티의 사륜 마차가 주인을 잃은 채 돌아가는 모습도 보였다. 용감한 카무파티와 마부가 전사한 게 분명했다.

알준은 또다시 전방을 바라보았다. 적군 궁사들은 두 눈을 생생하게 볼 수 있을 정도로 가까운 거리에 있었다. 그들이 거듭 고개를 숙였다. 하지만 그 머리들이 불규칙적으로 흔들렸다. 자신들을 향해 무섭게 질주해오는 코끼리들이 눈앞에 나타나자, 우왕좌왕하는 듯했다.

라마는 코끼리들이 두려움을 쉬이 냄새맡는다고 늘 주장했다. 코끼리들이 지금 그 냄새를 맡은 게 분명했다. 코를 높이 들고 트럼펫 소리를 사납게 내지르기 시작했다. 피에 굶주린 트럼펫 소리를.

알준은 겁에 질린 궁사들이 갑자기 대열을 떠나 사방으로 도망치는 장면을 발견하곤 즐거운 비명을 내질렀다. 머리 위로 또 다른 화살 소나기가 스치고 지나갔다. 이번에는 아군 진영에서 날린 화살이

었다. 알준은 고개를 돌리지 않아도, 차루키아 궁사들이 일제 사격을
날린 후 앞으로 서른 걸음을 뛰어오다가 다시 일제 사격을 날리고 또
다시 앞으로 서른 걸음을 달려오고 있음을 알았다.

드디어 적군의 최전방에 도착했다. 간디바의 몸이 계속 기우뚱거
렸다. 알준은 진군하면서 간디바가 발로 궁사를 짓밟거나 차기 때문
에 그렇다는 사실을 눈치챘다. 날카로운 표창 소리와 팅 하는 활줄
소리, 돌팔매의 바람소리와 인간들의 고통 어린 비명 소리가 사방에
가득했다. 차루키아 코끼리 본대가 본격적으로 돌격하는 소리를 뒤
로한 채 알준은 무조건 앞으로 돌격했다. 간디바가 한쪽으로 기우뚱
했다가 다른 쪽으로 기우뚱거리면서 앞길을 가로막는 적군에게 기다
란 코를 내두르고 발로 짓밟았다. 주변을 둘러본 알준은 전위 부대
코끼리 상당수가 화살과 창에 찔린 채 쓰러진 모습을 보고 놀람을 감
출 수 없었다. 하지만 간디바는 아니다! 알준은 머리 속으로 생각하
면서 발가락으로 거대한 덩치를 눌러 계속 앞으로 돌진시켰다. 간디
바처럼 계속 앞으로 돌진하는 다른 전위 부대 코끼리들도 보였다. 너
무나 신속한 공격에 의해 적군의 첫번째 방어선이 무기력하게 무너
졌다.

이제 보병 부대가 눈앞에 나타났다. 하지만 길게 늘어선 보병들은
커다란 파도처럼 급작스럽게 몰아치는 코끼리 부대에 놀라 혼비백산
해 도망치고 있었다. 그러나 그들은 도망치면서도 화살과 창을 뒤편
으로 날렸다. 알준은 적군 한 명이 걸음을 멈추더니 한쪽 옆으로 몸
을 날리면서 지나가는 코끼리의 발을 향해 낫같이 생긴 기다란 무기
를 옆으로 쓸어버리는 광경을 목격했다. 벼를 자르는 그 동작은 코끼
리의 뒷다리 하나를 절단했으며, 그 코끼리는 고통 어린 비명을 커다

랗게 내지르며 절뚝거렸다. 알준은 이 코끼리와 머리를 거꾸로 한 채 땅바닥으로 굴러 떨어진 머하우트를 잘 알고 있었다. 적군 한 명이 달려들어 그 머하우트의 가슴을 기다란 창으로 찔렀다.

간디바가 적군 진영 한가운데로 뛰어들었다. 오랫동안 기대하던 상대편이 알준의 눈앞에 나타났다. 하르샤의 그 유명한 코끼리 부대였다. 하지만 그들은 보병 대열 사이에 낀 채 이쪽저쪽으로 허둥댔다. 전혀 예상 밖이었다. 상대편의 무모하면서도 갑작스런 공격에 넋이 나간 듯, 코끼리들도 돌처럼 얼어붙은 표정이었다. 그들 가운데 상당수는 공포에 질려 흑멧돼지처럼 꼬리를 치켜든 채 황급히 발길을 돌려 만드레시르 마을과 나르마다 강을 향해 줄행랑놓았다.

도망칠 준비를 하는 화려하게 치장한 하르샤의 코끼리가 알준의 바로 눈앞에 보였다. 다파샤타를 모는 머하우트는 안쿠스를 열심히 박아대며 차루키아 군대의 일방적인 살육에서 도망치려고 몸부림쳤다. 하지만 간디바는 미처 그 코끼리가 방향을 돌리기도 전에 달려들었다. 간디바의 상아가 다파샤타의 왼쪽 뒷다리에 푹 박히는 소리가 들림과 동시에, 화려한 코끼리가 치명적인 상처를 입은 채 고통스레 비명을 내지르기 시작했다. 정강이뼈와 물렁뼈가 끊어진 듯, 하얀 발이 풀썩 쓰러졌다.

왕의 코끼리가 쩔뚝대는 광경을 지켜본 하르샤 병사들 사이에서 공포의 한숨 소리가 흘러나왔다. 간디바는 화살 세 대가 박힌 기다란 코를 높이 치켜든 채 승리의 트럼펫을 불어댔다. 바로 그때 알준은 오른쪽 넓적다리에 날카로운 통증을 느꼈다. 고개를 숙이고 쳐다보니, 다리에 화살이 하나 박혀 있었다. 졸도할 듯한 무력감이 갑자기 몰려들었다. 하지만 그는 간디바의 목을 꼭 움켜잡았다. 간디바는 병사들과 코끼리들이 혼전을 벌이는 곳으로 쏜살같이 달려갔다. 알준은 고양이 발톱에 사로잡힌 생쥐처럼 넓적다리의 통증을 무시한 채 계속 앞으로 진격해야 한다고 생각했다.

흐릿한 두 눈에 열심히 싸우는 병사들의 영상이 스치고 지나갔다. 진주 목걸이를 걸친 턱수염 사내들이 두 손으로 장검을 휘둘렀으며, 검은 얼굴의 사내들은 가슴과 허리띠를 피로 물들이며 공중으로 뛰어올랐다가 내려오면서 곤봉을 휘둘렀다. 비명도 질렀다. 금빛 터번을 한 장교들은 커다란 도끼를 날렸으며, 목에서 다리까지 하나로 연결되어 쉽게 벗을 수 없도록 만든 쇠미늘 갑옷을 입은 군사들은 그 무게에 짓눌려 오리처럼 뒤뚱대다가 경무장한 차루키아 보병의 제물이 되었다.

간디바가 급히 방향을 돌려 기다란 창을 향해 코를 휘둘렀다. 알준은 간디바의 목을 꼭 잡았다. 비몽사몽간에 다양한 무기들이 알준의 시선을 파고들었다. 네 가닥인지 다섯 가닥인지 꼬챙이가 달린 이상한 막대기와 쇠망치, 투석기, 튼튼하게 고를 낸 올가미, 안쿠스와 비슷한 모양이지만 고리가 훨씬 기다란 무기들이었다.

알준은 다리에 박힌 화살을 쳐다보았다. 끝에 깃털이 달린 화살대가 마치 새로 생겨난 인체의 일부처럼 이상해 보였다. 몸 속에서 자라나와 오래 전부터 그 자리에 있던 것 같았다. 이 끔찍한 무기가 자신의 몸 속에 영원히 박혀 있을 생각을 하자 통증보다 더한 공포가 몰려들었다.

알준은 몸을 숙여 목에 걸린 밧줄을 잡고 코끼리의 뜨거운 몸통에 상체를 기댄 채 휴식을 취했다. 발 밑에서 진행되는 치열한 전투를 잠시라도 잊기 위해 두 눈을 감았다. 하지만 여러 부대가 동료들을 불러모으기 위해 불어대는 호루라기 소리와 함성 소리, 북소리, 뿔피리 소리가 병사들이 싸우면서 그리고 죽어가면서 내지르는 비명 소리와 뒤범벅된 최악의 불협화음이 두 귀를 끊임없이 파고들었다. 알준이 두 눈을 뜨자, 측면에서 공격해 들어오는 적군 코끼리가 시선에 잡혔다. 알준은 발가락을 재빨리 찔러 간디바로 하여금 옆으로 돌아 상대편의 상아를 자신의 상아로 방어하도록 만들었다. 상대편의 호우다에서 앞으로 찔러 나오는 장창은 안쿠스 고리로 막았다. 코끼리 두 마리가 서로를 스쳐가며 접전을 마쳤다. 간디바는 알준을 매단 채 계속 앞으로 나아갔다. 알준이 밑을 내려다보니, 간디바가 툭 내미는 오른발에 화살 여러 대가 박혀 있었다. 다행히 치명적인 상처를 입거나 간디바의 진격을 방해할 정도의 것은 아니었다. 하지만 달려드는 벌 떼처럼 간디바를 화나게 만들기에 충분한 통증이었다.

알준의 의식이 점차 사라질 즈음, 간디바는 전쟁터 외각에 도착하고 있었다. 알준이 처음으로 고개를 돌려 호우다를 살펴보니, 슬프게도 노인 궁사는 한쪽에 등을 기댄 채 쓰러져 있었다. 이마를 관통한 화살대 하나가 보였다. 감지 못한 두 눈은 유리처럼 투명한 시선을 허공에 던지고 있었다. 마치 죽은 생쥐의 눈 같았다. 다른 병사들은 보이지 않았다. 너무 두려워 뛰어내렸거나 상처를 입고 떨어진 게 분명했다. 전쟁터는 광분한 개미 떼들이 정신없이 싸우는 듯한 장면을 연출하고 있었다. 도무지 상상할 수 없는 끔찍한 장면이었다. 알준은 눈물을 훔쳤다. 새로운 무력감이 온몸을 파고들었다.

지칠 대로 지친 그는 이제 더 이상 아무것도 할 수 없었다. 알준은 간디바를 발로 찔러서 발길을 차루키아 진영으로 돌렸다.

14

공포심에 놀란 하르샤의 코끼리들 상당수는 만드레시르 마을의 초라한 오막살이와 상점들을 짓밟고 뒹굴면서, 그리고 일부는 마을 외곽을 돌아서, 강으로 도망쳤다.

또 다른 코끼리들은 배 깊이까지 차는 강물 속에서 계속 가라는 머하우트의 명령을 거부한 채 걸음을 멈추었으며, 일부는 한가운데까지 들어가 수면 밑으로 가라앉으며 몸을 굴리고 흔들어 머하우트와 호우다에 탄 병사들을 모두 물 속으로 떨어뜨렸다. 갑옷의 무게를 견디지 못한 병사들 상당수가 그대로 물 속에 빠져 죽고 말았다. 반면에 들판으로 쏜살같이 도망친 코끼리들은 푸라케신 기병의 좋은 사냥감이 되어 그들이 쏜 화살에 하나씩 학살당했다.

하르샤에게 다행스러운 건, 후미에 있던 하르샤의 기병 부대가 차루키아 부대의 옆구리를 공격하며 협공 작전을 펼쳐 그나마 상대편의 진격 속도를 조금이나마 늦추었다는 사실이었다. 그동안 하르샤는 보병 부대를 다시 정돈해 만달라 수비 태세를 갖출 수 있었다. 커다란 원을 단단하게 그린 채 원 바깥의 공격에 대처하는 방어 태세였다.

차루키아 군대가 그날 대승리를 거두어 침략자를 완전히 무력화시킬 수 있었음에도 불구하고, 푸라케신 왕은 퇴각하라는 명령을 내리기로 결정했다. 전투의 기본 원칙에 충실한 판단이었다. 죽음을 눈앞에 둔 병사들은 사력을 다해 싸우기 때문에 승리자에게 심각한 타격을 입힐 수 있을 뿐 아니라 나아가 전세를 역전시킬 수도 있었다. 특히, 이번 전투처럼 패배한 군대가 더 많은 병력을 가지고 있을 때는 그렇게 될 가능성이 농후했다.

따라서 차루키아 군대는 조심스럽게 전투를 끝내고 들판 건너편으로 퇴각했다.

그날 밤, 두 진영은 상대편 진영에서 부상병들이 질러대는 고통 어린 비명 소리를 들을 수 있을 정도로 가까운 곳에 주둔했다. 그 누구도 그날 밤 눈을 붙이지 못했다. 알준 역시 마찬가지였다. 그는 고통에 온몸을 맡긴 채 누워 있었다. 다행히 뼈를 빗나간 화살대는 별다른 어려움 없이 제거한 상태였다.

부상병 사이를 돌아다니던 하리가 마침내 알준을 발견했다. 알준은 카무파티가 최초의 공격에서 사망했으며 나중에 바히니파티도 사망했다는 소식을 들을 수 있었다.

붕대를 둘러맨 다리가 욱씬욱씬 쑤셔 가만히 누워 있을 수밖에 없는 알준은 자신이 바히니파티를 처음 만나던 장면을 회상했다. 어깨까지 내려오는 긴 고수머리와 커다란 은 귀고리도 떠올랐다. 하지만 바히니파티의 죽음을 미처 애도하기도 전에 하리가 또 다른 전우의 죽음을 떠듬거리는 말투로 알려주었다.

"네 깡마른 친구…… 언젠가 막사에서 너와 함께 만난 친구 말이야. 정말 좋은 친구 같았는데……. 비록 우울한…….”

자신도 모르게 알준은 몸을 일으키려 했다. 하지만 내리누르는 통증에 억눌리며 중얼거렸다.

“카르나…….”

“그래, 바로 그 친구. 카르나. 으흠, 단번에 사망했어. 내 생각엔 별다른 고통 없이……. 땅바닥에 쓰러져 있었는데, 장창에 찔렸더군. 정통으로 관통했어. 그래, 알준, 그는 별다른 고통 없이 사망한 게 분명해.”

하리가 갑자기 주제를 바꾸어 열심히 칭찬하기 시작했다. 갑작스럽긴 하지만 미리 마음에 품고 있었던 것 같았다.

“네 가자는 정말 위대해. 내가 너 대신 보고 왔거든. 몸에서 빼낸 화살이 열다섯 개가 넘는다던데……. 그런데도 오늘 밤에 사람들이 준 여물을 모두 먹어치웠어. 오늘 너랑 훈련장에 한번 나갔다 왔을 뿐 그 이상도 그 이하도 아닌 것 같다니까.”

“보고 싶어.”

알준이 말하자, 하리가 친구의 어깨를 툭툭 치며 타일렀다.

“몸이 좋아지면. 비록 간디바가 화살을 많이 맞았지만, 그 상처를 다 합쳐도 네 발에 하나 박힌 화살보다는 가벼우니까.”

“간디바 정말 괜찮아?”

알준은 차루키아 진영에 도착하자마자 정신을 잃었다. 자신이 무릎을 구부리라는 명령을 내렸고 간디바가 그 명령에 복종했다는 것까지는 기억할 수 있었다. 그리고 기억나는 게…… 더 이상 없었다.

하리가 친구를 안심시켰다.

“간디바는 괜찮아. 하지만 이거 하나는 분명히 알아둬. 전위 부대에서 살아남았다는 건 정말 신들이 내린 은총이야. 내 눈으로 직접 보지 않았다면 그런 공격은 상상도 못했을 거야. 아니, 내 눈으로 생생하게 지켜본 지금도 믿겨지질 않아. 전위 부대 오십 팀 가운데 살아남은 건 코끼리 열두 마리에 머하우트 일곱 명밖에 안 돼. 오십 팀이 수만 명과 맞선 거야! 하지만 너희들은 해냈어, 알준. 너희들 전위 부대가 방어선을 깨뜨린 거야. 그리고 오늘의 수많은 영웅 가운데 가장 뛰어난 영웅은 너의 간디바야!"

저녁 늦은 시간에 장군 한 명이 알준을 찾아왔다. 과거의 용맹으로 인해 오늘의 공격을 지휘하는 영광을 누렸던 나야카였다. 팔 하나를 삼각건으로 묶는 상처를 입었음에도 불구하고, 그는 '어린 머하우트'를 꼭 만나야 한다고 고집부려 알준을 찾아오게 된 것이다. 그는 알준 옆에 무릎을 꿇고 앉아 나지막히 말했다.

"자네는 타고난 크샤트리아처럼 용감무쌍하게 싸웠네."

알준은 자신이 크샤트리아보다 높게 평가되는 브라만이라는 사실을 말하지 않았다. 지금 그게 문제될 게 무어란 말인가?

나야카가 계속 말했다.

"자네의 가자는, 머하우트, 정말 대단하더군. 다파샤타를 단숨에 절름발이로 만들어버렸어. '하르샤 심장의 기쁨'을 한번에 무너뜨렸다고."

알준은 그것에 대해 아무 말도 하지 않았다. 그는 코끼리들을 너무 사랑했기 때문에 설사 적군 소속이라 하더라도 그들의 고통을 좋아하지 않았다. 알준은 브라만 특유의 점잖고 엄숙한 자세로 간디바를 칭찬해주어 고맙다고 한 다음, 간디바를 마법의 활에서 따온 이름에 걸맞게 훈련시키려 노력했다며 겸손하게 대답했다. 정중하면서도 엄숙한 자세에 나야카는 놀랄 수밖에 없었다.

알준은 그날 밤잠을 이루지 못한 채 가만히 누워 고향 마을의 사제가 자주 낭송하던 종교적(힌두교)인 서사시 〈바가바드기타〉(산스크리트어로 '신의 노래'라는 뜻, BC 1~2)의 한 구절을 찾아 기억 속을 탐색했다. 그러고는 마침내 찾아냈다.

그는 태어나지 않았으니, 결코 죽지도 않노라.
그리고 오지도 않았으니
가지도 않으리라.
태어나지 않고, 영원불사인, 이 오래된 하나는
죽임을 당하지 않으리라, 설사 육체가 죽임을 당해도.

이 '오래된 하나'는 사제의 설명에 따르면 아트만, 영원불멸의 영혼, 파괴 불가능한 '존재 그 자체'였다. 그렇다면 커다란 키에 깡마른 카르나의 육신 안에 머물던 '오래된 하나'는 오늘 밤 어디에 있을까? 오늘 전쟁터에서 난도질당한 육신을 떠난 수많은 '오래된 하나'는 지금 모두 어디에 있을까? 〈바가바드기타〉의 시 구절은 크리슈나가 전사 알주나에게 그가 전쟁터에서 죽인 사람은 실제로 죽임을 당한 게 아니라고 설득하면서 한 말이었다. 육신인 자신의 이면을 보아라. 그래서 다른 자신을, 신에게서 나온 영원불멸인 자신을, 찾아야 한다. 마을 사제는 이렇게 설명했다. 하지만 그날 하루의 끔찍한 기억에 사로잡힌 알준에게 그 같은 설명은 단순한 말장난에 불과했다. 엉터리 말장난. 그것은 리라의 사상, 신성한 놀이에 대한 사상, 시바신이 장난삼아 별다른 생각 없이 이 세상을 만들었다는 사상 역시 마찬가지였다.

리라? 과연 전쟁이 하나의 놀이, 하나의 경기, 하나의 커다란 재미
에 불과하단 말인가?

그날 밤의 고통과 피로 속에서, 죽은 자에 대한 슬픔과 죽어가는
자에 대한 동정 속에서, 알준은 이 세상이 재미있는 놀이의 일환으로
창조되었다는 주장을 믿느니, 차라리 이 세상에 존재하는 모든 것을
믿는 편이 바람직하다고 생각했다.

다음날 아침, 푸라케신은 자신의 군대에게 행군을 명령했다. 이곳
에 더 이상 머무를 필요가 없었다. 정찰병들은 커다란 승리를 확인해
주었다. 하르샤의 코끼리 부대 가운데 절반이 넘는 오백에서 육백 마
리 정도의 코끼리가 죽거나 부상당하거나 행방불명되었다. 행방불명
된 코끼리 상당수는 강을 건너가 숲 속이나 들판을 이리저리 헤매고
있었으며, 무장한 마을 사람들은 부상당한 놈을 잡아먹기도 했다. 하
지만 가장 많은 피해를 입은 건 보병 부대였다. 최소한 만 명 이상이
전사했다. 나름대로 전력을 유지하는 건 기병 부대밖에 없었지만 기
병 부대의 전사자 역시 수천 명에 달했다.

정보원에 의하면, 하르샤는 대승리를 예고하면서 원정에 나서도록
부추긴 점성술사들을 공개적으로 처형했다고 한다. 하르샤가 전력을
회복해 다시 원정에 나서려면 오랜 세월이 필요할 터였다.

푸라케신 부대는 적군과의 교전을 피하기 위해 만드레시르를 돌아
서쪽으로 행진해 나르마다 하류를 건넜다. 정찰병들은 하르샤가 계
속 그 자리에 주둔하면서 부상병을 치료함과 동시에 멀리 떨어진 수
도 바르드하나로 돌아갈 준비를 하는 중이라고 보고했다.

　　부상당한 차루키아 병사는 우마차를 타고 갔으며 장교들은 코끼리 등에 매달린 호우다 안에 누워 있었다. 살아남은 몇 안 되는 전위 부대 머하우트들에 대한 예우의 일환으로 알준 역시 호우다를 타고 갔다. 그는 간디바가 걱정되었다. 간디바는 바로 뒤를 따라오고 있었는데 화살에 맞은 흉한 상처에서 고름이 생기기 시작했다. 하지만 알준은 서너 걸음 이상 걸을 수 없어 자신의 친구이자 동료인 간디바를 위해 아무것도 해줄 수 없었다.

　　알준은 호우다 한쪽에 등을 기댄 채 흘러가는 구름을 올려다보았다. 밑에서 코끼리가 몸을 흔들며 걸어가 구름들이 물결치는 바다의 하얀 돛처럼 이리저리 흔들렸다. 행진은 그렇게 몇 시간 동안 느릿느릿 계속되었다. 짙은 회색 구름이 하늘을 향해 던진 진흙덩어리처럼 뭉치기 시작했다. 하지만 그들은 소나기 대신 바람을 일으켜 알준이 앉아 있는 호우다를 때렸다. 알준은 사색의 나래를 펼쳤다. 결국에는 고향에 대한 영상들이 연이어 떠오르기 시작했다. 좁은 길, 연못, 늙은 물소, 아버지가 좋아하시는 대나무 부채, 기도하는 어머니의 얼굴. 바로 그때 최근까지 못 느꼈던, 전투 이전까지 못 느꼈던 의문 하나가 마음속에서 일었다. 여동생은 어디에 있을까? 가우리는 어떻게 됐을까? 하지만 이 질문은 뜨거운 태양과 함께 수그러들었다. 이윽고 갈대 숲에서 바라본 호랑이와 습격당하던 캐러밴의 모습이 떠올랐다.

　　최근에 겪은 잔인한 장면들이 주마등처럼 떠올라 알준을 괴롭혔다. 마치 지금 당장 그런 일들이 벌어지고 있다는 착각이 들 정도로 생생한 장면이었다. 지금은 전쟁터의 숨 가쁜 순간에서 벗어났다. 하지만 그 잔인하고 혼란스러운 장면들이 머리 속에서 가득 피어오르며 알준을 압도했다. 그처럼 혼란스러운 난전과 무질서가 하나하나 생생하게 기억난다는 게 놀라울 뿐이었다. 훈련장의 훈련은 마음의 준비를 하는 데 부족했다. 훈련장의 주된 목적은 병사들이 함께 조직적으로 움직일 수 있도록 만드는 것이었다. 하지만 만드레시르 앞에서 벌어진 전투에서는 병사들 각자가 동료들과 떨어져 혼자 외롭게 싸우거나 죽어갔으며, 결국 그곳은 팔다리가 떨어져나간 병사들이 울부짖는 아비규환으로 변했다. 그런 곳이 어떻게 질서를 되찾았는지는 여전히 미스터리였다.

〈바가바드기타〉에 나오는 또 다른 구절은(정확한 표현은 기억나지 않았지만 그 의미는 생생하게 기억하고 있었다) 죽인 자와 죽은 자에 대해 언급하고 있었다. 죽인 자는 자신이 죽은 자를 죽였다고 생각하며, 죽은 자는 자신이 죽임을 당했다고 생각한다. 하지만 양쪽 모두 틀린 생각이다. 누구도 죽이지 않았으며 누구도 죽임을 당하지 않았다. 대충 이런 내용이었다. 하지만 과연 이 말이 사실일 수 있을까? 이 말이 실제로 의미하는 건 무엇일까? 알준은 마을 사제에게 이것에 대해 질문한 적이 한번도 없었다. 만일 이 질문을 했다면 사제는 그건 아이들이 할 만한 질문이 아니라고 말했을 것이다. 하지만 전쟁을 경험하고 나니까 이 뜻이 너무나 궁금했다. 아무도 죽이지 않았고 아무도 죽임을 당하지 않았다. 하지만 카르나는 죽어서 누워 있고 누군가가 그를 죽이지 않았는가? 아니면 그런 일이 벌어지지 않았다는 말인가? 〈바가바드기타〉는 안 벌어졌다고 말한다.

만일 위대한 시가 진실을 말하고 있다면, 그렇다면 전쟁터에서 벌어진 그 모든 일은 하나의 꿈에 불과하단 말인가? 실제로 벌어진 일이 아니기 때문에 죽인 자와 죽임을 당한 자가 서로를 바라보며 웃을 수 있단 말인가?

카르나, 노인 궁사, 호우다에 올라탄 병사들, 바히니파티, 카무파티, 수만 명에 달하는 주검, 아군과 적군, 다리를 잘린 코끼리들, 내장이 터진 군마들, 그날 만드레시르 들판에선 살아 있는 모든 생명체들, 고통을 받은 자와 죽은 자, 그들 모두, 모든 개체, 이 모두가 전투가 벌어지기 이전과 똑같은 상태로 지금 현존하고 있단 말인가? 리라가 의미하는 게 결국 그것이란 말인가? 그런 잔혹한 전투가 놀이를 즐기는 신의 마음속에서 발생한 그 이상도 이하도 아니란 말인가? 만일 그렇다면 마음을 괴롭히는 공포가 사라져야 하지 않는가? 결국은 문제될 게 하나도 없다면, 신을 제외한 그 누구에게도 아무 일이 벌어지지 않는다면, 우리 인간이 무언가를 하려는 이유 또한 사라져야 하지 않는가?

너무 어려워 이해할 수 없었다. 알준은 마을 사제가 그런 것에 대해 설명할 때 관심을 기울이지 않은 걸 후회했다. 귀기울였다면 삶과 죽음에 대해 지금 좀더 많은 내용을 이해할 수 있었을 거라는 생각이 들었다. 하지만 마을 사제 역시 이런 것에 대해 잘 모르고 있을 가능성도 있었다.

알준은 등을 대고 누워 흘러가는 구름을 바라보았다. 한순간에 이곳에 있다가 다음에는 다른 곳으로 이동하는 이유에 대해 의문을 품지 않고, 흘러가는 현상 그 자체를 그냥 받아들였다. 구름 하나가 나타나 시야 저편으로 흘러갔다. 또 다른 구름이 왔지만 얼마 안 가 그 자리는 다른 구름으로 바뀌었다. 구름들이 끝없이 차분하게 움직였다. 지나가는 구름은 그냥 지나가는 구름이다. 하나가 지나가면 다른 하나가 나타나고, 계속 그렇게 이어진다. 그러다가 알준은 깊은 잠에 빠지고 말았다. 코끼리가 나르마다 강 속으로 힘차게 발을 내딛어 건너편으로 어깃어깃 걸어갈 때도 알준은 계속 잠을 잤다. 간디바는 상처를 입었지만 여전히 커다란 상아를 치켜든 채 씩씩한 발걸음을 옮겨놓으며 그 뒤를 따라오고 있었다.

알준은 잠을 자는 동안 전쟁터에 대한 꿈을 꿈꾸었다. 병사들 전체가 아이들이었다. 자신이 이 년 전에 마을을 떠날 때보다 나이가 더 어린 아이들이었다. 가냘픈 체구에 키가 작은 아이들이 서로 싸우기 시작했다. 조그만 목소리들이 고통 어린 비명을 질러댔다. 부드럽게 생긴 조그만 얼굴들이 분노와 고통으로 일그러졌다. 턱수염이 덥수룩한 나이 많은 병사들이 만드레시르 전쟁터에서 하던 모습 그대로였다. 그러더니 갑자기, 마치 경기가 끝났다는 듯이, 아이들이 무기를 내던지고 연못으로 달려가 폭소를 터트리며 한 명씩 차례대로 풍덩 뛰어들어 그곳에 있는 물소 위로 올라갔다. 그러고는 근처 숲속으로 물소를 몰고 가 산딸기를 따먹으며 즐거이 뛰어놀았다.

자신의 집으로 돌아와 상처를 핥는 야수들처럼, 푸라케신의 부대도 나르마다 밑에 있는 예전의 집결지로 돌아와 그곳에서 몇 주일 동안 야영 생활을 했다. 그곳에서 무기들을 수리했으며, 부상병들은 회복되어갔다. 알준처럼 젊고 강인한 체력의 소유자들은 비슷한 부상을 입은 나이 많은 병사들보다 회복이 빨랐다. 알준도 그랬다. 아니, 간디바를 도와야 한다는 강력한 욕구가 회복을 재촉했다. 알준은 걸을 수 있게 되자마자 간디바를 돌보기 위해 배정된 하인을 물리쳐 "이제부터 내가 돌보겠다"고 선언한 후, 간디바를 근처 강가로 데려가 따뜻한 진흙덩이를 곪고 있는 상처에 발라주었다. 라마가 예전에 가르쳐준 방식이었다. 라마는 이렇게 말했다.

"상처입은 코끼리가 스스로 치료하는 모습을 지켜보고 이 방법을 배웠다. 물가로 가서 진흙덩이를 상처에 바르더군. 그러니까, 진흙덩이가 말라가면 벌레가 꼬이지 못하게 되고, 또 노란 고름을 빨아들이더라구."

그렇게 일주일이 지나자 수컷 코끼리는 상태가 훨씬 좋아졌다. 그리고 보름 후, 알준은 코끼리 조종 기술을 다시 연습하고 싶은 마음에 부상 후유증으로 쑤시는 통증을 참으면서 간디바의 등 위에 올랐다. 간디바는 이미 유명세를 타고 있었기 때문에 알준이 그와 함께 연습하는 곳에는 항상 많은 구경꾼들이 모여들어 탄성을 내질렀다.

하지만 구경꾼 가운데 한 사람은 전혀 탄성을 내지르지 않았다. 바수였다. 그는 다른 구경꾼들 틈에 조용히 끼여 있다가 알준이 바라보자 소리쳤다.

"명심해, 영웅! 아직 우리에겐 남은 일이 있어! 명심해! 언젠가 올 그날을!"

그날 저녁, 머하우트들이 모여서 야자술을 마시고 있는 모닥불 근처에 알준이 앉아 있을 때, 다른 부대의 머하우트 한 명이 그를 만나러 왔다. 스칸다였다.

그는 사과부터 했다. 과거에 여러 가지를 오해해서 미안하다는 것이었다.

"우선, 나는 네가 이렇게 훌륭한 조련사라는 사실을 미처 깨닫지 못했어. 둘째로는 네가 이렇게 용감하다는 사실을. 셋째로는 네가 우리 라마의 호감을 충분히 살 만한 인물이라는 걸 전혀 몰랐지. 내 실수를 보상하기 위해 라마가 머무르는 부대로 간다는 사람에게 네 소식을 전해주도록 부탁했어. 그 사람이 우리 라마에게 너와 네 가자가 전쟁터에서 얼마나 용감했는지 말해줄 거야. 우리 이제 친구로 지내자."

알준은 그 요청을 기꺼이 받아들였다. 하지만 다음날, 스칸다의 진실성을 의심케 하는 이야기를 몇 가지 들었다. 우선, 장군들이 코끼리 전위 부대를 해산시키기로 결정했다는 것이다. 비록 하르샤 군대와 싸울 때 많은 효과를 보았으나, 이 같은 공격 방식을 또다시 사용하는 건 극히 위험하다고 했다. 적군이 이 공격에 대비할 경우엔 특히 더했다. 이것은 살아남은 코끼리 전위 부대가 정규 부대로 돌아간다는 걸 의미했다. 하지만 간디바와 알준은 예외였다. 이 둘은 궁정의 여인들과 왕실을 경호하는 업무에 배정되었다. 그렇다면 스칸다가 마음의 변화를 일으킨 동기는 극히 이기적일 가능성이 높았다. 자신이 권력층과 가까워졌기 때문에 친구가 되자고 했을 가능성을 무시할 순 없었다.

알준은 남을 못 믿고 의심이 많은 성격은 아니었다. 하지만 지금까지 스칸다는 자신의 좋은 면을 보여준 적이 단 한번도 없었다. 알준은 스칸다의 접근을 조심스럽게 대해야 한다고 생각했다.

한편, 알준의 역할은 신속하게 바뀌기 시작했다. 그 변화에 대해 충분히 생각할 시간적인 여유조차 없었다. 침략자와 싸워 대대적으로 승리한 것을 너무나 기뻐한 나머지 국왕이 이번에는 정복 전쟁에 나서기로 결심했다는 소문이 돌자마자, 국왕은 그 사실을 공식적으로 선포했다. 그래서 차루키아 군대는 '안드라 지방에 있는 모든 인민의 단결과 행복을 위해' 동쪽 해안선을 향해 끝없이 행군할 예정이었다. 팔백 킬로미터가 넘는 거리였다.

동쪽으로 대장정을 하는 동안, 알준과 간디바는 궁정의 여인 및

왕실 인사들과 함께 여행했다. 그들을 경호하기보다는 그들의 호기
심을 충족시켜주는 역할이었다.

　그들에게는 하르샤가 총애하는 코끼리를 단숨에 무너뜨린 코끼리
가 호기심의 대상이었다. 그리고 이 거대한 덩치를 발가락 끝으로 가
볍게 찔러 조종하는 어린 머하우트에 대해 더 많은 걸 알고 싶어했다.

15

알준은 지금까지 다른 머하우트와 카바다이들에게 약간의 도움을
받아 언제나 자신이 직접 간디바를 목욕시키고 먹이를 주었다. 하지
만 이제는 하인 한 명과 먹이꾼 두 명이 알준에게 배정되었다. 알준
의 유일한 의무는 간디바를 타고 다니는 것, 그리고 왕실 코끼리답게
적절하게 꾸미는 것이었다.

적절하게 꾸미는 것. 간디바는 늘 황실 소속다운 모습을 하고 있
어야 했다. 그래서 국왕의 의전 담당관 파리카르민은 간디바를 적절
하게 치장하는 방법을 알준에게 가르쳐주었다.

우선, 주홍색 야생초에서 짙은 빨간색을 짜내서 거대한 수컷의 앞
이마에 스며들도록 만들어야 했다. 그리고 하얀 고등 껍질을 두 귀에
걸고, 상아는 금으로 장식하고, 뒷다리에는 쨍그렁거리는 작은 종이
여러 개 달린 구리 발찌를 끼워야 했다.

군사 훈련을 할 때 필요한 게 이 정도 치장이었다. 나시크와 바다
미에 있는 궁전에서는 훨씬 복잡하게 치장했다. 궁전 마당에 등장하

려면 코끼리의 입을 빨간 천으로 덮어 길게 늘어뜨리고, 등에는 빨간 가죽으로 만든 화려한 옷을 입히고 그 위에 금빛 안장을 앉혔다. 안장 앞머리에는 국왕의 권위를 나타내는 하얀 양산이 달려 있고, 그 끝에는 귀중한 보석들을 주렁주렁 달았다. 게다가, 왕실의 코끼리는 목과 궁둥이 주변에 다양한 색상의 비단 스카프를 둘러야 했다. 코끼리가 거대한 발을 한 번 내딛을 때마다 북치는 사람들이 박자에 맞추어 북을 쳐야 했다.

이처럼 복잡한 행사는 고향 마을의 축제를 연상시켰다. 고향에서 축제를 할 때는 마을 사제가 이마와 팔에 표식을 그려 넣는 작업과 특별 의상 가장자리를 바늘로 꿰매는 일, 양산 끝에 길게 매다는 술, 제단에 올려놓을 과일과 화환 장식 등에 대해 호들갑을 떨곤 했다. 그러면 삼촌은 "신들의 정신이 모두 달아날 정도로 호들갑을 떠는군" 하고 말했다.

하지만 이 복잡한 행사 이상으로 알준을 괴롭히는 문제가 있었다.

진짜 문제는 시종장이었다. 시종장은 깡마른 체구의 노인으로 왕실 가족의 업무를 다양하게 돌보는 역할을 담당했다. 그 안에는 왕실 코끼리에 관한 업무도 포함되어 있었다. 시종장은 알준을 집결지에 설치한 자신의 막사에 호출해, 어린 소년을 오랫동안 살펴보고 나서 중얼거렸다. 음색이 낮고 숨이 가쁜 목소리였다. 말하는 것조차 힘들어 보일 정도였다.

"어려……, 너무 어려. 하지만 사람들이 말하길 정말 용감하다 그러더군. 중요한 건 그게 아니지. 진짜 중요한 건 자네 코끼리가 하르샤의 코끼리를 죽였다는 거야, 그렇지? 바로 그것 때문에 자네가 이곳으로 온 거라고. 사람들이 자네를 보고 싶어해."

알준은 아무 말도 하지 않았다.

"우리 국왕 폐하께서는 코끼리를 세 마리만 거느리고 계시지. 한 마리는 너무 늙어서 장거리 원정에 따라 나설 수 없고, 다른 두 마리는 오랫동안 왕실 가족과 함께 지냈어. 이들을 다루는 머하우트들은 자신들이 어떻게 해야 하는지 알아. 그러던 참에 지금 자네가 새로 나타난 거야."

한숨을 쉰 시종장이 물기 어린 눈을 가늘게 뜨고 알준을 쳐다보았다.

알준은 계속 가만히 있었다.

"젊다는 건 그리 문제되지 않을 거야. 아, 왕실 가족이 호기심을 느끼는 동안에는. 하지만 그 호기심이 줄어들어 자네가 평범한 소년에 불과하다는 사실을 깨닫게 되면……."

시종장이 경멸 섞인 태도로 한 손을 흔들며 말을 이었다.

"어쨌든 지금 당장은 자네가 이곳에 왔으니, 우리랑 함께 지내야겠군."

나이 많은 관리는 알준을 날카롭게 살펴보았다. 그렇게 하면 이처럼 초라한 꼬마가 잠시나마 왕실 가족의 관심을 끌게 된 이유를 파악할 수 있다고 생각하는 듯했다.

"명령받은 대로 행동해야 한다. 잘하면 앞으로 윤택하게 살 수 있을 거야. 나중에는 자네 고향 마을로 돌아가서 땅도 사고 채소로 가꿀 수 있겠지. 알아듣겠나?"

알준은 시종장의 말뜻을 제대로 이해할 수 없어 꼼짝 않고 말없이 있었다.

"국왕의 후궁들이 자네에게 말할 때는 시선을 밑으로 낮추고. 그리고 이분들에 대해 자네가 함께 지내던 야만적인 머하우트들에게 절대 발설하지 말아야 해. 많은 후궁이 자네에게 금 같은 걸 줄 거야. 그러면 가져도 좋아. 하지만 그걸로 야자술을 사 먹는 일은 없도록. 경의를 표시하고, 점잖게 행동하고, 겸손하고, 자주 목욕하고. 그러면 그 보상을 받을 테니. 자네 손안에 들어오는 건 가져. 무슨 말인지 이해하겠나? 나중에 부자가 돼서 나갈 수 있을 거야."

말을 마친 시종장은 알준의 반응을 기다렸다. 하지만 알준은 아무 반응도 보이지 않았다.

"하지만 자네는 그리 잘할 것 같지 않군. 지금까지 단 한마디도 하지 않으니 말이야. 말할 줄 모르나?"

그래도 알준은 시종장을 물끄러미 쳐다보기만 했다. 사람들이 머리를 곧추세운 채 여동생을 위아래로 굽어보며 "말할 줄 모르니?" 하고 묻던 장면들이 알준의 뇌리를 스쳤다. 어떤 사람은 알아듣지 못할 거라 생각하면서 아주 천천히 "말— 할— 줄— 모— 르— 니?" 하고 묻기도 했다. 가우리는 그들의 호기심 어린 시선을 마주보면서 아무런 대답도 하지 않았다. 어쩌면 가우리는 의도적으로 대답을 거부했는지 모른다. 그리고 그런 거부감 속에는 사람들의 호기심을 충족시켜주지 않겠다는 단단한 결심이 들어 있었는지도 모른다.

시종장은 알준의 대답을 기다렸지만 아무 반응도 구하지 못하자 재차 물었다. 이번엔 짜증 섞인 커다란 목소리였다.

"자네는 말할 줄 모르나? 자네가 벙어리라는 소리는 못 들었어. 벙어리인가, 꼬마?"

갑자기 현실로 돌아온 알준은 자신의 건방진 태도에 깜짝 놀랐다. 아무리 장군이라 할지라도 시종장을 무시하진 못할 터였다.

"아닙니다, 어르신. 저는 벙어리가 아닙니다. 그저…… 높으신 어르신 앞에 서니…… 넋이 나갔을 뿐입니다. 어떤 명령이든 충실히 따르겠습니다."

노인이 분노를 터트리며 호통쳤다.

"그렇다면 내가 묻는 말에 대답부터 하도록!"

"네, 어르신."

소년을 유심히 살펴보면서 시종장이 물었다.

"이제 나에게 사실대로 말해봐. 진짜 용감했나?"

"간디바가 공격할 때 전 간디바와 함께 갔습니다."

"두려웠나?"

"그런 것 같습니다."

"그런 것 같다고?"

"우리가 절대로 들판 건너편에 도착할 수 없을 것 같은 느낌이 들 때, 들판 건너편에 도착하지 않기를 바라는 마음이 들었습니다. 들판이 영원히 펼쳐지기를 원했습니다. 그때 저는 두려움을 느낀 게 분명합니다. 하지만 마침내 적군의 방어선에 도착했습니다."

알준이 말을 멈췄다.

"그래서?"

"그 다음에 저는 모든 것의 한가운데 있었습니다."

"'모든 것'이란 전쟁터를 의미하는가?"

"네, 전쟁터."

"자네는 다파샤타를 찾아 자네 코끼리로 하여금 그를 공격하도록 명령했나?"

"아닙니다, 어르신. 제 가자가 그의 측면을 공격했습니다. 전 아무엇도 하지 않았습니다.”

시종장이 입술을 앙다문 채 깊이 생각하다가 말했다.

“개중에는 진실을 있는 그대로 말하는 걸 용감하다고 하는 사람도 있지.”

알준은 아무 대답도 하지 않았다. 하지만 자신의 브라만 가족은 용감한 것보다 정직한 걸 더 높은 덕으로 여긴다는 말을 하고 싶었다.

“그렇다면 그건 자네의 생각이 아니었나?”

“그렇습니다, 어르신.”

“지금 자네는 그게 코끼리의 생각이었다고 말하고 있는 건가?”

“간디바는 자신의 위대함을 증명하고 싶어했습니다.”

“그게 자네 의견인가?”

“네.”

시종장은 자신의 질문에 대해 이렇듯 간결히 대답하는 것에 익숙지 않았다. 그는 사람들이 필요 이상으로 자세히 설명하는 걸 좋아했다. 그래서 참지 못하고 입을 열었다.

“으흠, 계속해. 할말이 더 많잖아.”

“일단 모든 것의 한가운데 들어간 다음부터는 오직 앞으로 전진해야 했습니다.”

“앞으로 전진?”

“네, 앞으로 전진. 적군의 심장부를 향해 전진. 그게 제 의무였습니다.”

시종장이 코방귀를 뀌며 대답했다.

“그렇게 간단한 게 아니잖아. 자네는 코끼리를 적군의 방어선 속으로 몰고 들어가 위대한 전사이자 대왕에게 굴욕을 안겨주었어. 그런데 그게 단순히 자네의 의무였다고?"

"제 라마, 라마 머하우트 님께서는 의무가 전부라고 말씀하셨습니다."

알준이 잠시 생각하다가 주의 깊게 물었다.

"그것 외에 제가 전쟁터에서 할 수 있는 게 무엇이겠습니까?"

"두터운 방어선에서 도망쳐 목숨을 구하려고 노력하는 편이 더 좋았어. 아니, 최소한 제일 먼저 돌파하는 위험은 피해야 했어."

"그러면 모든 걸 잃겠지요. 자신의 생명을 포함해서요."

시종장이 희미한 미소를 머금으며 말했다.

"정말 적절한 대답이군. 자네는 젊지만 자신을 보호할 능력이 있어. 말로 자신을 보호하는 능력. 그건 내가 아주 중요하게 여기는 능력이지. 우리 두 사람이 지금까지 서로에게 아주 솔직했으니, 내가 조그만 비밀을 한 가지 알려주지. 만일 내가 용맹과 생존 가운데 하나를 선택해야 했다면, 나는 생존을 선택했을 거야. 어쩌면 머하우트, 자네는 오늘 두 개를 모두 선택했는지 몰라. 어쨌든 나와의 대화에서 살아남았으니까. 결코 쉬운 일이 아니지. 자네의 승리를 축하하네. 그리고 지시받은 그대로 행동해."

건기에 시원한 바람이 부는 일월은 장정을 나서기에 정말 이상적인 시기였다. 최근의 승리에 우쭐한 차루키아 군대는 일월 중순에 드디어 동쪽 방면을 향한 정복 전쟁에 나섰다.

비록 왕실의 절차에 익숙할 만한 시간이 거의 없었지만, 알준은 행군 대열 중앙에 자리를 잡았다. 장군들과 국왕 바로 뒤편, 궁정의 여인들 바로 앞 부분이었다. 궁정 여인들은 가끔 말을 타고 행진했다. 그럴 때는 시종이 바로 옆에서 말을 타고 가면서 높은 파라솔로 그들의 머리를 가려주었다. 하지만 태양이 뜨거워지거나 오랜 여행에 지치면 황소가 이끄는 우마차 안으로 들어갔다. 지붕과 커튼을 둘러친 마차는 바람에 흔들리는 조그만 저택 같았다.

타인이 접근할 수 없는 왕실 한가운데서 알준은 일반 병사와 전혀 다른 유형의 행군을 목격했다. 우선, 베텔을 운반하는 사람들은 등뒤에 조그만 깃발을 묶지 않았다. 왕실 소유의 창 묶음은 조각한 나무 상자 안에 담겨 있었으며, 터번을 두른 운반꾼들은 그걸 아주 엄숙하게 운반했다. 화려한 문양이 새겨진 버터밀크 단지는 축축한 옷감으로 봉해 변질되지 않도록 보호했다. 온갖 종류의 바구니 안에는 다양한 유형의 왕실 소유물이 담겨 있었다. 재떨이와 단지, 쇠꼬챙이, 스튜 냄비, 청동 그릇은 물론 사무루카 가죽으로 만든 베개와 아주 부드러운 사슴 가죽 들이 왕실 우마차 안에 그득그득 쌓여 있었다. 행군하는 동안, 온갖 종류의 간식거리들이 궁정의 여인들에게 배분되었다. 시종들은 망고 즙이나 검은 알로에 기름, 고기를 조그맣게 잘라 구운 조각 등이 담긴 대나무 통을 여인들에게 갖다 주었다. 이 여인들은 향이 짙은 허브와 우유, 농축 버터, 쌀을 섞어 맛깔나게 만든 밀크주를 마셨다. 그리고 자신들이 타는 말과 황소에게 특별한 음식을 먹이도록 시종들에게 명령하기도 했다.

수많은 동물들이 내뿜는 악취 때문에 왕의 여인들은 사향을 담은 조그만 주머니와 향기 좋은 육두구 이파리와 씨가 담긴 주머니를 코에 갖다 대곤 했다. 그리고 커튼을 드리운 마차 안에 모여 하마의 하얀 이빨로 만든 반지의 크기와 조각을 서로 비교했으며, 주사위 놀이도 했다. 그들이 낄낄거리며 즐겁게 웃어대는 소리가 보병과 군마와 코끼리들이 일으킨 흙먼지 속으로 흘러들어갔다.

비록 궁정의 여인들 앞에서 행진했지만, 알준은 베일에 가린 여인들을 힐끗힐끗 볼 수 있었다. 그들은 몸에 꽉 끼는 의상에 이슬방울 같은 진주들을 온몸에 걸쳤으며, 이마는 사프란 즙을 칠해 연한 노란색으로 만들었고, 몸을 움직일 때마다 사방에 매달린 보석들이 찰랑거렸다.

처음 며칠이 지나자, 알준은 다행스런 느낌을 가질 수 있었다. 시종장의 말은 사실이 아니었다. 궁정의 그 누구도 자신이나 간디바에 대해 관심을 보이지 않았다. 그래서 알준은 간디바와 함께 평화롭게 의무를 수행할 수 있었다. 매일 밤이 되면, 이 둘은 후미로 가서 다른 코끼리 및 머하우트들과 함께 야영했다. 하지만 알준은 시종장의 경고를 결코 잊지 않았다. 그래서 머하우트들이 궁정의 여인들에 대해 물었을 때, 그는 망설임 없이 단호하게 선언했다.

"나는 그분들에 대해 한마디도 하지 않을 겁니다. 단 한마디도. 절대로."

이 선언은 머하우트들을 침묵시켰을 뿐 아니라 알준에 대한 존경심을 더욱 키워주었다. 심지어 그들 가운데 한 명이 옆으로 와서 "정말 잘했어, 계속 그렇게 침묵을 지켜. 만일 자네가 실수를 하지 않으면, 국왕에게 인정받는 날이 언젠가 올 거야" 하고 말할 정도였다.

궁정의 여인들 뒤편에서는 왕실 인사와 귀족들이 행진했는데, 그들 대부분은 국왕의 가족과 친척들로, 외척을 비롯한 아주 먼 친척도 포함되어 있었다. 그들 가운데 일부가 알준 옆으로 와서 함께 대화를 나누며 행진하기도 했다. 고향이 어디인가? 머하우트가 된 지 얼마나 됐는가? 간디바를 훈련시키는 게 쉬웠는가?

알준의 대답은 항상 정중하고 점잖았기 때문에 왕실 가족 사이에서 점차 많은 호기심을 불러일으켰다. 마침내 어린 머하우트가 업무를 훌륭하게 수행한다는 소문이 스타누카 왕비의 귀에까지 흘러들어 갔다.

행군을 멈추고 여인들이 휴식을 취하는 동안 왕실 코끼리들과 군마들은 길가로 데리고 가서 풀을 뜯어먹게 하는 게 관례였다. 그런데 행진을 멈춘 어느 날, 알준이 간디바를 이끌고 근처 풀밭으로 가는데 시녀 한 명이 옆으로 뛰어와서 말했다.

"스타누카 왕비마마께서 당신을 데리고 오래요."

알준이 잠시 망설이자, 시녀가 짜증을 부리며 덧붙였다.

"코끼리는 시종에게 맡기고 빨리 따라오세요."

알준은 궁정의 마차를 향해 뛰어갔다. 마차는 커튼을 뒤로 젖힌 상태여서 알준은 베개에 몸을 반쯤 뉜 왕비를 볼 수 있었다. 알준이 온 걸 알아차린 왕비는 베일을 손으로 쳐 얼굴을 가렸다. 시녀 한 명이 무릎을 꿇은 채 렉카 이빨로 만든 하얀 빗으로 왕비의 머리칼을 빗기고 있었다. 스타누카 왕비는 밝은 파란색을 띤 헐렁한 가운을 걸친 채, 고리와 술이 길게 내려온 보석 띠로 허리춤을 단단하게 묶은 모습이었다. 삼십대로 보이는 왕비는 검은 먹을 칠해서 강조한 커다란 눈의 소유자였으며, 이마에는 빨간 동그라미와 삼각형을 그려 넣었다. 왕비가 몸에 걸친 많은 반지와 팔찌, 발찌, 목걸이들이 마차 내부에 켜놓은 희미한 촛불을 받아 번쩍거렸다. 왕비의 지혜로워 보이는 커다랗고 검은 눈이 황금빛을 반사하며 베일 위에서 바라보고 있었다.

왕비가 긴장을 풀라고 말한 다음, 알준과 간디바의 용맹을 칭찬했다. 왕비가 말을 할 때마다 얼굴을 가린 베일이 조금씩 나풀거렸다.

"내 아들은 자네보다 몇 살 어리네. 나는 내 아들을 용감하게 만들어달라고 시바 신에게 기도하지. 자네는 정말 브라만다워."

왕비가 부정할 수 없는 분명한 사실을 말하듯, 아무렇지 않게 언급했다.

"그래서 자네가 자신의 코끼리에게 간디바라는 이름을 정해주었을 거야. 〈마하바라타〉를 읽었기 때문에……. 정말 멋진 이름이야! 마법의 활! 자네는 전쟁터를 향해 그를 겨냥했으며, 그의 상아는 화살처럼 날아가 목표물을 꿰뚫어버렸어. 자, 자네의 과거를 이야기해보게."

알준은 시종장에게 말할 때보다 더 자세히 더 솔직하게 말하기 시작했다. 시녀는 머리칼을 치장하는 데 열중했으며, 왕비는 말을 중간에 끊지 않은 채 열심히 들었다. 마침내 알준이 이야기를 마치자, 스타누카 왕비가 베일을 옆으로 치워 알준에게 자신의 미소를 보여준 다음(차루키아의 왕비가 상대편을 신임하고 인정한다는 아주 드문 표시였다) 그 베일을 다시 늘어뜨린 채 말했다.

"자네 여동생의 노랫소리를 듣고 싶군. 자네는 여동생이 계속 살아 있을 거란 신념을 가지고 있어야 해. 그래, 그렇게 걱정할 필요 없어. 살아 있을 가능성이 훨씬 많아. 만일 자네가 우리 국왕 폐하를 훌륭하게 모신다면, 자네의 이름이 아주 널리 알려지게 될 게야. 자네의 평판과 함께 자네의 이야기와 자네 여동생 이야기가 함께 퍼져나가겠지. 그러면 사람들이 자네를 기쁘게 만들기 위해 그리고 상금을 얻기 위해 자네 여동생을 찾으러 다닐 거야. 나는 자네가 의무를 존중하기 때문에 열심히 일한다고 들었네. 그건 정말 좋은 이유야. 하지만 생각해봐, 알준. 자네에겐 자네가 맡은 분야에서 성공해야 할 또 다른 이유가 있어. 훨씬 중요한 이유."

왕비가 숨을 내쉬며 고개를 돌려 시녀에게 그만 끝내라고 명하자, 시녀가 머리칼을 후광처럼 끌어모은 다음 금빗을 그 위에 꽂아 놓았다.

"자네는 벌써 친구들이 많겠지만, 젊은 머하우트. 앞으로는 나도 그 가운데 한 명으로 생각하게."

왕비의 말은 시종장이 약속한 보물 같았다. 알준은 그 보물을 마음에 품고 소중하게 간직한 채 오후의 행진을 시작했다. 너무 기뻤다. 그 보물은 희망과 목표를 주었다. 알준은 지금까지 라마가 원한 만큼, 그리고 아버지와 불쌍한 삼촌을 비롯한 가족 전체가 브라만 소년에게 기대했음직한 명예로운 의무를 다하기 위해 자신의 모든 것을 바쳐왔다. 하지만 왕비의 지혜로운 조언을 들은 지금부터는 가우리를 찾을 가능성을 높이기 위해 군대에서 성공해야겠다는 생각을 품게 되었다. 그날 오후, 알준은 간디바의 머리끝에 난 껄끄러운 머리칼을 한 손으로 사랑스럽게 쓸어주었다.

16

그렇게 한 달이 지날 즈음, 왕실은 물론 군대의 관심도 거의 끌지 못한 사건 하나가 발생했다. 하지만 그 사건에 대해 코끼리 부대원들 모두가 커다란 관심을 보였다.

스칸다라는 이름의 머하우트 한 명이 살해당한 것이다. 자신이 부리던 코끼리에게.

그는 하루의 행진을 마친 다음 코끼리를 나무에 묶고 있었다. 그런데 그 야수가 아무런 경고도 없이 갑자기 거대한 머리를 돌려 기다란 코로 스칸다의 허리를 휘감더니, 공중 높이 들어올려 땅바닥에 패대기친 다음 피 흘리는 머하우트를 향해 오른발로 해머 같은 일격을 날린 것이다.

알준을 포함한 머하우트들은 저녁때 모닥불 주변에 모여 앉아 그 사건에 대해 토론하기 시작했다.

한 사람이 먼저 말을 꺼냈다.

"우리가 야수들을 믿으면 안 된다는 걸 보여주는 좋은 사건이야.

그놈은 아무 경고도 없이 갑자기 고개를 돌려서 일을 벌이고 말았어."

다른 사람은 이렇게 말했다.

"운명이 배신한 거야. 우리 가운데 누구에게나 벌어질 수 있는 일이지."

그러자 또 다른 사람이 맞장구를 쳤다.

"동감이야. 운명은 우리 머하우트들에게 특히 가혹한 것 같애."

또 다른 사람이 물었다.

"스칸다에 대해 아는 사람 있나?"

"제가 압니다."

알준이 대답하자, 사람들이 일제히 고개를 돌리고 바라보았다. 알준은 스칸다를 마지막으로 만난 모습에 대해 얘기하고 싶지 않았다. 그때 스칸다는 왕실 가족에 대해 줄기차게 물어댔다. 그들이 너에게 무엇을 주었느냐? 아무것이라도 좋다. 내가 무엇이든 팔 수 있다. 후궁들이 너에게 무슨 고백을 안 하더냐? 그들의 비밀을 캘 수 있느냐? 그렇다면 우리가 폭로한다고 협박해서 돈을 뜯어낼 수 있다. 우리가 손을 합치면 부자가 될 수 있다는 등의 말이었다.

하지만, 이런 끔찍한 사건이 돌발한 상태에서 스칸다의 다른 모습에 대해 말하고 싶은 생각은 별로 없었다. 잔뜩 기대하는 머하우트들을 실망시킬 수 없어, 알준은 간단하게 대답했다.

"스칸다는 내가 나타나기 전에 우리 라마를 모시던 카바다이였어요. 우리 라마에게 훈련받을 때는 좋은 조련사였죠."

어둠 속에서 어떤 사람이 말을 받았다.

"하지만 스칸다가 자네 라마를 떠난 다음부터는 더 이상 좋은 조련사가 아니었어. 그 친구가 안쿠스를 가자의 머리 속에 쑤셔 넣고 비트는 모습을 본 적이 있거든."

　머하우트 한 명이 어둠 속에서 불가로 걸어오며 말했다.

　"언제 그런 일이 있었는데?"

　누군가가 물었다.

　"몇 달 전에. 그때 나는 혼자 말했지. '저 코끼리는 절대 잊지 않을 거야. 가슴속에 불타는 분노를 계속 담아두고 있을 거야'라고."

　그날 밤, 알준은 잠을 이루지 못하고 스칸다의 모습을 회상했다. 등 기대길 좋아하는 게으른 자세, 비꼬는 듯한 미소와 항상 무언가를 살피는 듯한 시선. 라마는 기회가 있을 때마다 만일 코끼리를 잘못 다루면 그가 나중에 아무 경고 없이 죽일 거라고 말했다.

　아무 경고 없이 죽일 것이다. 알준은 지금 코끼리들에 대해 생각하지 않았다. 그가 생각하는 건 바수의 협박이었다.

　행군을 하는 동안, 그는 복수심에 불타는 사내와 가끔 시선이 마주쳤다. 그럴 때마다 끔찍한 전율이 온몸을 휩쓸고 지나갔다. 악몽이 갑자기 되살아난 듯한 느낌이었다. 어떨 때는 강인한 체구의 하사관이 코끼리 부대와 함께 지나가는 모습을 보기도 했다. 누군가가 자신을 노려보고 있다는 느낌이 들어 재빨리 등을 돌렸다가 먼 거리에 서 있는 기다란 콧수염의 바수와 시선을 마주친 적도 있었다. 두 사람은 서로 인사를 교환하거나 아는 척조차 하지 않았다. 바수는 내면 속에 깊숙이 파고들어 골똘히 생각하는 표정일 때가 많았다. 그럴 때는 과연 알준이 자신을 두려워할까? 아니면 자신의 위협을 단순한 허풍으로 여기고 있을까? 바수 자신을 겁만 주는 허풍선이로 여기고 있을까 아니면 자부심 강한 전사로 여기고 있을까? 하고 생각하는 것만 같았다.

　알준으로 하여금 잠을 설치게 만드는 또 다른 문제도 있었다. 만일 왕비가 옳다면(알준은 왕비가 옳다고 느꼈다), 자신은 위대한 전사로 이름을 날려야 했다. 자신을 위해서 그렇게 되고 싶은 마음은 없었다. 사실, 진정한 영웅은 간디바였다. 사람들이 존경하는 시선을 던질 때마다 알준은 불편한 느낌만 들었다. 하지만 가우리를 찾아야 한다는 강한 욕구는 군대가 진격하는 곳마다 자신의 이름을 떨치고 싶은 야망을 품게 만들었다. 왕비의 주장에 따르면, 자신이 위대한 전사로 이름을 떨치는 만큼 어떤 사람이 자신의 여동생에 대한 소식을 가져와 보상금을 요구할 가능성도 많아질 터였다.

하지만 왕비의 충고는 처음 그 말을 들을 때와 달리 실현 가능성이 별로 없다는 생각이 들기도 했다. 가우리를 찾을 가능성이 아득하게만 느껴졌다. 강도 떼가 가우리를 어딘가로 데려가 누구에게 팔았는지 아무도 모르지 않는가? 게다가 오래 전에 사망했을지도 모를 터였다.

하지만 자신에게 다른 어떤 선택권이 있단 말인가? 왕비는 명성을 떨치면 여동생을 찾는 데 도움이 될 거라고 충고했다. 알준은 사람들이 길을 가고 있는 자신에게 달려와 손바닥을 내민 채 "나는 나이 어린 여자 벙어리가 아름다운 곡절로 노래하는 모습을 보았소! 보상금을 주면 당신을 그 소녀가 있는 곳으로 데려다 주겠소!" 하고 숨가쁘게 소리치는 장면을 상상했다. 명성을 떨쳐야 한다는 욕구가 알준의 가슴속에서 강렬하게 일어났다.

그래서 알준은 시종장을 찾아가 부탁했다. 노인은 가만히 듣다가 고개를 신경질적으로 내저으며 말했다.

"우리 군대에는 코끼리가 육백 마리나 있어. 하지만 전투 중에 왕실 가족과 함께 안전한 곳에 머무르는 사치를 누릴 수 있는 코끼리는 세 마리밖에 안 돼. 그런데 자네는 내게 와서 코끼리 부대로 돌아가 싸우다가 죽을 수 있도록 만들어달라고 요청하다니……. 미친 거 아냐? 그런 말도 안 되는 미치광이 모습을 보여서 내 관심을 끌겠다는 거야 뭐야? 당장 돌아가서 맡은 일이나 열심히 해! 이제 두 번 다시 내 인내심의 한계를 시험하지 마!"

알준은 그 말에 따를 수밖에 없었다.

군대는 동쪽으로 행군을 계속해 마침내 동(東) 강가 왕조가 다스리는 칼링가에 도착할 수 있었다. 칼링가에 사는 안드란은 성미가 급하고 말이 빠르기로 유명했지만, 푸라케신 군대와 작은 전투를 몇 번 치르는 동안 마냥 도망치기 바빴다. 전투가 진행 중일 때, 알준은 안전한 곳에 있는 왕실 가족과 함께 구경만 했다. 하지만 간디바의 몸이 부르르 떨리는 걸 넓적다리로 느낄 수 있었다. 욕구 불만의 표시였다. 며칠 후, 삼림 경계선에서 또 다른 충돌이 발생했지만, 칼링가 군대는 다시 도주했다.

그 다음날, 좌절감에 휩싸인 동(東) 강가 왕은 특사를 파견해 동강가 영토에 대한 차루키아의 종주권을 인정한다는 항복 의사를 전달했다. 하지만 영토 내부의 자원에 대한 통제권을 계속 사용할 수 있도록 해달라는 겸손한 부탁도 함께 전달되었다. 푸라케신 국왕은 동의했다. 어차피, 국왕의 주된 관심은 자신의 종주권을 확보한 채 각지의 군주를 신하로 부리는 것이었다. 그는 동(東) 강가 왕국으로 하여금 일 년에 한 번씩 차루키아 수도 나시크로 와서 조공을 바치도록, 특히 코끼리를 다량 바치도록 요구했다. 칼링가의 방대한 숲은 좋은 코끼리가 많기로 유명하기 때문이었다. 그리고 조공 대열은 태자가 인솔해야 하며, 태자는 '사자 옥좌' 앞에 무릎을 꿇고 차루키아에 대한 충성을 맹세해야 했다.

한 나라를 너무 쉽게 정복하자, 푸라케신 국왕은 그 즉시 다음 정복전에 나섰다. 다음 목표는 동(東) 강가 남부와 접한 비슈누쿵딘으로, 상당히 강력한 군대를 가지고 있었다. 화려한 왕실은 해안선 부근 고다바리 강 북쪽으로 약 팔십 킬로미터 정도 떨어진 지방 수도 피슈타푸라에서 혹은 콜레루 호수와 몇 킬로미터밖에 안 떨어진 남부 수도 벤지에서 온갖 사치를 누리며 살고 있었다. 장군들은 비슈누쿵딘이 상당히 강력한 군사력을 소유하고 있을 가능성이 있다고 푸라케신에게 경고했다. 두 강대국 사이의 전쟁은 수많은 사람의 관심을 끌어모을 가능성이 많았다.

전쟁이 임박했다는 소리를 들을수록, 알준은 더 초조해졌다. 이 전쟁에서 펼쳐질 영웅들의 무용담에 대한 노래가 인도 전역으로 퍼져나갈 게 분명했다. 어쩌면 명성을 떨칠 이처럼 좋은 기회는 두 번 다시 안 올 수도 있었다. 왕실 가족과 안전한 곳에 있으면 자신은 잊혀질 수밖에 없었다. 그러면 어떤 사람이 자신을 찾아와 "당신 여동생을 보았다!"고 소리칠 가능성도 없을 터였다.

시종장을 다시 찾아가는 건 아무런 소용이 없을 게 분명했다. 그래서 알준은 불안하고 초조한 마음에 왕비를 만나러 갔다. 물론 그건 아주 위험한 일이란 걸 알준도 잘 알고 있었다. 왕비가 호출하지 않는 한 국왕을 제외한 어느 누구도 먼저 왕비를 찾아갈 수 없었다. 하지만 알준은 초조감을 못 견딘 나머지 무모한 도박을 벌였다. 행진 도중에 휴식 시간이 찾아오자, 알준은 커튼을 드리운 왕비의 마차를 향해 걸어가서 커다랗게 외쳤다.

"왕비마마, 소신의 무례를 용서하시고 제 말 좀 들어주십시오, 마마, 제발 제 말 좀 들어주십시오!"

마지막 말을 내뱉자마자 경호원 세 명이 달려들어 알준을 바닥에 쓰러뜨린 뒤 두 손을 뒤로 비튼 채 단검을 목에 댔다.

커튼이 약간 들춰졌다. 왕비는 왕실의 권위가 가득 담긴 목소리로 소년을 풀어주도록 명령했다.

"소년이 가까이 오도록 놓아주거라."

알준이 일어나서 주저하며 몇 걸음 앞으로 나아갔다. 왕비가 명령하는 소리가 또 들렸다.

"더 가까이, 더 가까이, 머하우트. 오늘 이렇게 절박한 표정으로 나를 찾아온 이유가 무엇인가?"

"제가 코끼리 부대로 돌아가 전투에 참여할 수 있도록 해달라고 시종장님께 부탁했습니다."

"알겠다. 전사로서 명성을 떨치기 위해서."

"왕비마마께서 말씀하신 대로, 마마. 하지만 시종장님은 안 된다고 했습니다."

여왕이 머리를 흔들어 시종장과 비슷한 반응을 보였다. 하지만 시종장에 비해 아주 슬프고 걱정스러운 표정이었다.

"벌써 사망했을지도 모르는 사람을 위해 네 생명을 위험에 빠뜨리는 이유가 무엇이지? 그때 내가 한 말은 틀렸느니라."

"제발, 왕비마마……."

"내 말이 틀렸느니라, 알준. 하지만 이왕 찾아왔으니 할말을 해보거라."

"위대한 전사는 사방에 알려진다고 왕비마마께서 말씀하셨습니다."

"안타깝게도 그렇게 말한 것 같군."

"그들이 어떻게 알려집니까, 왕비마마?"

"시인들이 그들에 대한 노래를 쓰면 이 노래들은 군대가 행진하는 길을 따라 마을에서 마을로 전파되지. 결국에는 모든 산골 마을과 소도시, 대도시까지 전파돼 나가고……. 사람들은 자신들을 정복한 사람이나 앞으로 정복할 사람에 대해 알고 싶어하니까. 정복만큼 사람들의 관심을 끄는 건 없느니라."

왕비가 한숨을 내쉬며 덧붙여 말했다.

"그래서 전사들에 대한 노래는 사랑에 대한 노래보다 많단다."

"그렇다면 저는 그런 전사가 되겠습니다."

여왕이 아무 말 없이 깊이 생각하더니, 마침내 입을 열었다.

"네 마음을 돌이키는 건 불가능할 것 같군. 나도 내 말에 대한 책임을 져야겠지. 그래, 내가 어떻게 해주길 바라냐, 알준?"

"저는 모든 전투에서 싸워야 합니다. 행렬 한가운데서 안전하게 머무를 수 없습니다. 저는 최전선에서 싸워 이름을 떨쳐야 합니다."

"아, 가련한 알준……."

왕비가 슬픈 어조로 말하다가 입을 다물더니, 이윽고 다시 입을 열었다. 체념한 다음에 나오는 또렷한 말소리였다.

"운명인 것 같군. 그렇다면 어쩔 수 없지. 네가 내린 결단이 운명처럼 강하다는 걸 내 눈으로 볼 수 있으니……. 너를 코끼리 부대로 돌려보내겠다. 그리고 나도 나름대로 노력하겠느니라. 궁정 시인들에게 너와 여동생에 대한 노래를 짓도록 지시하지. 차루키아 군대가 지나는 곳마다 너에 관한 노래가 전파될 게야. 모든 마을과 모든 도시에. 그리고 사방을 돌아다니는 유랑 가수들이 그 노래를 먼 곳까지 전달하겠지. 인도 전체가 알준과 여동생에 대해 알게 될 게야."

알준은 행진을 하는 동안 왕실과 함께 움직였다. 하지만 스타누카 왕비는 비슈누쿵딘 왕국에 도착하기 직전, 알준이 코끼리 부대로 복귀하도록 조처해주었다. 비슈누쿵딘 왕국은 강력한 나라로, 영토가 북쪽으로는 고다바리 강까지 뻗었고, 남쪽으로는 크리슈나까지, 서쪽으로는 낮은 산맥 지대와 접하며, 차루키아 부대가 행군하는 동쪽으로는 바다를 향해 완만하게 경사지는 아주 덥고 습한 거대한 평야가 펼쳐졌다.

적군과의 첫번째 교전은 북부 수도 피슈타푸라에서 발생했다. 피슈타푸라는 그 자체가 요새로서, 만찬나 바타라카 왕자가 지휘하고 있었다. 요새 앞에는 흙으로 쌓아올린 방어물이 있었으며 그 뒤에는 햇볕에 구운 벽돌로 쌓은 높은 성벽이 자리잡고 있었다. 요새 곳곳에는 정방형 탑이 있었고 지붕을 올린 탑 안에는 궁사들이 배치된 이층 노대가 있었다. 피슈타푸라로 들어가는 유일한 입구는 전차 세 대가 나란히 통과할 수 있을 정도로 널따란 목제 대문밖에 없었다.

푸라케신 군대의 장군들은 피슈타푸라를 정복할 유일한 방법은 포위 공격밖에 없다는 데 의견이 일치했다. 이것은 외부와의 교통을 단절시켜 요새 안에 있는 병사들을 굶주리게 만드는 걸 의미했다. 하지만 비슈누쿵딘에서는 차루키아 군대의 침략에 대해 미리 준비해두었기 때문에 요새 창고에 충분한 곡식을 저장했을 게 분명했다. 따라서 그들이 굶주림에 지쳐 항복하길 기다리려면 수개월이 필요했다. 그렇다면 요새를 공격하는 방법이 더 타당할 것이다.

공격에 대한 준비가 몇 주일 동안 계속되었다. 군수품 마차에서 투석기를 만드는 데 필요한 말총 밧줄과 굽은 축을 꺼내 왔다. 하지만 하부 골격에 사용할 나무는 근처 숲에서 베어와야 했다. 기다란 통나무 축 한쪽 끝은 하부 골격에 설치한 기어에 단단하게 부착시켰으며, 다른 쪽 끝은 숟가락처럼 한가운데를 움푹 파낸 다음 튼튼한 밧줄로 엮은 굽은 축에 묶었다. 그러고는 장정 세 사람이 간신히 들 정도로 무거운 바위 덩이를 숟가락처럼 파낸 곳에 올려놓았다. 밧줄을 단단하게 감아서 기다란 통나무 축을 뒤로 끌어당긴 뒤 굽은 축에 있는 밧줄을 놓아 발사하면 된다. 그러면 기어 끝 부분에 감긴 밧줄에 팽팽하게 억눌려 있던 힘이 한꺼번에 분출되어 통나무 축이 앞으로 튕겨 올라간다. 그와 동시에 그곳에 놓여 있던 바위 덩이가 공중을 날아서 커다란 호를 그리며 요새 너머로 떨어져 수비병들을 죽이는 것이다.

차루키아 군대의 기술자들은 거대한 통나무로 공성 망치도 만들었다. 머리 부분에 철판을 둘러친 공성 망치는 요새의 목제 정문을 깨뜨리는 데 사용하도록 설계되었다. 양쪽 측면에 구멍을 파서 그 속에 가죽 끈 육십 개를 집어 넣고, 그것을 장정 육십 명이 들 수 있도록 만들었다. 이 거대한 망치는 '거북이'라는 명칭의 기다란 수레에 실릴 예정이었는데, 그 위에는 기다란 대들보가 여러 개 달려 있었다. 요새에서 쏘아댈 화살과 돌멩이들로부터 운반꾼 육십 명을 보호하기 위해 목제로 만든 장치였다. 표면에 축축한 찰흙과 가죽을 덧씌워서 횃불 공격을 받아도 불이 안 붙게 만든 거북이는 한마디로 말해 움직이는 요새였다.

그런데 이 거북이를 코끼리 네 마리가 정문까지 끌고 간 다음, 코끼리 자체도 공성 망치로 활용할 예정이란 소문을 듣곤, 명성을 쌓을 좋은 기회라 생각한 알준은 그 즉시 만드레시르 전투에서 전군을 지휘한 나야카를 만나러 갔다.

"물론 나는 자네를 기억하고 있지."

나야카가 환영하며 말했다.

"제 가자두 기억하십니까?"

"물론."

"제 가자는 힘도 세고 겁도 없습니다. 저희 둘에게 공성 공격에 참가할 특권을 주십시오."

"위대한 전사가 되기로 단단히 결심했군."

"네, 나야카 님, 그렇습니다. 저희 둘에게 거북이를 잡아끌 특권을 주십시오."

나야카가 빙그레 웃으면서 승인했다.

"좋아. 그렇다면 자네에게 그 특권을 주지."

17

　일주일 동안 차루키아 궁사들은 요새의 흙벽을 향해 일제 사격을 가했다. 그리고 기병대가 적군의 방어선을 뚫을 만한 약점을 찾아 다녔지만 아무 성과도 없었다.

　마하세나파티는 다른 장군들과 상의해 정면 공격을 감행할 시간이 되었다고 국왕에게 건의했다. 정면 공격에서 가장 중요한 건 정문을 깨부수는 일이었다.

　간디바에게 브이 자 형으로 앞 부분이 볼록 튀어나오게 만든 쇠투구가 씌워졌다. 폭풍처럼 달려들어 그 끝으로 목제 정문을 받으라는 것이었다. 그리고 간디바의 등과 궁둥이 전체에는 화살을 막을 수 있도록 쇠와 코르크를 촘촘히 엮어 맨 갑옷을 씌워주었다. 알준은 널따란 방패를 들었다. 그는 발가락으로 명령을 내리기 때문에, 두 손으로 방패를 높이 치켜들어 머리와 상체 전체를 막을 수 있었다. 하지만 다른 머하우트 세 명은 명령을 내리기 위해 한 손에 안쿠스를 들어야 하므로 방패를 한 손으로 들어야 했다.

두 마리는 당기고 두 마리는 밀 수 있도록 코끼리 네 마리가 단단한 동아줄로 거북이에 묶였다. 장정 육십 명이 그 안으로 고개를 숙이고 들어왔다. 잡아당기는 위치에 있었던 간디바는 공성 망치가 커다란 마찰음과 함께 움직이기 시작하자 트럼펫을 커다랗게 불어댔다. 궁사 부대가 먼저 진격했다. 그들은 일정 거리를 가다가 멈춰 흙벽을 향해 일제히 엄호 사격을 가한 다음, 다시 일정 거리를 진격했다. 흙벽 건너편에서 방어하던 적군들이 금세 자리에서 일어나 커다란 정문을 통해 요새 안으로 퇴각하자, 정문이 쾅 소리와 함께 닫혔다.

거북이에 실린 공성 망치가 앞으로 진격하면서 바퀴에서 삐이익거리는 소리가 계속 났다. 알준은 탑의 노대와 난간 위에 길게 늘어선 궁사들을 볼 수 있었다. 거북이가 비치적비치적거리며 요새 정문 근처까지 도착했다. 적군의 화살이 우두둑 하며 방패에 꽂히는 소리가 났다. 마치 커다란 우박이 떨어지는 소리 같았다. 알준은 적군이 발사한 최초의 일제 사격이 지금 막 끝났음을 알 수 있었다. 간디바의 목을 감싼 쇠미늘 갑옷의 쇠판 사이에 화살 한 대가 박혀 있었다.

알준은 정문 앞에서 간디바를 세운 다음 고개를 돌려 간디바의 목에 걸린 밧줄과 거북이의 구멍에 연결된 밧줄을 이어주는 쇠고랑을 풀었다. 이제 공성 망치에서 풀려난 알준은 발가락으로 간디바의 귀 밑을 힘껏 찔렀다. 강력한 야수가 정문으로 돌진해 볼록 튀어나온 투구 끝으로 목제 정문을 때리는 순간 엄청난 충격으로 하마터면 알준은 밑으로 떨어질 뻔했다. 오른편을 둘러보니, 육십여 명의 병사들이 공성 망치를 들고 정문에 박을 준비를 하고 있었다. 드디어 공성 망치가 정문을 강하게 때리자 문짝 일부가 비틀렸으며, 두번째 때리자 문짝에서 우지끈 하는 소리가 일어났다.

"돌격!"

알준이 고함을 지르며 발가락 끝으로 간디바를 급히 찔렀다. 끝을 뾰족하게 만든 투구가 다시 정문을 때렸다. 이번에는 공성 망치에 맞아 이미 약해진 가운데 부분을 안으로 밀 수 있었다. 뜨겁게 요동치는 간디바의 몸통이 알준의 다리 밑에서 느껴졌다. 갑자기 정문 전체가 산산조각났다. 알준은 자신이 뻥 뚫린 공간 속으로 진격하고 있음을 느꼈다. 기둥에 붙어 있던 문짝의 창 끝처럼 뾰족한 부분이 알준의 머리를 아슬아슬하게 스치고 지나갔다. 알준은 두더지 등처럼 생긴 방패를 낮추었다. 두 귀에 승리의 함성 소리가 가득 들어찼다. 자신의 뒤에서 차루키아 보병들이 피슈타푸라 안으로 물밀듯 들어오며 내지르는 소리였다. 알준 자신도 고함을 내지르고 있었다. 익숙한 느낌이었다. 본격적인 전투가 진행되면서 목이 당기고 입이 마르고 두 눈에 보이는 게 없어졌다. 넓적다리 밑에서는 간디바가 몸을 한껏 부풀린 채 사방으로 휘젓고 다니는 게 마치 천재지변이 발생해 땅 전체가 흔들리는 것 같았다.

요새와 마을은 금방 평정되었다. 방어병 상당수가 도망쳤으며, 만찬나 바타라카 왕자도 그 틈에 끼여 있었다. 차루키아 군대는 우선 궁전을 약탈한 다음 시장 지역에 불을 지르면서 많은 병사를 죽였지만, 일반인들에게는 몸에 지닐 수 있는 만큼의 물건을 가지고 도망칠 수 있도록 해주었다. 그렇게 하는 게 관습이었다.

공성에 참가한 코끼리 네 마리 가운데 한 마리는 복부를 수없이 창에 찔려 하룻밤을 넘기지 못하고 죽었으며, 다른 한 마리는 정문에서 떨어진 커다란 파편에 맞아 등뼈가 부러졌다. 간디바와 네번째 코끼리는 각각 화살 다섯 대 정도씩을 맞았을 뿐, 심각한 상처는 없었다. 머하우트 네 명 가운데 두 명이 사망했으며, 한 명은 눈 한쪽을 잃었다. 아무 상처 없이 무사한 머하우트는 알준뿐이었다. 왜 자신만 무사한지 알 수 없었다. 신들이 특별히 보살펴준다고 생각하고 싶지는 않았다. 그건 어린 시절에 품던 환상이었다. 물론 갈대 숲에서 호랑이를 만난 다음에는 어떤 신성한 섭리 때문에 자신의 목숨을 구한 건 아닌가 궁금했다. 하지만 전쟁은 그에게 전혀 다른 내용을 알려주었다. 그래서 자신의 육체가 얼마나 취약한지 잘 알고 있었다. 다리에 난 흉한 상처가 그걸 증명했다.

이번에 젊은 머하우트가 세운 공은 왕을 직접 알현할 수 있도록 해주었다. 거리마다 연기가 자욱하고 승리의 함성과 고통 어린 외마디 소리가 사방에서 메아리치는 동안, 푸라케신 국왕은 자신의 천막에 앉아서 지금 막 정복한 피슈타푸라를 바라보고 있었다. 국왕은 망고 한 조각을 먹으면서 알준에게 가까이 오라는 신호를 보냈다.

왕실과 함께 행군했기 때문에, 알준은 왕을 자주 볼 수 있었다. 하지만 지금처럼 이렇게 가까이 마주한 건 처음이었다. 아주 크고 눈꺼풀이 두터운 눈과 마주치는 순간 전율이 온몸을 휩쓸고 지나가는 듯했다.

국왕이 괜히 불길하게 들리는 목소리로 말했다.

"너를 지켜보았느니라. 정말 훌륭한 코끼리를 타고 있더군. 짐은 그 코끼리가 다파샤타를 쓰러뜨린 걸로 알고 있는데, 사실인가?"

"그렇습니다, 폐하."

"너에게 아무 명령도 안 받고?"

알준은 시종장이 국왕에게 말한 게 분명하다고 생각했다. 전쟁터에 뛰어들 때처럼 입 안이 바싹 마르는 듯했다.

"그렇습니다, 폐하."

"오늘, 너에게 아무 명령도 안 받고 문을 밀었는가?"

알준이 미소를 머금으며 대답했다.

"아닙니다, 폐하."

"짐은 너를 가르친 이가 라마라고 들었는데……. 가장 위대한 머하우트."

국왕이 망고 한 조각을 들어 입 안에 집어 넣지 않은 채 물끄러미 쳐다보더니, 갑자기 입을 열었다.

"너는 라마의 길을 따라가고 있는 듯해. 만드레시르 전투가 끝난 후, 너에 대해 처음 들었을 때, 짐은 너를 보지 않기로 결정했느니라. 놀라운가? 사실을 있는 그대로 추측했기 때문이야."

국왕의 말에는 그 누구도 거스를 수 없을 만큼 단호한 확신이 내비쳤다.

"하르샤가 총애하는 코끼리를 공격하기로 결정한 건 어린 머하우트가 아니라 코끼리였지만 오늘은, 결정을 내린 게 코끼리가 아닌 너였지. 오늘 너는 더 이상 어린아이가 아니었느니라. 상을 받을 만한 자격이 있어. 원하는 게 무엇인가, 머하우트? 네가 원하는 걸 상으로 주겠다."

국왕이 신호를 보내자 신하 한 명이 금을 가득 담은 가죽 가방 하나를 들어올렸다.

"저것? 아니면 말? 아니면 보석 박힌 장검?"

"고맙습니다, 폐하. 하지만 폐하에게 충성을 다할 수 있는 것 자체가 가장 훌륭한 상입니다."

국왕이 만족스러운 듯 희미한 미소를 머금더니, 다음 상을 무엇으로 받고 싶냐고 물었다.

"그렇다면, 폐하, 금실로 가슴에 커다란 멧돼지를 수놓은 하얀 의상 한 벌과 여러 색깔의 술이 길게 내려오고 몸통이 검은 널따란 허리띠 하나, 그리고 빨간색으로 빛나는 터번 한 개를 받고 싶습니다."

국왕은 눈살을 찌푸리더니, 갑자기 껄껄 웃으며 주변을 둘러보아 신하들도 웃는지 살펴본 다음에 말했다.

"적군이 널 한눈에 알아볼 수 있도록 만들고 싶은가?"

"그렇습니다, 폐하."

국왕이 어깨를 으쓱했다. 이처럼 강한 자부심을 내보이리라곤 전혀 예상 못한 표정이었다.

"짐은 한번 뱉은 말은 지킨다. 만일 그게 네가 원하는 거라면, 그대로 해주겠다. 파리카르민에게 가도록 하라. 네가 말한 눈부신 의상을 그가 만들어줄 것이니라. 너에게 꼭 맞는 의상을."

국왕이 약간 비꼬는 듯한 어투로 말했다.

의전 담당관은 국왕의 명령에 그대로 따랐다. 그는 새하얀 의상에 다양한 색상의 술을 뽑내는 검은 허리띠, 그리고 빨간 터번을 준비해 젊은 머하우트에게 건네주었다. 몇몇 대신들은 의상이 번쩍번쩍 빛나는 알준을 보고 낄낄 웃었다. 어린 머하우트가 자신들보다 더 화려한 옷을 입었다며 불평하는 대신도 있었다. 병사들도 그 모습을 좋아하지 않았다. 그들은 알준이 옆을 지나갈 때마다 야유를 퍼붓고 휘파람을 불어대며 '귀엽다'고 놀렸다.

심지어 하리조차 자신의 친구가 이렇게 변한 것에 대해 화를 냈다. 알준이 허세가 가득 담긴 화려한 의상을 걸치고 돌아다니기 시작하자, 그는 어느 날 밤 알준이 앉아 있는 모닥불 옆으로 와서 우울한 표정으로 말했다.

"사람들이 무슨 말을 하는 줄 알아? 네가 허세부리기 좋아하는 멍청이로 변했다고 하더군."

"네 생각은 어떤데?"

알준이 묻자, 하리가 잠시 시간을 두더니, 퉁명스럽게 대답했다.

"사람들 말이 맞는 것 같아. 내가 생각하기에, 넌 예전의 모습을 잃어버린 것 같아. 네 라마도 널 창피스럽게 여길 거야."

마지막 말은 알준에게 상처를 주었다. 하지만 그 어떤 것도 알준의 단호한 결심을 꺾을 순 없었다. 만일 가우리가 살아 있다면, 이 옷차림이 그를 찾는 데 많은 도움을 줄 터이기 때문이었다.

왕실의 명령에 의해, 알준은 국왕 및 그 신하들과 함께 행군하게 되었다. 이 무리에는 바타슈바파티와 마하세나파티를 비롯한 여타의 장군들과 군마 총감독, 코끼리 총감독, 시종장이 포함되어 있었다.

지금까지 이 역할을 담당하던 나이 먹은 머하우트는 자신이 앞으로 궁정의 여인들과 함께 행군해야 한다는 사실에 분노를 터트렸다. 그는 다른 고참 머하우트에게 이렇게 불평을 털어놓았다.

"나는 오래 전에 여인들과 함께 행군하는 것부터 시작했어. 그런데 이제 와서 다시 그 자리로 돌아가라니. 나는 지금까지 국왕을 잘 모셨어. 그런데 왜 강등되어야 하지? 지금까지 열심히 해온 나를 이렇게 모욕시켜도 되는 거야? 왜 꼬마녀석에게 내 자리를 빼앗겨야 하지? 아무것도 모르는 멍청한 꼬마에게? 전쟁터에서 다양한 색깔의 새들이 수십 마리 달려들어 그놈의 시신을 파먹어버릴 거야!"

푸라케신은 고다바리 강을 건너 콜레루 호수 북쪽 해안가에 있는 남부 수도 벤지를 공격했다. 자신의 영토를 정복자로부터 지켜내기엔 너무 늙은 마드하바바르만 삼세는 호수 한가운데의 섬 요새로 도망쳤다.

콜레루 호수의 전투에서 간디바는 커다란 코끼리 여섯 마리를 쓰러뜨렸으며, 알준의 계속되는 공격 명령을 받고 보병 부대 일단을 추풍낙엽처럼 쓸어버렸다. 알준이 의상 속에 받쳐입은 가슴 보호대는 최소한 세 대 이상의 화살을 막아냈다. 공중에서 날아온 곤봉은 알준으로 하여금 하마터면 간디바의 등에서 떨어질 뻔한 충격과 동시에 오른쪽 넓적다리에 주먹만한 크기의 보기 흉한 찰과상을 남겼다. 하지만 그를 본 사람은 어린 머하우트가 미친 듯이 용감하게 싸웠다는 사실을 인정할 수밖에 없었다.

사나흘이 지나 군대가 승리의 휴식을 취하고 있을 때, 알준의 무용담을 작곡한 노래 하나가 불려졌다. 그후, 이 노래는 병사들에 의해 민간인에게 퍼졌으며, 벤지와 인근 도시와 마을에서 불리기 시작했다.

하지만 이 같은 커다란 성공에도 불구하고, 알준은 좌절감에 휩싸여 있었다.

화살 하나가 목을 관통해, 하리가 전사한 것이다.

연합 화장식에 참가한 알준은 친구의 재가 다른 많은 전사자의 재와 함께 섞이는 모습을 지켜보았다. 하리처럼 충실한 친구를 잃었다는 게 너무 슬펐다. 눈물이 끊임없이 흘러내렸다. 바수가 훈련장에서 자신을 그렇게 괴롭힐 때, 하리가 자신의 용기를 북돋아주지 않았던가! 하리가 야윈 얼굴로 만들어내는 미소가 자신에게 얼마나 많은 힘이 되었던가!

알준은 친구에서 성실하지 못한 자신이 안타까워 눈물을 흘리기도 했다. 하리가 자신을 영광만 추구하는 멍청이가 되었다고 생각하도록 가만 놔두는 편보다는, 자신이 그렇게 할 수밖에 없었던 이유를 그에게 설명하는 편이 더 좋았을 뻔했다. 자신의 마음을 솔직히 고백해 친구를 편하게 해주어야 했다. 하지만 그렇게 하지 못했다. 자신은 친구에게 너무 많은 것들을, 너무 많은 생각과 감정을 숨겼다. 자신이 하리에게 그렇게 한 건 두려움 때문이었다. 비웃음을 살지 모른다는 두려움. 하리가 생명을 담보로 해 가우리를 찾는다는 자신의 계획을 비웃을 것 같았다. 알준은 이런 두려움을 인정하는 것조차 싫어, 친구에게 진실을 말하지 않았다. 그러나 기회를 주었다면, 하리는 충분히 이해하고 자신과의 우정을 명예롭게 생각했을지 모른다는 생각이 들었다.

그러나 그는 떠났다. 이제 알준에게는 친구가 한 명도 없었다.

간디바는 예외다.

아, 위대한 코끼리는 항상 내 옆에 있다. 이 생각을 하자, 알준은 다시 기운을 차릴 수 있었다. 그는 상체를 앞으로 기울여서 뻣뻣한 머리털을 부드럽게 쓸어주면서 말했다.

"내, 오랜 친구. 우리는 여전히 함께 있지. 우리는 앞으로도 영원히 함께 있을 거야."

어느 날 아침, 군대는 이제 막 잠에서 깨어난 짐승처럼 느릿느릿 앞으로 나갔다. 목적지는 국왕이 다음 정복지로 지정한 팔라바스 영토였다. 부대 전체가 거대한 지네처럼 소리 없이 해안선을 따라 천천히 나아갔다. 전쟁과 정복에 대해 아무 관심도 없는 농부들이 열심히 갈고 있는 논을 지나쳤다. 도로 양쪽에 자리잡은 초가집 가운데 말하지 못하는 소녀가 사는 집이 있을 듯싶었다. 그리고 두 사람에 관한 노래를 들은 어떤 사람이 소녀의 가사 없는 노래를 알준에게 알려줄 것 같았다. 알준의 상상 속에서는 어떤 사람이 간디바 옆으로 달려와 자신을 올려다보며 이렇게 말하고 있었다.

"나는 당신이 누군지 알고 있소. 나는 당신의 여동생이 있는 곳을 알고 있소. 내가 당신을 그곳으로 데려가겠소."

18

크리슈나 강을 건넌 군대는 팔라바스가 통치하는 나라의 변방에 있는 넬로레 마을을 향해 계속 행진했다. 그곳에서 말하는 언어를 따서 타밀나두 혹은 드라미라 혹은 톤다이만다람이라고 부르는 영토에 마침내 들어선 것이다. 북쪽으로는 펜네르 강까지 뻗어 있고 남쪽으로는 폰나이유르에 국경선이 있으며 서쪽으로는 가트 산악 지대 동쪽과 접하며 동쪽으로는 벵골 만까지 나아가는 타밀 왕국은 수도가 '칸치'라는 이름의 유명한 도시였다. '카'란 브라마 신을 상징하며 '안치'란 숭배를 의미하니, 칸치란 브라마가 숭배받는 곳이었다. 그래서 순례자들은 그곳을 '일곱 개의 성스런 도시' 가운데 하나로 여겼다.

물건을 팔기 위해 사방을 돌아다녔던 알준의 삼촌은 칸치를 말할 때마다 감탄을 금치 못했다. 그곳은 카시와 마찬가지로 너무 신성하기 때문에 사람들이 그곳에서 죽으면 즉시 구원을 받는다고 했다. 하지만 삼촌은 그곳에 가본 적이 한번도 없었다. 타밀에서 생산되는 면과 비단은 품질이 뛰어나지만 그는 타밀어를 못하고, 게다가 그곳에 사는 검고 가느다란 눈동자가 밝게 빛나는 조그만 사람들은 성질이 급하고 너무 공격적이라 위험하기 때문이었다. 그들은 사원을 처음 지을 때 아이 한 명을 첫번째 주춧돌 밑에 산채로 묻는다고 했다. 그리고 끔찍한 마을 수호신을 숭배하는데, 모두 숭배하기가 너무 까다로운 신들이었다. 그래서 화를 너무 잘 내는 신들을 달래기 위해, 사제가 양의 내장을 목에 걸고 그 간을 입에 문 채 마을을 돌아다니기도 했다. 알준은 삼촌에게 이런 이야기를 들을 때마다 타밀 땅에는 결코 가지 않겠다고 맹세하곤 했었다.

그런데 지금 알준은 이곳의 위대한 대왕 마헨드라바르만과 싸우기 위해 진군하고 있었다. 음악과 시를 좋아하는 만큼이나 전쟁을 좋아하는 대왕이었다. 이 모든 건 그가 푸라케신 국왕에게 하르샤만큼이나 좋은 적수임을 의미했다. 알준은 자신이 이 세상의 중심에 서 있다는 느낌이 들었다. 앞으로 벌어질 사건 곧, 신들이 은총을 베푸는 땅을 둘러싼 두 거인의 쟁탈전보다 더 중요한 사건은 지금까지 없었고 앞으로도 없을 거라는 느낌을 받았다.

일주일 내내 오후 늦은 시간만 되면 화려한 핏빛 노을이 펼쳐졌다. 대전쟁이 임박했음을 알리는 듯했다. 하지만 전쟁은 일어나지 않았다. 타밀 군대의 정찰병조차 보이지 않았다. 가끔 화강암 구조물이 우울하게 나타나고 나무가 무성한 삼림이 중간중간에 자리잡았을 뿐 먼지가 풀풀 날리는 초라한 시골 풍경만 계속되었다. 야자수 너머로 핏빛 노을이 몰려들 때면 재칼이 짖어대고 원숭이들이 끽끽거리는 소리가 들렸다.

내륙 지방 출신인 차루키아 병사들의 눈앞에 햇살이 번뜩이는 바다가 나타났다. 바다는 알준이 어렸을 때 꼭 보고 싶었던 곳이다. 하지만 지금 이 풍경은 그에게 아무런 의미도 없었다. 전투가 벌어질 곳 그 이상도 이하도 아니었다. 예전의 호기심 많은 소년은 이제 전사로 변해, 전쟁터로 변할 주변 환경을 지긋한 시선으로 살펴볼 뿐 다른 감흥은 없었다.

원정군은 자주 휴식을 취했다. 한곳에 이틀이나 사흘 동안 주둔할 때도 있었다. 한곳에 오래 주둔할 때는 장교들 사이에서 궁술 시합과 술 마시기 대회가 열렸다. 병사들도 사방에서 주사위 놀이를 했다. 병사들은 마을에서 숫양을 사와 싸움을 붙이기도 했으며, '라바카' 라는 조그만 메추라기 한 쌍을 구해 싸움을 붙이기도 했는데, 특히 라바카는 죽을 때까지 무자비하게 싸우곤 했다. 병사들은 자기들끼리 씨름도 했으며, 그럴 때마다 내기를 걸었다. 국왕이 오랜 원정에 따분한 나머지 코끼리 두 마리에게 싸움을 붙인다는 소문도 나돌았다. 그러나 나중에 밝혀진 바에 의하면, 이것은 아무 근거 없는 소문이었다. 정복 전쟁을 하는 도중에 단순한 재미거리로 코끼리에게 상처를 입힌다는 건 신들을 모욕하는 행위일 수밖에 없었다. 신들은 수많은 사람을 전쟁터로 이끈 사람들에게 경솔한 행위가 아닌 이성적인 판단을 요구하기 때문이다.

군대가 주둔하는 곳이면 뱀 마술사가 바구니에 담긴 코브라를 가지고 왔으며, 행상꾼들이 나무로 만든 신발과 싸구려 보석을 가져와서 팔았다. 하루는 유랑 극단의 음악가들과 춤꾼들이 길가에 나타났다. 어느 누구도 그들을 위협하거나 해를 끼치지 않았다. 그 당시에는 그런 유랑 극단이 전쟁 중이든 평화 시기든, 홍수가 났든 기근이 돌든 상관없이 인도 전역을 돌아다니며 일반인과 왕실 가족 모두에게 재미있는 노래와 춤, 이야기를 전달해주었다.

그렇지 않아도 기분 전환을 모색하던 푸라케신 국왕은, 왕실 천막 여러 개를 둥글게 둘러친 내부에서 왕실이 구경할 수 있도록 유랑 극단을 그날 밤 초대했다. 그 안에 있는 잔디밭에서 유랑 극단은 북을 치고 현악기를 연주하고 피리를 불었으며 젊은 무희들은 횃불 밑에서 춤추며 돌아다녔다.

다음날, 알준은 유랑 극단의 음유 시인들이 어린 소년이 코끼리를 다루는 유명한 전사가 되어 잃어버린 여동생을 찾아 온 세상을 돌아다니는 내용의 노래를 불렀다는 소문을 들었다.

이것은 알준에게 자신의 무용담이 얼마나 널리 퍼졌는가를 증명해주었다. 자신은 지금 위대한 영웅이 되어 모든 사람의 관심을 끌어모으고 있음이 분명했다. 알준은 자신을 위대한 전사 알주나에 걸맞는, 〈마하바라타〉에 나오는 판다바 전사의 이름에 걸맞는, 진정한 계승자로 생각하기 시작했다. 하지만 자신을 알주나와 노골적으로 비교하는 건 너무 건방지고 자기 중심적일 수 있었다. 그런 얘기는 간디바하고만 나눌 수 있었다. 알준은 바나나 이파리 세 개를 나란히 놓은 것만큼이나 널따란 귀에 대고 말했다.

"우리 둘이……, 오랜 친구……, 우리 둘이 신들의 관심을 끌기 시작했어. 우리 둘이 사방에 알려졌다니까. 내가 발가락으로 네 귀를 찌르는 건 하나의 전설이 되었어."

군대가 타밀 영토 속으로 깊숙이 진군하는 동안 전쟁을 좋아하는 상대편의 성향에 관한 소문이 점차 들어오기 시작했다. 이 지역에 익숙한 병사들이 다양한 정보를 모아왔다. 그 정보에 의하면, 타밀족

엄마들은 아들이 전쟁터에서 전사하는 걸 아주 좋아했다. 신들이 그 아들을 전사들의 천국 비라스바르가로 그 즉시 데려간다고 믿기 때문이었다. 그래서 귀족이 집에서 편하게 죽을 경우에는 유족이 장검으로 시신을 깊숙이 찔러 신들로 하여금 그가 전쟁터에서 전사했다고 생각하도록 만들었다. 그러고는 죽은 자가 비라스바르가에 확실히 들어갈 수 있도록 그의 용맹과 용기를 찬양하는 기도문을 바쳤다. 타밀족은 '영웅석'을 조각해 위대한 전사의 공적을 상세히 파넣기도 했다. 이 얘기를 들었을 때, 알준은 자신의 이름과 간디바의 이름을 새겨넣은 영웅석에 대해 생각했다.

팔라바의 역대 국왕들은 패배한 적군에게 욕설 퍼붓는 걸 가장 좋아한다는 소문도 들렸다. 패배한 국왕의 왕관을 뜨거운 불로 녹여서 왕궁 여인들의 발찌로 만든다고도 했다. 만일 왕이 자신을 수호하는 나무를 가지고 있다면(당시의 왕들은 일반적으로 수호목을 가지고 있었다) 그 나무를 베어내 승리를 기념하는 북으로 만들었다. 그리고 정복한 영토는 불을 질러 모두 폐허로 만들었다. 심지어 논과 밭조차 이 무자비한 타밀족의 손에서 벗어날 수 없었다. 그들은 독사 수십 마리를 적군의 숙소에 집어 넣는 것으로도 유명했다. 그래서 차루키아 군대는 이 정보를 접한 다음부터 밤에 더 많은 보초병을 세웠다.

비슈누쿤딘을 향해 진격해갔을 때도 비슷한 소문이 돌았지만, 이렇게 지독하지는 않았다. 알준에게는 타밀족에 대한 여러 가지 소문이 사실이든 아니든 상관없었다. 아니, 그는 소문이 사실이기를 바랐다. 라마가 이런 말을 자주 했기 때문이었다.

"적군이 강할수록 더 훌륭하게 싸울 수 있는 법이다."

　비록 황혼이 예고한 커다란 전투는 없었지만, 팔라바 군대는 차루키아 군대의 진격 속도를 늦추기 위해 치고 빠지는 전투를 계속 걸어왔다. 타밀 기병들이 옆구리와 후미에 출몰해 공격하고 도망치는 작전이었다. 그러던 도중에 마침내 파란 대양과 초록색 언덕 사이의 황무지에서 숨가쁜 전투가 발생했다. 약 오천 명 정도의 팔라바 군대가 덤벼왔다. 하지만 마헨드라바르만은 아직 전면전에 대한 준비를 못한 게 분명했다. 며칠 후, 계속 전진하는 차루키아 군대에게 또 다른 부대가 덤벼들어 짧은 시간이었지만 치열한 전투가 벌어졌다. 타밀족은 푸라케신 군대의 전술과 세력을 시험하고 있는 듯했다.

　하지만 차루키아 군대 역시 이 같은 전초전을 통해 상대편을 파악할 수 있었다. 타밀족은 체구가 왜소했으며 까무잡잡한 얼굴에는 검은색의 가느다란 콧수염과 어깨까지 내려오는 귀고리가 달려 있었다. 그들은 빨갛게 칠한 나무 방패를 가지고 다녔으며, 허리춤에는 최소한 두 개 이상의 단검이 꽂혀 있었다. 그들이 주로 사용하는 무기는 기다란 삼지창인데, 그걸 휘두르는 솜씨가 대단했다. 그리고 전투가 시작되기 전에 미친 듯한 춤을 추기도 했다. 계속 두 팔을 굽혔다가 힘차게 펼쳐내면서 공중으로 뛰어올라 얼굴을 찡그려 흰 이빨을 다 드러내는 춤이었다.

　장교들은 뜨거운 햇빛을 피하기 위해 시종들로 하여금 공작 깃털로 만든 양산으로 머리를 가리게 했는데, 이것은 전투가 진행 중일 때도 마찬가지였다. 또 다른 시종은 '승리를 가져다 주는 황소'가 그려진 깃발을 들고 다녔는데, 이 황소는 타밀족이 숭배하는 시바의 상징이었다. 가나파티가 생쥐를 타고 다녔고, 브라마가 거위를, 그리고 인드라가 코끼리를 타고 다녔다면, 시바는 황소를 타고 다녔던 것이다.

전투가 있을 때마다 알준은 가장 치열한 곳을 찾아 간디바를 몰고 다니며 명성을 쌓았다. 명성이 높아질수록 알준의 태도가 바뀌어갔다. 급기야 죽은 하리가 다시 살아온다 해도 예전의 친구를 알아볼 수 없을 정도까지 되었다. 이름을 떨쳐야 한다는 욕구가 너무 강렬한 나머지 급기야 그 같은 욕구를 가지게 된 이유마저 잃어버린 것이다. 여동생을 생각하면 끔찍한 슬픔이 몰려들었지만, 마음 깊숙한 곳에서는 여동생이 죽었다고 생각하는 것 같았다. 하지만 자신의 용맹스러움이 맹위를 떨치는 전투 장면을 생각하면 온몸에 생기가 돌았다. 알준은 자신이 공적을 찬양하는 많은 노래에 걸맞는 영웅이라고 생각했다. 그리고 신들이 정말로 자신을 보호한다고 생각했다. 화려한 의상을 입어 자신을 확실한 목표물로 만들며 전쟁터를 누볐지만 그는 여전히 살아 있었다. 다른 수많은 동료들이 거꾸러졌지만, 그는 살아 있었다. 그리고 전투가 벌어질 때마다 무모할 정도의 용기를 발휘해 스스로 명성을 더해 나갔다. 그래서 한 번 승리할 때마다 위대한 전사가, 아니 가장 위대한 전사가 되겠다는 목표에 한 발씩 다가갈 수 있었다.

거의 매일 습격을 받게 되자, 차루키아 군대는 부대의 배치를 수시로 바꾸어 적군의 기습에 대비하며 진격했다. 어느 날 오후, 왕궁 여인들의 마차가 코끼리 부대를 지나게 되었다. 왕비가 탄 마차가 커튼을 내린 채 간디바와 나란히 갔다. 커튼이 올라갔다. 그래서 알준은 반짝이는 보석들이 박힌 금 귀고리의 광채를 볼 수 있었다. 하얀 이마에는 에메랄드가 여러 개 박힌 금줄이 초승달처럼 걸려 있었다. 차루키아의 첫번째 왕비 마하데비 스타누카의 상징물이었다. 왕비와 알준의 시선이 마주쳤다. 알준은 왕비가 베일을 벗어 미소짓는 얼굴을 보여주리라 생각했다. 아니면 손을 조금이라도 흔들어주리라. 하지만 아무 일도 일어나지 않았다. 모르는 사람을 쳐다보는 듯한 표정이었다. 왕비가 자신을 무시하면서 계속 쳐다보는 이유가 무엇일까? 자신의 행동을 왕비가 불만스럽게 여기는 걸까? 자신이 생명을 너무 무모할 정도로 위험에 빠뜨리는 멍청이라고 생각하는 걸까? 그렇지 않을 거란 생각이 들었다. 아무래도 상관없었다. 이제는 위대한 전사가 되었기 때문에 왕비의 도움이나 우정은 더 이상 필요하지 않았다. 보병들이 감탄하는 눈초리로 자신을 올려다보고 있으며, 기병들이 곁눈으로 쳐다보며 자신을 부러워하지 않는가?

알준은 자신과 간디바를 특별한 존재로 여긴 나머지 둘만의 보이지 않는 벽을 쌓아올려 그 안에서 나오지 않았다. 저녁 식사를 마친 다음에는 술 잔치를 벌이는 머하우트 틈에서 빠져나와 곧장 코끼리를 묶어놓는 곳으로 갔다. 그러고는 간디바를 아무도 없는 곳으로 데려가 한동안 얘기를 나눈 다음 커다란 발 옆에서 등을 구부린 채 잠속으로 빠져들곤 했다. 다른 머하우트들은 어느 누구도 그렇게 하지 않았다. 코끼리가 잠을 자다가 주인의 몸 위로 구르거나, 서서 자다가 갑자기 누워서 잠자고 싶은 마음에 발 밑에 조련사가 있다는 사실을 잊어버린 채 그냥 깔고 뭉갤 수 있기 때문이었다.

불사신이라는 알준의 믿음은 훈련장에서부터 자신을 괴롭혀오던 바수를 새로운 자세로 대하도록 만들었다. 두 사람이 서로 시선을 마주칠 때마다, 알준은 억센 체구의 하사관을 계속 노려보아 그가 시선을 돌린 채 사라지도록 만들었다. 두번째 소전투를 치른 다음, 알준은 바수가 왼팔에 감고 다니는 붕대를 보았다. 하지만 상처를 입지 않았다 하더라도 그는 더 이상 위협이 될 수 없었다. 마주친 시선을 순순히 외면하는 게 좋은 증거였다.

팔라바 군대와 일련의 소전투를 겪은 다음, 나야카가 알준에게 다가와 이렇게 말했다.

"지금까지 아주 훌륭하게 싸워왔어, 머하우트. 하지만 항상 행운이 따라다니는 건 아니야. 특히 병사에게는. 한 가지 제안할 게 있네. 다음부터 전쟁터에 나갈 때 그 이상한 옷을 벗고, 누빈 옷에 쇠미늘 갑옷을 걸치도록 하게."

"제가 다른 옷을 입으면, 적군이 저를 알아보리라고 생각하십니까?"

나야카가 잠시 생각하다가 대답했다.

"그건 잘 모르겠네. 자네는 적군이 자네를 한눈에 알아보는 게 좋은가?"

"네."

"자네의 목숨을 걸 정도로?"

"네."

나야카가 어깨를 으쓱했다.

"그렇다면 좋을 대로 하게."

오월이었다. 타밀 영토에서는 일 년 중에 가장 뜨거운 건기로, 몬순을 바로 앞둔 시기였다. 우기가 금방 시작될 터였다. 구름이 벌써 몰려들어 하늘을 가리는 시간이 많았다. 전투를 예고하던 핏빛 황혼은 더 이상 없었다. 하지만 또다시 전투가, 아주 커다란 전투가, 수도 칸치에서 북쪽으로 오 킬로미터 정도 떨어진 곳에서 벌어졌다. 풀라루라 전투였다.

그날 아침은 숨이 막힐 것처럼 습하고 더워 사제들이 멧돼지 깃발과 북에 축복을 내리기 전부터 병사 대부분이 땀으로 목욕한 것 같았다. 푸라케신 국왕 역시 땀을 뚝뚝 흘렸다. 하지만 그는 의식에 참석하기 위해 온몸을 닦고 전투복을 입었다. 머리에는 은으로 만든 동그란 왕관을 썼는데, 이 왕관은 끝 부분에 악어 두 마리가 서로 턱을 맞물고 있는 듯한 형상을 하고 있어 '마카라무크하' 라고 불렸다. 제왕의 전투복을 갖춰 입은 국왕은 '힘의 신' 트리비크라마에게 기도를 바친 다음 장검을 뽑아들고 동쪽으로 예순네 걸음을 걸어간 뒤 태양에게 절을 하고 자신의 전차에 올라탔다. 그러자 음악이 연주되었다. 한편, 사제들은 손잡이를 금으로 만들고 진주를 기다랗게 엮어 가장자리에서 술처럼 흘러내리게 만든 국왕의 양산을 축복한 다음, 깃발에 그려진 길이 사 미터에 높이가 약 이 미터에 달하는 멧돼지 브르하트케투를 위한 기도를 바쳤다.

정보원이 나라싱하 왕자가 팔라바 군대를 이끌고 온다는 정보를 가져왔다. 왕의 용맹스러움도 널리 알려졌지만, 나라싱하 역시 위대한 전사였다.

알준이 진격 신호를 기다리며 간디바에게 말했다.

"나라싱하 왕자에게 본때를 보여주자고. 오늘 왕자에게 우리가 누군지 단단히 알려주는 거야, 친구."

그는 혹이 많은 머리를 다정하게 쓰다듬고 여자처럼 눈썹이 기다란 간디바의 눈을 내려다보며 다시 말했다.

"내 영혼의 형제여, 한번 더, 우리 함께 나가자……."

풀라루라 전투는 정말 대단했다. 오전 내내 싸웠지만 승부가 나지 않았다. 하지만 차루키아 기병 부대가 적군의 왼쪽 측면을 급습하면서 코끼리 부대가 적군의 중 보병대 방어선을 뚫었다. 나라싱하 왕자로서는 칸치 시를 향해 서서히 퇴각할 수밖에 없었다.

비록 아직 전투에서 승리한 건 아니었지만, 푸라케신의 우세가 분명해졌다. 신이 난 차루키아 병사들은 고함과 함성을 지르면서 밀물처럼 앞으로 진격했다.

알준 역시 함성을 내지르며 간디바의 귀밑을 찔러 퇴각하는 적군을 쫓았다. 상대할 만한 적군을 고르던 그가 퇴각하는 코끼리 한 마리를 향해 달리다가 거의 도착할 즈음에 오른편에서 일어나는 어떤 움직임을 발견하곤 살짝 고개를 돌렸다. 다른 코끼리가, 차루키아 코끼리 한 마리가 옆에서 달려오고 있었다. 깜짝 놀란 알준이 마지막으로 기억하는 건, 승리감에 들떠 빙그레 웃는 바수와 그가 공중에 휘두른 안쿠스 갈고리였다.

알준은 강한 충격을 느꼈다. 그게 마지막이었다.

간디바의 왼쪽 뒷발이 바수의 끔찍한 일격에 정신을 잃고 땅바닥에 떨어진 알준의 머리 바로 옆을 스치고 지나갔다.

간디바가 자신의 등 위에 알준이 없다는 걸 깨달은 건 몇 초 뒤였다. 간디바는 걸음을 멈추고 기다란 코를 치켜든 채 미친 듯이 알준을 찾으면서 커다란 트럼펫 소리를 내질렀다. 적군을 추적하던 병사들은 이리저리 피하기 바빴다. 코끼리답지 않은 신속한 동작과 속도로 방향을 돌린 간디바는 공포에 떨며 차루키아 진영을 향해 달리기 시작했다. 선두에 섰던 코끼리 동료가 도망치는 모습을 본 다른 차루키아 코끼리들은 계속 앞으로 진격하라는 머하우트의 명령을 무시한 채 트럼펫을 불어대며 발길을 돌리더니 아군을 짓밟으며 간디바 뒤를 열심히 쫓아가기 시작했다.

몇 마리는 흥분을 진정시켰지만 대부분은 계속해서 공포에 떨며 난동을 부렸다. 특히 등 위에 아무도 없는 간디바는 더욱 흥분해 기다란 코로 꽥꽥거리는 소리를 뿜어대며 정신없이 달렸다. 대장들로서는 병사들에게 그를 쓰러뜨리라고 명령할 수밖에 없었다. 궁사들이 자신들을 향해 미친 듯이 달려오는 미친 코끼리를 향해 화살을 날렸다. 간디바는 갑옷의 철판 사이에 수많은 화살을 맞아 거대한 두더지 같은 형상이 되었다. 속도를 늦추던 간디바가 이윽고 비틀거리다가 무릎을 꿇더니, 침몰하는 배처럼 옆으로 쓰러졌다.

그가 쓰러지자, 다른 코끼리들이 잠시 주춤하더니 마침내 걸음을 멈추었다. 하지만 간디바의 죽음을 보고 더 흥분한 코끼리 몇 마리는 병사들을 보호하기 위해 살해되거나 다리를 잘릴 수밖에 없었다.

전혀 예상하지 못했던 이 사건은 차루키아의 진격을 얼어붙게 만들었다. 국왕은 장군들과 긴급 회의를 연 다음, 전군에게 퇴각을 명령했다. 타밀 병사들은 별다른 손실 없이 도시의 정문 안으로 퇴각할 수 있었다. 기나긴 원정에 지친 푸라케신은 공격을 중단하는 게 좋겠다고 생각했는지, 미쳐 날뛴 코끼리들의 발굽에 마지막 열정을 짓밟힌 지친 군대를 칸치 시가 안 보이는 곳으로 후퇴시켰다. 그렇게 하루를 보낸 다음 국왕은 고국을 향한 기나긴 여정에 나서기로 결심했다.

낙오병들이 임시 집결지를 향해 돌아오는 동안, 구름이 갈라지면서 그 사이로 태양이 강렬한 빛을 흩뿌렸다. 곧이어 황혼이 지기 시작하더니, 짙은 붉은색 후광이 하늘을 가득 물들였다. 바닥에 쓰러진 코끼리를 지나치던 늙은 병사 한 명은 그 코끼리가 자신이 보병 부대에서 장검 쓰는 법을 가르쳐주었던 소년 머하우트가 타고 다니던 코끼리라는 사실을 알아차렸다. 간디바는 자신의 몸 속에서 강물처럼 흘러내린 핏물 한가운데 누워 있었다. 기다란 코가 밀려가는 파도처럼 가날프게 움직였으며 다정하게 보이는 두 눈은 허공을 바라보고 있었다. 하지만 거대한 심장은 계속 쿵쿵 뛰어 그로 하여금 자신의 몸통에 박힌 화살 오십 대 이상의 고통에 시달리도록 했다.

노인 병사는 코끼리에 대해 아무것도 몰랐지만, 오랜 세월을 전쟁터에서 보내는 동안 고통에 대한 모든 것을 깨닫고 있었다. 그는 부상당한 몸을 이끌고 고통스러워하는 동물을 향해 절뚝거리며 걸어갔다. 그러고는 그날의 마지막 일격을 날리기 위해 창을 간신히 들어올려서 야수의 해골뼈 사이 부드러운 살을 푹 찔렀다. 간디바는 마침내 자유의 몸이 되었다.

19

바수가 휘두른 안쿠스는 알준의 코와 뺨을 핏덩어리로 만들었다. 생존자를 찾아 전쟁터를 돌아다니던 타밀 병사들은 신음 소리를 들은 다음에야 비로소 그가 아직 사망하지 않았음을 알았다. 그들은 술 달린 허리띠와 멧돼지 수가 놓여진 흰 의상을 보고 알준이 차루키아 귀족이라고 생각했다. 만일 화려한 옷차림이 아니었다면 알준은 그 자리에서 죽었을 터였다. 다른 많은 차루키아 부상병들이 타밀 병사의 손에 죽음을 당한 반면, 알준은 귀족과 같은 화려한 옷차림 덕분에 그 같은 운명을 피할 수 있었다. 의식을 잃은 알준은 다른 포로들과 함께 마차에 실려 칸치 시로 끌려갔다.

알준이 정신을 차렸을 때, 제일 먼저 눈에 띈 것은 대들보에 길게 매달린 더러운 누더기 담요였다. 그 다음 기침 소리와 신음 소리가 들렸다. 물결이 몰아치는 것처럼 얼굴이 계속 커졌다가 줄어드는 듯한 느낌도 들었다. 가장 가까운 곳에서 들리는 신음 소리는 자신의 입에서 흘러나오고 있었다. 가슴속 깊은 곳에서 흘러나오는 고통스러운 신음 소리가 나오고 또 나왔다. 그러다가 어두워졌다.

그러더니 빛이 밝아지다가 어두워졌고 다시 밝음과 어두움이 교차되었다.

반쯤 오므린 손 위에 그릇 하나가 툭 떨어졌다. 알준은 조금도 움직일 수 없었다. 그릇이 사라졌다. 밝아졌다가 다시 어두워졌다. 그러다가 다시 밝아졌다. 또 그릇 하나가 느껴졌다. 이번에는 그릇 끝을 잡아 올려 입술에 댈 수 있었다. 얼굴 근육을 움직이니까 칼로 자르는 듯한 극심한 통증이 느껴졌다. 하지만 쌀죽 일부를 간신히 먹을 수 있었다. 대부분이 흘러내렸으나 입 안에 들어온 죽은 엄청난 통증에도 불구하고 목구멍 안으로 삼켜졌다.

그리고 다시 빛이 엷어지더니 어둠이 찾아왔다. 다시 빛이 밝아졌을 때, 알준은 상체를 일으켜 오두막 안에 누워 있는 사람들을 볼 수 있었다. 몇몇의 사내는 앉아 있었다. 누군가가 다가와서 상체를 굽혔다. 그릇. 알준은 그것을 움켜잡고 먹었다. 오두막은 덥고 습했다. 이윽고 다시 어두워졌다. 어둠이 밝은 빛으로 변했다. 다시 음식을 먹었다. 빛과 쌀죽과 어둠이 끝없이 반복되었다. 하지만 이제 일어나 앉아서 다른 포로들이 앞으로 닥쳐올 어두운 운명에 대해 논의하는 소리를 들을 수 있었다. 본격적인 몬순을 예고하는 소나기가 양철 지붕을 한동안 때리다가 멈추었다. 알준은 자신의 터번이 사라졌음을 깨달았다. 찢어진 흰 의상 곳곳에 진흙과 마른 피가 잔뜩 묻어 있었다. 알준은 열린 입구로 기어가 소나기가 만들어놓은 웅덩이에 자신의 얼굴을 비춰보았다. 라마가 자신의 얼굴을 알아볼 수 있을까? 가우리는? 자신을 낳은 어머니가 과연 이 얼굴을 알아볼까?

벽에 등을 기댄 포로 한 명이 소리쳤다.

"이봐! 자네, 자네!"

그 포로가 가리키는 대상은 알준이었다.

"자네 코끼리는 어디에 있나? 이제 자네를 보호할 수 없게 되었나?"

하지만 이 오두막 안에는 말다툼을 할 만한 힘이나 여유를 가진 사람이 한 명도 없었다. 밝은 빛이 수그러들고 어둠이 깔리자, 사람들의 마음도 차분하게 가라앉았다. 이제 상처를 치유할 시간이 된 셈이었다. 신음 소리가 사라지고 그 자리에 말소리가 들어찼다. 누군가가 너털웃음을 터트렸다. 또 다른 사람이 재미있는 이야기로 웃음을 이끌어냈다. 포로 가운데 타밀어를 할 수 있는 서너 명이 감자와 곡류와 쌀죽을 가져온 경비병과 농담을 주고받았다. 건강이 점차 회복되자, 포로 가운데 일부가 끌려 나가 다시 돌아오지 않았다.

알준은 손가락 끝으로 얼굴의 움푹 들어간 상처와 딱지와 찢어진 부위를 만질 수 있었다. 비록 코는 여전히 커다란 덩어리처럼 부어오른 상태였지만, 그 코를 통해 숨을 쉴 수 있었다.

충분히 회복되자, 알준은 데칸어를 하는 장교 앞으로 끌려나가 심문을 받았다. 검은 피부에 체구가 조그만 장교는 건물 입구에 앉아 있었다. 경비병이 알준을 밀어 노예처럼 무릎을 꿇게 만들었다. 알준은 시선을 낮춘 채 가만히 기다렸다.

마침내 장교가 물었다.

"네놈은 무얼 하는 놈이냐?"

알준이 고개를 들고 쳐다보며 대답했다.

"머하우트입니다."

"머하우트라고? 사실대로 말하라. 만일 네놈이 왕실 가족에 속한다면, 우리가 바타피로 특사를 파견해 네놈의 몸값을 청구할 예정이다. 그러면 네놈은 고향으로 돌아갈 수 있다."

알준은 그 말을 듣고 희미하게 웃으며 반문했다.

"왕실 가족? 아닙니다. 저는 머하우트일 뿐입니다."

"그래? 그렇다면, 왜 이 의상을 입었느냐?"

장교가 알준의 의상과 황금색 멧돼지 그림을 가리켰다.

"전쟁터에서 쉽게 눈에 띄라고 입었을 뿐입니다."

특이한 대답이 장교로 하여금 알준을 좀더 자세히 살펴보게 했다. 저놈이 거짓말을 하는 건가 아니면 약간 미친 건가? 어쨌든 포로가 귀족이라면 언제든 몸값을 요구할 수 있을 터였다. 하지만 지금 당장은 어차피 차루키아 군대가 고국으로 돌아간 상태이고 타밀족에게 충분한 재화가 쌓여 있는 데다가, 사실 여부를 확인하기 위해 특사를 파견한다는 게 괜히 이상할 뿐 아니라 별다른 소득 없이 치사하게 보일 수 있었다.

마음속으로 계산을 끝낸 장교는 평범한 머하우트에 불과하다는 포로의 주장을 받아들인 채 한 손을 들어올려 이상한 젊은이를 데려가라는 신호를 보냈다.

경비병이 다가와서 팔을 잡을 때, 알준이 두 손을 모으며 애원했다.

"제발! 할말이 있습니다."

"무슨 말인가?"

"제 가자……. 만일 찾을 수 있다면……. 만일 아는 사람이 있다면…… 만일……."

"지금 도대체 무슨 소리를 하는 거야?"

장교가 짜증을 내며 물었다.

"만일 제 가자에게 무슨 일이 생겼는지 아는 사람이 있다면……."

장교가 포로를 한번 더 살펴본 후 입을 열었다.

"그거야 누구나 알고 있지. 네놈의 야수에게는, 머하우트, 네놈이 절실하게 필요했어. 네가 떨어지자, 그놈이 미쳐 날뛰면서 네 군대에 대단한 타격을 입혔지. 그게 네놈에게 많은 도움이 됐어."

장교가 심술궂은 미소를 머금으며 말했다.

"네놈의 야수가 우리에게 커다란 도움을 주었기 때문에 우리가 네놈의 목숨을 구해준 거라고."

장교가 껄껄 웃었다.

"그놈이 커다란 공을 세웠으니, 네놈이 귀족이든 아니든 목숨만은 살려주겠다."

장교가 잠시 말을 멈추더니, 낮은 목소리로 덧붙였다.

"정말 괴상한 표정을 하고 있군. 그놈이 죽었기 때문인가? 네놈 형제가 죽은 게 아니야. 머하우트는 정말 이상한 놈들이군. 너희 편 궁사들이 그 야수를 향해 수백 대의 화살을 날려 벌집을 만들어버렸단 말이야. 내 눈으로 직접 보았어."

"죽었나요?"

알준이 힘없는 목소리로 물었다.

"아, 그야 물론이지. 확실히 죽었어. 아무리 힘센 코끼리라 해도 그렇게 많은 화살을 맞고 살아남을 순 없지."

사로잡힌 이후, 알준은 하루하루를 고통 속에서 살아왔다. 하지만 이제부터는 슬픔 속에서 살아가게 되었다. 끝없는 불신감이 밀려들었다. 간디바의 죽음을 생각하면 도저히 있을 수 없는 일이라는 느낌이 강렬하게 밀려들었다. 그렇게 고귀한 동물을 어떻게 죽일 수 있단 말인가? 다른 오두막으로 끌려간 다음에도 이 생각이 알준의 뇌리에서 떠나질 않았다. 밤이 시작되었지만, 알준은 계속 그 생각에 몰두했다. 그러다가 마침내 불신감이 인정과 이해로 바뀌었다.

그렇게 고귀한 동물을 어떻게 죽일 수 있단 말인가?

화살로.

너무나 평범한 진실이었다. 화살로.

알준은 신들이 자신과 간디바의 생명을 보호한다는 환상을 품고 있었다. 자신을 특별한 존재로 여기던 너무나 어리석은 자부심이 상처에서 흘러나오는 피처럼 지금 알준의 몸 밖으로 새어나오고 있었다. 라마라면 어떻게 말할까? 알준은 이 생각을 단 한번도 멈추지 않았다. 하지만 알준의 기억 속에서는 라마의 영향력을 생전 처음으로 거부했다. 간디바가, 자신의 유일한 친구가 화살에 맞아 죽었다. 라마가 어떤 말을 하든 그건 바뀔 수 없는 사실이었다. 그리고 자신에게 신성한 실을 가져다 줄 수도, 얼굴을 회복시켜줄 수도 없었다. 자신 앞에는 끔찍한 삶이 새롭게 펼쳐져 있을 뿐, 라마를 비롯한 그 누구도 지금 자신을 도울 수 없었다.

며칠이 지나자, 알준은 오두막에서 끌려 나와 차루키아 군대에 팔릴 때처럼 족쇄를 찼다. 그러나 이번에는 무거운 쇠사슬로 양다리를 연결한 족쇄였다. 그런 다음, 야생 코끼리처럼 끌려가 담이 있는 수용소에 들어갔다. 그곳에는 대나무 기둥을 세우고 바나나 잎으로 지붕을 얹은 달개집(원채의 처마 끝에 잇대어 늘여 지은 집)이 여러 채 있었으며, 그 안에 오십 명 이상의 노예들이 살고 있었다.

노예들은 나라싱하 왕자가 거주할 궁전을 건설하는 현장으로 매일 끌려 나갔다. 이들은 우마차에 실려온 통나무 기둥을 비계(건축 공사 등에서, 높은 곳에서 일할 수 있도록 긴 나무나 쇠 파이프 등으로 가로세로 얽어서 만든 시설)와 사다리들이 가득 널려 있는 곳으로 운반했다. 알준은 궁정 마당에 만들고 있는 정원을 살짝 쳐다보았다. 한번은 문가에서 걸음을 멈춘 채 벌써 완성된 실내에서 벽화를 그리는 사내를 바라보았다. 시바 신의 배우자 파르바티가 연못 옆에서 춤추는 장면이 벽 전면에 서서히 나타나고 있었다.

라마는 알준을 외면하지 않았다. 알준은 그 사실을 금방 깨달을 수 있었다. 라마의 조언이 오랫동안 사귀던 지혜로운 친구처럼 다시 나타나 이렇게 말했다.

"의무를 다하라. 너 자신을 포함한 그 누구도 너에게 그 이상을 요구할 수 없다."

그래서 알준은 말없이 겸손하게 작업에 열중했으며, 동료들에게 존경을 받게 되었다.

노예 수용소와 건축 현장 사이를 오가는 동안, 알준은 거대한 도시를 생전 처음 볼 수 있었다. 칸치 시는 사방에 성벽을 둘러쌓아 외부 침공에 대비한 대도시였다. 밤이 되면 안으로 들어오는 대문 네 개를 단단히 닫고 거대한 쇠몽둥이로 빗장을 질렀다. 도시에는 햇빛에 구운 벽돌로 만든 깨끗한 주택과 연못, 공원이 많았는데, 주택마다 천장을 세운 복도와 이층으로 올린 테라스, 그리고 정원이 딸려 있었다.

도시 빈민들은 널빤지나 야자수 잎으로 지붕을 올리고 벽이 한쪽으로 기운 오두막에서 살았다. 쇠사슬에 묶인 노예들은 돗자리 가게, 바구니 가게, 대장간, 상아 장사꾼 들이 길게 늘어선 좁은 길을 어기적

어기적 내려갔다. 알준은 언젠가 대도시의 번잡한 거리를 꼭 거닐어
보고 싶었다. 하지만 이런 상태로 걸어가게 되리라곤 상상도 못했다.

　타밀 남성들은 지나가는 노예들을 따가운 시선으로 처다보았지만
여성들은 물건 사던 동작을 멈춘 채 호기심 어린 눈초리로 바라보았
다. 모두 피부가 검고 화려한 미인들이었다. 머리칼을 뒤로 돌려 빵
처럼 동그랗게 묶고 머리칼 한 가닥을 한쪽 귀밑으로 내린 모습이 퍽
이나 아름다웠다. 대부분 화려한 비단 스카프에 종아리까지 내려오
는 줄무늬 무명 치마를 입었는데, 청동 발찌가 이들의 다리를 더욱
아름답게 해주었다. 알준은 이들의 몸에서 풍겨나오는 꽃 향기를 매
일 열심히 맡았다.

　대도시에는 개도 굉장히 많았다. 더럽고 굶주리고 사납고 호전적
인 개들이었다. 그들은 인간에게 무관심했다. 도시를 배회하며 생존
을 모색하는 것 외에는 아무런 관심도 없는 듯했다. 그들은 사람들에
게 천대를 받으며 자기들끼리 끊임없이 싸우느라 온몸이 상처투성이
였다. 한마디로 말해, 이들은 지배와 굴종의 잔인한 논리가 지배하는
거리의 청소부였다. 그들은 사람들이 요리하고 버린 눅눅한 잿더미
위에서 조그만 공처럼 온몸을 웅크린 채 잠을 잤다. 그러다가 잠에서
깨어나자마자 싸움을 시작하고 비명을 질러대며 도망치다가 다시 싸
움을 벌였다. 그래서 어떤 사람은 "저놈들은 지옥의 악마들 같다"고
말하기도 했다. 칸치의 개는 목을 한번 물면 상대편이 바닥에 쓰러져
배를 들어낼 때까지 절대 놓아주지 않는 것으로 유명했다. 심지어 이
같은 항복 표시도 통하지 않을 때가 많았다. 변덕스러운 승리자가 사
나운 이빨을 옮겨 더 치명적인 일격을 가하곤 했던 것이다. 그래서
고통 어린 비명 소리가 흘러나오면 수십 마리가 달려왔다. 어떨 때는

그놈들이 일제히 달려들어 쓰러진 개를 산산조각으로 찢어발기기도
하고, 또 어떨 때는 코방귀를 한번 뀐 채 그냥 다른 곳으로 달려가기
도 했다. 알준은 이 개들이 두렵고 싫었다. 하지만 그들은 알준의 꿈
속까지 파고들어 노랗게 생긴 조그만 눈에 불을 켠 채 사납게 달려들
었다.

　몬순이 칸치 시를 본격적으로 휩쓸기 시작했다. 달개 지붕 사이에
서 빗물이 떨어졌다. 노예들은 항상 젖은 상태로 지냈다. 온몸이 욱
씬욱씬 쑤셨으며, 옷에는 곰팡이가 피어나고, 벌레들까지 들끓어 노
예들을 미치게 만들었다. 생쥐와 큰 쥐가 힘없는 노예와 환자들을 공
격해 그로 인한 고통이 사람들을 더욱 괴롭혔다. 까마귀들이 달려들
어 노예들의 손에 들려 있는 음식을 무례하게 낚아채기도 했지만, 지
칠 대로 지친 노예들은 그들을 제대로 막아낼 수도 없었다.
　알준은 타밀어 학습에 몰두하는 방법을 통해 일상적인 고문을 견
뎌냈다. 고향에서 칸나디어와 테라구어를 배웠으며 군대에서 약간의
마라타어를 습득한 그는 타밀어 공부에 깊이 몰두했다. 경비병들은
복잡한 타밀어에 대해 자부심을 갖고 있어 알준의 이런 모습을 좋아
했다.
　하루는 안드라 출신의 노예 한 명이(몇 년 전에 비슈누쿵딘과 전
쟁할 때 사로잡은 포로였다) 곡식을 훔치기 위해 달개집 안으로 들어
온 큰 쥐 한 마리를 잡았다. 산토끼만한 크기에 뒷다리가 기다란 이
놈은 연한 회색털에 배 부분만 희었다. 달개집을 함께 쓰는 이 노예
는 알준에게 이렇게 말했다.
　"타밀족은 이놈들을 싫어해. 큰 쥐는 닭을 잡아먹고 움막 밑으로

땅을 파서 거실 안까지 들어가거든. 그러고는 갓난아기의 뺨을 물어 뜯기도 하지. 하지만 이놈들을 구워 먹으면 정말 맛있어.”

알준과 안드라 출신 노예는 큰 쥐를 옷조각 밑에 숨긴 채, 이틀 동안 마당에서 나무를 주워 말렸다. 그러고는 경비병에게 뒷다리를 주는 조건으로 불을 피울 수 있도록 허락을 받았다. 깡마른 큰 쥐를 굽는 동안, 알준은 닭개집 바깥에서 억수같이 퍼붓는 비를 맞으며 내부를 열심히 들여다보는 어떤 사람을 발견했다. 체구가 어린아이 정도밖에 안 되는 조그만 사내는 알준이 지금까지 본 사람 가운데 가장 밝게 빛나는 눈을 가지고 있었다. 쥐를 굽는 동안, 사내는 웅크리고 앉아 미동도 하지 않은 채 황홀한 눈빛으로 불 위에서 노릇노릇 구워지는 쥐만 바라보았다.

알준의 동료도 그를 발견했는지, 거친 소리로 물었다.

“뭘 그렇게 뚫어지게 보는 거야?”

그러자 조그만 사내가 대답했다.

“용서하십쇼. 일 년 동안 맛이 고약한 쌀죽과 익히지 않은 곡류만 먹고 살아서…….”

“그렇다면 함께 드시지요.”

알준이 충동적으로 제안했다.

“들어가도 되겠소?”

조그만 사내가 물었다.

알준의 동료가 어깨를 으쓱하며 말했다.

“이 친구가 자기 몫을 주고 싶다면야 나는 상관할 게 없지만. 하지만 내 몫에는 손대면 안 돼.”

조그만 사내가 너무 고마운 나머지 안으로 기어들어 와 고개를 조아리며 알준에게 말했다.

"고맙소, 고마워. 저놈들이 당신 얼굴을 망가뜨렸구먼, 예전에는 코가 지금보다 작았는데, 이제 넓어진 거야, 그렇지? 불평하지 말라구. 언젠가는 그 코 때문에 더 유명하게 될 때가 있을 테니까. 사람들은 넓어진 코를 보고 당신을 더 존경하게 될 거야. 그 코는 권위와 매력의 상징이 될 거구. 사람들은 이렇게 말할 테지. '저 사람 말을 들어. 뺨에 난 저 커다란 상처와 저 중요한 코를 봐. 저 사람은 정복자야. 이 세상 전체를 둘러본 정복자.' 아, 하지만 이놈은 정말 맛있게 생겼군!"

조그만 사내가 벌써 누릇누릇해진 큰 쥐를 가리켰다.

세 사람은 큰 쥐가 구워지는 광경을 물끄러미 지켜보았다. 다른 몇 사람이 달개집으로 와서 상황을 살펴본 다음 다른 곳으로 갔다. 달개집 안에서 생쥐나 큰 쥐를 잡으면, 잡은 사람에게 그놈을 먹을 특권이 있었다. 이 달개집 안에는 여섯 명이 살고 있었으나, 최근에 한 명이 사망했고, 다른 한 명은 너무 아파 음식도 먹을 수 없는 상태로 구석에 웅크린 채 누워 있었으며, 다른 두 명은 오래 전에 채석장으로 끌려갔다.

알준을 오랫동안 살펴보던 조그만 사내가 갑자기 입을 열었다.

"나는 마노자라고 하네, '마음의 탄생'이라는 뜻이지. 사랑의 신 카마를 따서 지었어. 내 말을 믿어. 나는 자네 나이가 됐을 때부터, 아니 더 어린 나이부터 내 앞에 나타난 모든 여성과 함께 사랑의 길을 충실하게 걸었지. 예전엔 침낭을 만들 때 사용하는 밧줄 꼬는 일을 했었어. 사람들은 내가 꼰 밧줄로 침낭을 만들면 결코 헤어지는 일이 없다고 말했지. 나도 그 말을 믿어."

사내가 한 손을 빠르게 비틀면서 계속 말을 이어나갔다.

"이렇게 하면 잘 꼬아진다니까. 다른 방법으로 하면 잘 안 돼. 나는 팔이 하나밖에 없는 여인한테 밧줄 꼬는 방법을 배웠는데, 그 여자는 한쪽 손과 이빨로 이 세상에서 가장 튼튼한 밧줄을 만들었어."

세 사람은 큰 쥐를 모두 먹어치웠다. 오두막 밑으로 땅을 깊게 파서 그런지 구운 살에서 진한 흙 냄새가 감돌았으며, 근육과 지방질에 약간의 흙이 묻어 있었다. 다 먹은 후에도 마노자라는 사내는 떠나지 않았다. 이빨 사이에 낀 고기점을 나무조각으로 빼낸 후 그는 여러 가지 이야기로 주인에게 답례를 해야 할 의무가 있는 손님처럼 행동했다.

마노자는 예전에 도둑이었다고 했다. 그는 검은 가면을 쓴 채 단검, 흙 파는 삽, 동료들에게 도망칠 신호를 보낼 호루라기, 물건을 집어 올릴 집게, 초, 심지, 그리고 밧줄을 가지고 주택에 침입했다고 하더니, 한 눈을 찡긋하며 덧붙였다.

"그리고 현명한 마음도 꼭 지니고 다녔지. 나 역시 타밀족이 아니야. 비록 서부 해안 출신이지만 이곳에 사는 미치광이들을 충분히 파악했지. 아, 이들은 언어를 너무나 사랑해. 예를 들어, 자네는 이 도시의 이름이 칸치라고 생각하겠지만 거리를 오가는 사람들은 여러 가지 다른 이름으로 부르거든. 한번은 그들이 이곳을 칸치라고 부른 사람에게 경멸 어린 야유를 퍼붓는 장면도 본 적이 있지. 그들이 자부심이 가득 담긴 어조로 부른 도시 이름 가운데 지금까지 내가 들은 것만 해도, 프라이라라야 신두, 시바푸람, 빈두푸람, 무무르티바삼, 브라마푸람, 카마피탐……."

사내가 급히 숨을 몰아쉰 다음에 계속했다.

"카마크코탐, 타포마이암, 사카라슈드디, 칸니카푸, 투니디라푸람, 단다카푸람, 사티야브라타그쉐트라 들이 있는데……."

사내가 다시 한번 숨을 몰아쉬며 알준을 향해 빙그레 웃더니, 다시 덧붙였다.

"바로 그게 자네가 배워야 할 타밀족의 특징이야. 언어를 사랑하고 장광설을 늘어놓고 재치를 자랑하고 달콤한 시 구절을 듣자마자 눈물을 흘리는 사람들……. 마헨드라바르만 대왕 자신도 희극을 쓰지. 그의 〈마타비라사〉라는 유명한 희극에는 술 취한 사제와 그의 부인, 그리고 파렴치한 승려와 미치광이가 나와."

사내가 몇 차례 깔깔 웃고 나더니 계속 말했다.

"'가난은 굴욕을 동반한다'. 누군가 이렇게 말하는 걸 들은 적이 있네. 난 글씨를 읽지 못하기 때문에 누군가 하는 말을 들었지. 정말 훌륭한, 아주 그럴듯한 말이었어."

사내는 다음날에도 나타나서 웅크리고 앉아 밝게 빛나는 눈을 알준에게 고정시킨 채 한참 말하던 도중이라도 되는 듯 거두절미하고 말을 했다.

"브라만이 크샤트리아보다 나쁘다는 말은 정말 사실이야. 크샤트리아는 자네를 한칼에 죽이지만, 탐욕스런 브라만들은 죽을 때까지 일을 시키거든. 내가 잘 알고 있으니, 내 말이 맞아. 한번은 브라만 밑에서 일한 적이 있는데, 그놈은 기도하는 시간만 빼고 항상 하인들을 때렸어."

그 사내는 그 다음날에도 달개집을 찾아와 바깥에서 웅크린 채로 있었다. 알준이 들어오라고 하자, 안으로 들어와서는 아무런 서두도 없이 말문을 열었다.

"나는 항상 뮤니르의 유혹을 받아. 타밀족은 세 가지를 혼합해서 만든 이 음료수를 무척 사랑하지. 덜 익은 코코넛에서 짠 즙과 사탕수수에서 짜낸 즙, 아주 짜릿하고 맛이 이상한 술을 대나무 통에 넣고 충분히 숙성시킨 음료수 말이야."

사내가 입맛을 다시며 말을 이었다.

"이 음료수는 오랫동안 암퇘지 옆에 못 가게 한 수퇘지를 통째로 구운 것보다 맛이 더 기막히지."

어느 날 저녁에는 곰곰이 생각하는 표정으로 말했다.

"자네는 이곳 칸치 시에서 무슨 일이 벌어지는지 전혀 모를 거야. 어떤 사람은 이곳을 신들이 사는 곳이라고 하고, 어떤 사람은 악마의 소굴이라고 말하지. 시바 신을 숭배하는 사람들이 이곳으로 모여들어. 그 가운데 일부는 대나무 지팡이를 가지고 다녀 마르카린이라 불리기도 하고 파슈파타라고 불리기도 하는데, 그건 그들이 신성한 목자를 숭배하기 때문이야. 온몸에 재를 칠하고 줄로 엮어 맨 해골들을 허리춤에 단 채 알몸으로 돌아다니는 사람들도 있는데 이 사람들은 피와 포도주와 소가 싼 오줌을 마시지. 이들을 카파리카라고 부르는데, 이 미치광이들은 자신들이 지은 죄 때문에 끔찍한 고통을 받아야 한다고 주장하며, 아무것도 안 먹고 발바닥을 불로 지지고 장님이 될 때까지 태양을 바라보는 거야."

사내가 침을 퉤 하고 뱉으며 말을 이어나갔다.

"자신에게 주어진 삶을 거부하는 편보다는 그걸 포용하는 편이 더 좋을 텐데 말이야. 나처럼."

마노자가 빙긋 웃었다.

그는 갑자기 나타나서 알준의 팔을 잡고 혼자 독백하는 어투로 이렇게 읊조리기도 했다.

"이상한 일들이 벌어지고 있어. 자네가 도저히 상상할 수 없는 이상한 일들이…… 몸이 아주 뚱뚱하고 피부가 빨간 여자가 갑자기 나타나고, 손발이 많이 달린 꼬마 도깨비들이 옆으로 오고, 말들이 울고, 코끼리들은 음식을 먹지 않으려고 하고…… 꿀벌들이 국왕의 양산 주변을 맴돌고, 고둥을 아무리 세게 불어도 소리가 나오지 않고, 검은 뱀이 국왕의 침실로 기어들어오고, 장검이 저절로 칼집 바깥으로 튀어나오고, 여행을 떠난 마차들이 스스로 집으로 돌아오고, 새들이 왼쪽으로만 방향을 꺾으면서 날고, 까마귀들이 계속 까악까악 울어대고, 무지개가 한밤중에 나타나고, 재칼이 울어대는 입에서 불이 뿜어져 나오고, 궁정의 여인들이 거울을 쳐다보는데 얼굴이 보이지 않고, 깃발이 바람 속에서 움직이지 않고, 태양이 뜨지 않아 지구가 차갑게 되는 날이 있어. 내가 말하건대, 이 중에는 내 눈으로 직접 본 것도 있고 다른 사람에게 들은 것도 있어. 이 세상은 정말 이상한 곳이야."

사내가 불가사의하다는 표정으로 천천히 고개를 저었다.

알준이 볼 때도 이 세상은 정말 이상한 곳이었다. 밤마다 꿈속에서 죽은 자들이 살아나 전쟁터를 돌아다녔다. 그들은 모두 어린아이 같은 얼굴을 하고 있었다. 그리고 그들 옆에서는 굶주린 개들이 숨을 헐떡이며 돌아다녔다.

그럴 때마다 알준은 꿈속에서 생각했다. 내가 전쟁터에 나가다니, 정말 미쳤나 보군. 나는 지금 죽음이 모든 것을 지배하는 세계에서 빠져나왔어. 지금 나는 죽은 아이들과 끔찍한 개들을 꿈꾸고 있는 거야.

20

몬순의 남서풍이 바다 건너편에서 먼 거리를 날아오면서 머금은 어마어마한 양의 습기를 인도 전역에 모조리 퍼부었다. 그런 다음에는 온화한 북동풍이 벵골 만으로 꺾어져 들어와 물기를 흠뻑 머금은 대지를 시원하게 말리기 시작했다. 이 과정이 계속되다가 마침내 뜨거운 태양의 계절이 대지를 또다시 데웠다. 푸석푸석한 토지는 새로운 우기가 시작되기만 기다렸다.

열기를 가득 품은 바람이 칸치 시 전역을, 오그라든 것 같은 수많은 정원과 땀에 절은 사원, 먼지 낀 시장을 감싸고 돌았다. 그러면서 이 계절은 다음 계절에게 서서히 자리를 물려주었다. 노예들은 팔라바 국왕을 기념하는, 그리고 차루키아의 경쟁자가 비록 패하진 않았지만 기세가 꺾인 채 그냥 돌아간 것을 기념하는, 공공 건물의 건축 현장에서 비지땀을 흘렸다.

알준이 일하던 나라싱하 왕자의 궁전은 거의 완성되어갔다. 예전의 소년 머하우트는 낡은 달개집을 마노자와 함께 사용했다. 다른 동료들은 질병으로 모두 사망했다.

알준은 과거의 도둑을 호감이 가는, 하지만 믿을 수 없는 형제처럼 여겼다. 마노자에게는 간디바의 믿음직한 체구와 라마의 엄격한 지혜, 하리의 마음 따뜻한 우정이 없었다(한번은 쌀죽을 먹으러 오라는 북소리가 들렸는데, 마노자는 낮잠자는 동료를 외면한 채 혼자 그곳으로 간 적도 있었다). 그래도 그는 이 셋만큼이나 알준과 가까웠다. 마노자는 자신의 젊은 동료에게 모든 게 가능하다는 느낌을 불어넣었다. 그것을 꺼낼 용기만 있으면 된다는 것이었다.

작업에 투입되지 않을 때는 달개집에서 함께 시간을 보냈다. 그럴 때마다 두 사람은 서로에 대해 많은 것을 알게 되었다. 마노자는 이렇게 물었다.

"코끼리랑 함께 사는 건 어땠어? 언제 가장 좋았지?"

"강을 건널 때. 혹은 수풀 위를 그냥 지나갈 때. 간디바는 내 머리에 닿을 만한 나뭇가지를 미리 치워주곤 했어요. 기다란 코로 시간을 제때 맞춰서, 등 위에 올라탄 나를 돌아보지도 않은 채."

"가장 나쁠 때는?"

"가장 나쁠 때는 없었어요. 하지만 항상 쉬운 건 아니었죠. 귀에서 벌레들을 잡아내고 피부에서 가시를 뽑아내고, 사료를 모아줘야 하니까. 코끼리에게 먹이를 준다는 건 정말 힘든 일이에요. 엄청나게 많은 양을 먹을 뿐 아니라 무엇이든 가리지 않고 먹기 때문에, 잘못 먹으면 배탈이 나서 고생하거든요."

마노자가 얼굴을 찡그렸다.

"나는 지금까지 그렇게 커다란 동물 옆에 있어본 적이 없어. 나는 정보원 역할이 더 좋아."

그는 자신이 여러 곳을 돌아다니며 정보원으로 활약하던 이야기를 재미있게 늘어놓았다. 그는 이렇게 주장했다. 자신은 데칸에서 사용하는 여러 가지 언어를 알아 타밀족을 위해 정보를 캔 적도 많았다. 정보원은 담력이 크고 강인하고 인물에 대한 판단력이 뛰어나야 하는 반면 욕심이 적어야 했다. 그는 수도자와 점성술사들 가운데에 좋은 첩보원이 많다고 하면서 한 눈을 찡긋했다.

"그건 여자들도 마찬가지야. 여자들은 독을 타는 솜씨가 탁월해. 또 판단력이 빠르고 겁이 없지."

마노자가 진짜 정보원 역할을 해서 이 같은 내용을 알게 됐는지 어떤지는 알준에게 문제될 게 없었다. 이 조그만 사내가 삶을 사랑하고 삶을 즐기기 위해 노력하는 모습이 보기 좋을 뿐이었다. 이 사내에게는 지금까지 삶이 자신에게 안겨준 고통이, 지금까지 겪어온 엄청난 고통이, 문제되지 않았다. 마노자의 일관된 낙관주의는 알준에게 전염되어 현재의 고통을 인내하고 미래의 희망을 간직할 용기를 심어주었다.

우기와 건기가 진행되는 동안 두 사람은 조그만 공간을 함께 공유하며 더러운 쌀죽을 먹는 것으로 생존을 유지해나갔다. 그러던 어느 날, 작업장에서 돌아온 알준은 공처럼 몸을 웅크린 채 아픈 개처럼 덜덜 떨고 있는 마노자를 발견했다. 알준이 재빨리 뛰어가 물그릇을 입에 대주자, 조그만 사내가 그릇을 밀어내며 말했다.

"이제 갈 때가 됐어. 빨리 갈 수 있기만 바랄 뿐이야. 나를 돕지 마. 내 친구라면 내 옆으로 오지 마."

"그럴 순 없어요."

그는 몸을 덜덜 떨고 신음 소리를 내면서 중얼거렸다.

"최소한 나를 도울 생각은 하지 마."

알준은 마노자 옆에 앉아서 기력이 너무 떨어져 저항할 수 없을 때, 물 적신 누더기 수건으로 뜨거운 이마를 훔쳐주며 그날 밤을 지새웠다. 다음날 아침, 알준은 달개집에 남아서 아픈 동료를 간호하도록 허락해달라고 빌었지만, 노예 감독관은 그 요청을 거절했다. 그날 밤 집으로 돌아온 알준은 죽어가는 마노자를 발견했다. 알준이 숨죽여 흐느끼는 소리를 들었는지, 마노자가 눈을 뜨고 올려다보며 중얼댔다.

"너는 아직 그곳을 찾지 못했어."

사내가 말하는 소리를 듣고 알준은 아주 기뻐하며 물었다.

"내가 아직 찾지 못한 건 마노자가 건강을 되찾은 다음에 함께 찾으면 되잖아요."

"너는 아직 그곳을 찾지 못했어……. 네가 있어야 할 곳을……."

잠시 침묵하던 마노자가 다시 덧붙였다.

"너는 여기서 끝날 수 없어……."

환자가 무의식 속으로 빠져든 것처럼 보이더니 갑자기 두 눈을 떴다.

"이렇게 먼 곳까지 왔잖아. 여기서 더 멀리 못 간다는 건 말도 안 돼. 삶은 이상한 거야. 하지만 그렇게 이상하지만도 않지."

말을 너무 많이 해 기력이 빠졌는지, 마노자는 깊은 잠에 빠져들었다. 동녘이 터올 즈음에 마노자가 알준의 손을 잡고 속삭였다.

"나는 널 믿어. 네가 무슨 일을 하더라도."

이게 무슨 말이지? 그 말의 의미가 궁금했지만 알준에게는 질문을 던질 기회가 없었다. 마노자는 이 말을 끝내자마자 의식을 잃고 사망했다.

하루가 지나고 또 하루가 지나면서 시간은 다시 시작하고 있는 몬순의 소낙비가 때리는 소리처럼 계속 단조롭게 흘러나갔다. 노예들이 궁정에서 작업할 수 없게 되자, 알준은 달개집에 누워서 초가지붕을 급하게 가로지르는 도마뱀들을 지켜보았다. 그들은 커다랗고 둥글고 밝은 색깔의 눈동자를 굴리며 가끔 뒤를 바라보았다. 그리고 비가 그치면 알준은 다른 노예들과 함께 궁정의 건설 현장으로 끌려갔다. 그게 전부였다. 알준은 다른 사람과 거의 대화를 나누지 않았다. 명랑한 성격은 알준의 삶에서 모조리 빠져나갔다. 그리고 그 삶이 가지고 있던 여러 가지 가능성도 함께 사라졌다.

그러던 어느 날, 수용소에 새로 들어온 노예들이 부르는 노랫소리가 알준의 지루한 생활을 깨트렸다. 타밀족 노예들은 대나무 막대기 두 개를 부딪쳐가며 차루키아 머하우트와 잃어버린 여동생에 대한 노래를 불렀다. 노래의 기원을 분명히 알고 있는 알준으로서 머하우트가 여동생을 결코 찾지 못한다는 내용의 슬픈 가사를 듣고, 이 노래가 독자적으로 발전해 전혀 다른 사람에 관한 노래가 되었다는 사실을 깨달았다. 노래는 알준 자신의 삶에서 떨어져나왔다. 비록 가사는 알준에 대한 이야기지만, 이 노래는 알준이 아닌 가수들의, 이 노래를 부르는 모든 사람들의 소유물이었다. 알준은 인간에 대한 평판 역시 이와 마찬가지인 건 아닌가, 공을 세운 사람에게서 공을 빼앗아 전혀 상관없는 사람에게 공이 돌아갈 수도 있는 건 아닌가 궁금했다. 하지만 진실은 그리 먼 곳에 있지 않다는 생각이 들기도 했다. 가까이 있는 게 바로 진실이다. 멀리 떨어져 있으면, 그 진실은 전혀 다른 모습으로 바뀐다.

너는 지금의 너다. 그 이상도 이하도 아니다. 이 생각이 마음속에 커다랗게 자리잡기 시작하자, 알준은 그 속에서 평온을 얻을 수 있었다. 지금까지 알준의 생활 전체는 다른 사람들에게 의존하고 있었다. 이건 알준이 이 사실을 인정하지 않을 때도 마찬가지였다. 고향에서, 군대에서, 이 노예 수용소에서. 그런데 지금까지 다른 사람들에게 받은 모든 것이 나뭇가지의 말라붙은 잎사귀처럼 떨어져나가는 듯한 기분이 들었다. 남은 것은 삐뚤어진 얼굴과 지금 이 순간에 바로 이 자리에서 숨쉬고 있는 젊은 몸뚱이밖에 없었다.

그런데 가우리는 뭐지? 이 생각이 떠오르자 끔찍한 회의가 몰려들었다. 어쩌면 가우리는 실제로 존재하는 인물이 아닐지도 모른다. 어쨌든, 지금 당장으로서는 얼굴조차 떠올릴 수 없었다. 가우리가 실제로 살았던 인물인가? 물론이다. 하지만 알준 자신이 기억한 그대로는 아닐 가능성이 많았다. 과연 자신은 여동생을 진정으로 알고 있었을까? 어쩌면 아니야……. 아니야. 실제로는 모르고 있었어. 사실 나는 여동생의 침묵 이면을 살펴보고 그 속에 숨어 있는 여동생의 진실을 찾으려고 한 적이 한번도 없었어.

알준은 가우리를 새로운 측면에서 생각하기 시작했다. 가우리는 어린 시절의 기억 속에 희미하게 존재해 극히 아름다운 황혼빛처럼 떠오르는 존재였다. 진짜 가우리는 어디론가 사라지고 없었다. 이 같은 사실을 인식하면서 알준은 또 다른 사실을 발견하게 되었다. 자신이 가우리를 진정으로 이해하려고 노력한 적이 한번도 없었다는 사실을. 게다가 자신은 여동생의 행방불명을 자신의 삶을 개척하는, 그래서 자신의 삶을 더 고상하게 만드는 수단으로 사용했다는 사실을. 지금 가우리를 생각하는 건 안개 속으로 사라져가는 인물을 멀리 쳐다보는 것과 같았다.

변화가 확실히 왔다. 전혀 예상 못하던 엄청난 변화였다. 마노자가 이렇게 말하는 듯했다.

"내가 말한 뜻을 이제 알겠어? 이 세상은 아주 이상한 곳이야. 이제 두 번 다시 어떤 변화도 벌어지지 않을 거라고 생각하고 있는데, 갑자기 소용돌이가 일어나 네 몸을 거꾸로 세워 전혀 다른 사람으로 만들어버린다고."

노예 여섯 명이 칸치 바깥에서 벌어진 작업에 선발되었다. 타밀족 출신의 범죄자인 다른 다섯 명은 아주 기뻐했다. 칸치의 노예 수용소보다 나쁜 곳은 없을 터였다. 이곳에 계속 있는다는 건 일종의 사형 선고였다. 그들은 밖으로 나가길 원했다. 하지만 밖으로 나간다는 건 낙인이 찍힌다는 걸 의미했다. 그들이 갈 곳은 더 많은 자유가 허용되며 따라서 탈출할 기회 역시 더 많아서 노예임을 나타내는 징표를 분명하게 찍어야 했다. 알준은 전쟁 포로여서 최악의 노동 수용소에 남아 있어야 했지만 관리들이 알준을 선발한 건, 알준이 군 생활 경험과 젊음 덕분에 끔찍한 환경에도 불구하고 여전히 건강을 유지하고 있었기 때문이었다.

발목에 차던 족쇄가 끔찍한 흉터만 남긴 채 풀려 나갔다. 그러고는 병사 두 명에게 잡힌 채 연기가 솔솔 피어오르는 인두로 낙인을 찍혀야 했다. 지글거리는 소리와 살이 타는 악취가 느껴지는 순간 알준은 거의 기절할 뻔했다. 화상이 치유된 다음부터 알준은 오른팔 이두근에 주먹만한 크기의 앉아 있는 사자의 형상을 평생 달고 살아야 할 터였다. 팔라바 왕조의 마헨드라바르만 대왕이 자신의 상징으로 앉아 있는 사자를 선택했기 때문이었다. 이제 알준은 마헨드라바르만 대왕의 개인 소유물이 된 것이다.

"이제 끝났다, 차루키아 병사. 이제 채석장으로 보낼 준비가 다 됐어."

낙인 찍는 사람이 빙그레 웃으며 말했다.

데칸에서 알갱이가 고와 쉽게 부서지는 사암을 파고들어가 석굴 사원을 만들자, 마헨드라바르만 왕은 타밀의 단단한 화강암을 뚫어 석굴 사원을 세우라고 결정했다. 그는 데칸의 경쟁자들을 압도하기 위해 조각가들로 하여금 가장 단단한 바위를 파고들어가라고 명령했다. 이것은 더 많은 노동과 새로운 절단 기술의 발명, 그리고 훨씬 오랜 기간의 작업이 요구되는 선택이었다. 대왕은 만다가파투에 세운 사원의 아치형 입구에 비문을 새겨넣었는데, 그 속에는 신들이 거주할 수 있도록 벽돌과 통나무 하나 사용하지 않고 이곳을 만든 사람은 마헨드라바르만이라고 씌어 있었으며, 이 이름 옆에는 비치트라치타(재간이 무궁무진한 자), 차타카리(사원 건축가), 마타비라스(기쁨 추구자)의 왕족 이름이 있었다.

'비마나'라 부르는 이 같은 석굴 사원은 양쪽으로 파고들어가서 조각판과 기둥 역할을 하는 베란다, 그리고 뒷면에 있는 성역(신이 거주하는 곳)으로 구성되는 게 일반적이었다. 성역은 '드바라파라'라는 부조물들에 의해 보호된다. 여기에는 뱀들이 배배 꼬여 있는 거대한 몽둥이를 들고 정면을 바라보며 경계하는 모습이 부조되어 있다. 신들이 거주하는 성역은 그곳에서 숭배하는 신의 초상을 석회 반죽 위에 화려하게 그려넣은 것 외에는 아무것도 없는 텅빈 공간이었다.

마헨드라바르만과 그의 아들 나라싱하는 자신들의 절대 권력과 세력을 과시하고 신들에 대한 충성심을 증명하기 위해 왕국 전역의 산악지대에 석굴을 파들어가도록 명령했다.

알준이 다른 노예들과 함께 우마차를 타고 끌려온 곳은 칸치 서쪽에 있는 이런 작업 현장 가운데 하나였다. 화강암 지대 한가운데서 회색 절벽에 직사각형으로 구멍을 매어 파고들어갔다. 이 세상에서 가장 단단한 물질 가운데 하나를 파들어가는 공사가 그곳에서 진행되고 있었다. 알준이 살펴본 절벽은 예전에 방문한 적이 있는 아잔타 석굴을 연상시켰다. 돌멩이들을 석굴 밖으로 운반하던 일꾼들도 떠올랐다. 그런데 이제 자신이 그 일을 하게 된 것이다.

새로 도착한 노예들은 나무 울타리 안에 옹기종기 모인 오두막에서 다른 노예들과 함께 거주했다. 이곳의 노예들은 칸치에서와 달리 충분한 음식과 비교적 좋은 보살핌을 받았다. 노예들은 거개가 바위나 돌멩이를 절벽 아래로 운반하는 작업과 끝이 뾰족한 정과 쇠망치로 석굴을 파들어가는 작업에 종사했는데, 모두 정확성과 강인한 체력이 필요한 작업이어서 좋은 대우가 필요했던 것이다.

처음 몇 주일 동안 알준은 돌멩이 조각을 바구니에 가득 담아 언덕 아래의 쓰레기 야적장까지 운반하는 일만 했다. 오십여 명의 노예들이 화강암 표면에서 약 열다섯 걸음 깊이까지 석굴을 파들어갔는데, 비계 위에서 혹은 바닥에 무릎을 꿇고 작업하는 그들 가운데 절반은 두 손으로 정을 잡았고 나머지 절반은 커다란 쇠망치를 휘둘러 정을 때렸다. 오른편 베란다 벽에는 하얀 터번을 높게 올려 자신의 지위를 나타내는 실력 좋은 조각가(이들을 '실핀'이라고 불렀다) 여섯 명이 시바 신과 배우자 파르바티, 그리고 이들의 아들 스칸다를 묘사한 얕은 부조물을 파고 있었다. 알준은 이곳저곳을 바쁘게 오가며 돌 조각을 모아서 멜빵을 달아 등에 멘 커다란 바구니 안에 집어넣었다. 그는 자신에게 주어진 일을 조용히 성실하게 수행했다. 한 사람이 그 모습을 가만히 지켜보았다.

하루는 알준이 돌 조각을 야적장에 퍼붓는 작업을 막 끝냈을 때, 작업 반장이 옆으로 걸어왔다. 날카로운 턱에 구슬같이 생긴 두 눈, 그리고 뼈만 앙상한 사내였다.

"초벌 조각을 해본 적이 있나?"

알준이 고개를 흔들자, 반장이 눈살을 찌푸리며 다시 물었다.

"그러면 무슨 일을 했지?"

"전투용 코끼리를 몰았습니다."

반장이 알준을 주의 깊게 살펴보며 다시 입을 열었다.

"우선 정 잡는 작업부터 하면서 초벌 조각을 배워봐. 따라와."

알준이 처음 배우기 시작한 건 화강암 작업에서 가장 힘든 일이었다. 화강암은 조각한다는 표현보다 망치로 깨뜨리고 다듬는다는 표현이 더 어울렸다. 표면을 조각하거나 울퉁불퉁한 돌멩이를 편편하게 잘라내는 게 아니라, 표면이 붕괴될 때까지 정을 대고 망치로 때려야 하는 작업이기 때문이었다. 따라서 초벌 조각은 인부 한 명이 화강암에 무거운 정을 대고 있으면, 다른 인부가 커다란 쇠망치로 정을 때리는 작업을 의미했다. 이 같은 작업을 통해 웬만큼 석굴을 파면, 실핀이 손잡이가 짧은 쇠망치와 손가락 두 개 넓이의 끝이 납작하고 뭉툭한 정을 가지고 나타난다. 그러고는 바위를 조각해 여러 가지 형상과 모양을 만들어내는 작업을 시작한다.

작업 반장은 알준에게 정을 건네주고 자신은 커다란 쇠망치를 잡아들며 말했다.

"정을 가볍게 잡아. 꽉 잡으면 쇠망치가 때리는 힘이 손바닥으로 그대로 전달돼 어마어마한 물집이 잡히게 된다고. 가볍게, 하지만 단단히 잡아야 해. 그렇지 않으면, 딴 생각을 하다 손이 흔들리면, 손가락뼈가 모조리 뭉개질 수 있으니까. 이곳에서는 그런 일이 자주 일어나거든."

반장이 어깨를 으쓱이며 쇠망치가 손을 내려치는 듯한 동작을 취했다.

"그러면 자네는 우리에게 더 이상 아무런 소용이 없기 때문에 칸치로 돌아가야 돼."

이렇게 해서 알준은 정을 잡는 초벌 조각가가 되었다.

석굴 작업을 하는 노예들에게는 특권이 있었다. 작업하는 산 근처를 자유롭게 산책할 수 있었으며, 근방의 강가에서 목욕도 할 수 있었다. 하지만 근처 마을에 들어갈 순 없었다. 마을에서 잡히면 그 즉시 처형되었다. 그리고 황혼녘까지 돌아와 길게 늘어서서 이름을 부르며 점검을 받았다. 근처에 타밀 군부대가 있어 노예들은 도망칠 생각을 포기한 채 충분한 음식과 약간의 자유를 자신들이 누릴 수 있는 최고의 행복으로 받아들였다.

그렇게 몇 주일이 지나는 동안, 알준은 초벌 조각의 기술을 습득했으며 나름대로 행복감을 느끼기 시작했다. 그는 작업 반장이 지시한 각도 그대로 정을 가볍게 하지만 단단하게 잡아 정을 때리는 쇠망치의 울리는 힘이 팔 전체로 흡수되도록 했다. 규칙적인 작업과 계속 울려 퍼지는 쇠망치 소리, 그리고 사방으로 퍼져나가는 뜨거운 먼지

구름이 전쟁과 죽음에 대한 오랜 기억을 몰아내고 알준의 일상 생활 속에 서서히 자리잡아갔다.

알준은 오랜 시간의 노동을 끝낸 후 오두막에 누워 지붕의 빈틈 사이로 춤추며 들어오는 햇살을 편안히 바라보았다. 밑에 있는 땅이 마른 판자처럼 삐걱거리는 듯했다. 원숭이들이 벵갈보리수나무와 가느다란 티크나무의 널따란 이파리 사이에서 깡충깡충 뛰노는 소리도 귀에 들어왔다. 가끔 근처 숲 속으로 산책을 나가기도 했는데, 그곳에는 둥지를 튼 암탉처럼 자리잡은 고무나무들이 많은 가지를 여러 겹 밑으로 내려뜨려 푸른 천막을 연상시켰다. 알준은 물이 말라서 갈라진 진흙이 보이긴 했지만 아직 충분한 물이 고여 있는 연못 주변을 걷기도 했다. 그 연못은 물소들의 몸을 시원하게 해주었다. 그 모습을 보고 있으면 아련히 고향 생각이 났다.

구름들이 흰 돌멩이 야적장처럼 지평선 끝에 걸렸으며, 핏빛 같은 칠레고추가 촘촘히 자라는 밭뙈기의 갈색 빛깔 여기저기에 자리잡고 있었다. 산꼭대기 근처의 커다란 바위에 서 있으면 타밀의 전원 풍경이 한눈에 들어왔다. 여러 가지 과실수를 심어놓은 과수원과 타마린드나무, 님나무, 빼곡하게 들어찬 대나무, 가느다란 줄기가 길게 자라난 쿠사 풀 등이 풍경화처럼 펼쳐졌다.

그러던 와중에 별다른 의도나 노력 없이 알준 마드바는 어린 시절의 호기심 많은 시선을 되찾게 되었다. 알준은 그 시선으로 감탄을 연발하며 모든 걸 바라보았다. 모든 사물이 신선하게 보였다. 마치 처음 보는 듯했다. 마노자가 이렇게 말하는 소리가 들리는 것 같았다.

"내 말이 맞지? 이 세상은 정말 이상하지?"

21

　주변 세상을 즐거운 시선으로 바라보는 능력은 알준으로 하여금 눈앞에 있는 작업을 관찰하는 능력도 키워주었다. 쇠망치 작업이 계속되는 동안, 알준은 검은 화강암 표면에 어지럽게 오톨도톨 튀어나온 돌덩이를 바라보았다. 석굴 사원은 땅 위에다 짓는 게 아니라 정과 쇠망치로 구멍을 파내어 만들기 때문에 단단한 바위의 엄청난 무게와 밀도가 그대로 남아 있어 알준은 석굴 안으로 들어갈 때마다 차가운 잿빛 덩어리의 영속성과 안전성에 압도되었다. 자신이 이곳의 일부라는 느낌이 들기도 했다. 고향 마을을 떠나온 이래 이처럼 편안한 느낌은 처음인 듯했다.

　알준과 함께 초벌 조각을 하는 동료는 타밀족 출신으로, 평생동안 채석장과 물건 훔치는 일을 번갈아가며 반복한 나이 많은 노인이었다. 두 사람은 거의 완벽한 침묵을 유지하며 작업했지만 서로 손발이 잘 맞았다. 정을 잡고 있는 인부들 가운데는 두려운 눈초리로 커다란 쇠망치를 바라보는 사람들도 있었지만, 알준은 자신의 머리 위에서 날아오는 쇠망치를 바라본 적이 한번도 없었다. 그는 두 눈과 마음을 자신이 잡고 있는 정에다 고정시켜, 솜씨 좋은 타밀 노인이 정확하게 때릴 수 있도록 해주었다.

두 사람은 베란다 입구와 뒷면의 성역 사이에 설 네 개의 기둥 가운데 하나를 대강 깎는 작업에 배정되었다. 그 기둥은 밑동과 꼭대기는 사각형이고 중간 부분은 팔각형 모양으로 거대했다. 나중에 거기에 실핀이 얕은 돌을새김으로 연꽃과 사자들과 코끼리들을 조각해 이 기둥을 장식할 터였다.

기둥 깎는 작업은 초벌 조각 팀 가운데 최고의 팀이 배정되었다. 실수를 보완할 여유가 거의 없기 때문이었다. 그래서 이 작업을 배정받았을 때는 냉정한 타밀 노인조차 자랑스러운 표정으로 미소를 머금은 채, 정을 쥐고 있는 알준의 손을 잡음으로서, 열심히 배우고 늘 신뢰할 줄 아는 젊은 동료의 뛰어난 능력을 인정했다.

실핀은 두 사람이 원래의 표면을 최대한 많이 남긴 채 기둥 모양을 도려내도록 단단히 지시했다. 두 사람은 기둥의 본체를 남겨놓은 다음, 그 주변을 파들어가기 시작했다. 실핀은 더 자주 모습을 드러내면서 작업 상황을 검사하더니, 종당에는 함께 머물면서 타밀 노인이 쇠망치를 제대로 때릴 수 있도록 알준에게 정을 대는 각도를 일일이 지시했다. 두 사람이 아래 부분을 끝내자, 실핀은 기둥 옆에 웅크리고 앉아서 석회석 분필로 코끼리 한 마리를 그렸다. 성인 남자의 가슴 높이쯤 되는 크기였다. 그 다음에는 조그만 쇠망치와 성인 남자의 손가락 하나 굵기에 끝이 날카로운 정으로 돌을 잘라내기 시작했다. 그리고 가끔씩 끝이 뭉툭한 정으로 선을 교정했다. 실핀이 갑자기 알준을 올려다보면서 물었다.

"뭐야, 뭐가 잘못됐어?"

"아닙니다, 어르신."

"그럼 왜 그런 식으로 쳐다보고 있는 거야? 뭘 보고 있지?"

"코끼리요."

알준이 수줍은 목소리로 대답하며 그림에 시선을 던졌다.

실핀이 관심 없다는 표정으로 육중한 근육질 어깨를 으쓱이더니, 잠시 주저하다가 고개를 돌려 코끼리 그림을 살펴보았다.

"이 그림에 무슨 문제가 있나?"

"어르신의 잘못이 아닙니다."

조각가가 알준을 노려보더니, 다시 그림을 쳐다보았다.

"내 잘못이 아니라니, 그게 무슨 뜻이지?"

"조련사만 알 수 있는 겁니다."

"조련사? 뭘 안다고?"

알준이 아무 대답도 안 하자, 실핀이 소리쳤다.

"뭘 아냐구? 이리 와서 말해봐!"

알준이 어기적어기적 앞으로 나가서 돌을 만지며 대답했다.

"조련사들은 이 등의 모양을 정확히 알고 있습니다. 코끼리의 등뼈는 이 그림처럼 이곳이 아니라 이 부분이 더 높습니다."

"자네가 코끼리에 대해 뭘 안다고 그래?"

"저는 머하우트였습니다."

"자네가?"

실핀이 코방귀를 뀌었다. 하지만 다시 한번 고개를 돌려 코끼리의 등을 살펴보았다. 아직 정으로 표시하지 않은 부분이었다. 실핀은 그 부분을 분필로 고치더니, 알준에게 시선도 주지 않은 채 물었다.

"이게 맞나?"

"네, 어르신."

다음 며칠 동안, 알준은 실핀이 돌로 어떤 형상을 만들어내고 줄로 다듬은 다음 연마 용구로 문지르는 장면을 지켜보았다. 알준의 두 눈은 어떨 때는 풀을 간질이는 바람처럼 부드럽게 어떨 때는 사람을 찌르는 장검처럼 매섭게 화강암을 때리는 정 끝 부분을 쫓아다녔다. 그러다 보니, 아잔타에서 석굴 벽에 칠한 석회 반죽 위에 왕자의 얼굴이 나타나는 광경을 지켜보던 기억이 떠올랐다. 이 세상이 신이 아닌 인간 화가의 손에 의해 바뀔 수 있다는 사실을 알준이 깨닫는 순간이었다. 타밀 조각가가 지금 만들어내고 있는 건 코끼리 모양의 얕은 부조물이었다. 이 부조물은 코끼리이면서도 코끼리가 아니었다. 이 코끼리는 실핀의 마음속에 먼저 존재했다가, 그 다음에는 관람자의 눈 속에 존재할 것이며, 결코 늙지 않고 죽지 않은 채 이 석굴 속에 영원히 남아 있을 터였다. 하지만 그 모습이 너무 생생해 지금이라도 네 다리와 기다란 코를 움직여 벽을 뚫고 나올 것 같았다. 이 코끼리는 독특한 방식으로 살아 있었다.

어느 날 오후, 휴식 시간을 이용해 완성된 부조물을 감탄 어린 표정으로 쳐다보는데 느닷없이 실핀이 나타나 알준 옆으로 왔다.

"잘 봐. 바위 알갱이를 따라가며 돌멩이를 잘라내서 코끼리 뒤 부분이 앞 부분보다 더 앞으로 튀어나왔어. 머하우트가 알고 있는 코끼리와 다르지. 하지만 이 코끼리는 자네가 알고 있는 진짜 코끼리처럼 조각하는 편보다 이렇게 조각하는 편이 배경 조각으로 더 잘 어울려. 물론 부드러운 사암을 조각하면 마음대로 돌을 잘라낼 수 있지. 그러면 알갱이 같은 건 신경쓸 필요도 없어. 사암은 화강암처럼 커다란 덩어리로 떨어지지 않거든."

실펀이 알준에게 승리자의 미소를 보내며 덧붙였다.

"데칸에 사는 너희 국민은 사암을 가지고 조각하지. 그건 아주 쉬운 방법이야. 그건 동물의 몸에서 지방질 살덩이를 잘라내는 것과 같아. 하지만 이 타밀 바위는……."

실펀이 주먹으로 화강암 기둥을 쳤다.

"신들 자신이 붕괴되기 전까지는 무너지지 않을 거야."

알준은 자신이 분필로 그린 밑그림의 잘못을 지적한 걸 실펀이 언짢게 여겨서 이러는 건 아닌가 궁금했다. 그 해답은 금세 나왔다.

실펀이 어느 날 오후 작업장에서 알준을 불러내 언덕 밑으로 데려갔다. 강물이 흐르는 강둑 근처의 쓰레기 야적장 뒤편이었다. 근육질의 바위 조각가는 이렇게 말했다.

"지금까지 자네를 쭉 지켜보았네. 내가 무엇을 보았는지 알고 있나? 항상 살펴보는 능력."

실펀이 울퉁불퉁한 손바닥을 펴 가만히 살펴보며 말을 이어나갔다.

"이 두 손은 별다른 가치가 없어. 강력한 어깨도 마찬가지야. 이런 건 인간이 두 눈을 먼저 사용하지 않는 한 아무 소용도 없어. 바로 그게 비결이야."

실펀이 알준을 오랫동안 살펴본 다음에 다시 입을 열었다.

"자네는 있고 싶은 곳에 있을 수 있네. 초벌 조각 팀에 계속 있어도 되고, 나중에 이 터번을 쓰는 편을 택할 수도 있어."

실펀이 높다란 터번을 만졌다.

"원한다면 내 조수가 될 수도 있고."

"어르신, 저는 전쟁 포로입니다."

　"돌 조각가는 노예나 전쟁 포로도 아니고 부자나 가난한 자도 아니야. 돌 조각가는 돌 조각가일 뿐이야. 조각하는 걸 좋아하나?"

　"제가 코끼리를 잃어버렸을 때, 저는 그 무엇을 해도 그 코끼리를 올라탄 기쁨과 바꿀 수 없을 거라고 생각했습니다. 그런데 바위에서 다른 코끼리가 나오는 광경을 보았어요."

　"그게 무슨 말인가?"

　"바위에서 코끼리 같은 걸 만들어내는 일이라면 예전의 그 기쁨을 다시 느낄 수 있을 것 같습니다."

　실핀이 고개를 끄덕였다.

　"기쁨을 느낀다……. 맞는 말이야. 하지만 가장 쓸쓸한 실망을 느끼기도 하지. 설사 조각을 성공적으로 마쳤다 하더라도, 다 끝난 다음에 바라보면 더 잘할 수 있었을 거라는 생각이 드는 법이거든. 작업 과정에서 아무리 작은 실수를 하더라도 단단한 바위에 그대로 남아 있으니까. 자네가 죽은 다음에도, 그리고 자네가 알던 모든 사람이 죽은 다음에도, 그것을 본 사람들이 죽고 또 다음 사람이 구경하고 나서 죽은 다음에도 그 실수는 그대로 남아 있을 것이며, 그것을 구경한 모든 사람의 눈에 띄게 되겠지. 내 말을 듣고 있나? 무슨 말인지 이해 못 하는 것 같군."

　"이해합니다."

　"이해했다면 두려운 표정을 지었을 거야."

　"만일 내가 조각한 작품 하나가 석굴 사원의 풍경을 망친다면, 그 무엇도 나를 위로할 수 없을 겁니다. 하지만 저는 두렵지 않습니다."

　"그렇다면 나도 자네를 쓸쓸한 실망을 느낄 수 있는 곳으로 데려가는 걸 두려워하지 않겠네."

하지만 그런 일은 일어나지 않았다. 북동풍이 불어와 하늘에 구름 한 점 없는 뜨거운 날이 계속될 때, 실핀이 새로 구한 조수에게 마지막 기술을 전수하기 직전, 마말라 나라싱하 왕자가 실핀에게서 그 조수를 빼앗아갔다.

왕자는 가장 좋아하는 도시를 자신의 이름을 따서 마말라푸람이라고 지었다. 하지만 왕자의 부왕이 칸치 남쪽의 항구 도시인 이곳을 이미 오래 전에 자신을 숭배할 도시로 선택한 다음이었다. 나무와 회반죽과 벽돌은 결국에는 모두 쓰레기가 될 수밖에 없기 때문에 마헨드라바르만 국왕은 오직 바위만 사용해 자신을 숭배할 예술 작품을 만들도록 결정했다. 신들의 영광을 위해 국왕의 이름으로 만들어진 이 조각들과 건축들은 화재가 나고 홍수가 지고 침략을 당하고 보살피는 사람이 없어도 변하지 않을 터였다.

잿빛이 감도는 갈색의 도시가 외각에서 펼쳐지는 초록 들판과 조화를 이루는 마말라푸람에는 바위로 다진 기초 위에 통나무와 벽돌로 지은 행정 관서와 왕족 거주지들이 있었다. 동방에서 온 무역선들이 이 항구 도시에 닻을 내려 비단과 칠기, 해시계, 도자기류, 금속 거울 등을 내려놓은 다음, 향료와 구리, 향유, 상아, 면 등을 싣고 떠났다. 하지만 이 도시의 가장 중요한 기능은 내륙으로 약 이 킬로미터 정도 떨어진 화강암 산악 지대 여러 곳에서 석굴 사원을 파내는 작업을 지원하는 것이었다.

석굴만이 아니었다. 마헨드라바르만 국왕은 큰 바위를 깎아서 거대한 옥외 부조물을 만들도록 오래 전에 지시한 터였다. 옛날이야기에 나오는 신성한 자비를 기념하기 위해서였다.

이 옛날이야기에 의하면, 수도자 한 명이 조상들의 재를 갠지스 강의 신성한 물에 뿌려 모든 죄를 깨끗하게 씻어주길 기원했지만 불행하게도 갠지스 강의 여신은 천상에서 살며 지상으로 내려오길 거부했다. 당시에는 사람들이 스스로 극심한 고통을 행함으로서 신들에게 자신을 도와달라고 간청하는 습관이 있었다. 그래서 수도자는 몇 년 동안 두 팔을 공중에 들고 한 발로 서는 고통을 자행해 마침내 시바 신에게 자신의 강한 의지력과 진지함을 입증시켰다. 결국 시바 신은 고집 센 여신으로 하여금 지상에 내려가 수도자의 소망을 들어주도록 명령했다. 갠지스 여신이 이 명령에 대한 항의로 지상으로 내려가 온 세상에 홍수가 나도록 만들 작정을 하자, 시바 신은 여신으로 하여금 자신의 꼬아놓은 머리칼을 지나가도록 만들어 엄청난 홍수가 내리는 것을 예방해 이 세상이 파괴되는 걸 막아주었다.

그래서 마말라푸람에는 일단의 조각가들이 소집되어 '갠지스 여신의 하강'을 조각하기 시작했다. 거대한 피조물과 작은 피조물을 포함한 이 세상의 모든 피조물이 모여들어 시바의 자비에 감사를 드리는 장면이 묘사되었다. 바위 표면은 오목하게 파낸 기다란 홈을 경계로 구분되었는데, 이곳은 절벽 꼭대기에 있는 커다란 분지에서 떨어지는 물을 흘려보내는 수로 역할도 했다. 행사가 있는 동안에는 이 물이 머리가 일곱 개인 뱀 위로 폭포수처럼 떨어지도록 만들었다.

'갠지스 여신의 하강'의 북쪽 절반에는 날아다니는 여러 신과 중앙의 홈을 향해 달려가는 동물들이 자리잡았는데, 그들 가운데는 충분히 성장한 코끼리 두 마리와 새끼 네 마리가 있었다. 남쪽 절반에는 팔이 네 개 달린 시바 앞에 수도자가 한 발로 서 있고, 그 위에는 일단의 여신들이 날아가고 있었으며, 왼편에는 사람들과 사자들과 사슴들이 모여 있었다. 폭포 뒤에 세운 벽감에는 배우자의 몸에서 이를 잡아내는 원숭이 한 마리가 앉아 있었다. 지상을 향한 형상과 천상을 향한 형상 모두가 거대한 바위 위에 자유롭게 넘쳐흘렀다. 그래서 바위에서 부분적으로 솟아오른 갖가지 형상이 바위 밖으로 나오고 있는 것처럼 보이기도 했다.

부왕의 이 놀라운 업적과 견주기 위해 나라싱하 왕자는 많은 비용을 들여 수많은 예술가를 마말라푸람으로 불러모았다. 그리고 고귀함을 강조함으로서 부왕의 안목과 자신의 안목을 대비시켰다. 그는 일단의 조각가들에게 '갠지스 강의 하강' 남쪽의 불쑥 튀어오른 거대한 화강암에다 목제 사원 형상을 그대로 복제한 사원을 여러 채 조각하도록 명령했다. 그래서 조각가들은 코끼리 서른 마리가 꼬리 끝에서 코 끝까지 길게 늘어선 길이와 높이의 바위 덩어리를 정으로 깎아내는 작업에 이미 착수한 상태였다. 그들은 마치 정원사가 정원수를 동물 형상으로 잘라내듯 자연스럽게 돌을 잘라냈다. 이들의 최종 목표는 벽감에 신들을 모신 사원 다섯 개를 조각하는 것이었다.

하지만 야망이 큰 젊은 왕자는 그 이상을 원했다. 부왕에 대한 경쟁심에 불타던 왕자는 하나의 석굴 사원에 벽 한쪽 면에는 부왕의 조각품을 조각하고 그 앞면에는 자신의 조각품을 조각해 서로 대비시킨다는 이론을 제시했다. 그는 석굴 기둥의 본체는 앞으로 튀어나오는 편보다는 안으로 파들어가야 하며, 밑받침과 대들보는 그 위에 있는 형상을 취해야 한다고 했다. 그리고 코끼리와 꽃들을 원형의 돋을새김으로 만들어 밑받침으로 삼는 대신 앉아 있는 사자를 밑받침으로 삼아야 한다고 주장했다. 사자의 이빨은 앞으로 나오는 게 아니라 뒤편으로 꺾여야 하며, 몸통은 직선이 아니라 나선형으로 만들라고 했다. 이 주장의 핵심은 사원 내부를 좀더 복잡한 형상으로 만드는 것이었다.

나이 많은 실핀들은 이처럼 대담한 변화가 싫어 열심히 일하지 않았다. 따라서 왕자는 이 같은 변화를 정열적으로 수용할 만한 젊은 조각가들을 찾기 시작했다. 비록 알준은 아직 실핀 협회에 가입하지 않았지만, 나이와 기술 정도가 적절해 마말라푸람의 새로운 조각가 가운데 한 명으로 뽑혔다.

우마차를 타고 그곳으로 가는 동안, 왕자의 작업에 선발된 다른 여러 사람들은 항구 도시 마말라푸람의 삶에 대한 여러 가지 소문과 이야기를 나누었다. 대부분이 음식에 관한 이야기였다. 왕족이 거주하는 그곳에는 양파, 렌즈콩, 멜론, 무화과 열매, 쌀과자, 염소 고기, 달콤한 맛이 나는 생선 힐사, 개울물에서 잡은 생선 마세르 등 모든 게 다 있다고 했다. 마말라푸람의 야자술은 이 나라를 통틀어 도수가 가장 세고 맛이 가장 강렬하다는 말도 들렸다. 전에 마말라푸람에 가본 적이 있다는 조각가 한 명은 입맛을 다시면서 이렇게 주장했다.

"이곳의 향료는 그 향이 정말 대단해서 왕족이 좋아할 만해. 그리고 생강과 미나리, 겨자 씨도 맛이 너무 생생해서 그걸 먹으면 마치 전갈이 혓바닥을 문 것 같은 느낌이 들 정도라니까!"

하지만 알준은 그곳에 가고 싶은 마음이 별로 없었다. 우선, 조수로 일하면서 더 많은 실력을 쌓고 싶었다. 머하우트가 되기 위해 오랜 과정을 겪었던 알준으로서는 오랜 기간의 인내와 관찰과 연습이 아주 중요하다는 사실을 잘 알고 있었다. 그리고 실핀과의 대화 역시 부담으로 작용했다. 억센 체구의 실핀은 눈살을 찌푸리며 이렇게 말했다.

"자네는 내 옆에 있어야 해. 실핀 터번을 쓸 만한 실력을 갖추려면 아직 멀었어. 게다가 횃불 밑에서 자네는 시력이 떨어지잖아. 평면의 깊이를 실제보다 깊게 본다고. 무슨 말인지 알겠어?"

"네, 어르신. 무슨 말씀인지 이해합니다. 저에게는 아직 어르신의 가르침이 필요합니다."

알준이 대답하자, 실핀이 폭소를 터트리며 명랑하게 말했다.

"그야 물론이지. 하지만 사실 자네는 준비가 거의 됐다고 볼 수도 있어."

실핀이 잠시 침묵하더니, 환한 미소를 머금으며 다시 입을 열었다.

"사실 자네는 내가 협회에 추천해도 괜찮을 정도의 실력을 거의 쌓았으니까. 다음 우기가 시작되기 전에 마말라푸람에서 터번을 쓰게 될 거야."

실핀의 목소리가 퉁명스럽게 변했다.

"하지만 자네가 조그만 정을 사용할 때는 다른 사람이 옆에서 지켜보는 게 좋을 거야. 아직 그 부분에서 실력이 떨어지니까."

알준에게는 마말라푸람으로 가게 된 게 전혀 기쁘지 않은 또 다른 이유가 있었다. 그는 한곳에 정착하고 싶었다. 고향 마을을 떠나기 전까지만 해도, 알준은 다른 곳으로 여행하길 갈망했다. 하지만 여행은 그에게 뼈아픈 고통과 이별만 갖다 주었다. 그런데 야심만만한 왕자의 명령에 의해 알준은 지금 또다시 미지의 삶을 향해 길을 나서게 된 것이다.

알준의 눈에 가장 먼저 띈 것은 다양한 작업 공정이 진행 중인 다섯 개의 사원이었다. 사원들은 조그만 시골 마을의 오두막처럼 바닥에 바싹 밀착되어 있었다. 높이 솟아오른 건 하나도 없었다. 바위 조각품 전체가 땅과 곧바로 연결되어 있었다. 그런 조각품을 본 건 생전 처음이었다.

그리고 '갠지스 여신의 하강'과 같은 작품을 본 적도 없었다. 그 앞으로 다가가보니, 목 뒷덜미가 뻣뻣해지는 듯한 느낌이 들었다. 알준은 거대한 바위 위에 새겨놓은 그림 앞에서 오랫동안 다양한 영상을 조심스럽게 살펴보았다. 이윽고 북쪽 부분에 위치한 부조물에 초점이 모아졌다. 코끼리들이 서 있는 곳이었다.

커다란 수컷 밑에 새끼 네 마리가 모여 있었으며, 그 뒤에서 상아 없는 암컷이 다가오는 모습이었다. 수컷은 그 덩치가 간디바와 견줄 만했지만 상아는 간디바에 비해 훨씬 짧았다. 말끔하게 연마한 화강암 표면이 오후의 햇살을 받아 번뜩이는 속에서 수컷이 자식들 뒤에 커다란 나무처럼 우뚝 선 채 그늘을 드리웠다. 알준은 더 가까이 가서 간디바의 따뜻한 피부를 쓰다듬듯 차가운 바위를 쓰다듬었다. 비록 머리와 얼굴이 돌로 만들어졌지만, 알준은 그 속에서 자신의 다정한 친구를, 소녀처럼 눈썹이 기다란 눈을, 지혜롭게 생긴 조그만 눈망울을, 앞으로 삐죽 나온 아랫입술을, 축축한 핑크색 잇몸을, 등나무 넝쿨처럼 구부러진 코를 볼 수 있었다.

숨쉬는 소리도 들리는 듯했다. 암컷은 왼쪽 앞발을 들어올려 간디바의 뒤를 영원히 따라오고 있었다. 그들에게는 통통하고 귀여운 새끼 네 마리가 있었다.

알준은 별안간 목놓아 울기 시작했다.

22

조그맣게 만든 사원 다섯 채는 축제가 있을 때 여러 신들의 청동상을 화려하게 장식한 사륜 마차에 태워 도심지를 행진한 다음부터 '라타'라는 이름으로 불렸다. 라타는 제각기 다양한 작업 공정이 진행 중이었다. 최소한 백 명이 넘는 이 지역 인부 대부분은 각각의 사원 주변에 남아 있는 화강암을 잘라내는 작업에 열중하고 있었다. 알준 역시 처음에는 이 거친 작업에 동원되었다. 그러다가 감독이 그에게 실력을 발휘할 기회를 주었다. 〈마하바라타〉의 위대한 전사를 따서 '다르마라자'라고 이름지은 가장 커다란 라타의 석주에 앉아 있는 사자의 왼쪽 발톱을 조각하는 일이었다.

알준이 조각하는 모습을, 특히 조그만 정을 사용하는 실력을 눈여겨 살펴보던 감독은 퉁명스런 목소리로 이렇게 말했다.

"이번에는 오른쪽 발톱을 조각하도록."

이 작업 역시 거의 끝나갈 즈음, 감독은 마말라푸람에서 나라싱하 왕자의 건축 사업을 책임지는 총감독에게 알준을 데려갔다. 총감독은 다른 타밀족보다 훨씬 조그맣고 깡마른 체구여서 두 눈과 코가 특히 커 보였다. 그는 커다란 바위에 앉아 있었는데, 그 옆에는 야자 잎이 여러 개 놓여 있었다. 야자 잎에는 철필로 그림과 글씨를 적은 다음 고운 검댕으로 문질러 여러 가지 도형과 측정 거리가 적혀 있었다. 총감독은 야자 잎을 한참 들여다보던 시선을 들어올려 알준을 잠시 살펴보더니 말했다.

"자네의 눈썰미와 손 놀리는 솜씨가 좋다는 말을 들었네. 데칸 출신들이 조각 솜씨가 좋은 이유가 뭐지?"

알준이 엷은 미소를 머금었다.

"아마 자네도 사하데바 라타 바로 뒤에 있는 커다란 바위 덩어리를 보았을 거야."

물론 알준은 그걸 보았다. 최근에, 일단의 초벌 조각가들이 그 바위에 벌 떼처럼 달려들어 형상을 대충 만들어내는 첫번째 작업에 열중하고 있었다.

총감독이 말을 이었다.

"코끼리를 만들 예정이야. '갠지스'에 나오는 수놈과 똑같은 크기로. 나는 자네가 예전에 코끼리를 다루었기 때문에 그 모습을 잘 알고 있을 거라고 들었네. 코끼리 형상을 잡는 작업이 끝나면, 자네는 정교한 세공 작업에 배정될 거야. 머리를 정교하게 조각하는 작업. 해골과 두 눈, 두 귀."

총감독은 자신의 생각이 타당한지 확인하려는 듯 잠시 침묵을 지키더니, 드디어 선포했다.

"그래, 그렇게 하도록 해. 자네 나이의 조각가에게 그런 기회가 오기란 쉽지 않아. 하지만 코끼리를 다룬 경력이 있으니까 그 일이

잘 맞을 거야. 그리고 자네가 맡은 일에 대해선 자네가 전적인 책임
을 지게 될 거야. 이 말은 다른 사람이 자네의 어깨 너머로 살펴보며
간섭하지 않는다는 걸 의미하네. 이곳에서 본 것은……."

총감독이 자신의 두 눈을 가렸다.

"이 손을 지나서……."

총감독이 오른손을 주먹 쥐었다.

"바위 속으로 곧장 투입될 거야."

총감독이 야자 잎 다발을 집어들더니, 한 장씩 엄격한 눈으로 살
펴보며 말했다.

"우리 왕자는 자신의 경건한 신앙심이 영원히 기록되길 원하시지.
이곳에 작품을 세우는 건 그 신앙을 영광스럽게 만들기 위한 거야.
또한 우리가 만드는 조각품은 가장 화려한 형태를 취해야 해. 국왕이
세운 조각품을 포함한 그 무엇도 상대가 안 될 정도로. 왕자가 특별
히 요구한 거야."

이 말 속에 담겨 있는 협박과 기회는 알준에게 별다른 의미가 없었
다. 바위에서 코끼리의 머리를 만들어낸다는 기쁨에 비하면, 간디바
를 이 세상에 부활시킨다는 기쁨에 비하면 문제될 게 하나도 없었다.

계절이 바뀌고 또 바뀌면서, 우기는 시원한 건기가 되었다가 뜨거
운 건기로, 그리고 다시 우기가 시작되었다. 하지만 비가 오든 햇살
이 비치든 알준은 상관하지 않았다. 한 손에는 정을 다른 손에는 쇠
망치를 든 채 매일매일을 대나무 비계 위에서 보냈다. 어떨 때는 손
이 순간적으로 마비되면서 매발톱처럼 굽어진 채 콕콕 쑤셔 잠을 이
루지 못할 때도 있었다. 하지만 다음날 동틀녘이면 어김없이 대나무

비계 위로 올라가, 화강암 머리와 한 뼘 정도밖에 안 떨어진 곳에서 장비를 집어들고 작업을 시작했다.

간디바의 얼굴 형상이 서서히 나타나는 만큼 알준의 상실감 역시 서서히 사라지기 시작했다. 이제 그 모습을 드러내기 시작한 두 눈과 두 귀는 간디바와 함께 지내던 행복한 기억을 생생하게 불러일으켰다. 오랜 시간에 걸친 신중한 조각 작업은 간디바에 대한 기억과 바위 모두를 강인한 힘과 부드러운 힘 그리고 인내심과 성실성이 영원히 담겨 있는 형태로 변화시켜나갔다. 알준은 잠을 잘 자기 시작했다. 꿈속에서 날개가 큰 매들과 함께 기류를 타고 하늘 높이 올라가거나 산봉우리 사이를 날아다니기도 했다.

가끔 총감독이 먼 거리에 웅크리고 앉아 알준이 작업하는 모습을 살펴보곤 했다. 하지만 한마디도 건네지 않았다. 그러던 어느 날, 알준이 전혀 모르는 실핀 한 명이 비계 밑에 나타나 알준에게 내려오라고 소리쳤다. 알준이 밑으로 내려오자마자 고참 실핀이 알준의 머리에 하얀 터번을 푹 씌워주었다. 라타를 다듬는 작업에 열중하던 사람들 사이에서 환호성이 일어났다.

알준이 드디어 실핀 협회의 회원으로 선발된 것이다.

그와 동시에 새로운 특권이 부여되었다. 작업 수당을 받게 되었을 뿐 아니라 휴식 시간에 아무 곳이나 갈 수 있는 완벽한 자유가 보장된 것이다. 군대와 수용소와 횃불을 밝힌 석굴 속에서 아주 많은 시간을 보낸 이후여서 알준은 교외와 근처 마을을 방문할 수 있게 된 게 뛸 듯이 기뻤다.

그는 산책를 나가기 시작했다. 오랫동안 잊고 지내던 풍경들이 다시 익숙하게 다가왔다. 껍질 깐 사탕수수 막대를 빨아먹다가 눈앞에 나타난 낯선 사람을 호기심 어린 표정으로 살펴보는 꼬마아이들. 궁둥이를 대고 땅바닥에 풀썩 주저앉아 한 발을 들어올린 채 벼룩으로 오염된 깡마른 넓적다리를 긁어대는 강아지. 마을 여자들이 소금기 있는 연못가에 앉아 방망이질하는 소리. 모두 뼈에 사무칠 정도로 정겨운 장면들이었다. 그런 모습을 바라보며 산책하니, 마치 삼촌이나 아버지나 어린 동생이 옆에서 함께 걷고 있는 듯한 착각이 일기도 했다.

마을 외곽에는 담을 두른 오두막 몇 채가 옹기종기 모여 있기도 했지만, 대부분은 양파와 양배추 그리고 겨자나무를 심은 야채밭이 널려 있었다. 골목은 비좁고 더러웠지만 향긋한 연기와 차파티 빵과 신선한 향료 냄새가 물씬 풍겼다. 사람들이 사는 마을로 들어서니까 고향 생각이 한층 더 일었다. 하지만 고향으로 돌아가고 싶은 욕구는 생기지 않았다. 타밀족이 사는 이 땅이 바로 알준의 고향이었다.

코끼리 조각이 거의 끝나가고 있다는 사실이 알준에게는 끔찍하게만 여겨졌다. 이 작업 자체가 어느새 알준의 삶이 되었기 때문이었다. 알준이 보름 그리고 이십 일을 연달아 연기하며 코끼리 머리 전체를 계속 다듬고 있을 때 감독이 찾아왔다. 알준은 아직 작업이 끝나지 않았다며 일주일을 더 연기했다. 그리고 일주일 후 감독이 다시 찾아오자, 알준은 또다시 일주일을 더 연기해달라고 간청했다.

그러자 총감독이 알준을 호출했다. 그러고는 코끼리 두상 작업은 완벽하게 끝났다고, 아주 중요한 조각 작업이 '갠지스 여신의 하강' 북쪽 석굴 속에서 금방 시작될 것이라고, 믿음이 경건한 왕자는 석굴 사원이 영적인 힘으로 모든 사람을 압도하도록 만들어지기를 원한다고 무뚝뚝하게 말했다. 그리고 알준의 능력은 이미 확인되었기에 이제 그곳에서 한쪽 판 전체를 조각하는 중요한 역할을 맡게 될 거라는 말도 덧붙였다.

실핀 한 명이 젊은 조각가를 데리고 석굴 입구를 향해 바위투성이 언덕을 올라갔다. 언덕을 올라가는 동안, 실핀은 총감독이 말하지 않았던 내용에 대해 설명했다. 석굴을 다 파놓아 오른쪽 벽과 왼쪽 벽에 있는 판을 조각할 수 있도록 오래 전에 만들어놓았다. 그런데 왼쪽 벽은 국왕의 실핀들이 비슈누를 숭배하는 조각을 이미 완성한 다음이었다. 이것은 왕자의 이름으로 오른쪽 벽면을 시바에 대한 숭배 내용으로 꾸며야 한다는 걸 의미했다. 실핀의 솔직한 설명은 알준의 마음속에 한 가지 분명한 사실을 각인시켜주었다. 국왕과 왕자가 서로 경쟁하고 있다는 사실이었다.

석굴에 도착한 후, 알준은 사방을 재빨리 살펴보았다. 왼쪽 벽에는 비슈누 신이 거대한 코브라 아난타 위에 누운 채 명상하는 장면이 커다랗게 조각되어 있었다. 시종들과 숭배자들이 그 옆에 서 있었고 머리 위에는 천사 두 명이 날고 있었다.

뒷면에는 세 개의 방이 파여 있었는데, 모두 텅 빈 상태였다. 그리고 왼쪽 방 한군데만 전사 수호신 형상의 기둥 하나가 조각되어 있었다. 황소가 조각되어 있었다면 그 성역이 시바에 속함을 의미했을 터인데, 수호신의 머리 장식 위에 있는 원반 하나가 이곳이 비슈누에게 속함을 의미했다. 따라서 특별한 날에는 비슈누 청동상을 일인승 가마에 싣고 석굴 안으로 운반해 숭배한 다음 밖으로 다시 옮겨갈 터였다. 벽면과 성역은 아직 화려한 색상을 입히기 전이었다. 국왕은 자신의 아들이 다른 쪽 절반을 완성시킨 걸 본 다음에 그 작업을 추진할 생각인 듯했다.

알준은 자신의 관심을 오른편 벽으로 돌렸다. 잿빛 표면에는 분필로 그린 커다란 밑그림이, 정으로 파내기만 기다리고 있었다. 사자 위에 올라탄 여신과 인간의 몸통에 물소의 머리를 한 악마가 서로 치열하게 싸우는 장면을 묘사한 그림이었다. 실핀의 설명에 의하면, 위대한 쉬루톤다르가 그렸다고 했다.

알준은 유명한 화가이자 조각가인 이 사람을 알고 있었다. 그는 예전에 마두라이의 남부 도시 판디안에 거주하던 시민이었는데, 패배한 국왕이 그를 진상품으로 팔라바스에게 선물했다. 그래서 그는 지금 현재 칸치에서 국왕의 총애를 받으며 온갖 명예와 부귀를 누리며 왕족의 초상화를 그리고 나라싱하 왕자의 석굴 사원을 설계해주었다.

알준이 석굴 주변을 다 살펴보자, 실핀이 물었다.

"자네가 무엇을 조각하게 될지 얘기 들은 게 있나?"

"물소의 얼굴이요?"

실핀이 웃었다.

"동물 조각이 아니야. 자네는 여신 전체를 조각하게 될 거야."

깜짝 놀란 알준이 그 이유를 묻기도 전에 실핀이 덧붙였다.

"자네는 전쟁을 충분히 경험했으니까."

다음날 젊은 조각가는 다시 총감독 앞에 불려나갔다.

깡마른 체구에 키가 작은 총감독은 정오 시간에 초가지붕 오두막 안에서 희미한 조명을 받으며 앉아 있었다. 아주 뜨겁고 햇살이 너무 강렬한 날씨에 바깥에 있다가 들어와서 그런지, 알준은 처음에 총감독의 얼굴을 제대로 알아볼 수 없었다.

총감독은 향료 커드 사발 안에 차파티를 떠넣고 있었다. 그러더니, 기운찬 목소리로 물었다.

"어때, 멋진 두르가(여신의 여러 형태 중 하나로 시바의 아내)를 조각할 수 있겠나?"

"저는 지금까지 동물 작업만 했습니다."

"그 말은 자네가 동물만 작업할 수 있다는 뜻인가?"

"제 말은 경험이 부족하다는 뜻입니다."

"자네에게 부족한 건 내가 판단하겠네. 그래, 지난밤에는 잠을 잘 잤나?"

"아닙니다."

"왜지?"

"여신에 대해 생각하느라 잠을 설쳤습니다."

"여신의 그림에 대해서?"

"네."

"조각이 아니라, 자네가 잠을 설친 건 그 그림 때문이었나?"

"네. 조각은 제가 확실히 알고 있습니다."

"아, 그렇다면 그림이 확실하지 않다……. 쉬루톤다르가 그렸는데도? 그 이유를 말해보겠나?"

"그건 확실히 모릅니다."

"좋아. 그렇다면 내가 적임자를 제대로 찾은 셈이군. 하지만 염두에 두어야 할 게 또 있네. 자네가 알다시피, 왕자는 경건한 신앙심을 가지고 있어. 그래서 자신의 건축물을 뛰어난 신앙심의 소유자가 조각하길 바라지. 예를 들어, 왕자에게 쉬루톤다르는 그런 신앙심을 지녔다는 확신을 주었어. 다른 사람도 마찬가지야, 나를 포함해서."

총감독이 미소를 머금었다.

"따라서 나는 자네의 영적인 상태를 점검해야 돼. 자네는 비슈누나 시바를 따르는가?"

"둘 다 아닙니다."

"데칸에서는 사람들이 신들을 숭배하지 않는가?"

"숭배합니다. 하지만 저는 그 생활에서 오랫동안 떨어져 지냈습니다."

"그리고 다시 그 생활로 돌아갈 생각도 없고?"

알준은 아무 말도 하지 않았다.

"자네는 비슈누와 시바 사이에 어떤 차이가 있다고 생각하나?"

"으흠, 비슈누는 인간처럼 연애도 하고 지상의 정의를 위해 싸웁니다. 그는 인간 같은 신입니다. 하지만 시바는 자신의 부인조차 멀리하고, 산에서 명상을 하며, 자신의 적을 무찌르기 위해 많은 시간을 보냅니다. 시바 신이 더 강력하며, 그만큼 더 신비합니다."

"다른 건 없나?"

"사람들은 비슈누의 이름을 암송해서 악을 물리치려고 합니다. 하지만 뱀들이 집 안에 들어오면 시바의 이름을 써서 벽에 붙입니다. 피리는 비슈누에 속하고 북은 시바에 속합니다. 투라시 풀은 비슈누가 좋아하고, 사과나무는 시바가 좋아합니다."

"그 같은 차이점이 자네가 생각할 수 있는 전부인가? 나는 자네가 그렇게 단순한 사람이라고 생각하지 않네."

알준은 자신이 어렸을 때 사제에게 교육받은 내용을 최대한 빨리 잊어버리려고 노력하곤 했다는 사실을 말하고 싶은 충동을 느꼈다. 하지만 침묵을 지켰다.

"다시 한번 묻겠네. 만일 비슈누와 시바 가운데 하나를 꼭 선택해야 한다면 자네는 어느쪽을 선택하겠나?"

"둘 다 아닙니다."

알준이 무뚝뚝하게 대답했다.

"왕자가 그 대답을 듣지 않은 게 다행이야. 내가 자세히 설명해주겠네, 알준. 자네는 시바의 부인을 조각하게 될 거야. 따라서 자네는 시바에게 권능을 받아 악을 정복하는 전투적인 왕비를 상상할 수 있어야 돼. 무슨 말인지 알겠나? 육체적인 힘과 영적인 힘을 제대로 묘사해야 한다고. 신을 믿지 않으면 그런 조각이 나올 수 없어. 강인한 믿음을 길러야 돼. 자네의 가슴 깊숙한 곳에 담겨 있는 신앙심을 두 눈과 두 손으로 표현해야 한다고."

총감독이 차파티를 하나 더 커드에 집어 넣었다.

"그렇다면 누군가의 도움이 필요할 것 같군. 벽면을 초벌 조각하는 기간이 몇 개월 걸릴 테니, 자네는 그동안 휴가를 낼 수 있어. 내가 자네를 신인(神人)에게 보내줄게, 그분과 함께 지내도록 하게. 그가 자네의 두 손과 두 눈에 걸맞는 신앙심을 가슴속에 심을 수 있도록 도와줄 거야."

신인이 사는 해안 마을을 향해 알준이 억지로 발걸음을 뗄 즈음에는 우기가 이미 끝나고 몬순의 북동풍이 바다에서 불어오고 있었다. 알준은 높다란 실핀 터번을 마말라푸람에 남겨놓은 채 단순하게 생긴 하얀 도티를 입고 두 다리 사이에서 치마 끝을 끌어올려 허리춤 뒤로 묶었다. 숲과 평야를 지나는 동안 뭉게뭉게 피어오르는 구름이 머리 위를 떠가는 모습은 데칸 지방의 풍경을 연상시켰다. 하지만 열대성 기후라서 그런지 나무 잎사귀가 훨씬 넓었다. 알준은 코코넛과 바나나 잎사귀와 대추야자나무, 그리고 흑단향나무 밑을 지나갔다. 사리 쌀이 벌써 수확을 기다리고 있었으며, 초여름에 심었던 카리마

쌀 역시 금방 그렇게 될 것 같았다. 여자들이 논과 밭을 바삐 오가며 두 날개를 활짝 편 채 바닥에 내려앉으려는 까마귀들을 향해 고함을 지르고 밝은 천을 휘둘러 곡식을 훔쳐먹는 검은 새들을 쫓아내고 있었다.

신인이 사는 해안 마을은 마말라푸람에서 남쪽으로 이틀 동안 내려가야 하는 거리에 있었다. 그 마을이 점차 가까워지자, 알준은 이틀 더 걸리기를, 그 다음에 또다시 이틀이 더 걸리기를 기원했다. 시공을 초월하는 아름다운 시골 풍경은 알준에게 많은 감동을 주었지만, 종교 훈련을 받아야 한다는 생각은 계속 커다란 부담으로 작용했다. 어린 시절에 마을 사제에게 받던 너무나 지겨운 종교 수업이 연상되었다. 그리고 군대에 있을 때는 병사들이 떨리는 손가락으로 묵주를 돌리면서 기도를 드린 다음 전쟁터로 나가지만 결국에는 죽고 마는 모습도 많이 보았다. 심한 상처를 입은 환자 옆으로 누군가가 다가와 〈베다〉에 나오는 기도문을 암송해준다고 해서 그 환자의 극심한 고통이 멈추지는 않는다. 전쟁터의 수많은 모습은 그나마 알준의 가슴속에 조금 남아 있던 신앙심마저 모조리 앗아가버렸다. 알준은 신들이 가는 길과 자신이 가는 길은 다르다고 생각했다.

신인의 마을이 가까워질수록 알준의 발걸음은 느려졌다. 앳된 소리로 고함을 지르는 아이들이 알준의 앞길을 가로지르며 앞다퉈 뛰어갔다. 진흙을 쌓아올린 마을 담 너머에 오두막 몇 채가 있었다. 이제 막 갈아 냄새가 얼얼한 향료가 코끝을 스쳤으며, 담쟁이덩굴로 뒤덮인 담에 세워놓은 괭이들도 보였다. 여인 두 명이 근처 개울에서 끌어들여 만든 수로에서 물을 퍼올려 논에 대고 있는 모습도 보였다. 멀리 떨어진 두 사람은 커다란 바구니 한가운데 묶인 기다란 밧줄 끝을 하나씩 잡고 박자를 맞춰가며 끌어올려 논둑 너머로 물을 세차게 퍼부었다. 아주 뜨거운 날이었다. 수백 마리에 달하는 까마귀들이 나무 하나에 앉아 가만히 둥지를 틀고 있다가 어떤 불안한 징후가 보이면 검은 돌멩이처럼 점점이 흩어지며 한순간에 하늘로 날아올랐다.

모두가 어렸을 때부터 보아온 너무나 익숙한 풍경이었다. 하지만 지금 고향집은 서쪽 멀리 떨어져 있으며, 자신은 이제 어린아이가 아니었다.

쟁기가 매달린 황소를 끄는 농부 두 명이 보였다. 알준은 어떤 대답을 기대하며 커다란 목소리로 물었다.

"신인을 만나러 왔습니다."

농부들은 젊은 이방인을 반갑지 않은 표정으로 살펴보았다. 며칠 동안 뜨거운 햇볕을 받으며 걸어와 검게 탔으나 남쪽 나라에 사는 사람들에 비하면 피부가 굉장히 하얀 편이었으며, 머리는 타밀족 스타일로 짧게 깎았으나 얼굴의 흉터는 상대편의 경계심을 일으키기에 충분했다.

"그분을 찾으려면 어디로 가야 하죠?"

농부 한 명이 막연하게 마을을 가리키자, 다른 한 명이 '늙은 개가 누워 있는 집'이라고 중얼거렸다.

알준은 마을로 들어가 계속 걸었다. 이윽고 오두막 입구에 늙은 개 한 마리가 좀먹은 누더기처럼 길게 엎드려 있는 모습이 눈에 들어왔다. 알준은 그쪽으로 방향을 돌려 집 앞에서 소리쳤다.

"마말라푸람에서 신인을 뵈러 왔습니다. 제 이름은 알준 마드바라고 합니다."

오랫동안 기다렸지만 아무 반응이 없었다. 늙은 개조차 조금도 움

직이지 않았다. 알준은 자신이 집을 잘못 찾았다 생각하곤 뒤로 돌아

서 걸음을 떼려고 했다. 바로 그때 목소리가 들렸다.

"자네가 누구든 안으로 들어오게!"

다시 뒤를 돌아보니, 배가 볼록하게 나온 중년 사내 한 명이 문가

에 서 있었다.

"안으로 들어오라니까!"

사내가 퉁명스럽게 반복했다. 머리에 상투를 틀고 하얀 도티를 걸

쳤는데, 앞쪽 끝을 두 다리 사이로 끌어올려 허리춤 뒤에 묶은 모습

이었다. 사내는 툭 튀어나온 배를 긁적거리며 어둠침침한 실내로 사

라졌다.

알준은 잠자고 있는 개를 넘어 오두막 안으로 들어갔다. 사내는

흙을 단단하게 다진 바닥에 책상다리를 하고 있었다. 왼편에는 낮은

상 하나, 그 위에 잔 하나가 덩그마니 자리잡고 있었다. 오른편에는

조그만 방을 가득 채운 커다란 상이 있었는데 꽃과 성수 그릇, 수북

이 쌓인 코코넛과 파인애플 등 헌납받은 물건들이 놓여 있었다. 선향

에서 짙은 향내가 풍겨나와 뜨거운 공기와 뒤섞였다.

사내는 알준에게 앉으라는 신호를 보낸 다음 하나밖에 없는 잔을

가리키며 말했다.

"이 우유를 마시게. 아직 식지 않았으면 좋겠구먼. 까마귀가 우는

소리를 듣고 자네가 찾아올 것 같아 미리 준비해놓았는데……, 시간

이 많이 지났어."

잔을 들고 마시던 알준은 우유가 혓바닥을 델 정도로 뜨겁다는 것

을 발견했다. 자신이 도착하기 직전에 우유를 데운 게 분명했다. 신

인은 어떻게 시간을 이처럼 정확하게 예측할 수 있었을까? 깜짝 놀라

며 고개를 치켜드니, 차갑고 엄숙한 시선이 기다리고 있었다.

"자네는 누구인가?"

신인이 물었다.

"알준 마드바, 데칸 출신입니다. 마말라푸람에서 조각을 합니다."

알준은 총감독이 보낸 동전 주머니를 지금 건네줘야 하는 건 아닌지 궁금했다. 미처 결정을 내리기 전에 신인이 다시 입을 열었다.

"그렇다면 그 사람들이 자네에게 이곳으로 와서 신을 찾으라고 명령했군."

"그렇습니다, 명령을 받았습니다."

신인이 눈살을 찌푸리며 물었다.

"이곳에서 신을 찾을 수 있을 것 같은가? 자네 표정을 보니 그렇게 생각하지 않는 것 같군. 그렇다면 자네는 이곳에서 신을 찾을 수 없을 거야. 하지만 이곳에서 지내다 보면 무언가를 느낄 수 있겠지. 자, 자네는 누구인가?"

"제 능력을 다해서 성심성의껏 설명드렸습니다."

"자네 능력을 다해서 성심성의껏 설명했다…… 으흠, 좋아, 아주 좋아."

신인이 껄껄 웃었다.

"자, 나를 위해서 〈카야트리〉를 암송해보게."

아무렇지 않게 갑자기 나온 명령에 알준은 깜짝 놀랐다. 스물네 개의 음절로 이뤄진 〈카야트리〉 기도문은 태양의 신 사비트르에게 탄원하는 내용으로, 상위 계급인 브라만과 크샤트리아 그리고 바이샤 출신만 이 비밀 기도문을 배울 수 있었다. 마을 사제는 알준에게 신성한 실을 건네줄 때 귓속말로 조그맣게 이 기도문을 알려주었다.

"암송해!"

신인이 소리쳤다.

알준은 사제에게 가르침을 받던 어린 시절로 돌아간 듯 앞으로 상체를 기울인 채 조금도 망설이지 않고 노랫가락을 읊조리는 어투로 기도문을 암송하기 시작했다.

타트 사비트르 바렌얌

바르고 데바스야 디마히

디요 요 나 프라코다야트.

신인이 입술을 꼭 깨물며 말했다.

"자네의 산스크리트어는 아주 훌륭해. 크샤트리아나 바이샤 출신은 그렇게 훌륭하게 암송할 수 없지. 자네는 브라만이군."

알준이 수정했다.

"예전에는요. 하지만 지금은 보시다시피 상투도 없고 신성한 실도 없습니다."

"자네가 그것을 스스로 포기했나?"

"아닙니다. 하지만 되찾기 위해 노력하지도 않았습니다."

"마말라푸람에는 브라만이 아주 많네."

"맞습니다. 의식을 새로 신청할 수 있었습니다. 저는 사제를 찾아가 〈카야트리〉를 암송해 상투를 틀고 신성한 실을 어깨에 걸칠 수도 있었습니다."

"하지만 그렇게 하지 않는 쪽을 택했군."

알준은 아무 대답도 하지 않았다.

"만일 시바가 그렇게 하길 원한다면?"

"시바는 지금까지 저에게 아무 말도 하지 않았습니다."

신인이 껄껄 웃었다.

"하! 지금까지 나는 자네에게 브라만 사제로 얘기했네. 인정하는가?"

"네. 시바를 따르는 브라만으로."

"그런데 자네 표정을 보니 그걸 싫어하는군. 반항기 많은 어린 시절에 자네를 괴롭히던 바보 같은 사제가 연상되는가 보지? 자네의 미소를 보니 내 말이 맞군!"

신인이 알준을 오랫동안 살펴보더니, 다시 말을 이어나갔다.

"으흠, 나는 분명히 브라만 사제이며 시바 신의 추종자네. 마말라푸람에서는 나에게 사람들을 보내고, 나는 그 사람들에게 종교 의식과 기도문을 가르쳐주지. 그게 내가 살아가는 방법이야. 하지만 자네에게는 다른 방식으로 대하겠네. 앞으로는 마음을 차분하게 가라앉혀 내면 세계를 들여다보며 모든 걸 그 안에서 통일시켜 내는 겸손한 요기(요가 수행자)로서 자네를 대하겠네."

신인의 목소리가 갑자기 속삭이는 어투로 변했다.

"매일 나는 나 자신에게 묻지. '너는 누구냐?' 그러면 매일 이런 대답이 나오지. '너는 그것이다.' 하지만 '그것'은 무엇이냐? 그것은 존재하는 모든 것이다."

23

한 달, 두 달, 그리고 세 달이 지났다. 알준은 숨막히는 조그만 오두막 안에 있을 뿐 바깥으로 거의 나가지 않았다. 그런데도 차루키아 군대와 함께 머나먼 원정을 나서는 이상으로 멀리 여행하는 듯한 느낌을 자주 받았다. 이곳에서는 시간이 전쟁터에서와 마찬가지로 이상하게 왜곡되었으며, 고향집을 떠난 이후 자신에게 강제된 그 어떤 요구보다 더 많은 요구를 강요받는 듯했다. 이 모든 것은 알준을 외면에서 내면으로 끌어들이겠다는 신인의 단호한 입장 때문이었다.

신인은 이렇게 설명했다.

"외면에 있는 모든 것을 버려야 한다. 모든 의식과 기도문도 버려야 한다. 이것들은 내면과 아무런 상관이 없다. 그 문을 열 수 있는 건 오직 디야나(산스크리트어로, '집중 명상'을 의미한다) 하나밖에 없다."

그래서 알준은 수많은 날들을 명상하며, 혹은 명상을 실천하며 보냈다. 자세가 이리저리 뒤틀린 어려운 요가도 배웠다. 하지만 프라나

야마(調息) 곧, 호흡을 통제하는 기술을 배우는 데 가장 많은 시간을
보냈다.

신인은 엄숙한 어조로 물었다.

"자네는 내 복부가 음식을 많이 먹어서 이렇게 되었다고 생각하
나? 물론 그렇게 생각하겠지! 하지만 이게 이렇게 커진 건 호흡 방식
때문이야."

신인이 한 손을 자신의 상체에 올려놓았다.

"사람들은 대부분 이곳에서 호흡을 하지. 하지만 나는 이 밑에서
호흡을 하네. 이곳은 힘이 들어 있는 곳이야."

신인이 자신의 복부를 다정하게 매만졌다. 그런 뒤 자신의 말을
증명이라도 하려는 듯 숨을 들이마셔 복부를 커다란 멜론 크기로 부
풀렸다.

"만져보게."

알준이 팔을 뻗어 동그란 복부를 만졌다. 놀랍게도 그 복부는 코
코넛 껍질 이상으로 단단했다.

"숨을 다스리는 방법은 코끼리를 다스리는 방법에 비해 훨씬 많은
주의가 필요해. 잘못하면 죽을 수도 있어."

바스트리카, 시타리, 비사마 브르티, 수르야 베다나, 프라티로마,
우자이 등 다양한 수련을 시작하게 된 알준은 그 주장을 금방 이해할
수 있었다. 어떨 때는 심장이 터질 듯한 느낌이 들었는데, 숨을 내쉰
후 오랫동안 숨을 멈추고 있어야 할 때는 특히 더했다. 숨을 다스리
는 수련은 숨을 들이마시고, 숨을 멈추고, 숨을 내쉬는 비율이 정확
해야 했다. 알준은 숨을 다섯 박자 들이마시고 스무 박자 멈추고 열
박자 내쉬는 것부터 시작했다. 박자의 숫자는 점차 늘어났으나 그 비

율은 그대로 유지되었다.

하지만 비사마 브르티(불규칙적인 호흡법)는 가장 고통스럽고 위험했다. 그 비율이 1:4:2에서 4:2:1로 그 다음에는 1:2:4로 바뀌었으며 이 세 가지 변화가 하나의 주기를 이루었다. 한번 자리에 앉으면 그렇게 팔십 주기가 돌아야 끝났다. 신인은 옆에서 주의 깊게 지켜보다가, 알준이 졸도하기 직전 상태가 되면 수련을 멈추게 했다. 알준은 가끔 흥분 상태에 빠져 두 눈을 크게 뜨고 숨을 헐떡이며 목을 꽉 움켜잡기도 했다. 하지만 신인은 그냥 웃기만 했다.

명상을 하는 시간이 점차 늘어났다. 알준은 새벽과 정오와 해질녘과 밤에 명상에 빠져들었다. 신인은 지금 벌어지는 일과 지금 벌어지지 않는 일 그리고 디야나에서 벌어져야 할 일에 대해 설명했다. 그리고 디야나의 목적은 인간의 가슴속에 맺혀 있는 매듭을 풀어헤치는 것이라고 말했다. 신인은 다양한 질문을 던졌다. 하지만 알준의 대답을 특별히 기대하는 것 같지는 않았다. 이런 질문이었다.

"모든 것의 이면에는 어떤 게 있느냐? 모르느냐? 나도 모른다. 그것을 묻기 전에 그 대답이 이미 자네 안에 있는데 그 질문이 무슨 소용이 있겠느냐."

한번은 신인이 방안으로 들어와 가만히 기다렸다. 하지만 알준은 두 눈을 감은 채 디야나에 빠져 있었기 때문에 그가 오랫동안 기다렸다는 사실을 모르고 있었다. 이윽고 신인이 아주 부드러운 목소리로 말했다.

"내가 말하는 내용은 나에게서 오는 게 아니다. 이 내용은 너 자신의 갈망에서 나온다. 말하는 사람은 내가 아니라 너다."

이 말은 알준을 혼란스럽게 만들었다. 알준은 신인이 말한 갈망을

전혀 느끼지 않았다. 그는 코끼리 모는 법이나 칼 휘두르는 법 혹은
정 사용하는 법을 배우는 것과 마찬가지로 단지 하나의 기술을 배우
고 있다고 느꼈다. 오랫동안 명상했지만 자신의 내면에서 어떤 변화
도 감지할 수 없었다. 디야나가 마음을 차분하게 만드는 수련이라는
말은 사실이었다. 하지만 스승이 약속한 환희나 계시는 없었다. 그리
고 마음을 차분하게 만드는 대신 오히려 불안하게 만들 때도 있었다.
어느 날 저녁에는 알준이 그 같은 사실을 신인에게 말했다. 그러자
신인은 실패는 성공의 전주곡이라는 표정으로 빙그레 웃기만 했다.
  알준은 이렇게 고백했다.
  "두 눈을 감고 있으면 여러 가지 생각이 차례대로 일어납니다."
  "그 생각이 어디에서 오는지 찾아보아라. 옛사람들은 이런 시를
썼다."
  그러면서 눈을 지그시 감고 시를 암송했다.

  아무것도 없는 곳
  그 속으로 돌아가라
  아무것도 들어오지 않도록 해라.
  자신 속으로 깊숙이 들어가 그곳을 찾아라.
  생각이 존재하지 않는 곳을.

  "내 말을 잘 들어라, 알준. 자네는 디야나를 통해 아무것도 배우
지 않는다. 자네가 이미 알고 있는 모든 것을 밖으로 내버릴 뿐이다.
그렇게 어려워하지 말거라! 인내심을 가져라. 숨이 물결처럼 안으로
들어가고 밖으로 나오는 것을 지켜보아라. 파도 속에 있는 바위처럼

가만히 앉아서 숨이 점차 적어지기를 기다려라. 시간이 지나면 그렇게 될 것이다. 그래서 결국에는 잔잔한 연못처럼 될 것이다."

알준은 신인과 함께 음식을 먹었는데, 신인은 정말 적게 먹었다. 신인은 그럴 때마다 자신의 제자가 옆에 있다는 사실을 잊은 듯 벽을 바라보며 말하곤 했는데, 가령 이런 식이었다.

"내가 이 외면의 나를 내면의 나에게서 분리하고 있는 한, 나는 순수한 존재를 발견할 수 없다."

이런 말을 할 때마다 알준은 아무 대답도 하지 않았다. 우선, 그 뜻을 충분히 이해하지 못했으며, 둘째, 처음 시작할 때 신인에게 철저하게 솔직할 것을 맹세했으며, 신인은 그런 알준을 돕기 위해 열심히 노력했기 때문이었다. 게다가 신인 역시 그것을 원하는 듯했다.

한번은 신인이 이렇게 말했다.

"어떤 사람은 신을 제외한 모든 것을 원한다. 또 어떤 사람은 신을 포함한 모든 것을 원한다. 또 어떤 사람은 오로지 신만을 원한다. 자네는 어떤 것을 원하는가, 알준?"

알준은 오랫동안 침묵을 지켰다. 두 사람은 촛불 하나를 켜놓은 어둠침침한 곳에서 서로를 마주보며 앉아 있었다. 날개 달린 벌레가 촛불 주변을 날아다녔다. 늙은 개는 한쪽 구석에 누워 코를 골며 잤다. 마침내 알준이 입을 열었다.

"만일 제가 모든 것을 원한다면, 아마 저는 신도 원할 겁니다. 하지만 저는 모든 것을 원하지 않습니다. 그래서 신도 원하지 않습니다."

"자신의 내면에서 신성을 발견한 소수의 사람은 신을 포함한 그 무엇도 더 이상 바라지 않는다. 우리가 머물러야 할 곳은 바로 이곳이다, 알준."

신인이 두르가 여신의 사나운 모습인 칼리(탐욕스럽고 파괴적인 힌두교 여신)가 그려진 그림 한 장을 가져왔다. 칼리는 전투 자세로, 그 발 밑에는 시바 신이 누워 있었다. 시바 신은 시체처럼 누워 있는 반면, 칼리는 자신감이 넘치는 화려한 전사의 갑옷을 걸친 채 자신의 발 밑에 있는 시바 신을 내려다보았다.

"칼리가 시바 신을 정복했느냐?"

신인이 물었다. 알준은 잔인한 표정의 여신을 살펴보았다. 혓바닥에서는 핏방울이 뚝뚝 떨어지고 두 눈은 부릅떴으며 허리춤에는 목 잘린 머리들이 매달려 있었다.

"네."

알준이 대답했다. 그러자 신인이 반박했다.

"아니다. 탄생과 죽음은 칼리의 영역이다. 칼리의 세계는 외면이다. 시바는 칼리가 이런 일을 할 수 있도록 만들어주는 내면의 영혼이다. 시바 신과 칼리 신은 연인처럼 서로를 위해 존재한다."

그날 오후, 알준은 오두막을 청소하고 있었다. 제자가 당연히 해야 할 일이었다. 얼굴에 주름살이 가득한 할머니 한 분이 매일같이 와서 초라한 음식을 만들어주지만 그 밖의 잡다한 일은 알준이 처리했다. 방 두 개짜리 오두막 한 채와 신인이 잠자는 조그만 오두막 한 채가 전부였기 때문에 그리 힘든 일은 아니었다.

그런데 알준이 빗자루질을 하며 문지방을 넘으려고 할 때 신인이 말했다.

"자네가 자네 자신을 찾는 바로 그 순간, 자네는 자네 이름조차 기억할 수 없게 된다."

신인은 그 말과 함께 등을 돌려 밖으로 나갔으며, 알준은 마당에서 쓸어온 조그만 쓰레기 더미 위에 빗자루를 올려놓은 채 가만히 서 있었다.

알준은 명상을 하는 동안 '오옴 나마 시바야(시바에게 영광을)'를 읊조렸다. '오옴'이라는 발음은 세 가지 경우에만 쓴다. 말을 버린 다음, 그리고 '사마디'(삼매)라고 하는 완벽한 계몽의 침묵에 들어가기 전, 그리고 오옴을 세 번 발음해서 신을 찬양하고 신을 묘사할 때였다.

신인은 이렇게 말했다.

"물론 자네도 모든 개체를 통해 신을 묘사할 수 있지. 중요한 건 자네가 신과 일 대 일로 얼굴을 마주하고 있다는 사실을 깨닫는 거야. 예를 들어, 우리가 지난밤에 함께 앉아서 음식을 먹는 바로 그곳에서 나는 시바 신을 보았네."

신인이 평상시처럼 구석에서 잠자고 있는 늙은 개를 가리켰다.

"바로 저거야, 저게 신이야! 지난밤, 나는 내 개를 통해 신을 분명히 보았어!"

신인이 손가락을 하나씩 꺾으면서 신의 이름을 행복한 어투로 읊조렸다.

"마하칼라, 다크쉬나무르티, 니라칸타, 트리암바카, 루드라, 나타라자. 우주의 신성한 힘이자 축복, 천상의 시바!"

신인이 크게 웃으며 무릎을 쳤다.

"이건 완전한 진실이야! 하 하 하! 정말 재미있었어! 모든 것의 창조자가 구석에서 더러운 몸을 구부린 채 코를 골다니! 하지만 걱정하지 마라, 알준. 나는 미치지 않았다! 내 게으른 개 속에서 아직 시바

신을 보지 못한 자네도 미치지 않았고."

알준은 신인의 온순한 늙은 개를 생각하고 있지 않았다. 칸치 거리를 오가는 잔인한 개들을 생각했다. 그들이 정말 시바 신이고 비슈누 신이고 브라마 신일까? 그들이 파르바티(시바의 아내) 신이고 락슈미(비슈누의 아내로 부와 행운의 여신) 신이고 사라스바티(학문과 예술을 관장하는 힌두 여신) 신일까? 그 가능성을 생각하니 불쾌한 느낌이 들었다. 바로 그때 신인이 몸을 앞으로 기울여 조그맣게 속삭였다.

"오직 디야나만 생각하게. 개 속에서 시바 신을 본다는 우스꽝스러운 생각은 하지 말고. 오직 디야나만 생각해. 개 속에서 신을 본다는 생각은 잊어버리게. 그것은 나중에 오겠지……."

신인이 손가락을 치켜들어 경고하는 표정으로 덧붙였다.

"하지만 결국에는 꼭 올 게야."

하루는 신인이 장례식을 집행하고 돌아왔다. 시신을 태운 재가 하얀 의상에 여전히 묻어 있었다. 신인이 다정하게 물었다.

"오늘은 어땠는가, 알준?"

제자는 평상시처럼 대답했다.

"노력했습니다."

"내 말을 잘 듣게. 나 역시 옛날에는 디야나를 실패할 때마다 좌절감에 휩싸였지. 그런데 어느 날 갑자기 그 일이 일어났어. 나는 무(無)에서 나타난 파란 점 하나를 응시하고 있었는데, 그 점이 연꽃 잎사귀처럼 떨어지더니, 이 세상 전체가 아무 형체도 없이 사라지는 거야. 그러고는 몰려드는 개똥벌레들처럼 흔들리는 빛을 보았지. 그 빛이 내 눈앞으로 흘러와 아주 강렬하게 번쩍번쩍 빛났어. 그 엄청난 빛 속에서 어머니 여신의 영상이 나타나더군. 나는 두 눈을 뜬 채 내

앞에 앉아 있는 여신을 보았네. 손을 뻗으면 만질 수 있는 가까운 거리에 있었지. 나는 한 손을 뻗어 여신의 얼굴 앞에 댔어. 여신의 코에서 나오는 콧김이 손가락에서 따뜻하게 느껴졌지. 하지만 여신의 그림자는 벽에 비치지 않았어. 그래서 나는 여신의 존재가 오직 내 마음속에 있다는 걸 알았지. 이윽고 여신이 사라졌어. 하지만 여신이 방 뒤편에서 달려가는 소리를 들을 수 있었지. 여신의 발찌에서 쨍그렁거리는 소리가 났거든. 여신은 머리칼을 날리며 달려갔어. 바로 이곳에서 보았지……."

신인이 머리를 툭툭 쳤다.

"알준, 자네가 진정으로 알아야 할 것은 한 가지밖에 없어. 자기 자신을 잃는 사람은 자기 자신을 찾는다. 모두를 잃는 사람은 모두를 찾는다! 나는 자네가 그렇게 되길 바라고 있네, 알준. 모두를 잃어서 모두를 찾게."

마말라푸람에서 다른 실핀 한 명을 보냈다. 주정뱅이였다. 총감독이 그에게 종교 훈련을 시키는 게 좋겠다고 생각한 듯했다. 그 실핀은 어둠침침하고 우중충한 분위기에 콧수염을 기른 사내였는데, 신인은 그를 이웃집에 머무르도록 조치했다. 그런데 야자술을 어떻게 손에 넣은 주정뱅이 실핀이 마을에서 소동을 일으키고 말았다. 그래서 신인은 그를 자신의 오두막으로 데려왔다. 알준과 그 실핀은 신인 오두막의 좁은 공간에서 두 마리 강아지처럼 함께 지내야 했다. 다음 몇 주일 동안 신인은 그 실핀 옆에서 한 발짝도 떠나지 않았다. 하지만 그에게 명상과 호흡법을 가르치진 않았다. 그 대신 누구보다도 까다로운 사제 역할을 자행하면서 엄격하게 기도문을 암송시키고 푸자

(힌두교의 숭배 의식으로 '공양'을 뜻한다)의 일상 의식을 가르쳐주었다. 시달릴 대로 시달린 실핀은 마침내 신에게 항복하고 심지어 신인 앞에서 무릎을 꿇은 채 신성한 자비를 간청하며, 남은 일생 동안 하루에 세 번씩 기도문을 암송하겠다고 맹세했다.

신인은 그 실핀을 마말라푸람으로 돌려보냈다. 신인은 알준과 함께 문가에 서서 회개한 실핀이 점차 멀어지는 광경을 지켜보며 말했다.

"저 사내는 얼마 안 가서 다시 술을 마시기 시작할 거야. 그건 나도 어쩔 수 없는 일이야. 잘 보게, 알준. 저 사내는 나쁜 업을 지닌 채 살아가고 있어. 저 사내의 영혼은 전생에서 저지른 많은 악행으로 뒤덮여 있는 게 분명해. 사악한 기운이 저 사내의 내면 세계를 휘감고 있어. 마치 코코넛 알맹이를 감싸고 있는 두터운 껍질처럼."

신인이 한숨을 내쉬었다.

"이곳에서 공부한 게 다음 생에서 조금이나마 도움이 되기를 바랄 뿐이야. 그러면 그 다음 생에서는 행복을 추구할 준비를 할 수 있겠지."

알준 역시 신인의 지시 내용을 그대로 실천하는 데 어려움을 겪고 있었다. 명상을 하기 시작하면 마음속에서 더 많은 생각이 떠오르곤 했다. 호흡을 조절하는 건 많이 익숙해졌으나, 그 목적이 혼란스러울 때가 많았다. 내면으로 가까이 접근하는 데 실패했기 때문이다. 알준은 신인을 지금까지 만난 그 누구보다 존경했지만, 자신이 이해할 수 없는 사람을 그대로 흉내낼 욕심은 없었다. 시간이 많이 흘러갔지만 알준의 회의는 줄어들지 않았다. 반복되는 디야나 수련은 확신을 심어주기보다 그 확신을 깨뜨리는 듯싶었다. 끊임없이 수련했지만 스승이 말하는 경지를 경험할 수는 없었다. 알준은 불안감이 점증하는 이유가 자신의 수련 방식과 아무런 상관이 없다는 걸 깨달았다. 신인을 실망시킬 수 있다는 생각이 괴롭게 느껴질 뿐이었다.

신인도 제자의 불안감을 알아차렸을 것이다. 하지만 결코 입 밖에 내지 않았다. 그는 마을에 나가 사제의 역할을 해야 할 때를 제외하곤, 알준이 '아사나'(산스크리트어로 '좌법' '좌석'이라는 뜻으로 마음을 신체 활동에 대한 관심에서 분리시키기 위해 취하는 부동 자세)와 호흡 수련에 열중하는 모습을 가만히 앉아서 지켜보았다. 그는 더 열심히 노력하라고, 항상 열심히 노력하라고 격려하면서 이렇게 말했다.

"마음은 청동으로 만든 주발과 같아서 자주 닦아주어야 한다. 디야나로 깨끗하게 닦지 않으면 둔하게 변해."

그러자 알준이 갑자기 물었다.

"하지만 금으로 만든 주발이라면요? 그렇다면 닦을 필요가 없잖아요."

신인이 잠시 생각하더니, 너털웃음을 터트리며 대답했다.

"그 말도 맞다, 맞아. 만일 신성한 빛을 가득 안고 태어난 사람이라면 명상을 할 필요가 없겠지. 그렇다면 자네는 신성한 빛을 가득 안고 이 세상에 태어났는가?"

알준이 고개를 저었다.

"그렇지 않습니다."

"하지만 자네의 문제 제기는 아주 훌륭해. 정말 마음에 드는 말이야. 아마 시바도 그 말을 좋아할 게야. 신성한 스승께서는 논쟁을 좋아하시거든. 그러나 비슈누는 그렇지 않아. 그분은 마음만 믿으시지."

밤과 낮이 만나는 산디야 시각이 되자, 신인은 잠자고 있는 알준을 깨운 다음 푸자를 하기 위해 초에 불을 붙이면서 설명했다.

"산디야는 홀로 존재하는 영혼을 느낄 수 있는 아주 신비로운 시간이다. 다른 모든 것은 환상이야. 우리가 지금 이렇게 함께 앉아 있는 것 같지만, 지금 이곳에 앉아 있는 건 시바 신밖에 없어."

신인은 도티에 묶여 있는 조그만 주머니에서 재를 조금 꺼내 성수와 혼합해 반죽을 만들더니, 그것으로 알준의 앞이마와 가슴에 회색선 세 가닥을 그린 다음, 마찬가지로 자신의 앞이마와 가슴에도 세 가닥을 그렸다.

"나는 자네를 시바 신에게 바친다."

알준은 큰 영광을 기쁘게 누리고 싶었지만 끔찍한 느낌만 들었다. 지금까지 자신의 존재 밑바닥에 존재해온 것으로 보이는 모든 것을 버려야 한다고 신인이 말한 다음에는 특히 더했다.

"진실은 바깥에서 들어오는 게 아냐. 진실은 조그만 강아지처럼 마음속에 웅크리고 있지. 이제 자네 안에서 '나'가 없어져 더 이상 고통을 느끼지 않을 게야."

신인은 의식을 계속 진행시켰다. 사발 안에서 장뇌를 태우고 물그릇 위에서 기도문을 외우고, 침묵의 기도를 하는 자세로 연기를 몰아냈다. 알준은 자신이 이 모든 걸 원하지 않는다는 굴욕감을 가슴속에 간직한 채 가만히 앉아 있었다.

알준은 가끔 마을 바깥으로 산책을 나가곤 했다. 그날도 산책을 나갔다가, 사슴 힘줄로 만들어 새를 잡는 데 사용하는 올가미 한 움큼을 들고 가는 한 남자를 발견했다. 그런 식으로 새 사냥을 나가곤 하던 사촌형이 떠올랐다. 알준은 사촌형의 얼굴을 떠올리려고 노력했다. 그리고 어머니와 아버지와 형제들과 가우리의 얼굴도 떠올려 보았다. 하지만 그들 모두는 하나의 영상으로 합쳐져 아침의 짙은 안개 너머에 아른거릴 뿐이었다.

　모래사장까지 산책 나온 알준은 풍파에 찌든 낡은 고기잡이배 앞에서 대나무 골조에 널어놓고 말리는 무거운 고기 그물을 살펴보았다. 그리고 수평선 너머까지 펼쳐진 잔잔한 바닷물을 바라보았다. 알준은 그 풍경을 좋아했다. 어린 시절에는 끝없이 펼쳐진 바닷물을 보는 게 꿈이었다. 하지만 처음 그 광경을 보았을 때는 피에 굶주린 전쟁에 몰두하느라 별다른 감흥을 느끼지 못했다. 하지만 지금은 넓고 큰 바다를 바라보면서 현실로 된 꿈을 마음껏 즐길 수 있었다. 그러나 그 속에서 쾌락을 느낀 건 아니었다. 알준은 오두막으로 터벅터벅 돌아와 요가 수행을 시작했다. 신인이 들어와서 알준이 취한 코브라 형상과 메뚜기 형상, 쟁기 형상, 물구나무 형상을 지켜보았다. 알준이 마지막 아사나를 끝내자, 신인이 잘했다는 표정으로 고개를 끄덕이며 말했다.

　"힘도 충분하고 유연한 게 아주 좋아. 자네는 축복을 받았어."

　알준은 '그래, 어쩌면 나는 축복을 받았는지 몰라. 하지만 저주도 받았어' 하고 생각했다. 그러나 신인은 그걸 모르는 것 같았다. 알준은 내면의 힘에 자신의 모든 것을 맡기지 못한 마음한테 저주를 받았다. 여러 가지 생각이 소용돌이에 말린 파편처럼 튀어나왔다. 수많은 기억과 막연한 동경의 찌꺼기였다. 어떨 때는 정으로 바위를 깨고 있는 자신의 모습이 나타났다. 자신에게는 모든 걸 포기할 만한 능력이 없는 듯했다. 그래서 자신의 마음 깊숙한 곳에 숨어 있는 좌절감을 고백할 생각도 했지만 스승의 마음을 상하게 할 것 같아 고백할 수 없었다. 두 눈을 감으면 온갖 잡념과 그 파편이 폭풍 속에서 마구잡이로 떠다니는 쓰레기들처럼 떠올랐다. 알준은 연꽃 형상으로 바위처럼 단단히 앉아 양손의 엄지와 검지를 '영원한 바퀴'에 댄 채 평온

한 모습을 보여 자신의 마음이 그처럼 잔잔함을 신인에게 보여주려고 노력했다.

그래서 신인이 어느 날 갑자기 그 사실을 지적할 때 알준은 크게 놀랄 수밖에 없었다.

"자네는 더 이상 멀리 가길 원하지 않아, 알준. 몸은 열심히 노력하지만 마음은 외면하고 있어. 내 생각에 앞으로도 계속 그럴 것 같아."

알준은 이제 고백할 수 있었다.

"사실입니다. 제가 생각하기에도 계속 그럴 것 같습니다."

"오늘 아침에 마말라푸람에서 한 사람이 찾아왔어. 자네가 준비되었다면, 그리고 내가 동의한다면, 자네는 그곳으로 돌아갈 수 있어."

"저는 준비되었습니다."

"알준, 자네에게 고백할 게 한 가지 있네. 자부심과 아집이 그동안 나를 꼭 옭아매고 있었어. 이 지겨운 고집과 자부심이 나로 하여금 자네를 억지로 내면으로 집어 넣도록 노력하게 만든 것 같군."

신인이 미소를 머금었다.

"나도 모르는 사이에 가끔 그렇게 하는 것 같아. 하지만 지금 그 사실을 깨달았으니, 나 역시 자네를 놓아줄 준비가 되었네."

"사실 저는 다시 조각을 하고 싶습니다."

두 사람은 한동안 아무 말도 하지 않았다. 알준은 머리 속에 담긴 생각을 말로 만들어보려고 노력했다. 마침내 존경하는 마음이 가득 담긴 표정으로 머리를 깊숙이 숙이며 말했다.

"스승님께서는 저를 아들처럼 대해주셨습니다. 또한 스승님께서는 우리 인간이 볼 수 있는 그 이상이 있다는 사실을 저에게 가르쳐주셨습니다. 저 자신은 그것을 볼 수 없지만, 그런 게 있다는 건 이제 깨달았습니다."

"그렇다면 자네도 충분히 준비가 된 것 같군."

두 사람은 어둠이 깔릴 때까지 가만히 앉아 있었다. 이윽고 알준이 촛불을 켜기 위해 자리에서 일어났으며, 스승은 잠에서 깨어난 개를 살펴보기 위해 일어났다.

24

마말라푸람으로 돌아온 알준은 얼마 안 되는 짐을 미처 풀 시간도 없이 중요한 결정을 내리라고 요구하는 외부 세계의 부름에 응해야 했다. 황혼녘에 총감독이 직접 알준을 데리고 언덕 위에 있는 석굴 현장으로 들어가, 초벌 조각가들이 지난 몇 달 동안 작업하던 곳으로, 나라싱하 왕자의 후원을 받아 시바의 배우자 두르가 여신을 조각할 벽면으로 갔다.

알준은 횃불을 들고 지난 몇 개월 사이에 일어난 변화를 살펴보았다. 물소 머리를 한 악마 마히샤는 다른 전사들과 함께 대충 조각을 마친 상태였지만, 전사 모습의 여신과 여신이 타고 다니는 사자는 아직 분필 상태로 남아 있었다.

총감독이 말했다.

"두르가는 아직 손대지 않았네. 자네가 위대한 쉬루톤다르의 그림을 못마땅하게 여겼기 때문이지. 그래, 이 그림이 아직도 못마땅한가?"

알준이 우울한 표정으로 분필 그림을 살펴보았다. 그러자 총감독이 껄껄 웃으며 다시 입을 열었다.

"그래? 좋아. 데칸 출신의 젊은 실핀이 이 그림을 못마땅하게 여긴다는 이야기를 듣고 위대한 쉬루톤다르가 분노했지. 그가 이렇게 소리쳤어. '그 꼬마가 뭐야? 그런 꼬마가 전쟁에 대해 무얼 안다고 그래?' 그래서 내가 자네는 코끼리 조련사 출신의 전쟁 포로라고 설명하자, 그 사람 얼굴이 하얗게 질리더군. 자네도 그 모습을 볼 수 있었으면 정말 좋았을 거야!"

총감독이 유쾌하게 웃었다. 그는 위대한 쉬루톤다르를 싫어하는 게 분명했다. 바로 그런 연유로 이 중요한 작업을 알준에게 배정했을 가능성이 농후했다. 그는 왕자의 총애를 한몸에 받는 위대한 쉬루톤다르를 과감하게 비판할 정도로 용감하면서도 순진한 사람이 나타나기만 기다렸을 것이다. 알준은 이미 그 같은 가능성을 파악하고 있었지만 문제될 건 없었다. 예전에는 간디바를 타고 싶은 열정을 불태웠다. 그런데 지금은 그 같은 열정으로 바위를 조각하고 싶었다.

알준은 횃불을 비춰가며 벽면 각 부위를 세밀하게 살펴보았다. 여신과 악마 사이에서 거꾸로 매달려 있는 인간의 모습이 특히 마음에 들었다. 쉬루톤다르는 인간을 이처럼 위태로운 위치에 배정해 선과 악 사이에서 고통받는 인류의 모습을 드러내려고 했다. 이 그림을 보고 왕자를 비롯한 왕족 후원자들이 만족했을 가능성이 많았다. 이들 역시 미술과 음악을 비롯한 예술에 조예가 깊었기 때문이다.

분필 그림에서 두르가 여신은 카라나 무쿠타(왕족이 쓰는 끝이 높은 모자)와 목걸이 그리고 보석이 박힌 허리띠를 걸치고 있었다. 여신의 몸은 길쭉했으며 얼굴은 심장 형상을 하고 있었다. 이건 다 좋았다. 팔 네 개에 무기를 하나씩 움켜쥔 여신은 상체를 앞으로 기울여 거대한 곤봉을 쥐고 있는 악마에게 치명적인 일격을 가하고 있었다. 뭔가 이상한 건 바로 이 부분이었다.

알준은 고개를 돌려 맞은편 벽면을 살펴보았다. 조각과 연마 작업을 마친 그곳은 이제 회칠을 해 그림을 그려넣기만 기다리고 있었다. 호랑이 크기만한 비슈누 신은 신성하고 황홀한 자태로 거대한 코브라 아난타에 기댄 채 누워 있었으며, 아난타는 다섯 개 달린 머리로 비슈누 신을 보호했다. '무한자'의 고리는 시간 주기를 의미했는데, 주기가 한 번 끝날 때마다 우주 전체가 파괴되지만, 아난타는 우주적인 힘을 몸 속에 저장한 채 비슈누 신이 그 힘을 사용할 수 있도록 만들어주었다. 그래서 이 세상이 다시 창조되어 수많은 세대가 계속 진행될 수 있었다.

조각에는 힘과 자신감이 넘쳤다. 알준의 감각으로 볼 때, 약간 딱딱한 느낌이 드는 게 흠이라면 흠이었다. 하지만 마헨드라바르만 국왕이 조각가를 제대로 골라 제대로 작업하게 만들었음이 충분히 드러나는 작품이었다.

총감독이 젊은 실편을 호기심 어린 눈초리로 살펴보며 말했다.

"어떤가, 알준. 신인에게 배운 내용이 있는가?"

"그분과 함께 지내다 보면 어떤 내용이든 배우게 되지요."

"그래, 어떤 내용을 배웠는가?"

"한 가지는 분명합니다. 내가 아는 내용이 거의 없다는 사실 하나."

총감독이 미소를 머금었다.

"하지만 조각하는 법은 여전히 알고 있길 바라네. 그래, 시작할 준비가 되었는가?"

"여신을 놔둔 채 작업을 한동안 그대로 진행시키면 안 되겠습니까?"

"지금 나한테 조금만 더 기다려달라고 부탁하는 건가?"

"그렇습니다, 총감독님. 저는 아직 준비가 안 되었습니다."

총감독이 어깨를 으쓱이면서 석굴 입구로 걸어가더니, 입구에서 고개를 돌려 엄숙한 어조로 선언했다.

"나는 자네를 믿고 있네, 자네처럼 어린 사람을……. 그래서 자네가 하고 싶은 대로 놔두겠네. 하지만 내 기대를 실망시키면, 정을 움켜잡은 걸 평생토록 후회하게 만들어주겠네!"

결혼한 타밀족 조각가들은 마말라푸람 북쪽 해안 근처의 조그만 마을에서 살았다. 그리고 미혼인 타밀족 조각가들은 그 근방의 조그만 돌집에서 살았으며, 외국 태생의 실핀들은 라타 부근의 윗가지와 짚을 엮어 만든 오두막에서 함께 모여 살았다. 알준은 그 중 한곳을 배정받았는데, 판디야 출신으로 스스로 자청해 이 나라로 온 말없는 조각가 한 명과 안드라 피슈타푸라 출신의 명랑한 조각가 한 명이 오두막을 함께 사용했다. 피슈타푸라 출신은 말을 한 마디 마칠 때마다 한숨이나 껄껄 웃음을 터트리며 이렇게 설명했다.

"나는 자네 군대가 공격해올 때 피슈타푸라에 있었어. 자네 군대는 공성 망치를 사용했잖아, 거북이라고 했던가? 그 거북이를 막을 수 있는 건 아무것도 없었어! 자네 코끼리 부대가 소낙비처럼 쏟아지는 화살을 막으며 거북이를 끌고 와서 성문을 깨부셨지. 정말 대단한 코끼리들이었어! 그 코끼리들 때문에 자네 군대가 이겼으니까. 나는 만찬나 바타라카 왕자와 탈출했어. 왕자는 내가 십 년 동안 섬긴 후원자였지. 아, 그런데 그 후원자가 이렇게 변하다니! 왕자는 타밀족에게 부탁해 이 나라에 도피처를 구하면서 나라싱하 왕자에게 나를 선물로 주었다네. 물론 선물은 기꺼이 접수되었지. 나라싱하는 영광을 바라고 있어! 그래서 내가 이곳까지 와서, 야심만만한 왕자를 위해 두 손에 뼈만 남을 때까지 일하게 된 거야. 아, 이처럼 나쁜 운이 현생의 업을 풀어주어 다음 생에는 이런 일이 안 생겨야 할 텐데……. 신이 나에게 업을 풀 기회를 준거야! 자네는 군대에서 어떤 역할을 맡았었는데?"

"머하우트."

"아, 그렇다면 거북이를 끈 코끼리 가운데 한 마리를 몰았을지도 모르겠군! 하지만 그럴 리가 없지."

피슈타푸라 출신이 인상을 썼다.

"이 세상은 그 같은 영웅을 이처럼 초라한 오두막에서 나랑 함께 지내도록 만들 정도로 이상하지 않아."

예전에 사망한 친구 마노자가 기억났다. 마노자는 이 세상에서 온갖 일을 직접 보았으며 나머지는 들었다고 말했는데, 이 세상이 그처럼 이상한 곳이라는 구체적인 사례 하나가 지금 알준의 눈앞에서 펼쳐지고 있다는 생각이 들었다.

알준이 돌아온 지 얼마 안 돼, 오두막으로 뛰어들어와 재미있다는 어투로 재촉한 사람 역시 명랑한 성격의 피슈타푸라 출신이었다.

"이리 나와서 나랑 함께 성자를 보러 가자고! 성자를 따르는 무리들이 해변가에서 춤도 추고 노래도 불러. 성자를 본 적 있어?"

"아니."

알준이 웃음을 터트리며 대답하자, 피슈타푸라 출신이 팔을 잡아끌며 말했다.

"그럼 함께 가자구. 이번이 좋은 기회니까."

두 사람이 해변가를 향해 가는 동안, 이 무리에 대해 충분한 얘기를 들은 듯한 피슈타푸라 출신은 이 집단이 숭배하는 특이한 형태에 대해 설명하기 시작했다.

"그들은 그걸 '박티'(산스크리트어로 '주다' '존경하다' 라는 뜻)라고 부르거든. 신에게 완전히 헌신하는 것. 시바 신을 추종하는 무리와 비슈누 신의 추종자들이 모여 박티를 실천하지. 내 생각에, 이 두 종교 집단은 한 가지 점에서만 일치하는 것 같아. 불교도를 멀리하는 것."

그가 폭소를 터트렸다.

"각각의 무리는 서너 명밖에 안 되는 성자를 따르지. 맙소사, 서너 명보다는 많아. 바이슈나바서만 하더라도 여러 명이 있거든. 이름은 기억이 안 나는데 카라이칼 출신의 여자도 있어. 그리고 어디 출신인지 모르겠지만 난단프롬 아다누르라고 하는 버림받은 계급 출신도 있고. 타밀족이 하는 얘기를 들으니, 신을 위해 전쟁을 포기한 장군도 끼여 있다던데……. 트리우바무르 출신의 아파르도 있고. 이 사람은 정부를 전복시키려고 했다는 혐의로 심한 고문을 받다가 나라싱하 왕자에게 시바 신의 권능을 보여주었다는 거야. 그래서 우리 야심만만한 왕자가 시바 신의 헌신적인 추종자가 된 거고. 이 사실을 알고 있었어? 정말 놀랍지 않아? 자신이 고문하던 사람을 이제 받들어 모신다니 말이야."

피슈타푸라 출신은 걸어가는 동안 한번도 쉬지 않고 입을 놀려댔다.

"그리고 탄조레 출신 브라만이 있는데, 이 사람은 세 살의 나이에 파르바티 여신의 신성한 가슴에서 지식의 모유를 마셨고, 여섯 살 때는 진주로 장식한 일인승 가마를 타고 전국을 돌아다니며 학자들과 논쟁해서 굴복시켰다는 거야. 어떤 사람한테 들었는데, 이 사람은 후

회할 전생이 없는 지극히 순수한 존재라고 하더군. 무슨 뜻인지는 잘 모르겠어. 그리고 티루마리샤이도 있어. 이 세상에 태어날 때 인간의 외모라고 할 수 없는 살덩어리 형체만 하고 있어서 깜짝 놀란 생모가 그대로 버렸는데, 버림받은 계층의 어떤 여인이 그 아기를 주어다 길렀대. 내 생각에 이 사람은 시를 썼던 것 같아. 또 다른 사람은 노상 강도 출신인데, 강도당한 피해자에게 용서를 받은 다음에 신에게 귀의했다는군. 그리고 티루판이라는 사람도 있는데, 아주 키가 작달막한 음유 시인으로 누구나 쉽게 부를 수 있는 노래를 만들어 유명해졌어. 이 사람의 열두 제자 가운데 한 명이 오늘 우리가 보게 될 성자인데, 이 성자는 전국을 돌아다니면서 비슈누 신을 찬양한다는 거야. 사람들이 많이 모여드는 곳이라면 어느 곳이나 찾아간대!"

박티와 그 종파에 대해 두서없이 말하는 동안, 두 사람은 해변가에 도착했다. 피슈타푸라 출신이 모래사장 주변에 모여 있는 많은 사람들 가운데 한 사람을 가리켰다. 기다란 머리칼에 꽃들을 엮어 매고 가느다란 팔에 팔찌를 걸친 한 여인이 알준의 시선에 잡혔다. 피부는 흑단향 반죽을 발라서 짙은 갈색을 띠고 있었다. 알준이 좀더 자세히 살펴보려고 할 때, 몰려 있는 군중 속에서 무희 세 명이 나와 뼈 없는 인간처럼 격렬하게 몸을 흔들어대기 시작했다. 그들이 춤추는 동안 구경꾼들이 기쁨의 환호성을 내질렀다. 북 치는 소리와 피리 소리에 박자를 맞추어 무희들이 발로 모래를 찍으면서 두 손으로 영적인 의미가 담긴 동작을 내보였다. 손가락과 손바닥으로 시무외인, 전법륜인, 선정인, 촉지인 등의 다양한 수인(手印)을 만들어가며 신에 대한 숭배와 부활을 나타내는 춤이었다.

춤이 끝나자, 구경꾼들이 행복한 표정으로 환호성을 질렀다.

피리 소리가 다시 들렸다. 기다랗게 떨리는 음색이 황혼녘의 하늘 속으로 연기처럼 흘러들기 시작했다. 군중 사이에서 정적이 감돌았다.

그러더니, 어떤 목소리가 노래를 부르기 시작했다.

알준의 몸이 갑자기 얼어붙었다. 동료가 속삭였다.

"왜 그래? 갑자기 왜 그러는 거야? 알준? 알준! 갑자기 이상하……."

알준은 군중 사이를 뚫고 앞으로 나갔다.

저 목소리는…… .여동생이 아닌가! 가우리의 목소리에 대한 기억이 너무 생생하게 일어나, 마치 오래 전에 마을 연못 옆에 앉아 멀리서 들려오는 달콤한 노랫소리를 듣는 듯했다. 황소를 끌고 집으로 향하던 농부들이 고개를 돌리고, 콩껍질을 까던 여인네들이 동작을 멈추고, 아이들이 공놀이를 중단한 채 노랫소리에 귀를 기울이는 것 같았다.

사람들 사이를 어렵게 뚫고 앞으로 나간 알준은 비슈누 신을 찬양하기 위해 쿰쿰 가루로 빨간 선을 길게 그린 앞이마를 내려다보았다. 여인의 눈길이 알준의 시선과 마주쳤다. 하지만 그것은 낯선 사람을 바라보는 눈길이었다.

알준은 발길을 돌려 사람들 틈에서 빠져 나왔다. 피슈타푸라 출신의 동료가 옆으로 달려와서 알준의 팔을 잡았다.

"아까는 자네가 정신이 나갔거나 성자 추종자 무리에 합류하려고 그러는 건 아닌가 생각했어. 어차피 둘 다 똑같은 말이지만 말이야. 하지만 지금은 괜찮은 것 같군, 그렇지?"

알준이 고개를 끄덕였다.

"나는 자네가 저 여자를 아는가 보다고 생각했어."

"나도 그런 줄 알았어."

피슈타푸라 출신이 한숨을 내뿜었다.

"나와 자네 같은 사람들은 이곳저곳을 많이 돌아다니기 때문에 오래 전에 헤어진 친구나 가족과 만난 듯한 착각을 일으킬 때가 많아. 지나는 사람들 속에서 갑자기 눈에 익은 얼굴을 발견하곤 예전의 기억을 떠올리지. 하지만 결과는 뻔해. 잘못 보았다는 사실을 깨닫고 마음만 아프지."

알준이 고개를 돌려 피슈타푸라 출신을 바라보며 말했다.

"그 말에는 지금까지 내가 들은 그 어떤 말보다 많은 진실이 담겨 있군."

그날 밤, 알준은 잠을 이루지 못한 채 실제와 다른 결과를 상상했다. 전국을 순회하는 성자는 진짜 가우리였다. 두 사람은 부목 조각 위에 함께 앉아 바닷물에 밝은 빛을 흩뿌리는 보름달을 바라보았다.

가우리는 자신에게 말하는 능력이 있었지만 입을 열 만한 적절한 순간을 계속 기다려왔다고 고백했다. 그 순간이 오기 전까지 자신은 침묵을 지켰다. 심지어 강도 떼가 어느 부잣집에다 자신을 판 다음에도 입을 열지 않았다. 자신은 그 집에서 바닥을 청소하고 베를 짰는데 하루는 어떤 사내가 나타나서 노래를 불렀다. 자신은 길가로 나가서 사내가 지나가는 모습을 바라보았다. 사내는 무명옷을 입었으며 지팡이를 들고 있었다. 아이들이 무리지어 사내를 따라다니며 즐겁게 노래를 불렀다. 자신 역시 그 뒤를 따라갔다. 밤이 된 다음에도 여전히 그 뒤를 쫓아갔다. 사내가 자신에게 음식을 주었으며, 다음날 아침, 사내가 일어나서 노래를 부를 때 자신도 노래를 불렀다. 가사가 있는 노래였다. 자신은 사내가 만든 가사로 크리슈나 신을 찬양하는 노래를 불렀다. 그후, 오랫동안 사내를 따라다니게 되었다. 그러다 사내가 사망하자, 자신이 사내가 하던 일을 계속했다. 자신 역시 사내가 보았던 것을 보고, 사내가 찬양하던 것을 찬양하고, 사내의 노래를 부르고, 사내가 가르친 그대로 신에게 헌신할 때 느끼는 환희를 가르쳤다. 자신은 앞으로 남은 여생 동안 이 길을 계속 갈 것이다.

알준은 그 말을 듣고 가우리의 발 밑에 몸을 던져 축복을 구한다. 가우리가 자신에게 신성한 내면을 깨닫도록 만들어주었기 때문이다. 그런 다음, 가우리는 자신을 해변가에 남겨놓은 채 아무 불평 없이 오랫동안 기다리고 있던 추종자 무리를 향해 걸어간다. 그러고는 성자가 된 가우리를 두 번 다시 못 만나게 된다.

상상을 끝낸 알준의 두 눈에 눈물이 가득 고였다. 가슴속에 소중히 간직해야 할 상상 속의 만남이지만, 이 이야기를 하면 신인이 폭소를 터트리며 이렇게 말할 것 같았다.

"어린아이나 꿀 수 있는 정말 바보 같은 꿈이다. 오직 디야나 하나만 생각하도록 해라."

하지만 알준은 전혀 다른 것 하나만 생각하기 시작했다. 영적인 헌신과 차분한 명상은 자신과 별다른 인연이 없었다. 그것은 자신이 걸어갈 길이 아니었다. 그 길을 가야 하는 이유조차 이해할 수 없었다. 그 순간 이후, 알준의 관심은 오직 한 가지로 몰렸다. 모든 관심과 열정이 석굴 사원에서 두르가 여신을 조각하는 작업으로 집중되었다.

25

　진정한 도사는 언어의 도움 없이 주의 깊은 영혼으로 하여금 '타
트 트밤 아시(너는 그것이다)' 라는 진언을, 우주의 모든 것과 의식적
으로 연결된 진언을, 아무 소리 없이 끝없이 들을 수 있도록 만들 수
있다.

　신인은 알준에게 이렇게 말했다.

　하지만 알준은 이 경지를 단 한번도 체험하지 못했다. 두르가 석
굴을 향해 언덕을 오르는 지금은 특히 그랬다. 알준의 의식은 오직
한 가지에 연결되어 있었다. 바위벽이 바로 그것이었다. 초벌 조각가
들이 정을 시끄럽게 내려쳐 사방에 먼지를 휘날리며 작업에 열중하
고 있었다. 알준이 들어선 석굴 왼편에서는 비슈누 신이 편안하게 누
워 이 세상을 다시 창조할 시기가 오기만 기다렸다. 맞은편 벽에는
두르가 여신이 모든 신들을 천국 바깥으로 몰아낸 끔찍한 악마를 무
찔러야 했다. 무기력한 자세로 거꾸로 매달린 인간은 악의 포학 행위
와 신의 절실한 도움이 필요한 인류를 상징했다. 두르가를 모시는 전

사들은 키가 작고 뚱뚱했는데, 그들 가운데 한 명은 이미 쓰러졌으며 다른 전사들도 금방 쓰러질 듯했다. 사자에 올라탄 두르가 혼자 물소 머리의 마히샤를 물리쳐야 했다. 쉬루톤다르는 두르가 여신에게 팔 네 개를 주었으며 손에는 표창과 단검, 장검, 삼지창을 하나씩 들려 주었다.

알준은 생각을 정리하기 위해 석굴을 떠나 해변가로 내려가서 오 랫동안 가만히 선 채로 파란 바닷물을 바라보았다.

바닷물이 전쟁터로 변했다. 서로를 죽이고 죽어가는 병사들이 보 였다. 병사들이 몸을 뒤틀면서 무기를 휘두르거나 무기에 맞았다. 악 마는 여신의 공격을 피해 상체를 뒤로 젖힌 채 손에 들려 있는 거대 한 곤봉을 휘두르려는 자세를 취했다. 알준이 수없이 보아온 방어 자 세였다. 수세에 몰린 병사는 공포에 질려 도망치기 직전에 상체를 돌 려 마지막 일격을 가하곤 했다. 벽면에는 난전을 벌이는 전쟁터가, 열광하며 추격하는 모습과 쓸쓸하게 후퇴하는 모습이 그려져 있었 다. 알준은 전쟁터를 향해 돌진할 때마다 느끼던 이상한 환희를 떠올 렸다. 그렇다, 상체를 돌려 마지막 일격을 가하려는 적에게 공격하는 두르가의 표정에는 침착함과 맹렬함과 기쁨이 담겨 있어야 한다.

침착함과 맹렬함과 기쁨. 이 세 가지가 동시에 나타나야 한다. 두 르가 여신의 얼굴에 위대한 전사의 자신만만한 표정이 담겨야 한다.

알준은 과거의 경험에서 벗어나, 마히샤를 파멸시켜 천국을 신들 에게 돌려준 어머니 전사 마히샤수라마르디니만 생각했다.

갑자기 머리 속에 선명한 영상이 떠올랐다.

두르가는 팔을 네 개 이상 가지고 있어야 한다. 여신에게는 네 개 가 더 필요하다. 신성한 힘을 충분히 나타내려면 팔 여덟 개를 가지고 있어야 한다. 햇살처럼 활짝 펼친 팔 여덟 개가 여신의 몸을 중심으로 소용돌이쳐야 한다.

알준은 두 팔을 활짝 펼친 채 구름 한 점 없는 하늘을 향해 고함을 질렀다. 해변가를 걷고 있던 사람들이 도시 서쪽의 화강암 언덕을 향해 맹렬하게 달리는 젊은 사내를 깜짝 놀란 표정으로 바라보았다.

몇 주일이 지나고 몇 달이 지나고 일 년이 지나고 이 년이 지나도록, 알준은 마말라푸람의 모래사장에서 떠오른 영상을 바위에 옮기기 위해 자신의 모든 것을 바쳤다.

혼자 조용히 일하기 위해, 알준은 낮에 잠자고 밤에 작업했다. 초기에는 조수로 하여금 커다란 쇠망치를 휘두르게 하고 자신은 정을 잡았다. 그렇게 초벌 조각을 끝낸 다음에는 혼자 조그만 쇠망치로 조그만 정을 사용해 바위 조각을 깎아냈다. 그후에는 발톱 정과 이빨 정을 손에 잡고 섬세한 작업에 몰두했다. 정을 때리며 무한한 시간을 보내는 동안 실물 크기의 여신이 천천히 강력하게 그 모습을 드러냈다. 주변에 모여들어 조용히 구경하기 시작한 실핀들과 석굴 청소부들은 알준의 무서운 정신 집중에 감탄을 금치 못했다. 알준의 손을 통해 맹렬하면서도 침착한 두르가 여신의 모습이 횃불에 비친 회색 벽면에 자리잡아나갔다.

두르가 여신의 팔 여덟 개 가운데 두 개는 다른 팔에 비해 훨씬 돋보이도록 깊숙이 파서 아주 강렬한 입체감을 주었다. 길게 뻗어 툭 튀어나온 왼팔은 활을 잡고 있었으며 오른팔은 뒤로 당겨 화살을 발사할 듯한 자세를 취했다. 하지만 화살과 활줄은 보이지 않았다. 다른 손 여섯 개는 창과 종, 단검, 밧줄, 표창, 장검을 들었다. 여신은 차루키아 기병처럼 양쪽 넓적다리로 맹수의 근육질 옆구리를 꼭 누른 채 등을 구부린 자세로 사자에 올라타고 있었다.

알준은 작업하는 시간과 잠자는 시간 외에는 명상과 요가 수련을 하면서 호흡을 조절했다. 내면을 찾기 위해서가 아니라 외면과의 교류를 강화시키기 위해서였다. 깊은 침묵과 강렬한 초점, 그리고 끊임없는 수련이 알준의 몸과 마음을 매번 신선하게 해주었다.

총감독 역시 자주 와서 벽면을 살펴보았다. 그러다가는 혼자 뭐라고 중얼거리면서 밖으로 나가곤 했다.

두르가 여신이 알준의 꿈속에 나타나기 시작했다. 여신의 팔이 폭풍에 휘말린 거대한 나무의 커다란 가지들처럼 흔들렸다. 어떨 때에는 다정한 미소를 머금었지만 어떨 때에는 악몽의 어둠 속에서 아련하게 나타나 전쟁터에서 죽어간 병사들의 모습을 연상시켰다. 그럴 때에는 갑자기 잠자리에서 일어나 흐느끼는 자신을 발견하곤 놀라기도 했다. 하지만 그런 날에도 알준은 악마와 같은 정열을 불태우며 작업에 몰두했다.

알준의 조각이 연마 단계에 들어간 지 얼마 안 된 어느 새벽에 뜻밖의 방문객 한 명이 석굴을 찾아왔다. 알준이 장검을 들고 있는 두르가의 손을 허리를 구부린 채 자세히 살펴보며 꽉 움켜쥔 손가락을 부싯돌 결정체로 연마하고 있을 때였다.

뒤에서 부스럭거리는 소리를 듣고 고개를 돌린 젊은 실편의 두 눈에 입구에 웅크린 채 앉아 있는 검은 피부에 키가 조그맣고 깡마른 사내 한 명이 잡혔다. 사내가 자신의 신분이나 목적을 밝히지 않자, 알준은 다시 고개를 돌려 작업에 몰두했다. 방문객이 있다는 사실 자체를 까마득히 잊은 채 알준이 작업에 열중할 때 등뒤에서 날카로운 목소리가 들렸다.

"활은 있는데 활줄과 화살이 없군."

알준이 고개를 돌려 웅크리고 앉아 있는 사내를 바라보았다.

"그 이유를 알만해. 그것들이 있으면 팽팽하게 당긴 활 모양이 훼손될 거야."

알준은 부싯돌 결정체를 내려놓고 차가운 벽면에 등을 기대며 바닥에 앉았다.

"누구십니까?"

"판디야 마두라이에서 온 사내."

알준은 패배한 국왕이 팔라바 왕실에게 공물로 바친 위대한 쉬루톤다르가 바로 그라는 사실을 이미 짐작하고 있었다. 알준이 두 손을 겸손하게 모아들고 인사했다.

"어서 오십시오, 쉬루톤다르 님."

신분이 밝혀진 화가가 두르가 여신의 앞으로 걸어왔다.

"자네가 내 그림을 바꾼다는 이야기를 들었을 때 기분이 좋지 않았네. 자네도 알고 있겠지?"

알준이 고개를 끄덕였다.

"아무 경험도 없는 꼬마가 감히 내 그림을 고친다고 생각하니 정말 화가 치밀더군. 그런데 자네의 작업 내용에 대한 소문이 들리기 시작하는 거야. 그래서 호기심 때문에 이곳까지 오게 되었네."

쉬루톤다르가 말을 멈추더니, 오랫동안 침묵한 채 조각한 부분을 차례대로 날카롭게 살펴보았다. 그러고는 갑자기 한숨을 내쉬며 알준에게 고개를 돌려 귀에 거슬리는 목소리로 중얼댔다.

"국왕이 좋아하지 않겠어."

사내가 다시 바위 조각을 살펴보기 시작했다.

알준은 신랄한 평가가 나오기만 조용히 기다렸다.

마두라이 출신의 비판적인 사내는 갑자기 두 손을 들어올리며 "여신의 팔 주변에서 천둥 번개가 몰아치는 것 같군!" 하고 소리치더니, 고개를 돌려 미소짓는 얼굴로 알준을 쳐다보았다.

"자네가 이 바위벽에게 영광을 부여했어. 팔을 네 개 더 만든 건 적절한 판단이었어. 자네의 여신은 정말 훌륭하군. 악을 물리치기 위해 공격하는 여신의 몸에는 맹렬함이 가득한데, 얼굴 표정에는 기쁨이 담겨 있어. 국왕이 좋아하지 않을 거야. 이 조각 때문에 국왕의 실편들이 조각한 비슈누 신이 둔한 바위덩이처럼 보일 테니 말이야. 하지만 왕자는 자네에게 커다란 상을 내릴 거야. 그때 충분한 상을 받아내도록 하게. 자네가 왕자에게 부왕과의 경쟁에서 승리를 안겨 주었어."

쉬루톤다르가 손가락 하나로 아랫입술을 지긋이 누르며 조각 작품을 마지막으로 살펴보았다.

"저 여인은 누구지?"

"무슨 말씀이신지 모르겠습니다."

"자네가 조각한 두르가 여신의 모델."

"모델은 없습니다."

쉬루톤다르가 눈살을 찌푸렸다.

"아니야, 틀림없이 있어. 하지만 자네가 미처 그 사실을 깨닫지 못할 수도 있지. 자네는 이 단단한 바위에 스치고 지나가는 미소를 집어 넣었어. 그래서 한층 더 신비감이 감돌지. 이곳에 선 사람이라면 누구나 이 여인이 누구인지 궁금해할 거야. 틀림없이 모델이 있어, 실편. 그러니 나한테 모델이 없었다는 이야기는 말게."

쉬루톤다르가 석굴 밖으로 나간 후, 알준은 자신의 작품을 오랫동안 살펴보았다. 두르가의 얼굴 안에 가우리의 얼굴이 들어가 있을까? 하지만 여동생의 얼굴은 너무나 아득한 기억 속에 파묻혀 있을 뿐 전혀 떠오르지 않았다.

그러나 바위 조각을 살펴보는 동안 알준은 그 속에서 자신이 의식적으로 집어 넣은 적이 없는 어떤 모습을 볼 수 있었다. 그것은 기억 속에 담겨 있는 형상이 아니라 새롭게 창조된 형상, 연못에 무릎까지 집어 넣은 채 서 있는 물소처럼 그리고 논에서 검은 구름처럼 비상하며 하늘로 솟구치는 까마귀 떼처럼 스치고 지나가는 독특한 영상이었다. 아잔타 석굴에서 화가가 작업하는 모습을 지켜보면서 알준이 친구 카르나에게 이렇게 말한 적이 있었다.

"예전에는 없던 게 지금은 있어. 게다가 저곳에 있는 건 다른 것과 달라. 저걸 보면 마치 이 세상이 바뀌고 있는 것 같아."

알준은 조각한 벽면으로 가까이 걸어가 두르가 여신을 자세히 살펴보았다. 자신의 조각 작업이 이 세상 한쪽 구석을 조금이나마 변화시켰다는 사실이 만족스러웠다. 알준은 자신이 지금까지 살아온 이유가 바로 그것이었다는 자각을 하면서, 부싯돌 결정체를 집어들고 다시 연마 작업을 시작했다.